刘美松／著

Qian Tiao

欠条

广西师范大学出版社
GUANGXI NORMAL UNIVERSITY PRESS

欠條

辛秋。一回驱車出身証世間走，以証言信诚。至滇边時。大酒之後，曰其将路上欠條集樂而成書，情為之寫書名。從之。

辛卯暮春 平陽

欠条

去年秋，一回驱车只身在世间走，以证实信诚。在滇边时，大酒之后，曰其将路上欠条集而成书，嘱为之写书名。从之。

辛卯暮春 平阳

↑ 2010年9月1日途经昆明，众诗友聚，鲁迅文学奖得主、诗人雷平阳提前为本书命名为《欠条》，一年之后，又欣然题字。

谨以此书献给我的母亲、妻子及孩儿们

222张诚信欠条成就百天旅程（代序）[①]

《解放日报》记者 尤莼洁

> 我们的社会缺少什么？缺少信任。在一个信任缺失的社会，我们该怎么做？那就是挑战信任，建立信任。我愿意用我所谓的冒险之旅，来证明我们的社会，只要诚信，信任仍在。只有诚信，才是我们个体的人在群体中的立足之本，我们需要它。——刘美松

在这个我们不断被告诫"不要和陌生人说话"的年代，深圳诗人刘美松（笔名一回）刚刚结束的100天行动就像是一次疯狂的游戏。

2010年8月25日从深圳出发，他口袋里不带一分钱，在全国各地进行了一场名为"诚信出发：一人一车，身无分文，100天游遍天下"的行动。要过高速公路收费口，没钱怎么办——打欠条！"相信我，过几天就还"；到加油站要加油，没钱怎么办——打欠条！"真的，过几天就打到你账上"；到酒店要住宿，没钱怎么办——还是打欠条！"这是我的身份证，我到家就把钱寄还给你"……

这是怀疑、拒绝、泄气、失望、信任、帮助、快乐交织的一路。2010年12月2日，刘美松终于安全结束了自己的百日游，回到出发地深圳。此次行程2.8万余公里，打了222张欠条，涉及金额超过5万元。一路上所欠的费用，大部分他在旅途中已经让家中的妻子寄还，剩下的几笔也会在这几天如数寄出。

"很多欠条欠的是金钱，而金钱之外更多的是人情、信任、友谊。以金钱为开始，又与金钱无关。"回顾这100天，刘美松这样总结。

最大一笔欠5742元

"爸爸去周游世界了，可他什么礼物也没有给我带，因为他没有带钱。"昨天，当电话采访到家的刘美松时，他6岁的儿子抢过电话，不满地告诉记者。

这100天中，刘美松始终保持了一种状态：口袋里没有多余的一分钱。有时候，在向别人借过路费或加油费时，人家出于好意，会多给一点，但他坚持只要所需费用相同的金额。——"为了保持活动的纯粹性"。为此，他还拒绝了企业对他这次行动的冠名赞助，也拒绝了大部分媒体

的采访,因为他觉得,如果大张旗鼓,人们都认识他,这个活动就失去了意义。

"我不乞讨,不打工,不多要一分钱资助,我愿意用我所谓的冒险之旅,来证明我们的社会,只要诚信,信任仍在。"刘美松告诉记者,这个行动的起因很偶然。有一次,他忘记带钱就开车闯入一段高速,出收费站时,他讲述了自己的情况,并说好半小时内会把所欠的钱送到,收费站很开通地放了行。这次经历让他有了"挑战信任,建立信任"的想法。

在一系列准备之后,2010 年 8 月 25 日,刘美松开着自己的斯巴鲁,开始了这次旅程。原来只准备"挑战"高速收费与加油两项内容,后来,又加入了住宿。而一路上的吃饭问题,则大部分由刘美松各地的朋友解决。

如今,结束了行程的刘美松还没有来得及整理所有的数据。在旅程进行到三分之二时,他统计过一次:挑战加油站 127 个,成功 52 次,成功率 40.9%;住宿挑战 50 次,成功 13 次,成功率 26%;通过高速路收费站最长时间为 1 小时 25 分钟,最短为 2 分钟;最大一笔欠条金额为 5742 元,最小为 10 元……

刘美松说,这个结果也许印证了社会的真实,他坦然接受。"我经历过不愉快,产生过疑虑,也遇到过真诚的帮助。我的收获,一言难尽,五味杂陈。"

第一眼,都是狐疑

在前三分之一的旅程中,刘美松很焦虑。最初 20 天,他瘦了 16 斤。

"每次不成功的沟通,都是一种折磨。"刘美松说。通常,他一开口就会亮出自己的底牌,一骨碌地告诉对方自己姓甚名谁,目的是什么,还会告诉对方自己的博客地址,态度也极其诚恳,但是沟通的难度有时候实在超过想象。在南方某个城市过轮渡,已是下午 6 时,刘美松向码头收费员、领导以及过轮渡的旅客一一叙说此次旅行的意义和目的,但两个多小时都没人理睬。失望与疲惫之下,他只好先赊账入住酒店,次日说服酒店经理帮他交费过渡口,才得以继续成行。

在另一个城市,为了加上油,他在不大的加油站上下奔走一个多小时。先找加油工,加油工让他找办公室;找到办公室,叫找班长;找到班长,班长一脸不屑,最后干脆说自己不是班长;然后再找办公室,人已去,房已空。

大部分人见到刘美松的第一眼,都是狐疑。他遇到过这样的冷遇,收费站的工作人员根本不听他的解释就叫保安把他赶走;还有这样的训斥:"你是哪个单位的,把证件拿出来";以及这样的推诿:"作为一个国家工作人员,我不可能放你过去";更多的是这样的怀疑:"现在骗子这么多,我怎么相信你?"

在对方不信任的前提下,如何保持斗志,继续说服?"诚信"之类的道理没有什么说服力,首先得有磨蹭的"厚脸皮"。对刘美松而言,心理上的坎,过了好几天才过去。毕竟生活中,他是小有名气的诗人,还是一家印刷厂的老板,一些鄙夷的目光让他很不适应。他只能不断告诫自己,要调整心态,更积极,更耐心,更宽容别人的拒绝甚至是冷漠,包括过激的言行。"谁一到社会上就有很多朋友?是时间和你的为人的积累决定了你朋友的多寡。这也是我出门以来一直坚持尽可能地挑战陌生人的原因。难度大,所以挑战成功后的快乐就多。"

过程漫长,结果温暖

有一次,刘美松差点露宿街头。

那是在山海关,刘美松"挑战"了11个酒店,晚上11点半,还是没有人愿意收留他。刘美松把车子停在其中一家四星级酒店的停车场,把座位放平,在行程中第一次打开了睡袋。刚准备睡下,有人敲他的车窗,是酒店保安人员。他摇下车窗,得到了另外一种结果,说是请示了领导,让他回酒店住。

"过程漫长,结果温暖",这是百天行程中的"最常态"。在齐齐哈尔,一家酒店的经理本来已经拒绝了刘美松,左思右想,又找到他,说决定以个人的名义帮助他。这些反反复复、左右为难的普通人,让刘美松相信,他得到的绝大多数支持都不是同情,而是对他坚持的肯定,是基于认同和信任。

走遍全中国,刘美松难免会被问一个问题,那就是各地的差异。"总体来说,西部比东部的人更容易打交道。"刘美松说。但是他觉得,对地区的刻板印象要不得,比如,都说上海人精明,难打交道,但在上海的两个高速公路收费站,工作人员都非常爽快地让他打了欠条。速度之快,出乎他的意料。他也不想用年龄、性别等因素来描述跟不同对象沟通的难易。"基本上是很偶然的,只是接触的当事人恰巧是一个什么样的人,他个人当时的态度决定我的成和败罢了。"

222张欠条,哪一次最难?并不是最贵的那张5742元。那是在哈密的修车费,4S店是全国连锁的,很容易查到他的个人资料,证实他不是骗子,总经理很爽快地同意他打欠条。最难的,还是向另一个什么都不知道的陌生人,借上十元二十元。

诚信可以慢慢放大

刘美松再三表明,他的目的,不是测试社会的信任程度,而是用诚信推进信任。

"很多人不是不愿意相信别人,而是有过被骗的经历,不敢再相信人。"刘美松记得,在苏皖境的吴庄收费口,当班领导告诉他,他们帮的人不少,可是回收的钱不到五分之一。幸运的是,那一次,刘美松还是得到了帮助。"我想,他们收到我寄还的钱后,对陌生人的信任程度,会从五分之一再提高一点。那么,我的目的就达到了。"

一路上,刘美松走过一些回头路。他发现,第二次见面,以前的陌生人开始变成了朋友,沟通时间会大大降低。像东北的红彦加油站,是从哈尔滨到漠河北极村这漫长的1300多公里区间内唯一能加到油的加油站。刘美松第一次经过时,一位叫陈凤亮的工作人员慷慨地借给了他加油费。第二次,陈凤亮不在,他的同事打去了电话,问他有没有收到刘美松还的钱。当得到肯定的回答后,这个同事马上为刘美松补足了96元钱的油。刘美松说:"一旦有人信任,这种信任和你自身的诚信就可以慢慢放大,这取决于做这件事的主体,你本人。"

旅途上还有很多惊喜。在东北的拉哈收费站,刘美松认识了站长霍良波,当第二次再经过这里时,刘美松得知,这个让他过关的站长,和远在大庆高速口帮他交过路费的一位警察,竟然是亲哥俩——哥哥从他的博客中看到了弟弟的照片。"这世界,说大就大,说小就小,说有缘就是有缘,这种见面让我不甚感慨。在生活中,我们何尝不是这样,朋友的多少,靠的其实就是积累。我想,对一个社会来说,信任也是如此。"

222张诚信欠条成就百天旅程

本报记 尤莼洁

刘美松诚信旅途中,一人一车,身无分文,靠沿途3G网而车和路遇陌生人打下的欠条。

最大一笔欠5742元

第一眼,都是狐疑

过程漫长,结果温暖

诚信可以慢慢放大

记者手记

基于道德的信任，只是脆弱的乌托邦

刘美松百天旅程的目的，八个字以蔽之：推广诚信，呼唤信任。

相比前四个字，后四个字要难得多。正如学者郑也夫所言，翻遍古籍，都找不到把信任当成美德的记录。诚信才是出于利他主义的美德，可以自我修炼，学而化之。但信任不是。信任是理性判断之下的选择，取决于周遭的环境，与一个人的道德追求并无太大关系。

人无信不立，而对社会而言，信任亦不可缺乏。刘美松对记者说，在他费尽口舌说服人家之后会想，如果这点时间节约下来，可以做很多事。确实，作为人类长久以来的一种基本行为模式，从经济学的角度看来，信任是交易的基础之一，可以简化交易，降低交易成本。或者按照德国思想家卢曼的理论，信任是一种简化机制，帮助我们勇敢地跳入复杂生活的不确定性中。如果没有信任，就只能一手交钱一手交货，大部分非即时的交易都不可行。

但在任何一个社会，信任都是有风险的。我们化解信任的风险，并不是基于对他人道德的信任，而是基于骗子会受惩罚的理性判断。过去，是靠"熟人社会"，一个欺骗者很容易被发现、被唾弃。而在当代社会，则需要靠透明公开的征信体系和法律制度等保障，通过全社会的力量，把不可信任的交易绳之以法。理性的保障比人品更容易产生信任，这解释了同样是事前消费，为什么刘美松的欠条可能比不上一位强盗拿着的银行信用卡。

所以，我们这个社会的"信任饥渴症"某种程度上是从传统的"熟人社会"向现代社会过渡之中的不适应与不合拍。在一个信息既不对称也不透明的世界里，即使人人怀有圣人之心，欺骗和机会主义的忧虑也难免会降临。

相信刘美松的旅程慰藉了很多人的道德焦虑：这个社会还是好人多。但在我看来，比赞扬诚信这种美德更重要的是，这百天旅程揭示出，在一个经济活动日益复杂的社会，信任正面对越来越多的不确定性，急需建立制度性的保障。不然，基于道德的信任，如刘美松所感受到的，与个人的性情相关，对全社会而言，只是脆弱的乌托邦。

2010.8.25
诚信出发
Departure Of Integrity
一人一车，身无分文，100天游遍天下
asiatondesign®
亞洲潮設計顧問有限公司
2010-9-16
乌鲁木齐
2010-9-14
2010-9-18
哈密
2010-9-12
敦煌
2010-9-20
嘉峪关
2010-9-10
格尔木
2010-9-22
西宁
2010-9-23
兰州
2010-9-24
银川
2010-9-25
鄂尔多斯
2010-9-26
呼和浩特
2010-9-27
神木
2010-9-30
石家庄
2010-9-29
太原
2010-10-1
~2010-10-3
北京
2010-10-4
山海关
2010-10-6
2010-10-17
沈阳
2010-10-8
长春
2010-10-10
哈尔滨
2010-10-12
加格达奇
2010-10-14
漠河
2010-10-19
天津
2010-10-20
烟台
2010-10-23
青岛
2010-10-25
济南
2010-10-28
郑州
2010-10-29
西安
2010-10-31
紫阳
2010-11-2
汉中
2010-11-4
成都
2010-11-6
重庆
2010-11-8
宜昌
2010-11-10
长沙
2010-11-11
赤壁
2010-11-17
武汉
2010-11-19
合肥
2010-11-21
南京
2010-11-25
上海
2010-11-27
杭州
2010-11-29
南昌
2010-11-29
福州
2010-12-2
广州
2010-8-26
海口
2010-8-27
三亚
2010-8-29
南宁
2010-8-31
贵阳
2010-9-1
昆明
2010-9-3
香格里拉
2010-9-5
波密
2010-9-7
拉萨
2010-9-8
安多
呼：原计划从鄂尔多斯到呼和浩特，因山西朔州朋友相邀，故呼和浩特是唯一没有留宿的省会城市。
银：原计划当日去鄂尔多斯，因走错路，先到神木，后来算算账，反而少走了里程。
京：原计划先到山海关，但担心漠河大雪不能进入，所以提前加速进程。
天：原计划走烟台、青岛，却会错过泰山、曲阜。进入孔孟之乡而不亲临拜谒，有失礼数。故割爱两地，改走泰安、曲阜。
郑：因特别想去龙门石窟，所以加多洛阳一站。
成：应途中相识的重庆朋友婚礼邀请，又提早到达，故而增加大足石刻一站。
杭：原计划到南昌，再到福州，因南昌提前已过，所以直奔福州。
宜：觉得到武汉更近，综合行程更省，所以先到武汉，再走赤壁、长沙、南昌、合肥。
拉：原居住地安多，因朋友劝告，海拔太高，所以当日翻越唐古拉，住沱沱河。
香：因滇藏公路塌方，改走乡城、理塘、巴塘、芒康、左贡，通过川藏线进入波密县城。

计划行程图

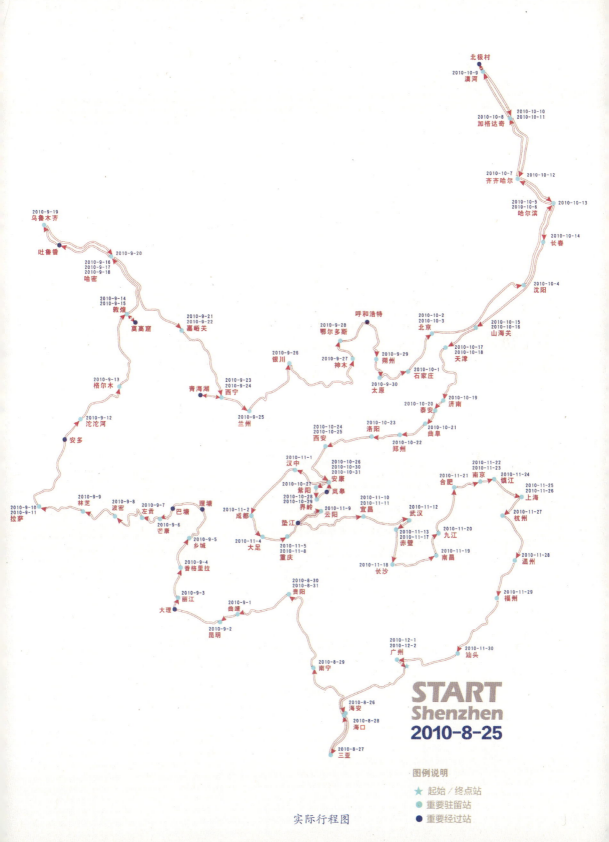

北极村
2010-10-9
漠河

2010-10-8   2010-10-10
加格达奇   2010-10-11

2010-10-7   2010-10-12
齐齐哈尔

2010-10-5   2010-10-13
2010-10-6
哈尔滨

长春   2010-10-14

沈阳   2010-10-4

2010-9-19
乌鲁木齐

吐鲁番   2010-9-20

2010-9-16
2010-9-17
2010-9-18
哈密

2010-9-14   2010-9-21
2010-9-15   2010-9-22
敦煌   嘉峪关
莫高窟

呼和浩特   2010-10-2
2010-10-3
北京   2010-10-15
鄂尔多斯   2010-10-16
2010-9-28   山海关

2010-9-26   2010-9-27   2010-9-29   2010-10-17
银川   神木   朔州   天津   2010-10-18

2010-9-13   2010-10-1
格尔木   石家庄

2010-9-23   太原   2010-9-30
2010-9-24
青海湖   西宁

2010-9-12   兰州   2010-10-19
沱沱河   2010-9-25   泰安   济南

安多   洛阳   2010-10-23
西安   曲阜   2010-10-21
2010-10-24   郑州
2010-10-25   2010-10-22

2010-11-1
汉中

2010-9-9   2010-10-26   2010-11-22
林芝   安康   2010-10-30   合肥   南京
波密   2010-10-27   2010-10-31   2010-11-21   2010-11-23
2010-9-10   左贡   紫阳   岚皋   2010-11-24
2010-9-11   2010-9-8   2010-10-28   2010-11-10   镇江   2010-11-25
拉萨   巴塘   2010-10-29   云阳   宜昌   武汉   上海   2010-11-26
芒康   界岭   2010-11-11   2010-11-12   2010-11-27
2010-9-7   理塘   2010-11-9   杭州
2010-9-6   成都
乡城   2010-11-2   盐江   2010-11-13   九江   2010-11-28
香格里拉   2010-11-4   2010-11-17   2010-11-20   温州
2010-9-5   大足   赤壁   南昌
2010-9-4   2010-11-5   重庆   2010-11-19   2010-11-29
丽江   2010-11-8   长沙   福州

2010-9-3   2010-11-18
大理   2010-9-1
曲靖   2010-8-30
2010-8-31   2010-12-1   汕头
2010-9-2   贵阳   2010-12-2   2010-11-30
昆明   广州

南宁   2010-8-29

START
Shenzhen
2010-8-25

2010-8-26
海安

海口   2010-8-28

2010-8-27
三亚

图例说明

★ 起始／终点站
● 重要驻留站
● 重要经过站

实际行程图

时间来到晚上的九点，昏暗的码头，就我一辆车，孤单、无助地停泊。码头文化带来的恐惧，无人帮助的失落，上下奔波的疲惫，多个小时未进餐的饥饿，让我惶恐不安起来……

（2010。8。25）

出发

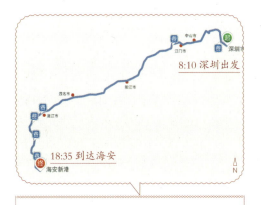

8:10 深圳出发

18:35 到达海安
海安新港

N

全长651公里

向南

↑ 8：18，拿到第一张高速通行卡。

消息内容 1051
From: 吴思
2010-08-25 00:09
哇 你也太牛了吧 会
一直追寻你的行程
了 一路多保重 待你
平安归来为你洗尘
接风

消息内容 1051
From: 谢志文
2010-08-25 00:15
你太让我敬佩和羡
慕了，预祝你：顺
利！成功！

选项　　　返回

选项　　　返回

　　早上八点十分,告别为我送行的亲人朋
友,拿到第一张高速通行卡,我的百日征程开
始了。

　　那些为我送行的亲人朋友,一定是在担
忧、疑虑甚至忐忑中四散开去。如果有人认为

我是英雄,那么就一定有人认为我是疯子。而我,只是一个行动者。知我者谓我心忧,不知我者谓我何愁?

行驶在高速路上,我丝毫没有感觉它是百日征程,反倒觉得是去广州出差。家人的担忧一定多过了我的担忧,而西藏道路中断造成的等待,早已让我变得迫不及待。即便如此,我还是要保持足够的内心安静,开弓没有回头箭,毕竟前路漫漫,毕竟行程刚刚开始。

佛开高速共和收费站是我遇到的第一关,我还是有些紧张。见到距离牌两公里,我开始准备录音工具,自言自语为自己打气。我的到来,让工作人员也有些手足无措,的确,这种事情大家都是第一次,是我为难他们,或者他们为难我,心理的、行为的都是一种尝试。

对于我的做法,工作人员表现出了足够的兴趣和足够的为难。在岗的工作人员找来了

值班的班长,班长也觉得这件事挺难办,只好给上一级的领导去电话,得到的回复是不能支持。聊的过程中,一位小伙始终在一旁"观战",看着装,应该是道口维护治安的工作人员。他拿过我的特制欠条,看到我的陕西背景,就说他也是陕西人,陕西渭南的。由于这层老乡关系,他把我叫到一旁,说帮我想办法。在高速公路上班的工作人员身上都不允许带钱,我不知他是从哪里找来那115元钱,这是我的第一笔通关费,感动之情当然溢于言表,很想用相机记录下这一幕。但是他反复交待,不要拍照,并说自己很快就要离开这里。为了尊重他,在他留账号的时候,我只是把他的手拍了下来。

耗时46分钟,过了第一关,心情大爽,决定前方尝试挑战第一次加油。阳江服务区加油站,我的到来,让站里的工作人员很

↑ 共和收费站的等待。

No:001

中国民生银行 网上银行电子回单

欠款地点: 江中高速共和收费站

消息内容 10:50
From: 李双鱼
2010-08-25 00:29
回哥威武,所到之处,金石为开。人生在世,有此壮志,不枉一回。

↑ 天字第一号欠条主人田忠明留下账号,从入收费站到出收费站历时46分钟。

↑ 阳江加油站。

↑ 站长李佳泽为我补满第一箱油。

是兴奋,当我说要找一下站长,一个小伙已经拨通了站长的电话。当站长骑着摩托车从对面油站过来,还没听我讲完内容,就说:"行,你加吧!"就这样,我加到了出行的第一箱油,190元钱的油,满满当当,完全能够应付今天余下的行程。

下午两点四十,我吃下第一盒方便面,接下来,我要考虑的是下一个高速出口——关坡收费口。我几乎受到明星般的礼遇,十来个工作人员围拢过来,有拿照相机的,有问情况的,有联络站长的。在未见面的站长的支持下,这160元的过路费由站长代劳,而在场的工作人员纷纷过来跟我合影,这样的场面,让我对前路的艰难放松了警惕。

过了关坡,天气骤变,狂风暴雨,接下来三个小的地方收费站,在他们的大度下,我都一一免费通过。就这样风雨兼程,到了海安。

海安有新旧两个码头,新码头感觉大一

些,就先到了新码头。我把车停在一个不影响其他人的地方后找到了收费口,说想见一下领导。房间里的领导对我的说法根本不予理会,既不出来,也不让我进去。百般无奈,我只好找到另外一个码头。我找到了收费处,没人理会,又找到了楼上的办公室,他们还是叫我找收费处。就这样反复来去,天渐渐黑下来。码头的人不理我,我便试着去

↑ 下午两点四十,我吃下第一盒方便面。

↑ 关坡收费站的"明星"礼遇。

找警察，警察也说是爱莫能助。我又找过路的车辆，大都一脸怀疑，最后我甚至专门寻找深圳牌的车辆，还把当天的报纸拿出来给他们看，无一成功。

时间来到晚上九点，昏暗的码头，就我一辆车，孤单、无助地停泊。码头文化带来的恐惧，无人帮助的失落，上下奔波的疲惫，长时间未进餐的饥饿，让我惶恐不安起来，看来今天的渡海计划不可能成功。

给在对面海口等我的李少君去了电话，说今晚过不去了。现在，第一件要解决的事情就是住宿。我把车往回开，空旷不平的小路，越发让人寂寞又失落，海风吹动树枝摇曳，仿佛发出嘲弄的声音，关坡收费站的明星待遇，回忆起来自己更像是一个丑角。

路过一家小旅馆，把车停在月光的树影下，没有浪漫。沟通，拒绝，离开。漫无目的地转悠，找不到一家像样的酒店。我只好停下车

欠款地点：广东湛江沙坡高速收费站

欠款地点：广东徐闻海安镇杏磊湾

~17

向路人打听,当地最好的宾馆是哪一家,大家异口同声指向了杏磊湾。

当我把车开进杏磊湾,就不打算再离开。见声不见人的温泉的沸腾,高悬的明月,近海的清风,这一切都与我无关,我只需要一个窝。前台小伙的热情,完全异于码头的冷漠,虽然他不能做主,却积极与酒店经理联系。和匆忙下楼的经理短暂交流,她因有事外出,显然是有约在先,但仍然说会给我回电话。

我握着身份证、驾驶证、欠条等一切能证明身份的东西,在大堂漠然地等待。中途不断接到来自深圳的众多好友关切的电话,谢谢大家的担心,但是远水又何以解近渴。等待中我也内心思量,如果不行,第一天就在车上睡觉也行啊,毕竟此地保卫措施得力,安全不会有问题。

大约过了半个小时,我等待来了好消息:不但能让我住下,还可以打折,原先一套一千三百多元的套房,现在只收我一间的房钱,四百多,这是我出门后的第一个家。

↑ 海安港的孤独等待。

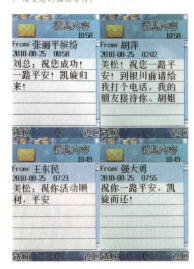

2010.8.25-终于出发了！

• 梅隆天桥传说 2010-08-26 10:16:51[回复]［删除］［举报］

顶！刘总你并不孤独的！一大帮人都在默默地关注你
呢！我是苏林！呵呵呵呵呵

• 新浪网友 2010-08-26 21:23:48[回复]［删除］［举报］

刘原爸爸！加油！加油！
我们一家都支持你！
相信吧
诚心和诚信一定能够走遍天下的！

From: 杜国平 10:49	From: 花间 10:48	From: 田忠明 10:47
2010-08-25 08:01	2010-08-25 08:14	2010-08-25 13:31
祝您一路平安 快乐 盼您完成心愿 顺利归来。杜国平 敬祝	带诗上路，一路平安！有帮助的地方来电话。	刘先生，你好！我是田忠明，我的银行卡是中国银行的卡，卡号是：6013××××1316户名是我的名字。你现在到

★ 当日细节

 → 651 公里，早晨 8：10 出发，18：35 到达海安，21：55 入住；

→ 深南大道—广深高速—虎门高速—京珠高速—中江高速—佛开高速（共和收费站）—G15 湛江方向—G75 海南方向沙坡出口—国道 207 到达海安新港；

 → 早餐／苹果 1 个，中餐／方便面，晚餐／苹果 1 个；

 → 全日收费站 5 个，佛开高速共和收费站 115 元（001 号欠条），沙坡收费站 160 元（003 号欠条），国道 207 线城月收费站 7 元（免），国道 207 线南渡收费站 7 元（免），国道 207 徐闻收费站 7 元（免）；

 → 1 次，阳江加油站，油费 190 元（002 号欠条）；

 → 杏磊湾，住宿费 458 元（004 号欠条）；

 → 944 元（欠条 923 元，免费 21 元）。

沟通时间35分钟
沟通时间46分钟
沟通时间2分钟
沟通时间3分钟
沟通时间7分钟
沟通时间11分钟

5　20　60
10　30　~

★ 欠款列表

欠款单编号	姓名	性别	账号	开户行	类别	金额	联系方式	进度	欠条时间	还款时间
001	田忠明	男	1015××××××7013	中国银行江门分行	路费	115	137×××8760	收到	2010.8.25	2010.8.26
002	李佳泽	男	1025××××××0216	工商银行阳江分行营业部	油费	190	139×××5655	收到	2010.8.25	2010.8.26
003	林日明	男	1055××××××5507	建设银行湛江分行	路费	160	138×××6543	收到	2010.8.25	2010.8.26
004	陈浮梅	女	1035××××××1062	农业银行徐闻海安支行	住宿	458	135×××3153	收到	2010.8.25	2010.8.26
					船费	450	137×××9367	收到	2010.8.25	2010.8.26

（2010。8。26）

三亚不远，海口在眼前

9:30 海安出发

张国县

海口市

澄迈市

万宁市

18:30 到达三亚

三亚市

N

全长275公里

向南

今天，又是一天，新的一天。

虽然凌晨一点才睡，早晨六点不到又醒。躺在赊来的别墅房间的大床上，重新盘算过海一事。拟定方法有三：一是找码头不远的镇政府，二是继续找不给面子的码头领导，三是继续找过渡的车辆沟通，尽可能找深圳车。虽然深圳的好朋友曾伟不停地打电话过来说可以叫人送钱过来，我仍然坚持自己解决。

昨晚的失败可能是与天黑有关，在朦胧状态下，的确容易引人的猜忌。早晨起

↓ 吃上了免费早餐。

来，我出去转了转，好美的海啊，想起昨晚十六的圆月，错过了欣赏她的机会，真的很不应该。遇到什么问题，的确应该看看天，望望海，她们永远是那么辽阔！

我决定把昨天的一二三都作废，既然能与酒店沟通入住，为什么不能让他们再帮我买一张船票呢？这个社会一个普遍规律就是找熟人一定比陌生人强。因此我心情大好，甚至于哼起了小曲。呵呵，我拨通了胡经理的电话……

收拾完行李，把车开到大堂门口。见到胡经理，她问我吃早餐没，我说没有，不想吃。她说那我请你，我说你太客气了。她一再坚持，我就不坚持了。吃饭是一个沟通的好时机，我还客套啥呢？傻呀！事实证明免费早餐是值得的。我给酒店打了欠条，酒店胡经理专门派人到码头去给我买船票，还是昨晚的小伙子，今天已是新朋友。

拿着船票，我几乎是英雄式地进入码头，怎么说？一切反动派，都是纸老虎！喜欢这句话。等待是慢长的，却是值得的。哎，我把酒店房卡也拿走了。

31 个小时后，见到李少君，海南省作协副主席。朋友，你是我此行见到的第一个熟人。吃上

↓ 酒店经理胡力文。

↓ 为我购买船票的小伙子。

为了这个"查"字，我等了15个小时。

↑ 船上都是赤脚党！

↑ 收留我第一夜的杏磊湾。

~21

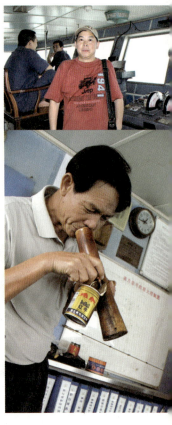

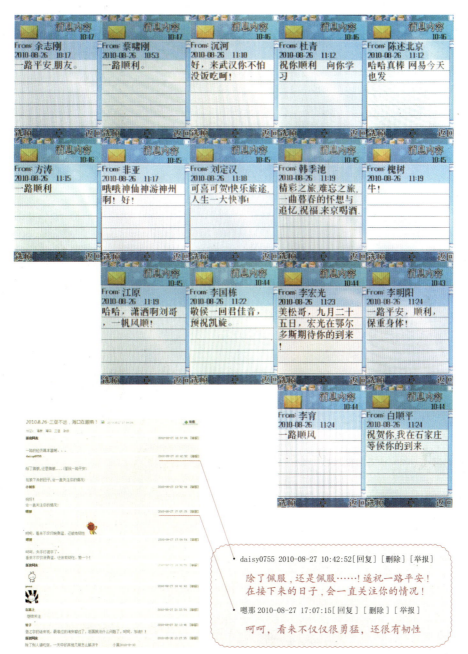

消息内容 10:47
From: 余志刚
2010-08-26 10:17
一路平安,朋友。

消息内容 10:47
From: 蔡啸刚
2010-08-26 10:53
一路顺利。

消息内容 10:46
From: 沉河
2010-08-26 11:10
好,来武汉你不怕没饭吃呵!

消息内容 10:46
From: 杜青
2010-08-26 11:12
祝你顺利 向你学习

消息内容 10:46
From: 陈述北京
2010-08-26 11:12
哈哈真棒 网易今天也发

选项 返回

消息内容 10:46
From: 方涛
2010-08-26 11:15
一路顺利

消息内容 10:45
From: 菲亚
2010-08-26 11:17
哦哦神仙神游神州啊!好!

消息内容 10:45
From: 刘定汉
2010-08-26 11:18
可喜可贺快乐旅途,人生一大快事!

消息内容 10:45
From: 韩季池
2010-08-26 11:19
精彩之旅,难忘之旅,一曲暮春的怀想与追忆,祝福,来京喝酒

消息内容 10:45
From: 槐树
2010-08-26 11:19
牛!

选项 返回

消息内容 10:45
From: 江原
2010-08-26 11:19
哈哈,潇洒啊刘哥,一帆风顺。

消息内容 10:44
From: 李国栋
2010-08-26 11:22
敬候一回君佳音,预祝凯旋。

消息内容 10:44
From: 李宏光
2010-08-26 11:23
美松哥,九月二十五日,宏光在鄂尔多斯期待你的到来

消息内容 10:43
From: 李明阳
2010-08-26 11:24
一路平安,顺利,保重身体,

选项 返回

消息内容 10:44
From: 李育
2010-08-26 11:24
一路顺风

消息内容 10:44
From: 白顺平
2010-08-26 11:24
祝贺你,我在石家庄等候你的到来.

选项 返回

daisy0755 2010-08-27 10:42:52[回复][删除][举报]

除了佩服,还是佩服……!遥祝一路平安!
在接下来的日子,会一直关注你的情况!

嗯那 2010-08-27 17:07:15[回复][删除][举报]

呵呵,看来不仅仅很勇猛,还很有韧性

~23

了第一餐米饭,感谢朋友,感谢粮食!少君执意给我加箱油,我婉拒他了。我之所以把油跑得差不多了,就是想在海口来补油,它的意义不同。

第一家加油站拒绝了,我去找第二家加油站。站长听了我的陈述,一点一点让步,最后果断地说:"我给你加三百块钱的油,也算是挑战一下我自己。"天啦!三百块钱的油,足够了。但是他反复强调这是他的个人行为,与公司无关,不让拍照,不要欠条,多么伟大!

当然,我也有我的坚持,油是要了,欠条也要留下。奔驰在海南的大地上(高速路是免费的),心情舒畅。三亚,衣米一,神交已久的诗友在等待我。

六点半到达三亚,中途还接到同学吴翔的电话,说他也在三亚,真好。

↑ 31个小时后,见到诗友、海南省作协副主席李少君。

年轻时,读万卷书
中年后,走万里路
老年余,写不尽诗
大丈夫一生方不虚此生!

李少君
2010.8.26
于海口

欠款地点:海南省海口市

消息内容 10:42	消息内容 10:42	消息内容 10:41	消息内容 10:41	消息内容 10:41
From: 虾子 2010-08-26 11:33 我在南都上看到你的报道-	From: 林宇〔北京〕 2010-08-26 11:40 何时到北京告知，我给你接风。林宇	From: 木知力 2010-08-26 11:42 哈,祝顺风,回见!	From: 然也 2010-08-26 11:50 预祝一回兄一路顺风,此行圆满成功!车到蒲圻电话我,为你加油!	From: 郭清 2010-08-26 11:54 祝福你!愿一路上都有你意想不到的收获。

★　当日细节

km → 275 公里, 早晨 9：30 出发, 18：30 到达三亚;

→ 海安新港—海口秀英港（轮渡）—海南东线高速;

→ 早餐／白粥、蛋、青菜, 中餐／香菇牛肉饭（快餐, 李少君请）, 晚餐／湘菜馆（同学吴翔请）;

¥ → 全日收费站 1 个（轮渡）, 等待 15 小时, 450 元（004 号欠条, 未显示, 含住宿实付 908 元, 见付款凭证）;

→ 2 次, 成功 1 次, 海口某加油站, 油费 300 元（005 号欠条）;　 沟通时间15分钟　○

H → 三亚粤海疗养院（衣米一安排）;　 沟通时间17分钟　○

口 → **750 元**（欠条 750 元）。

5　20　60
○ ○ ○ ○ ○
10　30　~

~25

★ 欠款列表

欠款单编号	姓名	性别	账号	开户行	类别	金额	联系方式	进度	欠条时间	还款时间
005	王小明	男	1026×××××××0057	工商银行海口金盘支行	油费	300	137×××8760	收到	2010.8.26	2010.8.27

（2010。8。27）

请到天涯海角来

19：10 到达海口

15：08三亚出发

全长335公里

向
北

此行除了所有省会城市必到之外，我还选择四个具有代表性的点。南是三亚的天涯海角，北是漠河的北极村，东是山海关，西是嘉峪关。

这四个点中，天涯海角是我到达的第一个点。出发时突发的眼疾让我很难受，红，结眼屎，肿胀难受，只好是带着墨镜走天涯。三亚游，大有名堂可讲，天涯海角，很多官员特别忌讳——什么到了天涯海角，岂不是官当到头了？这对于那些痴迷于官位的官僚们是万万不能接受的事情。当然，事物也不是那么极端，有存在，就会有破解，就像会中毒，就会有解药一样。因此，三亚既然有了天涯海角，就搭配着一个景点叫鹿回头。对于官者来说，到了天涯海角并不要紧，关键是得去一下鹿回头，而且是要先到天涯海角，再到鹿回头。就这样，把一个走到了尽头的人，又活生生地给拉了回来。

在同学吴翔的安排下，我们不但要去天涯海角，还要去一下小洞天。凭海临风，一激动，不小心就与天涯海角失之交臂，走过了头。那么干脆就不回头了，先到小洞天吧，回程再到天涯海角又有什么大不了，反正咱也不当官，也就没有那么多的忌讳。

小洞天在南山脚下，山的另一面是香火鼎盛的南海观音像。进入小洞天，就有一件奇怪事，

↓ 和诗友衣米一（左）和同学吴翔（右）在天涯海角。

行走的石道上竟然有人留下的脚印。我很奇怪是哪个神人有如此的功力？细细问来，方知是某大人物留下的，能在这样坚硬的石头上把这样的脚印深刻下来，这些人的马屁之功可见了得！

人在南山，不老松不得不说。江湖流传的"福如东海长流水，寿比南山不老松"中的不老松指的就是这里。按常理讲，这么大的树在海边生长很不安全，所谓的树大招风。连年的台风，何以让这些长者健康长寿，当然自有其中奥妙。仔细观察，这些庞然大物的枝干都是

~27

↑ 南山不老松。

← 这些树洞，是南山不老松长寿的秘诀。

↑ 海口的诗友们（前排右一花枪、右二面海）。

空的，台风来袭，风就会从这些空隙中穿堂而过，造物的神奇和物质的存在，是那么合情合理，一方水土养一方人，也养一方物产，一种地域的差异化，才成就各自之美和各自之骄傲，也就不足为怪了。

再回天涯海角其实也只是形式了，我们摆摆POSS，照照相，大有孙猴子在某处撒上一泡尿，写上到此一游的感觉。但沿岸的美景还是不能胜收，想起上次去西沙的经历，再找出先前的记载，是另一种心情：

"离开三亚，就像离开祖国／我们向南行，南中国海／几多岛屿正在敌手／好在我们守住了西沙、中沙、曾母暗沙／向南进发，还能找到家。"

"船离岸，由浅蓝到深蓝／又由深蓝到藏蓝／蓝色下面是游鱼／是自由，也是恐惧／弱肉强

• 蚊子 2010-08-27 22:13:46 [回复] [删除] [举报]
借江宇的话来说，最难过的海安都过了，后面就没什么问题了，呵呵，加油！！
• 新浪网友 2010-08-28 14:48:37 [回复] [删除] [举报]
壮士不怕远征难，独驾轻车走四方。
• 云云 2010-08-28 21:19:23 [回复] [删除] [举报]
任重而道远！祝身体健康平安！！！
• 新浪网友 2010-08-30 13:33:00 [回复] [删除] [举报]
哇塞，衣服也有得送？
小莫 2010-8-30

★ 欠款列表

欠款单编号	姓名	性别	账号		开户行	类别	金额	联系方式		欠条时间	还款时间
006	吴翔	男	6013××××××8325		中国银行三亚支行	油费	290	189×××6686	收到	2010.8.27	2010.8.31

↑ 海口同学吴四海及其女儿。

食／有肉的地方／就有一张更大的等待肉的大嘴／／三亚，三亚，三亚再也不是家／我们总爱做个漂泊者／我们总爱做个猎奇者／我们总是用远离故乡来思念故乡。"

　　而我所谓之故乡，是在走远，还是在走近呢？

2:14

No:006

中国民生银行 网上银行电子回单

欠款地点：海南省三亚市

★　当日细节

km　→335公里，15：08出发，19：10到达海口；

→三亚粤海疗养院—小洞天—天涯海角—东线高速—海口；

→早餐／炒米粉（衣米一请），中餐／海南菜（衣米一请），晚餐／楚湘情（吴四海请）；

→1次，三亚下洋田加油站290元（006号欠条打给了同学吴翔）；

H　→海口某饭店（同学吴四海安排）；

□　→**290元**（欠条290元）。

我要去南宁

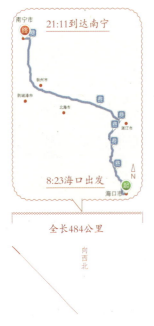

南宁市　21:11到达南宁

8:23海口出发

全长484公里

向西北

眼睛稍好,好在先是过轮渡,不开车。

昨晚十点早睡,今天依然早起,写博客。七点半左右,与同学吴四海见面,他带上大女儿叶子一同来为我买船票。

进港后,船上车太少,于是想出去先加一箱油。第一个加油站不允:"周

末,站长休息,不能做主。"不甘心,去第二个加油,站长休息!

我不想放弃。先与收银员沟通,尔后跟主管沟通,要上了谢玉玺副站长的手机号拨过去,无人接。我请主管用他的号再拨,接通后我接过来把这几天背得烂熟的陈词滥调复述一遍,听口气没有果断回绝,没有反感,就一再坚持,并告知可以网络上查找我的信息,对方讲五分钟后回话。我便在其办公室查找关于我的信息,电脑真慢,我又想加油,又怕耽误船,但两者相比我不想把即将达成的目标放弃。

信息还没查出,隐约听到主管用笔在记数字,我很敏感,应该是银行账号,看来站长那头已经同意。我叫主管过来看电脑,他说不用了。加完油,道过谢,匆匆忙忙赶往码头,先前的船刚刚装满车,只好等下一班船。我并不懊恼,因为通过电话能加上油还是让我很开心。

上了另一艘船,等待中,给先前阳江加油站的李佳泽去电话,因为除了他的钱,其余各点的钱均已到账。然后跟南宁《文汇报》的罗汉去电话,说可能晚点到南宁,不要等吃饭。虽然没有见过面,但听声音是个爽快人。

2010.8.28·南宁方向（海口——南宁）

↑ 海口，美丽的秀英港。

新浪网友 2010-08-29 13:35:37[回复] [删除] [举报]

身无分文走天下，诚信一回写新章。

新浪网友 2010-08-30 08:36:29[回复] [删除] [举报]

叔叔加油，我是刘原的小学同学杨汉章，
为您打气，祝您成功

新浪网友 2010-08-31 12:52:08[回复] [删除] [举报]

不要心情沮丧哦，一路走过，这样情况可能
还会有的。
保持本有的乐观心情吧。唐

↑ 海口加油。

~31

From: 杜凯
2010-08-28　11:38
加油大哥！

From: 江冠宇
2010-08-28　19:07
老兄每天都关注你
的行程,祝平安顺利

↑ 难过此关。　　　　　　　　　↑ 吕杰果断回答"我愿意"。　　　　↑ 南宁收费站钟海林。

　　海口登船,工作人员指挥有序,面色严肃而不失和气。再想到26号从海安登船时的情景,一个个凶神恶煞,当时我还理解成一种海洋文化和码头文化的必然。现在见到海口人的情形,觉得自己太武断,真正要究其根本,我想还是文化素养的问题,纯经济解决不了高素养,而教育才是基石。没有文化的民族必是愚昧,没有信仰的民族当然可悲!我们信仰什么?

　　下船后是下午的一点十分,我第一时间开通导航,输入南宁信息。在船上我已盘算好,如果计算的里程是600公里以下就直奔南宁,600公里以上我就在先前赊帐的酒店再赊住一夜,稍做休整。当导航显示459这个数字时,我按捺不住兴奋,南宁真近啊!对了,还有上次的房卡没还,一定要先还掉才能走。我把房卡放在前台,没有再去打扰胡力文经理,只是在心中感激她。

　　导航显示到达南宁的时间是晚上七点十五分,凭我的速度应该更早点,但沟通的时间就不好说。记忆中到了南宁才有收费站,我恰恰忽略了广东广西交界处的桂海收费站,恰恰是这个收费站给我制造了比第一站46分钟更长的麻烦。

　　三个二十出头的工作人员真是油盐不进,25元钱耗时一小时零二分。他们一直要押我的证件。我才出门几天?接着又是要押东西,我给的东西他们又看不中,后来没办法,我打开车尾箱,叫那位算是头的小姑娘自己选,她选中了一个朋友送的两百多元钱的水壶。用这种以物相抵的方式来过关,好悲哀。

好在加油简单，又一个二十来岁的小伙子，当我说起我的事情时，表情冷静，偶有憨态。当我说加一百元钱的油我就可以到南宁，问他愿不愿意帮我时，他出乎异常地果断回答："我愿意！"

受了桂海收费站的影响，在快到南宁时，心中有点打鼓，因此还走错了方向，走到柳州方向去了。出口处工作人员知道我的所作所为后，内部开了一条通道让我重新返回到南宁的出口，谢谢他！在南宁出口繁忙的景象下，我更是忐忑不安，又是陈词滥调，又是电话汇报，又是旁边的工作人员先感动，我也很感动。

（南宁收费站的小伙子叫钟海林，当时欠他的145元钱没有留账号，后来他跟家里的父母说起这件事，父母说他做的对，还死活不让我还钱，说收了我的钱就是对父母的不孝，后来反复做工作才给了账号。）

到达南宁，八个诗人朋友已转战酒吧等候，谢谢他们，夜色中的南宁依然那般美好！

↓ 南宁等候的朋友们：左起叶军/庞仲龙/林宁/罗汉/一回/陈祖君/申芳/兰岚/王瑜。

★ 当日细节

- km → 484公里，8：23海口出发，21：11到达南宁；
- → 海口秀英港—海安港（轮渡）—国道207—G75—G7511；
- → 早餐/火腿肠1根，中餐/火腿肠2根，晚餐/火腿肠3根；
- ¥ → 5个，国道207线城月收费站7元（免），国道207线南渡收费站7元（免），国道207徐闻收费站7元（免）。粤桂交汇桂海收费站25元（以物相抵），南宁收费站95元加收费卡折断50元，计145元（010号欠条）；轮渡：451.5元（同学吴四海代购，007号欠条）；
- → 海口挑战2次，成功1次200元（008号欠条）；高速路挑战3次，成功1次，100元（009号欠条）；
- H → 南宁某酒店（罗汉安排）；
- ⊙ → **942.5元**（欠条896.5元，免费21元，以物相抵25元）。

沟通时间1分钟
沟通时间1分钟
沟通时间62分钟
沟通时间1分钟
沟通时间37分钟
沟通时间28分钟
沟通时间44分钟

5 20 60
10 30 ~

~33

★ 欠款列表

欠款单编号	姓名	性别	账号	开户行	类别	金额	联系方式	进度	欠条时间	还款时间
007	吴四海	男	6013×××××9832	中国银行海口南沙支行	船费	290	139×××6790	收到	2010.8.28	2010.8.31
008	谢玉玺	男	6222×××××4008	中国银行海口支行	油费	200	151×××90日	收到	2010.8.28	2010.8.31
009	吕杰	男	6061×××××1120	中国工商银行南宁支行	路费	100	151×××5207	收到	2010.8.28	2010.8.31
010	钟海林	男	3036×××××8888	光大银行南宁新民支行	油费	145	134×××7172	收到	2010.8.28	2010.8.31

（2010。8。29）

有慌乱，有喜悦，很故事

20:18到达贵阳

贵阳市

河池港

9:10 南宁出发

南宁市

N

全长624公里

向北

↑ 双拥加油站加的及时油！

与罗汉等人吃早点牛腩米粉，心情极差，胃口全无，意思吃了一点，分手。

油箱快见底，这是摆在当前的首要任务，只有加满油，才能安心上路。距离贵阳624公里，市区加油还要转多少公里，未知。现在是九点十分，加油早，可以早到贵阳。

心慌。昨天25元钱一小时零二分的景象不停地在我脑海闪现，给我打击，前途未卜。加油不顺，第一家加油站极其冷漠，找加油工，叫找办公室；找到办公室，叫找班长；找到班长，班长一脸不屑，再找，她说她不是班长；再找办公室，人已去，房已空。可怜我人在南宁心不宁啊。第二、三家油站态度稍好，但仍不愿提供站长电话，我只好找第四家了，我就不相信偌大个南宁城，加不上我刘某人的一箱油。其实，到了第四个加油站，我已经越来越心虚，因为油箱里的油越来越少，我可以等，油不可等啊！

双拥加油站，我要一博。我找到班长，班长给了我一张站长的名片，好，有名片就好办。我拨过站长电话，占线，再拨，又占线，又再拨，还占线。多么忙的站长，我也要打进这个电话。十分钟后电话通，我道明详情，对方的回答让我惊讶，说昨天广西电视台播了我的消息，真是救命的消息啊。他问我要加多少钱的油，我说三百左右吧，他欣然应允。

我的激动自不必提，急忙去挪车，突然大大小小来了七八个

↑ 南宁一家亲。

↑ 支持我的寇总（右）及朋友。

人，有老有小，还有一个孕妇，说是昨晚看了我的节目，看到我在另外一个加油站加不上油离开，就一路跟上来。见面说了好多溢美之词，我可消受不起啊，我将小诗集与赠，他们非常开心。加满油，广西电视台的记者也到了，我不知是否刚才那个家庭报的料，礼貌起见，我聊了几分钟，毕竟还要赶路。

他们要我说一下这几天的总体感受，我说是"悲喜交加"吧。悲的是制度的冷酷和人情的诸多漠然，多一事不如少一事几乎成为一种法则；喜

~35

的是仍然有很多的好心人，让人内心温暖。其实，人都是善良的，特别是中国人，但在这个对物质极端追求的社会常态下，人们忘记了更多的人间真情，我们需要唤醒她。

不多说，挥手道别时，远处马路边，那七八个人仍在目送我，我也向他们挥了挥手。双拥加油站，在南宁，我忘不了这个亲人般的名字。

一路贵阳路，因为最后的好结果，我的心情开始重归于平静。一点左右，我想稍做休息，补充一盒方便面做中餐。吃面过程中，有人开始对我感兴趣，聊天。其中一拨三人中的一人问我有什么需要他帮忙，此时我油箱仍然饱满，就婉拒了他的好意。他说他是河池的，向前还要走一百多公里，有什么需要尽管开口，看他盛情，又想到收费口的艰难，我说那麻烦您到前面那个收费站帮我缴一下费吧，他爽快地答应了。

有了此等好事，我也就不休息了，跟着他的车，保安收费站，寇总（现在我知道他叫寇总了）叫司机帮我交了费，然后车靠边，打欠条，签名，合影，道别，不亦乐乎。他说前面还有一小收费站，10元钱，是否也帮我交上？这种小事，我说我5分钟内搞掂，于是我们各自前行。

到了该收费站，大出我意料，工作人员死活不让过。几分钟后，有人敲我车窗，哈哈，这不是寇总的司机吗？原来他们一直跟着我，当司机递过去10元钱，怪不怪，工作人员又不肯要了。

再见面，不愿分开，我们像是同路人，一前一后，跟紧寇总车，一路向前进。行不远，他车停一小餐馆，原来他们已在此订下一桌美味，寇总要邀我共进午餐呢。虽然先前吃了一碗

新浪网友 2010-08-30 13:21:13[回复] [删除] [举报]

莫愁前路无知己，天下谁人不识君。

旧海棠 2010-08-30 16:07:06[回复] [删除] [举报]

一直关注，加油！
"我已经学会不得意了"这句话说得不好，前面的路还那么长！

daisy 0755 2010-08-30 21:58:00[回复] [删除] [举报]

看到你的文字，心情也跟着上下，当进入云南与西藏后，请注意只要有加油站，务必每次都争取加满油，包括备用油箱……相信一路会好运相伴!!

↑ 美味鸡汤，直达心灵。

消息内容 10:30

From:林伟伦
2010-08-29 19:35
美松兄,我一直在看
第一现场关于您诚
信之旅的报导,现
在和最想对你说:
(用我女儿学校老
师最常用三个字您

选项   返回

消息内容 10:30

美松兄,我一直在看
第一现场关于您诚
信之旅的报导,现
在和最想对你说:
(用我女儿学校老
师最常用三个字您
真棒! 你一定能完
成诚信之旅的!

选项   返回

No:011

中国民生银行 网上银行电子回单

欠款地点：广西南宁双拥加油站

No:012

中国民生银行 网上银行电子回单

欠款地点：广西都安收费站

↑ 海豹亲吻。

方便面,但美味当前,又加盛情,却之不恭吧。落座后,一碗米饭,两碗鸡汤,精神为之大振。

他们仨是河池人,前行50公里,我们将会各行其道。他们要到该处为我加满油再走,真是把我感动得一塌糊涂。加满油后,寇总还接受了深圳电视台"第一现场"的采访。这一次,是真分手,谢谢寇总,谢谢他的兄弟们!

再上路,后面的两个收费站都让我在两分钟内搞掂,再上高速,心中又开始打鼓,我已经学会不得意了。中途路破烂不堪,堵车近两小时。天晚,近贵阳,导航每一次报出前方收费站,我的精神就高度紧张,布置战局,做好应战准备。好在都是虚惊,直到贵阳,才是唯一的收费口。沟通了几分钟,寇总已匆忙上前交掉费用,搞得收费站的工作人员还不好意思,觉得没帮上我的忙。

贵阳到,心已安。眼睛因开夜车又有反复,明天休整一天。

(整理这段文字时,发现诸多错误和遗漏,可想当时的心情到第二天仍然没有平静。)

夕阳西下(18:18)

No:013

中国民生银行 网上银行电子回单

欠款地点：贵州贵阳花溪收费站

From: 钟海林南宁收费站
2010-08-30 23:54
刘大哥我这段时间
上班比较忙没有时
间回家，所以没有去
你的博客看，请你谅
解其实我很感动你

问回家，所以没有去
你的博客看，请你谅
解其实我很感动你
用这种实际行动来
证明诚信的存在我
不能帮你做什么，所
以请你允许我尽这
份心，拜托了！

From: 面海
2010-08-30 12:36
一回，到哪了？祝
你一路顺利。面海

From: 张丽娟
2010-08-30 15:23
刘总加油，注意身
体

★　当日细节

 → 624公里，9：10南宁出发，20：18到达贵阳；

 → G75—G210（国道）—G75—贵阳绕城高速；

 → 早餐/牛腩米粉（罗汉请），中餐/方便面，晚餐/郜总请；

 → 5个，都安收费站50元（012号欠条，寇总，路上认识朋友代缴），国道210线下坳收费站10元（免），国道210八步收费站8元（免），国道210巴平收费站8元（免），贵阳收费站140元（013号欠条，郜总代缴）；

 沟通时间17分钟
 沟通时间5分钟
沟通时间19分钟
沟通时间8分钟
沟通时间28分钟

 → 挑战4次，成功1次，280元，南宁双拥加油站；高速路河池口195元（012号欠条，寇总加油）；

 → 贵大公寓（郜总安排）；

 → 691元（欠条665元，免费26元）。

5　20　60
10　30　~

（2010。8。30）

贵阳加油记

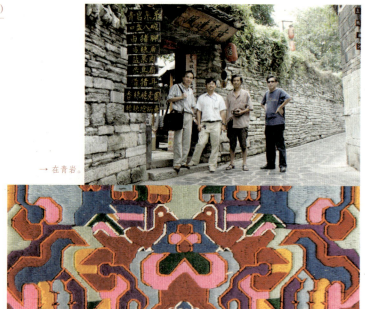

→ 在青岩。

上午去青岩，不是去旅游，而是去看郜总的一个苗绣基地。这是一个狂热的苗绣热爱者和研究者，一个钻研的人，让人感觉到可怕之外是一种可敬。文化的收藏不仅仅是收和藏那么简单，更应该是一种

传播。把收藏作为一种占有是可悲的。它的可悲在于自我得到，当一个人自我得到之后，不传播又不能传承的情况下，其实藏的就是一个死物。我对郜总的敬佩就缘于他那种在收藏之外的传播，他将苗绣绣片镶嵌在书中，把民俗文化商品化的过程中，带动了大批的苗家姑娘们投入到苗绣的再热爱和传承上来，在传统文化渐渐消逝的今天，算是给了苗绣第二次生命。

言归正传，去青岩的路上，我来去一共挑战了五个加油站，第一个加油站的头在他的办公室没有出来，听到我事情，抛出的话是：就是胡某涛来，没有钱，我也不可能给他加油。他放出的狠话，我还是能接受，而作为旁观者的郜总却不能接受，甚至去找他理论。

再找下家，一个女站长对我的说法保持足够的怀疑精神，我也不能说服她，只好到了对面的加油站。我要找的站长和对面油站是一个人，自然不会有什么不同的结果。第四个油站，我找到的工作人员说站长正在洗澡，我比较纳闷，这大清早的，不上班怎么想起来洗澡，说是刚打

扫过卫生，同时也要清洁一下自身。我只好把我的想法跟另外的工作人员沟通，再由该工作人员向在洗澡的站长去汇报。开始站长还答应要见我，几轮汇报过后，就拒绝出来了，因此在此地消磨的时间也就足够多。及青岩不远，又挑战了一个加油站，仍以失败为结果。很快就到了郁总的"领地"，我也就欣然作

~41

↑ 贵州民族学院的同学们。

罢，让挑战告一段落。上午的失败正好用下午的时间做一个缓冲，做了一辈子学生的我，第一次踏上讲台，给学生们讲课。课程是"领导艺术"，郜老师的意思是想用我的实践经验给学生们来一次交流，现身说法。

在我看来，领导完全可以拆开来分为"领"和"导"，"领"即是带领，是一个团队的头，因为是头，就会有更多的付出和回报，风险和收益成正比；另外，"领"也是一个方向，你要把一个团队往正确的方向去领，往有前途的方向去领。"导"应该是方法，就像学校中的老师，师者，传道授业解惑也，你不知道道，如何去传道，你如果没有方法，如何教别人方法。因此，只有一个知道正确方向，愿意更多付出，过程中又有更多方法去应变的人才能做领导。

下课之后，我再一次把车开出贵州民族大学的校园，同时也找到了一个加油站，我要再一次挑战贵阳的加油站。一个叫王丽花的年轻漂亮女孩子接待了我，我们的沟通并不长，就得到了她的支持，我也很开心，我问她是那里人，她说她是四川人，这样的回答，让我还是有一种失落感。我多么想有一个本土的贵州人来支持我。

↑ 在贵州民族学院。

↑ 鄢凯老师(左三)及媒体朋友们。

★　当日细节

km → 96公里；

→ 贵阳市区—青岩—贵阳市区；

→ 早餐/鄢总请，中餐/青岩古道遗风农家菜(鄢总请)，晚餐/鄢总请；

→ 挑战6次，成功1次，313.5元(014号欠条)，中石油贵阳高校加油站；

H → 贵大公寓(鄢总安排)；

→ **313.5元**(欠条313.5元)。

沟通时间13分钟

5　20　60
10　30　~

★ 欠款列表

~43

欠款单编号	姓名	性别	账号	开户行	类别	金额	联系方式	进度	欠条时间	还款时间
011	陆绍春	男	5240××××××6688	建设银行南宁支行	油费	280	138×××2434	收到	2010.8.29	2010.8.31
012	梁冠忠	男	6228××××××6713	中国农业银行河池支行	油费	.195	133×××0173	收到	2010.8.29	2010.8.31
					路费	50	151×××5207	收到	2010.8.29	2010.8.31
013	鄢凯	男	7100××××××2930	建行贵阳分行延东分理处	油费	140	130×××8377	收到	2010.8.29	2010.12.7
014	王丽花	女	6222××××××3713	工商银行贵阳南明支行	油费	313.5	139×××8289	收到	2010.8.30	2010.8.31

（2010。8。31）

曲靖通优

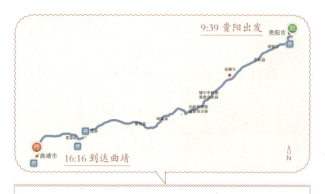

9:39 贵阳出发

16:16 到达曲靖

全长392公里

向西南

↑ 为我加油的遵义姑娘黄建芳。

曲靖，多出来的一个站点。昨晚，酒后的老六就在电话那头叫嚷："到云南来，我一定要大摆宴席。"足见云南人的热情。其实诗人见面，有诗有酒足矣，哪需要什么宴席，记得晓贤说过一句话，"朋友相见，是酒重要呢，还是酒吧重要？其实都不重要，是朋友重要。"正因为如此，曲靖不得不到。

贵阳的邰总坚持要把我送到高速路口，因为担心我的眼睛，中途还专门为我买来消炎药水。他兄长般的关怀里面，应该还有诸多的担心，万里征程，我才走过几步？前路漫漫，真正的挑战还在后头，饭要一口一口吃，路也要一步一步走。

低落的心情开始慢慢复原，渐渐平静。第七日，算是七天之痒吧。按照公里数，到曲靖应该是不用再加油，但心中仍然有个结，也许是我的小气，想得到一个陌生的贵州人的信任，决定找油站再试试。第一个不成功，站长不在，电话沟通了十来分钟未果。我又去找第二个，唯一在岗的小男生说要找他们站长，说话的同时拨通了他们站长的电话，站长原来就在对面。我看见两个女孩从马路对面越过高速公路的隔离栏过来（很危险），我把我的计

↑ 胜境关杨祖东站长正在"审阅"我的路线图。

↓ 胜境关美女收费员。

划目的又重复了一遍,她同意了我的一百元请求。事后,我问她是哪里人,她说她是遵义人。云南就在不远处,而我亦可以开心地离开贵州了。

心情好,肚子还是会饿。我决定到前方找个休息点吃包方便面,然后眯一会儿。第一个加油站没开水,又到下一个,也没有。我便转到油站后面去,看有一家小吃店,就想讨点

开水泡面。我对那个男的小老板说,能借点开水吗?他说一块钱。我说我身无分文,他说,那你就吃干的!噎得我一下子回不过神来。好在旁边那女子(应该是他媳妇)说,你加吧,以后别再说借了,就说要,借你几时还啊?我忙说是要,是要,只要能让我泡上面。

胜境关,多美的一个名字。这个云贵分界点,是我今日遇到的第一个收费站,记得分手时部总提过,说实在过不去,就给他电话。虽然是好意,但事事都有依靠,就失去了挑战意义。收费站的小妹虽然认同我的说法,但她做不了主,我说麻烦你找一下站长,她说站长姓杨,你自己去找吧。于是我把车倒到他们的办公地点,站长在午休,但很快就过来

~45

No:015

↑ 南宁"不要钱"的钟
海林发来的短信。

消息内容 10:28
2010-08-31 00:08
刘大哥,我家人也在
关注你的行动,我家
人也支持我的做法,
如果你真要我这样
做按照你的意思去
做的话我就是不孝
了

消息内容 10:27
From:老六
2010-08-31 09:11
一路云南,进云南过
富源,经沾益,达曲靖,
我在高速公路出口
等您,老六。

消息内容 10:27
From:海棠
2010-08-31 10:52
一回,我三号到昆
明,四号在大理,
然后去丽江。时间
巧合,请你吃饭。

欠款地点:云南途中某加油站

No:017

欠款地点:云南贵分界点某收费站

No:018

欠款地点:云南省胜境关过关

↑ 曲靖，挺身而出为我交费的赵世才。

↑ 左起艾泥、老六、一回。

↑ 和老六的女儿禾蔡照张相。

↑ 布衣族的姑娘们在镜头前躲闪，很是害羞。

新浪网友 2010-09-01 11:10:39[回复]［删除］［举报］

　　亲朋网友多牵挂，凭君博文报平安。

沙粒 2010-09-01 16:29:36[回复]［删除］［举报］

　　一路阳光，一路风雨，一路也有惊喜
　　每天期待刘兄一路风景。

麻辣飞雪 2010-09-01 19:31:46[回复]［删除］［举报］

　　加油！加油！
　　一个人不带一分钱出门100天，这样的人真有勇气，
　　它考验的一是别人和社会，谁还会相信一个陌生人？
　　二是考验的自己：
　　1. 是自己的口才怎么样？
　　2. 是自己的耐心怎么样？
　　3. 是自己的心理承受能力怎么样？
　　4. 是考验自己的毅力怎么样？

From: 南兆旭
2010-08-31 18:50
美松兄：今天从第一现场又看到你的消息了。祝好运

From: +86159■■4318
2010-08-31 18:51
刘总，你平安到达曲靖了吧，我是贵州都市报小熊童鞋，想找你要下王丽花的电话下！麻烦你发给我下！都市

From: 贾志武
2010-08-31 21:15
祝一路顺风.不知路过山西否？

了。在站长办公室聊得很好，他说我做的是一件有意义的好事，要免费让我过去。但我仍然坚持要打欠条，以免让他为难，他也就同意了。事毕我说咱们合张影吧，他也欣然应允，还提出到外面去照，说诚实守信也是他们的经营宗旨，而这条宗旨，就贴在进门的玻璃门上。

过一关，松一口气，而前关仍漫漫。老六说早已在曲靖的出口等我，但过关的事，我仍然坚持要自我挑战。30元钱，引来众多工作人员围观，我的解释得到一个小伙子的挺身而出，说他来给我交。我还是坚持给他打了欠条，帮助永远不以钱多钱少论，原则的事必须坚持。

晚上相聚，老六的朋友果然是多，满满两大桌。见到了久闻大名的艾泥，他的"诗歌，是诗人间的通关密码"一说，我深表认同。诗人间的见面，文本的相互尊重，相互欣赏，亦是他们相互间接纳的一个要点。诗人在，有天真。

↑ "背包客"老六。

★ 当日细节

- 🚗 → 行程：392公里，9：39贵阳出发，16：16到达曲靖；

- 🍃 → G60；

- 🍚 → 早餐/肠旺面（邮总请），中餐/方便面，晚餐/老六请；

- ¥ → 2个，胜境关220元（017号欠条）；曲靖收费站30元（018号欠条）； ── 沟通时间16分钟

- 🌀 → 挑战3次，成功1次，100元（015号欠条），G60某加油站； ── 沟通时间15分钟

- Ⓗ → 曲靖丽景大酒店（老六安排）； ── 沟通时间14分钟

- ▣ → **350元**（欠条350元）。

5 20 60
10 30 ~

~49

★ 欠款列表

欠款单编号	姓名	性别	账号	开户行	类别	金额	联系方式	进度	欠条时间	还款时间
015	黄建芳	女	6222××××××9149	中国工商银行平坝支行	油费	100	189×××8546	收到	2010.8.31	2010.9.1
017	杨祖东	男	6227××××××1431	中国建设银行贵盘县支行	油费	220	158×××8546	收到	2010.8.31	2010.9.1
018	赵世才	男	4563××××××8823	中国银行曲靖支行	路费	30	137×××9367	收到	2010.8.31	2010.9.1

（2010。9。1）

从曲靖到昆明

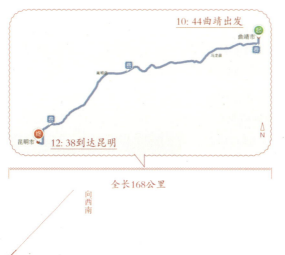

10: 44曲靖出发

曲靖市

12: 38到达昆明

昆明市

全长168公里

向西南

小 吃 类

卤 面　4元/小碗

卤米线　4元/小碗

蒸饵丝　4元/小碗

　　曲靖的清晨，淅沥小雨。从贵州到云南的一夜之间，换了人间。

　　与老六去老街，显示车外温度为16度，为此行最低。我翻出箱中存货，拿出一件夹克套在T恤上。所谓老街，已不复老街模样，新旧建筑混杂，像是西裤皮鞋的下身，上身套了一件清式小马褂，怎么看怎么不舒服。民间建筑的无序，导致建筑艺术不是在进步，而是在步步后退，杂乱无章成了不是特色的特色。

　　早餐吃的是饵丝，在老六口中说出来，怎么都像是"耳屎"。他见我实在听不明白，就只好叫我看墙上价目表上的文字，并反复强调这是一家二十多年的老店，味道好极。我们各自要了一碗。它由大米生成，似面非面，似粉非粉，吃起来很有嚼劲。里面还有

↑ 老六口中的"耳屎"。

肉末、泡菜、韭菜等配料，搅拌一下，吃法类似于武汉的热干面。

　　近十一点去昆明，亦是好友亦是儿子同学爸爸的刘军邀了一帮朋友在

↑ 老六的兄弟周登云是个爽快的哥们。

（2010-9-1）由曲靖到昆明

> 梅隆天桥传说 2010-09-02 09:20:13 ［回复］［删除］［举报］
>
> 八千里路云和月，刘总潇洒走一回。美慕之至啊！呵呵呵呵呵
>
> 新浪网友 2010-09-02 12:27:06 ［回复］［删除］［举报］
>
> 莫愁前路无知己，天上谁人不识君！
>
> 宇斌 2010-09-02 13:14:31 ［回复］［删除］［举报］
>
> 寻诚觅信步惟艰，万里江山万里川。
> 百日之行不足够，美德尚须代代传。
>
> 刘老师加油！！！！！
>
> 卡夫卡 2010-09-02 20:59:08 ［回复］［删除］［举报］
>
> 还记得我不？欠条编号：NO.022 灵官桥加油站……

消息内容 10:25

From: 刘军
2010-09-01 08:53

美松出发了吧？你
到昆明市中心金碧
路金马碧鸡坊，我
在那里等你。进昆
明时给我电话。

选项　返回

消息内容 10:25

From: 寇总
2010-09-01 09:34

款已收到。感谢你
让我们享受到诚信
之快乐！

选项　返回

消息内容 10:25

From: 吴思
2010-09-01 09:41

吴思：美松,知你已在
云南境内了,因为大
丽路和丽江到香格
里拉都在修路,请多
预留一些时间;另外,
云南以后可能加油

选项　返回

消息内容 10:24

From: +86134 9087
2010-09-01 10:32

刘美松你好。我是
在南宁双拥路加油
站见到你通知记者
那个人。你现在到
那个地方了。遇到
什么困难吗？

选项　返回

↑ 昆明斯巴鲁店给予了第一次免费检测，谢谢了！

↑ 24岁的小站长朱永能少年老成，已有9年工龄。

↑ 刘军（前排右一）和他的朋友们。

等。40元的高速路费由老六代缴,他搭我的车去昆明,晚上还约了昆明的诗人们相聚。有他在车上,我再去和收费站谈实在是太矫情。当然还是要给他打欠条的,打了欠条后,也算是他蹭了我的车坐。

到达昆明十二点半,刘军和朋友们已经在金马碧鸡坊等了两个多小时,真不好意思。金马碧鸡坊,我之前还以为是一个餐馆,因鸡做得好而这样命名,实则是一地名,昆明地标性的位置。后来回想,心中不免好笑。

在刘军和老六等的强烈要求下,他们着实见识了一下我的"混功"。在昆明,第二个加油站就搞掂。24岁的小站长少年老成,9年工龄,听起来有点让人不敢相信,也就是说他15岁就进了加油站。我找到他时,他正在泡着和我车上一样的方便面,看来是加班过头,忘记吃饭。我要他边吃边听我讲,谢谢他的信任。加油站加满油,刘军又给我加了一桶备用油,补充了一箱饮用水。再往里走,熟人越来越少,油站也会越来越少,困难刚刚开始。在个人看来,只有到了拉萨,才算完成万里长征的第一步。目标仍远,安全永远第一。

加完油,刘军又陪着我找了一家斯巴鲁4S店给爱车做了一次体检,前面几千

公里再也找不到这样的4S店。在世博园附近找到这家店,经理及店员都非常热心,爱车的首次回家之旅很是幸福。

晚上诗友们相聚在一个叫"一栋洋楼"的地方,这是一家餐馆的名字,再想到先前的"金马碧鸡坊",都体现了昆明这座城市的幽默和趣味。《大家》副总编韩旭、著名诗人、书法家雷平阳、书法家李学彦、苏火荣,还有诗人鲁布革、温酒的丫头、倪涛、朱霄华、艾泥、老六及一干朋友在列。酒后又去酒店写字,一夜收获甚丰。

↑ 艾泥、鲁布革、苏火荣交流甚欢。

↑ 累了,趴一下。

↑ 来,戴上一朵花。

↑ 雷平阳奋笔疾书。

↑ 李学彦写的行者一回。

↑ 快乐的滇东土豆老六

昆明送一回

作者:老六

秋高马肥 你决定要拿此世界来作战消遣
你干的是一件大事
就不留你多玩几天了
上路去吧 朋友
身处一个无心可放的大时代
你出门来问心
路远难行 你媳妇 娃娃
还有朋友们 都希望你注意安全
一回啊 你要听话

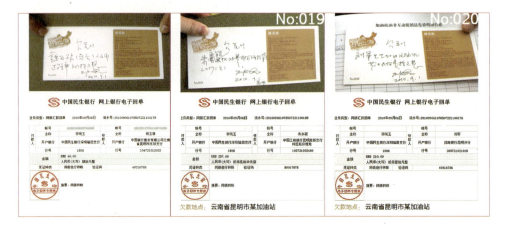

↑ 左至右：一回、苏火荣、鲁布革、雷平阳。

↓ 丫头朦胧。

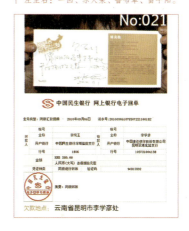

No:021

中国民生银行 网上银行电子回单

欠款地点：云南省昆明市李学彦处

★ 当日细节

 → 168公里，10：44曲靖出发，12：38到达昆明；

 → G60；

 → 早餐/饵丝（老六请），中餐/得意居（刘军请），晚餐/鲁布革请；

 → 1个，昆明40元（016号欠条，老六代缴）；

 →挑战2次，成功1次，257元（019号欠条），昆明某加油站；
另刘军加备用油210元（020号欠条）；

→ 滨湖饭店380元（021号欠条）；

 → **887元**（欠条887元）。

沟通时间15分钟

5　20　60
10　30　~

~55

★ 欠款列表

欠款单编号	姓名	性别	账号	开户行	类别	金额	联系方式	进度	欠条时间	还款时间
019	朱永能	男	6222××××××8077	工商银行昆明高新支行	油费	257	136×××3803	收到	2010.9.1	2010.9.6
020	刘军	男	6226××××××4363	招商银行昆明支行	油费	210	135×××3120	收到	2010.9.1	2010.9.6
021	李学彦	男	3860××××××9839	建行昆明翠湖北路支行	住宿费	380	138×××7157	收到	2010.9.1	2010.9.6

我把这一团皱巴巴的五元、十元递进窗口，这也许是我人生中见到最温暖的一团钱了。这一路的欠账我可以一一归还，可这一路的感动，让我如何归还得了？

（2010。9。2）

祥云一片，美色大理

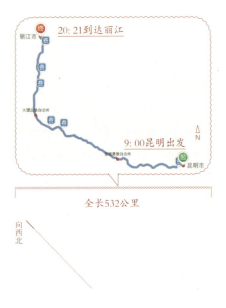

20：21到达丽江

丽江市

9：00昆明出发

大理白族自治州

N

昆明市

全长532公里

向
西
北

今天去丽江，全国二线城市中我最爱的就是丽江，她的美自然天成。我的出发也像是寻着一个美人而去，而美人就在不远方。

离开昆明，离开朋友们，前面熟悉的朋友会越来越少，同时也就意味着陌生的朋友会越来越多。上午九点出发，导航显示到达的时间是下午的四点十七分，我习惯性地加上两个小时，那么到达丽江的时间大约是晚上六点，是我满意的时间。

出发前，朋友们都说前面在修路，事实上没有想象中那么差。油箱将近过半时我开始寻找加油点，今天可是一次成功。加完油，站长问我吃饭没，我说还没呢，他说你跟我们一起吃个工作餐吧，我的确是有点不好意思，就说还早呢，想晚点吃。当时大约十一点四十分，见我客气，站长也就不再勉强。在我发动车子的时候，那位叫赵鹏的酒泉小伙子仍拦着我，我不知道是为什么，原来另外一个小姑娘去帮我买吃的去了，一袋小面包，一袋蛋黄派，一听八宝粥，还有牛奶，搞得我感动得不行，同时站长又塞过来两听王老吉，我坚拒不要，但赵鹏说前面堵车很厉害，用得着。

车到祥云，修路原因，只能是出高速了。过收费站比想象中阻力大，我的车拥堵在蚁阵般的车流中，工作人员只好把该道暂时封闭，然后找来领导。以前只要见到领导，问题就能很快解决，今天见到的领导，脸黑得不行（可能遇到其他的烦心事），就知道问题不简单，为了不影响他人，我把车倒到偏一点的地方停下，准备打持久战。

这时领导已走，但我必须找到他。在他办公室，我只好泡在那里，好说歹说，总之，不解决问题我不走，也走不了。

漫长的等待让人无奈又必须忍耐，过程中，先前收费站一位旁观的工作人员在门口向我招手："你出来！你出来！"出了站长室，他说："我们几个给你凑足了过路费。"还是感动，只能感动，这一路的欠账我可以一一归还，可这一路的感动，让我如何归还得了？再到收费站，我把这一团皱巴巴的

↑ 为我抱来一堆零食的赵鹏。

↑ 永生不能忘怀的祥云。

五元、十元的零钱递进窗口，这应该是我此生见到的最温暖的一团钱了。祥云，这一团祥云，在我的路途，在我今后的人生中，会一直盘桓在心头。

出祥云，我仍不停地回望，那已经不是一个简单的收费站，而是要我终生记挂的地方。再向前走，导航已不管用，我只好沿途打听去丽江的最佳路径，问了几个人，都说法不一。在一路口见一开"面的"的年轻人，我去问他时，他看到我的车，说知道我在干这事，很佩服，并说可以带我去大理。显然他不是顺路，而是改变了行程，我又一次找了到救星。就这样，在"面的"带领下，我们翻山越岭，瓢泼的大雨，泥泞的道路，所有车都是走走停停，停停走走，拥挤不堪。

赵鹏的话是对的，赵鹏送的东西也派上了用场，我把牛奶和八宝粥以及王老吉给了前面带路的两个小伙，他们为了给我带路，也没吃中饭，现在都快三点了。到了大理，两小伙还要请我吃饭，可丽江仍远，哪能贪一时之需、一时之饱。临别，他们还把一张破烂不堪的云南地图送给了我，这也许是他们在这一带"混"的通关秘笈，现在却拱手相送，谢谢小伙们！

车过大理，大理之美，出乎意料。明代著名文人杨升庵描绘它"山则苍茏垒翠，海则半月掩蓝"，"一望点苍，不觉神爽飞越"。如若不

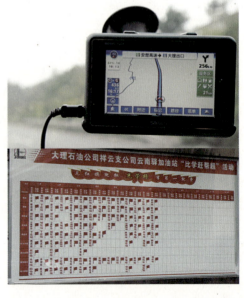

是丽江有约,我真的不愿离开。我一路走,一路感慨,苍山洱海,天赐之境。水的辽阔与安静,山的青翠与云的萦回,寺的挺拔与深邃,无一不让人心醉。那土地,黑得像是墨,在苍山下、在洱海边书写着物熟与花开。一个大美人,圣洁的大美人,只可远观,而不忍动其一毫发。我的擦肩而过,也是幸福的擦肩而过。不想为了再会丽江那个美人,中途又遇一美人。美色真美,我,却是一个旅人。

大理到丽江,我已是夜行客。即便是这样,路边朦胧之美景依然应接不暇。三个收费站免费通过,最后一个收费站的工作人员听声音应该是藏民,听了我的说法,竖起了大拇指,说:"现在能做这样事情的人就是太少了!"

晚上八点二十分,过收费站,给摩娜电话,江宇的朋友,热情。她给我下了一海碗面条,那温暖啊,传遍了全身。

欠款地点:云南省昆明—丽江途中加油

欠款地点:云南省祥云收费站

From: 江宇
2010-09-02 09:35
已告知安排好了,祝顺利

From: 赖犁
2010-09-02 09:37
一回哥,到那里了啊?开车累不累啊,好玩吧?

From: 刘岩
2010-09-02 15:41
八月份出货六百九十四万,超额完成计划。大家用实际行动支持你的壮举。大家都在关注你!

From: 老六
2010-09-02 17:35
到丽江了没?

From: 尹大泽(祥云)
2010-09-02 20:43
我是祥云收费站的尹大泽,这是我的卡号……邮政:6221
卡号:4225

From: 江宇
2010-09-02 23:06
到丽江了吧?住进摩娜家了吧?

↑ 带我去大理的俩小伙把这张久经沙场
的破地图送给了我。

↑ 摩娜家的狗。

良师益友 2010-09-03 12:00:47 [回复][删除][举报]

收获着一路的感动，传播着一路的诚信。

新浪网友 2010-09-14 09:50:14 [回复][删除][举报]

加油，刘先生，我支持你完成这一段路程！

十一指 2010-09-03 20:15:54 [回复][删除][举报]

刘总一路多保重，云南之美真是美不胜收

在路上 2010-09-03 19:36:35 [回复][删除][举报]

一碗面条，一杯酒足矣

↑夜色中到达丽江的最后一个收费站天坡。

↑摩娜家的一海碗面，还有一杯酒，不做好
梦也不行。

★　当日细节

km → 532公里，9：00出发，20：21到达摩娜家客栈；

→ G56昆明至祥云—G320国道大理—G214—S221丽江；

→ 早餐/未吃，中餐/沙琪玛两块，晚餐/一海碗面（摩娜家）；

→ 4个。祥云110元（023号欠条）；军马场5元（免），松桂5元
（免），关坡10元（免）；

→ 挑战3次，成功1次，130元（022号欠条），G56茶果加油站；

H → 摩娜家客栈88元（024号欠条，友情欠条）；

口 → **348元**（欠条328元，免费20元）。

沟通时间45分钟
沟通时间8分钟
沟通时间5分钟
沟通时间6分钟
沟通时间10分钟

5   20   60
10   30   ~

★ 欠款列表

欠款单编号	姓名	性别	账号	开户行	类别	金额	联系方式	进度	欠条时间	还款时间
022	李金东	男	6228××××××0613	中国农业银行楚雄支行	油费	130	189×××3803	收到	2010.9.2	2010.9.6
023	尹大泽	男	6221××××××4225	中国邮政	路费	110	139×××3143	收到	2010.9.2	2010.9.7

（2010。9。3）

真正的香格里拉

16：35到达
香格里拉

迪庆藏族自治州

9：40丽江出发

丽江市

N

全长190公里

向北

香格里拉，一个让多少人激动不已的名字。

从丽江出发，我安排了出行以来最短的行程，因为她的美，我必须放慢脚步。从导航仪上可以清晰看到，道路曲折的程度，很多路是180度的急弯，风景总是深藏不露。而香格里拉，就如层层包裹下圣洁的胴体。

因为她的美，190公里行程，我用了近5个半小时。她总是让我停下来，停下来……薄雾中的朦胧、阳光下的金黄、细雨中的清秀，万般风情，目不暇接，语言显得无力。

到达香格里拉城，诗友默默已等候多时，他决定先带我爬爬山。我们踏着古城细窄的石板路，沐浴着清澈的微风，心情舒畅。及山顶，站在香格里拉古城风化过的墙头，可谓新、古、旧三位一体，新的和旧的尽收眼底，而古的，踩在脚下。岁月的残酷和美丽，铺呈在一个平面上。新城的色彩为白色，洁净而活力；旧城色调为黑色，深邃而幽静；古城只剩下风化过后的城墙，黄土垒就，阳光下，依然透出昔日的壮丽与辉煌。山坡上，各色的花儿开放，他们各自芬芳，安静地开，并不竞妍。是啊，多么和谐的花世界，她们不为尘世所扰，只为自己而开。

晚餐是两个纳西姐妹的共同杰作，很农家。喝了几小杯青稞酒，同时也吃了出行以来最多的两碗米饭。饭后，默默提议出去散散步，我们还不及四方街，风情的歌声已让人加快寻找她的步伐。起舞的人群，形成一股吸纳之势，在这种歌声中，在这种节奏中，哪还好意思记起人世间的烦恼？！

→ 进入藏区。

↓ 从导航可以看出，很多道路都是 180 度的急弯。

欠款地点：云南省丽江摩娜客栈

欠款地点：云南省丽江南郊加油站

→ 万里长江第一湾。

↑ 从桂林骑车去往拉萨的小伙子。

↑ 香格里拉加油，反复强调要照张相。

欠款地点：云南省香格里拉加油站

欠款地点：香格里拉撇娇诗院

↑ 在撒娇诗院，左起一回、"摔了跤"（意大利人）、默默、龙莹、伊恩。

↓ 和诗人默默在花海中。

（注二：由于行程紧张，对一直关心我、支持我、认识和不认识的朋友们在我博客上的回帖，我每帖必看，不做回复，希望谅解。我努力用行动做出最好的回答。谢谢你们！）

（注一：上午十一时从丽江出发，第二个油站加上油，到香格里拉，亦是第二个油站加上油。在长江第一湾停下照相，叫一个纳西族小伙帮忙，我说起我的一人一车、身无分文一事，他回答得非常快：吹牛！这一天，我得到的回答都是这两个字，但我细说来龙去脉，得到的又是认同和祝福。中途还遇到一个从桂林来，去往拉萨的单车族，28号从桂林出发，我也祝福他。）

↑ 咱也跳一曲。

↑ 纳西姐妹桂花和桂兰。

↑ 世界上最大的转经筒。

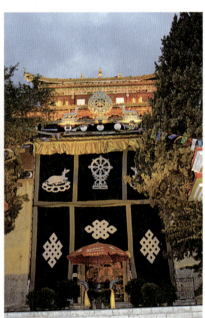

- 水云烟 2010-09-05 20:18:40 [回复][删除][举报]

  我也曾从攀枝花自驾到丽江。很美。只是弯弯曲曲险峻的山路的确很惊心，尤其是金沙江边的山崖路段时，不敢往左侧江面看，一看腿就哆嗦，有机会也去撒娇诗院看看去。呵呵，祝你一路顺风顺水。

- 燕子 2010-09-04 18:28:59 [回复][删除][举报]

  想很久了香格里拉！刘总加油！注意安全！

- 行者无疆 2010-09-04 10:47:36 [回复][删除][举报]

  刘总！一路平安！深圳人民等着凯旋！

- 新浪网友 2010-09-04 10:40:57 [回复][删除][举报]

  加油，香格里拉，神往已久的地方呀！

- 行者无疆 2010-09-04 10:47:36 [回复][删除][举报]

  呵呵，超级怀念的地方，希望以后更注意安全！

- 新浪网友 2010-09-04 10:15:28 [回复][删除][举报]

  但愿你到拉萨城，再次相遇桂林客。

★ 当日细节

- km → 190公里，9：40出发，16：35到达；
- → G214国道；
- → 早餐/摩娜家白粥，中餐/沙琪玛1块，火腿肠1根，小面包1个，晚餐/撒娇诗院默请；
- → 丽江挑战2次，成功1次，丽江南郊加油站200元（025号欠条）；香格里拉挑战2次，成功1次，香格里拉航空加油站，130元（026号欠条）；
- H → 撒娇诗院99元（027号欠条，友情欠条）；
- → 429元（欠条429元）。

沟通时间31分钟

沟通时间27分钟

5　20　60
10　30　~

★ 欠款列表

欠款单编号	姓名	性别	账号	开户行	类别	金额	联系方式	进度	欠条时间	还款时间
024	摩娜	女	6225××××××5728	招行深圳分行皇岗支行	住宿费	88	136×××6802	收到	2010.9.3	2010.9.6
025	和福恒	男	2414××××××3730	农业银行丽江古城支行	油费	200	159×××6901	收到	2010.9.3	2010.9.6
026	刘旭东	男	6228××××××6914	农业银行香格里拉支行	油费	150	188×××6655	收到	2010.9.3	2010.9.6
027	朱维国	男	6222××××××9761		住宿费	99	139×××8451	收到	2010.9.3	2010.9.6

（2010。9。4）

六个鸡蛋
和一个人的 道路

15:54到达乡城

8:09香格里拉出发

迪庆藏族自治州

N

全长228公里

向北

↑小雪山山顶，能见度也就三五米。

　　从香格里拉默默的撒娇诗院出门，是早上八点半。在默默的授意下，纳西姑娘桂花给我煮了六个鸡蛋，这是我一天的食粮。

　　第一件事依然是调试导航，显示距离乡城200多公里，预计到达时间是下午六点四十，也就是说，我到达乡城需要整整十个小时，每小时只能走20公里，道路的艰难程度可想而知。出城十来分钟，车越来越少，走着走着只剩下我一辆车，对面亦无来车，我甚至怀疑自己是否走错方向。但我仍然相信科学的力量，好不容易碰到一路人，问后没有问题，也就不再怀疑。

　　这条路感觉专为斯巴鲁所修，路好、道窄、弯多，尽管一个人，但开起来心情仍然不错。及更深处，导航亦无显示，只是一个劲地要我调头，看来崇山峻岭间，它也开始水土不服。反正一条路，我也就一根筋到底。山越高雾越大，开始还见到少许绿色，之后是满目灰白，可视距离三五米间，好在只有我一人一车，反倒是更安全，但仍然掩饰不了内心的紧张和恐惧。

　　苍茫林海间，我这一人一车，不过是一只小小甲虫而已，在大自然面前足见人之渺小。及顶，见一牦牛群，才知仍在人间。下至山底，一问方知，我过掉的这座山是大名鼎鼎的小雪山，我到达的镇子，是大小雪山间的大峡谷。在山下，我仰望那万仞绝壁，殊不知，半小时前，我却在俯视它。处高处，不惊；处低处，不卑。我想，这也是一种人生态度。我不敢有丝毫懈怠，稍做调理，即进入新一轮的战斗状态。

我期待大雪山。柏油路走到尽头，是一条沙石路，典型的按摩路。几公里不到，开始暴露峥嵘。看来先前每小时20公里的预测并不是乱说。相比小雪山，大雪山的车开始零星地"多"了，不时就看到小车陷入大车的车辙之中不能自拔。我一直处于兴奋状态，对自己车的能力也是爱在心头，喜上眉梢。这是一种什么样的驾车方法呀？不时高于45度的倾斜，不时又两个轮子悬空，犹如在火车的轨道上行走，必须全神贯注，什么美景当前，只能视为无物。

这样的道路走到山顶，已是四川境内。此时的车，早已

↑ 泥泞过后，车窗外的道路已经是一片模糊。

↑ 车也就成泥车了。

~71

面目全非,成了泥头车,本人亦是浑身大汗淋漓,吁出一口长气。开这种路面,不仅仅是一个技术活,更是一个力气活,再看看车外温度,是可怜的6度。

下山的路好了一些,我把车开到一条小溪旁,用湿毛巾把前挡玻璃上阻碍视野的飞泥擦洗了一番,否则就是模糊的一片,无法行走。那河沟里的水,亦是寒彻骨,擦完玻璃窗,得赶紧把手放进衣兜里,用身体的温度捂热一会儿,再拿出来用。到达山底,温度上升至21度,山上山下相差了整整15度。

进城第一件事是加油,为第二天做准备。找了两个加油站,各加了100元钱的油,油箱刚满。然后到一洗车场,藏族同胞就是

↑养路的藏民。

好,免费帮忙洗了车,我无以为报,抓了一把糖给了她的孩子——可爱的藏族小姑娘。

赊账住下的巴姆山大酒店,对于我来说已经是"二进宫",以前去稻城亚丁旅游的时候住过一次,此次算是故地重游,也因为这种关

↓一半是山,一半被云掩。

欠款地点: 乡城征途加油

↑ 过了大雪山，进入纯正藏区。

系而套得近乎。

　　入住后疲惫不堪，饿极，六个鸡蛋已无，此时特别特别希望能喝上一罐冰镇啤酒，那该是多么的惬意啊，但这只能是奢望。在酒店附近的街头晃荡一圈，抵制住了对物质的需求，我还是得回归现实，找餐厅要了开水，泡了一包自己熟悉的方便面。

　　没有啤酒的夜晚，有星星；没有星星，有房顶上的灯泡；没有灯，就用我的内心，自我照耀。想像中有光，就一定会有光。

↑ 帮我免费洗车的藏族大姐。

衣米一 2010-09-04 23:35:19 [回复][删除][举报]

一回加油，看来路越来越难走了，多保重！

新浪网友 2010-09-05 01:54:37 [回复][删除][举报]

到现在已经不是纯粹感动了。我要谢谢你这一路的介绍，心随你往，看你的消息是每天的必修课，是你带我去到梦中的天堂，是你让我感受到前所未有的震撼，我已经不能自己了，好希望……贵州袁想你！

新浪网友 2010-09-05 17:11:11 [回复][删除][举报]

回望云雾锁山道，
惊叹智勇独行客。

南山 2010-09-05 18:14:57 [回复][删除][举报]

壮举和义举

水云烟 2010-09-05 20:10:59 [回复][删除][举报]

在李少君老师那看到你的这次壮举的消息，非常敬佩，加油！！你会成功的，祝一切顺利～！北京欢迎你，诗人欢迎你，请联络，1330×××520
"挺有创意。之前，我的一个兄长艺术家在北京潮白河热身了两个月，每日拖30米长的绳索穿越干枯的河床之间100次，接下来他要用一年时间徒步拖绳索走遍中国，我都有驾车随行做助理报道的冲动呢。一回这次的诚信之旅也很有意义，也是一个行为艺术的壮举"

新浪网友 2010-09-06 12:04:15 [回复][删除][举报]

进入藏区注意人身安全，尤其是一个人在深山中。小莫

新浪网友 2010-09-06 21:25:27 [回复][删除][举报]

敬仰！此情此景，唯有英雄所见！加油，我们期待您的凯旋。无道

欠款地点：乡城征途加油

★ 欠款列表

欠款单编号	姓名	性别	账号	开户行	类别	金额	联系方式	进度	欠条时间	还款时间
028	陈靖	男	6228×××××××7319	中国农业银行乡城支行	油费	100	151×××6856	收到	2010.9.4	2010.9.7
029	尼玛	男	6228×××××××2310	中国农业银行乡城支行	油费	100	158×××4656	收到	2010.9.4	2010.9.7
030	洛桑顿珠	男	9559×××××××9318	中国农业银行乡城支行	住宿费	180	135×××5138	收到	2010.9.4	2010.9.8

陈请帮我加了100之钱加油

↑ 巴姆山大酒店，我可是故地重游啊！

★　当日细节

 → 228公里，8：09出发，15：54到达；

 → S217中乡路—错古—都冈—格咱乡—不要底—然乌乡—乡城；

 → 早餐/鸡蛋2个，中餐/鸡蛋4个，晚餐/1碗方便面；

 → 挑战3次，成功2次。100元（028号欠条），乡城藏水加油站；　沟通时间16分钟
1次，100元（029号欠条），乡城桑披加油站；　沟通时间22分钟

 → 拉姆山大酒店180元（030号欠条）；　沟通时间39分钟

 → **380元**（欠条380元）。

5　20　60
10　30　~

欠款地点：四川省甘孜州洗车住宿

↑ 另一个加油站的尼玛说："我也给你加一百！"

进入西藏

16:29到达芒康

6:50乡城出发

N

全程488公里

向
西
北

（今天是刘原生日，儿子，生日快乐！）

从乡城到芒康有两条路可以走，这两条路有点像量角器的两条边，一条是直线的那条，是近路，路况差，经过热打乡、昌波乡等一些小乡小村，在竹巴笼过金沙江进藏；另一条是圆边的那条，是远路，国道，路况好一些，得经过理塘、巴塘两县，也是经竹巴笼过金沙江进藏，远近线相差200公里左右。给老婆去电话，

↓ 离开乡城后，我到达的第一个山峰，4708米

建议我走远一些的那条，因为路好。将在外，妻命还是得受，毕竟安全第一。

为了早到，当然得早起。六点起来一次，天还没有亮，又睡了一会，六点半再起，天仍然朦胧。收拾停当下楼，天不好意思不亮了。出发时间是六点五十分，导航预算的到达时间是下午四点四十分，再加上两小时磨嘴皮，到达芒康不算太晚。

从出发开始，一如昨天，车无人稀。我已经习惯一个人的奔跑，并不寂寞。到理塘，第一个加油站不肯加，我依然去找第二家，站长很爽快，加满吧，185元，够了，够了。一出理塘，道路就好像是变了脸似的，坑坑洼洼，直到巴塘界方才消停。巴塘再补满油奔芒康而去，道路虽好，但不时要注意落石。中途有五个隧洞，窄而无灯光，很是危险。

经竹巴笼过金沙江即是西藏界，有工作人员挨个登记证件方可进出。进入西藏境，路况比想象中好，只是每几十米距离就有垮塌的石头，车辆只能惶恐间灵活绕行。距芒康30公里左右，转为沙石路面，天晴，尘土漫天飞扬，天的高远澄澈，已是藏

↓ 过海子山，数十平方公里的乱石阵，
依稀看见当年海底的身影。

区美色，而近处的迷蒙却让人透不过气来。

距离县城 10 公里左右，经过一村落，远远就看到成群的小孩子朝马路飞奔过来。我还以为发生什么新鲜事，很快就觉得不对，我是他们的目标。他们直冲我的车头扑来，我吓得赶忙刹车。显然这是一群"惯犯"，手法老道，一人拍车窗，其他人拦住车头，我丢下去一把糖，我想大家一哄抢，也就散了，可是预想的结果没有出现，抢着的人没撤，没抢着的人也没散，一个个不依不饶，我只好连袋子和糖都丢了下去。抢到袋子的人是满意了，其余的人还是不让开，我也无物可扔了，实在无奈，又不敢开车门，只好关紧车窗，在噼噼啪啪的敲打声中等待时机。

不久，一辆拉木材的大卡车经过，是藏人司机，我只好摇开一点点车窗求助于他，在司机藏语的调停下，才得以脱身。前行不到 50 米，又有两个女孩直对着我的车头冲过来，我试图冲过去，但不成功。她们的方

法同出一辙，一人堵车头，一人拍车窗，我实在没什么可给，关键他们也不知道满足，只好还是紧闭车窗，故技重施，直到有一个村里的老人走过，我指着我的车贴，说我真的是身无分文啊，这样才算是过了第二关。经过连续两次惊吓，我心中那个慌乱啊，久久不能平复。

芒康近在咫尺，这两次美妙的拦截，让我绷紧神经，不敢有丝毫马虎，谨慎面对任何的风吹草动。哎，真是一群不怕死的家伙，我想这也一定是与教育有关的吧，他们不懂汉语，或者是装，但要真的教育跟上了，村民生活富裕了，这种情况不会再出现。

提心吊胆到芒康，找到了先前次杰介绍的朋友，稍做歇息，又试着去加油。县里唯一的

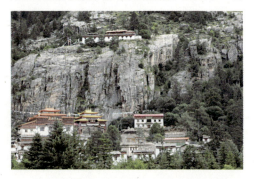

加油站，包给了一个河南人，从员工到核算员再到主管站长我谈了五个人，有直面，有电话，我纵有万般功夫，敌自岿然不动。

芒康的混乱与它的地理位置也有关系，西藏、四川、云南三省交界，藏、汉文化结合部，因此也就不同于其他地方。在香格里拉附近，人烟稀少的路途，我也试着下车跟藏族孩子们交流，他们都无比友善。希望这一段小插曲，不会让我变得世故起来。

↑ 站长还没来，这位藏族姑娘就开始在我的"债主册"上签名了。

↑ 可爱的藏族小朋友，善良而质朴。

玲儿 2010-09-06 11:25:23 ［回复］［删除］［举报］

加油！每天随着你的视线看到的景色，感动不已。前面的路越来越难走，安全才最重要，保重身体！！

乖乖 2010-09-06 18:05:43 ［回复］［删除］［举报］

现在每天必看！
很受感染！

新浪网友 2010-09-06 17:32:29 ［回复］［删除］［举报］

天低云暗路迢迢
半是惊喜半是焦

X X X
9
10   20

在路上，众多山路友相见，都是朋友

↑ 这个骑车去拉萨的小伙可是深圳的哦，叫王成均。

↓ 中间的老者，感觉很有分量。

★ 欠款列表

欠款单编号×	姓名×	性别×	账号 ×	开户行 ×	类别×	金额×	联系方式×	进度×	欠条时间×	还款时间
031	拉姆志玛	男	6228×××××××4914	中国农业银行德格支行	油费	185	135×××6926	汇出	2010.9.5	2010.9.17
032	杨浩	男	6228×××××××5815	中国农业银行康定支行	油费	90	135×××3155	收到	2010.9.5	2010.9.15

↑ 过了竹巴笼，真正进到了西藏地界。

→ 川藏路之一，落石占据了大半路面。

↓川藏路之二，下面尘土飞扬，上面白云蓝天。

↑ 万般沟通也加不上一滴油的芒康加油站。

No:031

中国民生银行　网上银行电子回单

欠款地点：**西藏理塘**

No:032

中国民生银行　网上银行电子回单

欠款地点：**西藏巴塘**

★　当 日 细 节

🚗 →488公里，6：50出发，16：29到达；

🧭 →S217—桑堆—S217—理塘—G318—巴塘—G318—芒康；

🍲 →早餐/无，中餐/沙琪玛两块，晚餐/面条一碗，高海拔地区，气压低，觉得没熟，吃了两口（美朗祖姐家）；

⛽ →挑战5次，成功2次，理塘中石油加油站185元（31号欠条）；巴塘某加油站90元（32号欠条）；

🏨 →圣地客栈80元（38号欠条，打给美朗）；

🔲 →**355 元（欠条355元）**

沟通时间11分钟

沟通时间19分钟

5　20　60
10　30　~

~85

（2010。9。6）

果真天路，没有最难，
只有更难

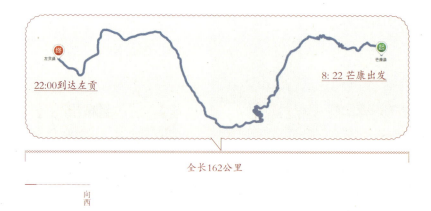

8：22 芒康出发

22：00到达左贡

全长162公里

向西

　　八点二十分从芒康出发，目的地是八宿。可是开了十三个半小时，到达的地点却是离芒康才 162 公里地的左贡。平均每小时十多公里，除了堵车，还有奇差的道路。前两天我经过大雪山时，已领略了道路的恶劣，今天，才是出发以来走得最差的路。路差和堵车都不至于让我郁闷，反而是出奇的兴奋，这种驾驶的快感难以复制也难以描述。

　　六点二十一分，早起。吃完洛拥大姐做的早餐，准备出车的美朗逗着小猫玩，先前次杰电话中介绍他，我只能听音，就在手机里存上"莫弄"两字，前两天电话中也一直"莫弄、莫弄"地叫，起码音差不多。美朗是跑拉萨和芒康两地的大巴司机，巧合的是，我来的当天他恰好在芒康，今天又是他的班去往拉萨，正好同行。

　　这样的车在芒康有四辆，都属于私人，两日一班，一台车一个月可以跑三趟，所以这种遇见很大程度上是机缘巧合。芒康到拉萨，每人票价 350 元，客运站只负责卖票，抽取 13% 的管理费。天气差，路不好，一些单车族也放弃骑车前行，而把车放到大客车的车顶上，人和车，一内一外，都坐着大巴到拉萨。

车上乘客更多的是带货去拉萨出售的藏民，大包小包，加上那些单车，人和车，把整个大巴塞得满满当当。

我的车速要快一些，在前面先走。道路边走边现峥嵘，行走在川藏公路上的大货车，把新修好的路基压得吱吱作响，路面窄，不能超车；怕前面坍塌，也不能跟得太近；不敢停下，怕上面有落石。下是悬

↑ 6：21，早起做完早餐的洛拥大姐。

芒康江住宿吧.

↑ 6：28，早餐后准备出车的美朗正在逗小猫玩，先前次杰电话中介绍他，我只能听音，就在手机里存上"莫弄"。说来也巧，他是跑拉萨和芒康两地的司机，我来的当天恰好在芒康，今天去往拉萨正好与他同行。

↑ 7：45，这是美朗的车，这几天我会与他同行，直到拉萨。这样的车在芒康有四辆，都属于私人的，两日一班，票价350元/人，客运站只负责卖票，抽取13%的管理费。

~87

↓ 11：38，通过乱石丛中的车辆。

↓ 10：43，行走在川藏公路上的大货车，下面是很深的悬崖，危险路面多。

←11：54．回望来路，仍然触目惊心。

~89

崖, 上有落石, 前有阻碍, 不时还要通过乱石丛、水沟、泥泞并且坑坑洼洼的地方, 一些车过不去, 就得下来推. 这种几难境地, 只能听天由命, 每每回望来路, 必然触目惊心.

中午, 车辆排起了长龙, 之后漫长的九个半小时, 就这样走走停停. 十二点半左右, 等待中, 结识一对未摆酒先蜜月的准夫妻. 由于路面太差, 他们坐的小轿车不堪重负, 后面的行程, 他俩搭我的车前行. 过程中我说起会去重庆, 他俩希望我能参加他们的婚礼, 我说不可能, 我可是一百天的行程. 他说他们是 11 月 7 号, 还早. 我赶忙拿出我的行程表, 天啦, 到达重庆的时间竟然是 11 月 6 号, 这个结果让他们俩也惊讶不已. 于是我爽快地答应了他们的邀请, 11 月 7 号, 到重庆喝喜酒去.

更多的艰险, 更多的泥泞, 我的车, 下半身已是惨不忍睹. 但有这对小夫妻的相伴, 并不孤单. 这次有百十来辆军车进藏, 可能是大堵车的主因. 也因为有军车, 面对困难, 都会伸出更多的援手. 那些军人之手, 不计肮脏与否, 轻重与否, 只要有困难, 必然能见到, 必然在行动, 这也是我直面中国军人最有好感的一次.

晚上八点, 再看车龙, 已成了灯龙, 在山岭间舞动, 而我们的行程, 已是从清晨等到了日暮. 突然天气骤变, 倾盆大雨, 山雨聚集得非常快, 弯道中间的小溪开始涨水, 很多漫过路面, 渐次汹涌. 夜色中过往的车辆, 只能是凭着感觉走, 一个个变得勇猛无惧, 冲锋陷阵. 大无畏的状态下, 必然有人就范, 不幸的就会陷进去, 不能自拔. 这时候, 解放军叔叔也会不请自到, 问题总在出现, 问题总被解决.

到达左贡的时间是晚上十点, 小夫妻帮我开了房, 小夫妻帮我加满了油, 还混着吃了宵夜. 打完欠条, 我安然睡下. 缘份, 也许只是刚刚开始.

代似是天路?

↑ 12: 03, 车辆排起了长龙, 之后的慢长的九个半小时, 就这样走走等等。

↑ 12: 24, 等待中结识的一对未摆酒先度蜜月的准夫妻。

↑ 12: 25, 在我们等待的过程中, 美朗的大客也跟上来了。

↑ 车在山巅，扣人心弦。

韩湛宁的 BLOG 2010-09-07 01:55:54 [回复] [删除] [举报]

祝贺兄弟顺利进藏！保重！小心！

蚊子 2010-09-07 10:21:09 [回复] [删除] [举报]

看得好过瘾！虽然等待这么的漫长，但你仍能苦中作乐，呵呵，让我们这些看客都看得好过瘾。

可乐 2010-09-07 10:36:38 [回复] [删除] [举报]

昨晚深圳 30 年烟花晚会，好漂亮，感觉这次烟花是特为你而放，因为我们太想念你了。

新浪网友 2010-09-07 12:16:43 [回复] [删除] [举报]

雪山您还短袖哈～ 注意保暖～

红色梦想 2010-09-07 12:44:02 [回复] [删除] [举报]

为你的勇气喝彩，更为你加油鼓气！祝你一路平安顺利！看了你一路的博文和照片，很过瘾，很享受，真后悔没有跟你一起去，去体会这人生中难得的一段艰难而又精彩的时光！有了这一次，你的一生富矣！我会继续关注你。另外，建议你在博文中多写写自己的心情变化及一路的人情冷暖。我也在写微博，有空的时候可以关注一下，同样是新浪，搜"自由红色梦想"即可。徐晓斌

新浪网友 2010-09-07 16:03:04 [回复] [删除] [举报]

一条长龙盘山腰
有人同行也逍遥

ellazhang 2010-09-07 21:25:16 [回复] [删除] [举报]

加油，谢谢您一路上带给我们不同的感动！我们一直在跟着你的文字与你同行！

↑ 16：59，这小面的只能推着向前进。　　↑ 18：14，过雪山了，这可是真的雪哦。

20：09，我们的行程已是从清晨等待到了日暮

左贡宾馆

住宿登记请上二楼↑

锅
三楼

↑ 22：59，打下今天唯一的欠条。小夫妻搭了我的车，以加油住店相帮助。但搭车归搭车，那是好人好事，但加油住店，还是得打欠条。

★　　当日细节

 →162公里，8：22出发，22：00到达；

 →芒康—G318—左贡；

 →早餐/美朗姐姐家，中餐/沙琪玛两块，晚餐/水饺一份，街边小店（郑茂请）；

 →1次，300元（033号欠条），郑茂加油，在贡某加油站；

 →左贡宾馆200元（033号欠条）；

 →**500元**（欠条500元，打给了坐便车的郑茂）。

No:033

中国民生银行 网上银行电子回单

欠款地点：芒康至八宿

★ 欠款列表

~93

欠款单编号	姓名	性别	账号	开户行	类别	金额	联系方式	进度	欠条时间	还款时间
033	郑茂	男	6222×××××5073	中国工商银行重庆分行	油费	300	138×××0990	收到	2010.9.6	2010.9.10
				天星桥支行	住宿	200			2010.9.6	2010.9.10

第一次想到可能完不成任务，但我没有回去的意思，我只想到完不成行程可能会疯，可能会死，不可能回去。在这种心境中行进，忍不住悲从中来，我以为我很坚强，但还是会悲伤。

（2010。9。7）

一路长叩_到拉萨

一路长叩到拉萨

19: 08到达波密

6: 55左贡出发

全长427公里

向西

人生第一次为写一首诗流了泪。

早晨五点半，美朗先走了，我要把博客写完再走。我去追他的时候，天还不是很亮，朦朦胧胧。也许是太急，车子不小心陷入到了泥沼中，进退两难，真的很恐惧。尝试了前进，只能是越陷越深，我平静一下心绪，让自己安静一些，然后慢慢地向后倒。很滑，我把住方向，紧踩油门，一点一点用力，一寸一寸后退，谢天谢地，出来了。再向前走，心绪在这轮的沦陷中依然难平，这些天的艰苦，对家人的思念，前路的漫长和渺茫，一齐涌上心头，五味杂陈。

我不能回头。我第一次想到可能完不成任务，但我没有回去的意思，我只想到完不成行程可能会疯，可能会死，不可能回去。在这种心境中行进，忍不住悲从中来，我以为我很坚强，但还是会悲伤。我想到孩子们，想到家人，因为爱你们，我才走的更远。

我开始回忆行走的每一天，并不时地停下，记下脑海中突然闪显的词语，为这些词语流下泪水。而最让我无法抑制泪水的就是："因为爱你们，我才走得更远。"

← 我的车陷入到了这滩泥泞。

每一天

每一天，我都早早起来
奔向下一个目标
每一天，我都在经过，在寻找，在感动
郁闷在所难免
每一天，我都想未晚先投宿
做别人没有的梦

每一天都有不一样的风景
还有人心中最柔软的理解和包容
每一天，我都在想念我的亲人，我的孩子
因为爱你们
我才走的更远

有时候，我也会流出思念的泪水
但我给你们的那一面
是坚强的

每一天都有不一样的风景
像是日历中的每一天
但每一页，不是撕下
而是珍藏回看

我的亲人，朋友，社会
我只做一个践行者
尽管无力改变

　　我知道我必须前行，只有前行。沿途看到那些叩长头的人，他们只向着一个方向，一直向前。那拉萨，一个让多少人为之向往而又无比景仰之所，那是神的方向，藏人的灵魂、信仰之所在。我们信仰什么？除了钱，我们什么都不信。

　　想起昨天堵车的情景，只要是外地车，问他们去那里？拉萨，这是一个不二的回答。除了叩长头的人，这些来自湖南、四川、陕西、福建等地的汉人及其他各族人民，他们为什么要历经艰难险阻奔向同一个地方？因为那是一块净土。无论尘世多么喧嚣，我们的内心一直在追求一种安宁、干净，那是我们内心有太多不洁，太多的污垢，仅仅如此，又怎么能够？

　　无论如何，我们是在追求。身在其中，我必须向那些叩长头的藏族同胞们学习。"他们的手和脸以及身子都很脏，但是他们的心是干净的。"

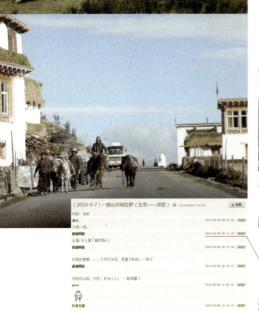

（2010-9-7）一路长叩到拉萨（左贡----波密）

· 新浪网友 2010-09-08 08:31:16[回复]［删除］［举报］

　　山道，令人看了触目惊心！

· 云云 2010-09-08 13:54:34[回复]［删除］［举报］

　　军人乐于助人的精神，喜欢

· 新浪网友 2010-09-08 14:39:14[回复]［删除］［举报］

　　比天更蓝的是湖水
　　比湖水更纯洁的是心灵

　　比云更白的是雪山
　　比雪山更崇高的是信仰

~99

↑ 著名的"九十九拐"。

他们的手和脸以及身子都很脏
但是他们的心是干净的.

川藏公路，我看到了人民军队
平实而光辉的一面。

↑ 车过老虎口。

↑ 川藏公路，我看到了人民军队平实而光辉的一面。

↑ 首长很认同我的做法。

↑ 辛苦了，合张影。

最可爱的人，帮我修补轮胎。

八宿加油站站长王建江。

No:034

欠款地点：西藏昌都地区八宿加油站

★　当日细节

km → 427公里，6：55出发，19：08到达；

→ 左贡—G318—波密；

→ 早餐/无，中餐/沙琪玛两块，晚餐/随司机美朗一起吃；

→ 1次，150元（034号欠条），八宿加油站；

沟通时间33分钟

H → 昌都客运波密运输站停车场招待所，享受司机美朗免费待遇；

□ → 150元（欠条150元）。

5　20　60
10　30　～

★ 欠款列表

欠款单编号	姓名	性别	账号	开户行	类别	金额	联系方式	进度	欠条时间	还款时间
034	王建江	男	1010×××x5220	中国邮政西藏昌都地区	油费	150	139×××9580	收到	2010.9.7	2010.9.14

（2010。9。8）

波密树葬群

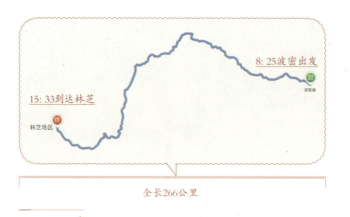

15：33到达林芝

林芝地区

8：25波密出发

波密县

全长266公里

向
西

波密是我第二次来,印象最深的是那里的树葬群。前次是旅游局的一个领导带我们去参观,进山前还要打开一把大铁锁,不对外开放。由于很少有人来,路很少人走,车辆在原始森林的枝蔓中拂窗而行,道路崎岖。最为奇特的是大锁之中的山林还有人家,对了,是一户人家,一个老人,据说这个九十岁的老人已经有十多年没有出过山。信息通达,物欲横流的现实社会中,只有藏人才有如此的定力。

波密山林茂密,在整个林芝地区应该有着非常重要的地位。林密而致雨,雨水充沛,也导致路面塌方频繁。早起,雨过天晴,视野中的群山,皆被水洗过一般。过通麦的时候,我第一次在我的债主本（账号本）上留下了一枚当地的邮戳,有时间有地点,很是开心。遗憾的是,前些天只顾着赶路,而忽视了留下这种很有意思的印迹。

↑我的住宿处，由美朗协商免费入住。

↑早起上学的孩童。

105

← 过了通麦桥，驶入14公里的临江险道，路窄，车辆只能单向行驶，遇到来车，还得倒到一个宽敞些的地方避让，而下面就是悬崖、涛涛江水……

通麦桥是铁索桥，左右两排木板，只能单向单车通过，车开上去摇摇晃晃，像是在荡秋千。过了通麦桥，很长一段路都是单行道路，下面是深崖，湍急的河流，如果遇上来车，有一方的车必须倒到一个宽敞一点的地方，把另一辆车让过去。这所谓的宽敞，也仅仅是两车刚好能够通过，加上天雨路滑，不单单是要技术，更重要的是胆量。

↑ 由于雨量充沛，几乎年年塌方。

↑ 过密集牦牛群。

• 十一指 2010-09-09 12:32:26 [回复] [删除] [举报]

  山路如此崎岖，真是无限风光在险峰，注意安全

• 新浪网友 2010-09-09 13:15:35 [回复] [删除] [举报]

  行走在虔诚的拜佛路上，一定得道。郜

• 新浪网友 2010-09-09 16:42:04 [回复] [删除] [举报]

  山上白云飘飘
  山下牦牛悠悠

• 新浪网友 2010-09-10 08:51:06 [回复] [删除] [举报]

  我是你三亚同学吴翔的朋友，很佩服你的勇气！
  我给你加油！

No:035

中国民生银行 网上银行电子回单

业务类型：网银汇款缴费	2010年09月18日	流水号:20100518078507221100228	
付款人	账号	扎西多吉	
开户行	中国民生银行深圳福田支行	开户行	中国邮政储蓄银行有限责任公司西藏自治区拉萨市支行
行号	1806	行号	405710000012
金额	180.00 人民币(大写) 壹佰捌拾元整		
凭证种类	网银普通转账	验证码	20720215

欠款地点：**西藏林芝地区**

↑ 扎西多吉为我加油。

★ 当日细节

km → 266公里，8：25出发，15：33到达；

→ 波密—G318—八一镇（林芝）；

→ 早餐/无，中餐/沙琪玛两块，晚餐/刘德裕书记请；

→ 林芝加油站180元（035号欠条）；

沟通时间21分钟

H → 林芝某停车场招待所，享受司机美朗免费待遇；

→ **180元（欠条180元）**。

5　20　60
10　30　～

★ 欠款列表

欠款单编号	姓名	性别	账号	开户行	类别	金额	联系方式	进度	欠条时间	还款时间
035	扎西多吉	男	6221××××××2701	中国邮政西藏林芝分行	油费	180	136×××6566	收到	2010.9.8	2010.9.10

（2010。9。9）

拉萨, 我来了!

17: 12到达拉萨

拉萨市

7: 35 林芝出发

林芝地区

全长402公里

向西

拉萨,我来了！当我的车驶经布达拉宫门前,心情是少有的激动。

从 8 月 25 号的深圳出发,到 9 月 9 号的拉萨, 16 天的行程占整个计划行程的 1/6 弱,行驶里程 5678 公里,占计划里程的 1/5 强。之后还有漫长的行程去考验,还有漫长的旅途去继续向前。

十数天来,我每天的睡眠在 5 个小时左右,开车时间在 10 个小时左右,两至三个小时更新博客,每一天,都让我欢喜让我忧,这都是事物的本来面目,我追寻的结果不会改变。

拉萨,我来了!

↑ 我们今天是桃李芬芳，明天是车上的栋梁。

↑ 羊群当道。

• 新浪网友 2010-09-10 13:49:07[回复][删除][举报]

　心驰神往拉萨城
　扎喜德来一回客

• 苏历铭 2010-09-10 22:40:14[回复][删除][举报]

　一路注意安全。平安！

• 申万仓 2010-09-15 16:20:20[回复][删除][举报]

　刘兄 你在用你的秤
　秤天下的人心

• 陈思楷 2010-09-10 21:22:44[回复][删除][举报]

　哇，找到一回老师了。
　到西藏了，酷。
　继续关注。

~111

离开香格里拉后这些天，少了路桥费的沟通，同时也少了朋友，最要命的是疲惫和孤独。我知道有无数双无形的眼睛在看着我，那就是我的力量。也知道我离开深圳的这些天，我的事成了一个热门话题。有很多的支持者，那么同时也会有很多的反对或者是反面意见，谢谢他们。

一枚钱币在转动的过程必然倒下，倒下后就必然有正和反两面，我这样想。我们的社会是正常人多呢，还是疯子多呢？当然是正常人多，对于我的疯子行为，请他们理解我这个疯子。有些事情，反而是疯子的判断更准。我对我的一位朋友说过："一件事情正是因为它的困难，而我们有能力去解决它，才是意义所在，因为很多人没有想到，很多人想到了，而不去做。"

从离开昆明的那一天起，在找朋友诗友提供食宿这个问题上我也开始转变，我想把对朋友的打扰降到更低。之后我到丽江的摩娜家，虽然她不要钱，但我也给她打了一个88元的欠条以示感谢，在香格里拉的撒娇诗院，我也是打下了99元好玩的友情欠条。后来对于朋友们的

← 这张图片与下一张图片是同一时间拍摄的，在车尾看，晴空万里；再从车头看，乌云密布。

安排,我尽可能按原价,或者更是靠自己的能力去沟通来得到。

譬如今晚的住宿,直到第六家的红山宾馆,才安顿下来,电话中的辛总,没见面就说,住下再说。从下午五点多,到七点多,近两个小时的时间里,我要得到的不是房间,而是要找到对我此行想法认同的支持者。虽然朋友次杰已经给我安排好了免费住所,但我仍然希望自己的努力有结果,也希望在这个天堂般的地方,能感受到来自人间的真情。

↑ 轮胎又被扎了,遇到几个热心肠的藏族同胞,既心生感激,又暗藏恐惧!

↑ 这藏哥很热情,他一人搞掂全部活计。

↓ 辛苦你们了,哥儿们几个合张影,我也好放心前行。

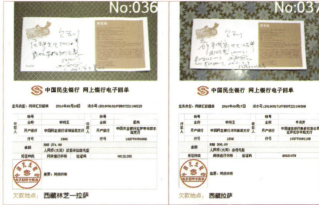

欠款地点：西藏林芝—拉萨　　欠款地点：西藏拉萨

↑ 尼玛站长夫妻俩非要送我一些零食，我婉拒了，谢谢！

★ 当日细节

 → 402公里，7：35出发，17：12到达；

 → 八一镇—G318—拉萨；

 → 早餐/无，中餐/沙琪玛两块，晚餐/方便面一碗；

 → 2次，200元，林芝某加油站（038号欠条，美朗加），墨竹工卡某加油站274元（036号欠条）；

 → 挑战六家酒店，西藏红山饭店友情支持只收100元（037号欠条）；

 → 574元（欠条574元）。

沟通时间5分钟
沟通时间120分钟

5　20　60
10　30　～

★ 欠款列表

~117

欠款单编号	姓名	性别	账号	开户行	类别	金额	联系方式	进度	欠条时间	还款时间
036	尼玛	男	6228××××××2701	农业银行拉萨支行	油费	274	139×××1180	收到	2010.9.9	2010.9.10
037	辛洪安	男	5400××××××0670	建行拉萨北京中路支行	住宿	300	133×××8188	收到	2010.9.9	2010.9.17

我们都是紫阳人

拉萨市

市区45公里

今日休整。

难得睡个懒觉，早晨醒来，腰痛得不行，不想动弹，不能动弹，觉得每一个零件都有问题，我只想把自己放在床上，慢慢润滑，慢慢上好松动的螺丝。多日征战，怎么也不能蛮干。车要保养，人也要休养。

十点左右坚持写博，十一时许，接前台电话，前晚电话沟通让我留宿的辛总过来了，我稍做准备下楼，在他办公室，他对面的陈总介绍辛总是陕西人，我说我也是，他又说他是安康人，我说我也是，他说他是安康紫阳人，我说我也是。接下来是我们共同的惊讶。天啊，我们竟然是一个县的老乡啊。

再说起费用问题，他说谈什么房费，免了。我说那不行，你打点折还是可以的，但房费一定得付，他意思地收了两天两百元。谢谢了！之后辛总还邀我一起吃中饭，但我说我已答应了藏族同胞去他家。去了美朗家，他因为临时有其他事回不来，我只好折返回到酒店。在楼下再见辛总，他问我吃了没，我说没。他说我们一起出去吃

← 老乡辛洪安。

新浪网友 2010-09-11 09:16:33 [回复] [删除] [举报]

有缘千里来相会，两地故乡一样亲。
莫愁前路无知己，天下谁人不识君。

新浪网友 2010-09-17 21:03:41 [回复] [删除] [举报]

紫阳人、赤壁人、深圳人，见了都是你的老乡，
都是亲人，待你游玩全程时，心中朋友是全国人。
难得读万卷书，却可走万里路，然后在艰难的
幸福的行程中阅人也无数，为你加油为你喝彩!
松

新浪网友 2010-12-08 21:58:19 [回复] [删除] [举报]

田滨是我高桥同学，宋兴平是我平凉时一块当
兵的战友！田滨2006年成都兰州都见过，变化
不大，宋兴平新兵连一别，再未谋面，20多年
岁月沧桑，变化很大！向老乡问好！

博主回复: 2010-12-11 18:06:34 [删除]

岁月无情，人情温暖！

行云 2010-09-19 17:02:54 [回复] [删除] [举报]

我是在深圳的赤壁人，为你加油！

吧，我当然也不推辞，毕竟吃饭是个大问题。

请客的卢总是深圳人，主要业务都在拉萨，一年九个月在拉萨，在深圳的时间只有两三个月，说起他在深圳的住处，在麒麟花园，我们两家相距只是一个桥洞而已，又是巧合。

晚上辛总邀了一帮子紫阳老乡聚会，那气氛如同在紫阳城里把盏，幸福得很。席间有"革命卫士"之称的唐弟斌及夫人、高原安的董事长田滨先生、红山宾馆会计宋兴平先生，还有叶斌先生，还有题下"听大江咆哮远去，看我辈横刀立马"的李平先生。

酒后回宾馆，唐兄还送给我两箱雪山独有的5100矿泉水，并且要亲自搬上车才作数，辛总也为我准备了水果及水。这情形，不是要离开西藏，而是在告别故乡。这一切的巧合与感动，多少言语又表达得了呢?

今夜拉萨月，独照紫阳人。

↓ 轮胎破损严重，只好在里面加一个内胆做备用，
在去哈密的路途中，不到半小时爆掉！唉。

~119

↑ 我们都是紫阳人——左起：宋兴平、田滨、辛洪安、本人、唐弟斌、唐夫人、辛夫人。

★　当日细节

 → 45公里，市区；

 → 拉萨市区道路；

 → 早餐/无，中餐/红山宾馆辛洪安朋友卢总请，晚餐/红山宾馆辛总请；

 → 西藏红山饭店友情支持只收100元（037号欠条）；

 → 补胎100元（037号欠条）

 → **200元**（欠条200元，打给了辛总）。

↑ 虽是他乡相识，却是深圳人的卢崇元先生。

★　欠款列表

欠款单编号	姓名	性别	账号	开户行	类别	金额	联系方式	进度	欠条时间	还款时间
038	向巴卓嘎	男	6228×××××0517	农业银行拉萨支行	住宿	280	136×××7000	收到	2010.9.10	2010.9.19

No:038

↑ 美朗的女儿索朗卓嘎。

← 听说要照相，卓嘎马上
换上了漂亮的藏袍。

← 美朗在我的"债主本"上留下账号。

她开始的犹豫不决，也只是身上没带钱，我看到另一小伙给她送来了126元的零钱，大都十块二十的，其中还夹杂着很多一块一块的小钞。

（2010。9。11）

翻越唐古拉

20：17到达沱沱河

8：01 拉萨出发

拉萨市

全长753公里

向
北

从出拉萨到翻越唐古拉山，全天行程753公里都在无边的草场上奔驰。几无人烟，又牛羊满山。路没有想象中难，只比想象中完美。尽管海拔越来越高，但都是渐进地高，几乎感觉不到，只有下了车，紧走几步，立马会来感觉。道路的通达，草原的辽阔，远山的净洁，都让人心旷神怡，总想多走一段，多走一段……

加过三次油。第一站羊八井的白玛卓嘎站长，看了看墨竹工卡尼玛站长的签名，二话没说就同意了。第二站的姑娘看到我的签名本，还没等来站长，就要先写上一段祝福的话，等站长到来，他要给他上面的经理去个电话，经理授意他给羊八井的白玛卓嘎站长去电确认一下可否真有此事，才贡经理在确认之后同意给我加油。此次耗时37分钟，但过程是值得的，因为我的诚信积累开始显现作用。第三个加油站是一个私人开的，我找的那个姑娘仔细听了我的介绍后，虽然有点犹豫不决，但最终还是为我加了87元钱的油，我也告诉她，我并非是缺油，而是想获得她们的信任。她开始的犹豫不决，也只是身上没带钱，我看到另一小伙给她送来了126元的零钱，大都十块二十的，其中还夹杂着很多一块一块的小钞。谢谢你，李婧姑娘！

★ 欠款列表

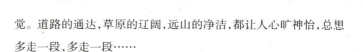

欠款单编号	姓名	性别	账号	开户行	类别	金额	联系方式	进度	欠条时间	还款时间
039	白玛卓嘎	女	6228×××××××5716	中国农业银行拉萨支行	油费	135	135×××0628	收到	2010.9.11	2010.9.15
040	才旺贡布	男	2538×××××××2683	中国农业银行那曲支行	油费	145	135×××5558	收到	2010.9.11	2010.9.17
041	李婧	女	6228×××××××4310	农业银行甘肃武威支行	油费	87	187×××4086	收到	2010.9.11	2010.9.16

↑ 谦恭的白玛卓嘎站长。

↑ 借钱为我加油的李婧姑娘。

↑ 通过电话咨询白玛卓嘎站长后，同意为我加油的才旺贡布站长。

135 628

公司积累曲飞公司成本心力加油站
祝你一路顺风

No:039

中国民生银行 网上银行电子回单

业务类型:	网银汇款回单	2010年09月1日	流水号:3019091310785072211002e9		
付款人	账号	李纯芷	账号	回玛卓嘎	
	全称		全称		
	开户银行	中国民生银行深圳福田支行	开户银行	中国农业银行拉萨市仙居东路支行	
	行号	1806	行号	103770006006	
金额	人民币(大写)	NMB 135.00	壹佰参拾伍元整		
费途种类	网络银行转账	凭证号	50T21080		

欠款地点: 西藏羊八井加油站

那曲

离开了李婧姑娘,也就意味着离开了安多县城。这个全藏或许是全球海拔最高的县,是我原计划的宿营地,听了拉萨红山宾馆辛总的建议,为避免高原反应,我决定翻过唐古拉山,到山下歇息。

唐古拉山口,是我此行的至高点,虽然风雪交加,我还是要停下来。旁边有几个旅游的老人正在照相,我凑上去请他们也给我照一张高处之见证。下了唐古拉,第一个兵站是唐古拉兵站,我决定去试试可否留宿,他们爽快地答应了。他们的爽快,让我觉得兵站比较容易沟通,所以还想往下再赶赶,就问下个兵站还有多远,他们说还有140公里,我算了一下时

↑ 早晨出拉萨，沿途牛羊成群。

← 姑娘长鞭当舞。

(2010-9-11)翻越唐古拉

新浪网友 2010-09-12 10:10:00[回复]〔删除〕〔举报〕

雄关漫道真如铁
而今迈步从头越

daisy0755 2010-09-12 20:59:11[回复]〔删除〕〔举报〕

太美了，向往……

新浪网友 2010-09-13 09:10:09[回复]〔删除〕〔举报〕

加油啊，后面可以多上点雪山照片。 小莫

云云 2010-09-14 11:45:29[回复]〔删除〕〔举报〕

景色真美！李婧姑娘也好漂亮

↑ 藏族姑娘周身包裹，难见庐山真面目。

129

光照耀下，一幅天地任我行，仿佛那是我一个人的天下。在赶时间和赏美景两者之间不能两全，但我仍然认为，我既赶了时间，又赏了美景。在快乐的心情中，我到了沱沱河，心中却是一直想，我要再来，一定好好躺在她的怀中，做一个金色的、没有边际的梦。

找到沱沱河的军营，正在维修。我把车开进杂乱的场子中央停下来，房子深处就走出两个军人，我把我的情况做了说明，他们说实在没有办法，这段时间他们也是租住别人的地盘。我心中原以为简单沟通就能住下的愿望无法实现，就问是否还有其他的军营可去，他们说还有一个武警的营地，并为我指明了方向。我也想起刚才经过之处，有一处"有困难，找武警"的牌子。于是我往回返，走时还给这两个军人开玩笑说，要是搞不掂，还是要回来的。

在武警的军营，卫兵把守的门外我把车停了下来。卫兵找来了文书，夜晚的冷风中，沟通很困难。他说这是部队，从不留宿外人，而且现在满员，也没有床位。我说我的情况不一样，请帮心沟通一下，无论哪里有空床，我挤一夜也是可以的，我还搬出先前唐古拉军营也答应过的案例来，以及"有困难，找武警"的那块牌

间，到达他们所说的沱沱河兵站应该不到晚上八点，而藏区的八点，还阳光灿烂。

于是我一条心，赶往沱沱河。实践证明，我的选择多么正确。天愈晚，车愈少，景色挡不住。夕阳西下，草场满目流金，河流亦闪耀出余辉的光芒。她的美，如何用言语来形容？只是开不动车，不时要停下来欣赏、照相。而行动中，又是如此开阔，金

子。我反复坚持，他反复推辞，最后是坚持战胜了推辞，他只好去找领导。没想到领导二话没说，就同意让我住下，而且是他们的招待所，真是让我满意坏了。

我是铁了心要在这里住下，外面都是些路边小店，安全不可靠不说，我也不一定能说服他们。军队必竟是人民军队，值得信赖。安顿来，心平气和，我泡了一包方便面，又和文书神侃了一阵子，还引出一位湖北老乡来。

→ 过 5231 米的唐古拉山，
我亦不能免俗，留个影吧。

↑ 高原上的水天一色。

↑ 暮色之美。

欠款地点：西藏那曲加油站

欠款地点：西藏安多加油站

★ 当日细节

 → 753公里，8：01出发，20：17到达；

 → G109（青藏公路）；

 → 早餐/沙琪玛两块，中餐/沙琪玛两块，晚餐/方便面一盒；

 →挑战3次，成功3次，羊八井加油站135元（039号欠条），那曲
加油站145元（040号欠条），安多加油站87元（041号欠条）；

 → 沱沱河武警兵营；

沟通时间11分钟
沟通时间37分钟
沟通时间21分钟
沟通时间44分钟

→ **367元**（欠条367元）。

5　20　60
10　30　～

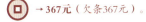

（2010。9。12）

穿过可可西里

17：17 到达格尔木 终

10：35沱沱河出发 起

全长399公里

向北

出沱沱河兵站不久，居然见到了藏羚羊。我把车慢慢靠边，在车上蹑手蹑脚地调试好了相机，再轻开车门下去，好，它还没发觉，我把镜头推近时，又看到了第二只，我说不出的兴奋。刚才出门几个加油站都不给我加油的不快，迅速被眼前

的场景所取代。每天都如此，不断的快乐被不断的打击所掩盖，又有不断的快乐去掩盖不断的打击。

从见到藏羚羊开始，我知道我进入了令人神往的可可西里，满目的草场是藏羚羊的家。前行几公里，我仍然按捺不住内心的激动，决定找人帮忙照张相，正巧有个大货车停在路边，我说明来意，两个跑长途的司机很乐意。不但给我照了相，还送给我一个大饼，它成了我的午餐。

到了五道梁，有三个加油站，我的沟通仍然未果。这样下去，要是赶到格尔木，可能不得不动用备用油，这是我不愿意看到的事情。在我一筹莫展时，一个年轻人问我愿不愿意捎他去格尔木，他可以给我加满这箱油。真是吉人天相（表扬一下自己），但是对于突然出来的陌生人，的确让我有点犹豫，而且他说还有一个同伴，我叫他把同伴叫过来。其实他的同伴正拎着两个包向这边走来，我看了一下年轻人的身份证，四川广安的，小平同志的故乡人。凭我的直觉，不是坏人哈（希望他们不

↑ 离开军营，离开收"留"我的军人朋友蔺班长（左）和湖北老乡何小强（右）。

↑ 两位货车司机海东不仅为我拍了照，还送我一个中餐大饼。

↑ 打完欠条后的附加条件是把他俩捎到格尔木。

↑ 他叫刘德军，从大连骑车到拉萨，今天是第40天。

↑ 我见到了藏羚羊。

天堂鸟啊天堂 2010-09-13 10:53:07[回复]［删除］［举报］

多年前看陆川的《可可西里》，后又买了不少关于可可西里的书。真是美丽的地方，正如她的名字。能亲临这样的土地，自然会有不同的人生感受。羡慕博主。

新浪网友 2010-09-13 10:44:01[回复]［删除］［举报］

读刘先生的博客感受到诚信的可爱与精神的力量！祝福刘先生一路顺利！另博客越写越好了，刘先生也似乎越来越进入状态！

pmax 2010-09-13 12:07:22[回复]［删除］［举报］

天好蓝呐～

飘泊的风 2010-09-13 21:11:57[回复]［删除］［举报］

刘老师很敬佩你，那天能遇上你其实也是我的幸运，我是广安的小董，我觉得你一路走来很辛苦不过也很充实。希望你一路平安，圆满结束这次有意义的旅程。

新浪网友 2010-09-13 21:13:28[回复]［删除］［举报］

打击总是短暂
快乐却会常在
格尔木的夜晚分外美好
因为诚信出发已经赢得
多少认同，多少赞叹，多少关注，多少期待

新浪网友 2010-09-14 09:02:04[回复]［删除］［举报］

军人照相也是笔直的，呵呵呵。　　　小莫

申万仓 2010-09-15 15:55:16[回复]［删除］［举报］

我说，您是在用心丈量历程！

新浪网友 2010-09-22 09:33:37[回复]［删除］［举报］

我在中秋节的前一天来到拉萨。从大连到拉萨历时51天，很高兴能有这次的偶遇。　　——刘德军

要受到伤害呵），也就同意了这个方案，但我仍然只愿意做好人好事，人可以捎，加油的欠条仍然要打。这样，我的备用"粮食"也仍然有效。

翻过昆仑山，立马是另一番景象。除了依然没有一棵树之外，连草也没有了。一山一山间，的确两重天。越走越苍凉，越走越感伤。这么大片大片的土地，没有水，没有草，更没有树，不可想象。我即将见到的格尔木，是一种什么样的景象？

近格尔木，开始见到树了。这是我几近一千公里中第一次见到树。我把捎到格尔木的两个广安朋友先放下，再去加油，油永远是我的第一需求，超过住宿和我的粮食。只有车有"饭"吃，我的行程才能继续。

我去的油站，站长不在，在我极力争取下，要到了站长的电话。拨过去，她没有一口回绝，这样相对就有戏，并且说一会儿就过来，只要我耐心等待。站长来了，还是一

靓女呢。沟通了一会儿，她只同意给我加一百块钱的油，这样意味着我还要去找下一家，所以我仍然坚持，让她帮我加满，不是我不知足，而是我想省出时间去找住宿。在我的坚持下，旁边的男生发话了，好，给你加满！我成功了，我的成功源于我的坚持和那个男孩的大度，其实我们的谈话，他一直在场，要是我没猜错的话，应该是站长的男朋友，祝福他们！临走的时候，站长还说，要是实在找不到地方住，他们这里的值班室也很安全，谢谢了。

住宿稍有周折，找了两家都不同意。我来到政府对面的金轮宾馆，值班的小女孩给领导去了电话，基本上一口回绝。但我不想放弃，开始做女孩子的工作，看她可否愿意帮助。这时旁边的另外一个女孩子也走过来了解情况，先前的女孩问后来的女孩愿意不。后来女孩子的一句愿意，让我今夜在格尔木有了家。120元的住宿费，两位姑娘各担风险的一半。

有家真好。我开始准备泡方便面，享受一

下这美好的夜晚。突然想起另一个朋友要去拉萨，就拿起电话回过去，我说我在格尔木呢，您在哪啊？对方的回答是，我也在格尔木，正在吃饭，快过来吧。哎呀，怎么这样巧啊！我把撕开的方便面放下，出门打车过去，一下楼才想起，我身无分文，哪有钱打车啊，于是再去电，对方讲，来吧，来吧，我们把打车钱给你准备好了。

此行中，我想最大的得到，除了经历，就是朋友了，而且都是新朋友。回程的时候，大家争相给钱我打车，可是我拒绝了，因为在开始打车来的过程中，明显看出司机带着我绕圈子，其实吃饭的地方离我的住处不过一个街口，为了的士司机能挣上那5元钱，我也就不点破了。

今夜的格尔木，因为朋友，分外美好。

↑ "就是我们俩，一人一半，让刘大哥住下。"

地址：青海省格尔木市昆仑中路68号　　电话：0979—7235888
NO.68Kunlun Road Geremu Qinghai China　　Tel：（0979）7235888
传真：（0979）7235965　　邮编：816000
Fax：（0979）7235965　　Post Code 816000

↑ 美女站长，刘亚丽。

青海省格尔木市中山宾馆便笺

★　当日细节

(km) → 399公里，10：35出发，17：17到达；

→ G109（青藏公路）；

→ 早餐/沙琪玛两块，中餐/大货司机给的一个大饼，晚餐/泡好方便面后接朋友电话请客；

→ 1个，格尔木南站5元，坐便车的朋友董启林出；

→ 挑战5次，成功2次，五道梁加油站200元，欠条打给了坐顺风车的董启林（042号欠条），格尔木加油站165元（043号欠条）；

(H) → 格尔木金轮宾馆，120元（044号欠条）；

沟通时间38分钟
沟通时间28分钟

→ **490元**（欠条485元，5元过路费showed打条）。

5　20　60
10　30　~

★ 欠款列表

欠款单编号	姓名	性别	账号	开户行	类别	金额	联系方式	进度	欠条时间	还款时间
042	王克分	男	6227××××××8556	中国建设银行重庆支行	油费	200	159×××1561	收到	2010.9.12	2010.9.16
043	刘亚丽	女	4563××××××9485	中国银行格尔木支行	油费	165	139×××3685	收到	2010.9.12	2010.9.16
044	项黎阳	女	6222××××××6659	工商银行格尔木支行	住宿	120	130×××8569	收到	2010.9.12	2010.9.17

（2010。9。13）

由戈壁到沙漠

终 17:20到达敦煌

费

费

海西蒙古族
藏族自治州
▲ N

始 9:45格尔木出发

全长575公里

向北

↓ 后视镜中的站长。杨增芳。

（截止昨日，有9天没有见到收费站了，离开格尔木，将要重新面对收费站，一时还不适应。出门20天，第一次站在酒店的秤上，不称不知道，一称吓一跳，20天，瘦了16斤。）

说实话，我对格尔木是有偏见的。我在微博中就这样写道："我所到的

No:045

中国民生银行　网上银行电子回单

欠款地点：**青海省格尔木锡铁山收费站**

↑ 离开格尔木，不收费，签个名。

No:046

中国民生银行　网上银行电子回单

欠款地点：**青海省大柴旦加油站**

↑ 杨学东站长。

No:047

中国民生银行　网上银行电子回单

欠款地点：**甘肃省海西州**

↑ 加油站泡方便面做中餐。

~145

格尔木，是蓝天白云下，遮天蔽日的尘土飞扬，这种灰色在蓝天白云面前近乎一种耻辱。以钾和石油闻名的格尔木，我不怀疑他GDP的坚挺。而格尔木的本来意思是河流密布的地方，而我所到之处见不到一滴水。"

我爱格尔木这个名字——河流密布的地方，是一个多么美的地方？而我看到的是漫漫黄沙，漫漫黄沙下过度开发中那种畸形的兴奋，我甚至于隐隐约约能看到兴奋的人群，蘸着浑浊的口水，清点钞票的情形。一个没有水的城市，无论再有钱，也只能

像是没有女伴的雄狮，它有怒吼，但很恐惧，也很悲凉。

事实上，在我行走了几百公里后，他又是我唯一能找到的家。我也想到，他建立的艰辛，正是因为没有水，没有植被。当我看见城市里布置的假花，那也是对生命的一种期待和向往。批评一件事情，发泄一下情绪，太容易了。有胆量去做一件事情，又能持之以恒，是我们大家都应该尊重的。那么，我所期盼的格尔木，在纯经济的大背景下，找到自己的柔软面，找到原本属于他的水的特质。虽然很遥远，但只要坚持。

在藏区，人少，可是牛羊多。但过了昆仑山口，不说是牛羊，飞鸟也见不到了。唯一的植物就是骆驼草，这样看来，荒漠也可以诞生生命，但迟早会被尘世淹没。

　　果不其然，沙漠就在眼前。距离敦煌一百多公里，我走入沙漠的领地，我是兴奋的。我甚至放弃了好路，驶入他的腹地，那种驾驶的感觉，像是在冲浪。那漂浮，那柔软，那自由，那宽阔，那尘土飞扬，那舍我其谁的感觉让人心花怒放。

　　而前面我见到的戈壁，正在走入沙化的边缘。从广东、广西到云贵川，又从云贵川到西藏，从西藏到青海的格尔木，再由青海的格尔木到敦煌，这样一条道路，感觉能从一个年轻人看到他的未来，而未来是那么的怵目惊心。我们有什么理由不更加珍惜地球，不更加珍惜我们共同的家园呢？！

　　进入七里镇，算是进入了离格尔木最近的一个城市，520公里。

我找的第一家酒店就接纳了我,而且还可以免费入住,但我没有同意,其实他们能接纳我,就是对我莫大的支持,怎么还能有他求。住下不久,电话中,天水的王若冰介绍了敦煌文化馆的方健荣给我认识,我便开车到离七里镇还有七里地的真正的敦煌城。

眼前景象令我大呼意外,如果不加"敦煌"二字,倒是感觉到了苏杭某地。党河两岸,灯火闪烁;党河中央,喷泉高起;再加上一轮弯月,她的美,不容言说。但这是夜晚,明天,我要看一看她的真面目。

在深圳,我自认为是一匹快马,但健荣的步伐我跟不上。不知我是没有吃晚饭呢,或者是出门多日,早已不是深圳速度。几次,我提醒他,他还是停不下来,他的妻子也早被他锻炼得炉火纯青,气定神闲,不离左右。

离开党河,又奔夜市。我吃了一份他们夫妻请吃的敦煌拉条子后,气顺多了。而健荣对敦煌的热爱,在奔跑中可见一斑,他要把更多的夜色送给我,而我真的需要慢慢去消

化。回到酒店,我拿出健荣送我的,也是他选编的《大美敦煌》,对于敦煌之美,我才慢慢翻开。

↓ 阳关古道。

★ 当日细节

- → 575公里,9:45出发,17:20到达;

- → G215;

- → 早餐/酒店早餐,中餐/方便面一盒,晚餐/拉条子（方健荣请）; 沟通时间15分钟

- → 3个,格尔木北站5元（免）;锡铁山收费站10元（045号欠条）;鱼卡收费站40元（047号欠条）; 沟通时间51分钟 沟通时间16分钟

- → 1次,中石油柴旦加油站100元（046号欠条）;

- → 敦煌昆仑大酒店180元（048号欠条）; 沟通时间12分钟 沟通时间24分钟

- → 335元（欠条330,免费5元）。

5 20 60
10 30 ~

★ 欠款列表

欠款单编号	姓名	性别	账号	开户行	类别	金额	联系方式	进度	欠条时间	还款时间
045	杨增芳	男	6222××××××9860	工商银行格尔木支行	路费	10	135×××1540	收到	2010.9.13	2010.9.17
046	杨学东	男	9558××××××9165	工行青海省分行柴旦支行	油费	100	189×××8623	收到	2010.9.13	2010.9.17
047	雷生伟	男	6227××××××6911	建设银行青海海西州分行	路费	40	139×××8272	收到	2010.9.13	2010.9.16
048	柴小静	女	2713××××××3515	工行甘肃敦煌支行	住宿	360	136×××6697	收到	2010.9.13	2010.9.16

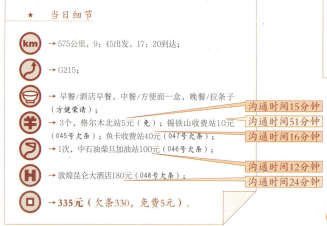

↑ 敦煌夜色美，毫不逊苏杭。

↑ 敦煌拉条子。

(2010。9。14)

无障碍敦煌

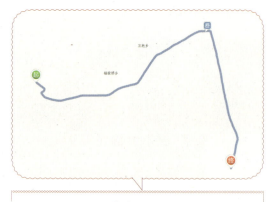

市区80公里

↑ 为我加油还要请我吃饭的赵红霞站长。

↓ 莫高窟通行证。

敦煌之美，在于人性之美。

出门21天，在敦煌受到的礼遇最高。从酒店入住到加油，从洗车到车辆检测，以及路桥费、景区门票等都是一次搞掂。所以称为无障碍敦煌，实不为过。

先说入住酒店吧，入住后酒店领导还说像我这样的事要支持，可以免费，虽然在我的坚持下，仍然缴费，但我的内心是温暖的。十一点多去加油，亲自帮我加油的赵红霞站长还要邀请我吃中饭，因为健荣兄在等我，所以我婉拒了她的好意。吃完中饭我想去把车洗一下，在一洗车行，我说明来意，这对夫妻二话不说就开始干，临走时还非要往我的车上塞了两个哈密瓜，并说他们的后院还有梨，都是自产的，要我带一点路上吃。我实在是不好意思了，虽然我不吃瓜，这份盛情我还是带上了，后来转赠给了酒店的服务员。在某汽车修理厂，几个师傅都围过来问我有什么事，因为有一个轮胎偏软，比较担心，好在检测后没什么异常。

今天留下的主要目的是想去一下莫高窟，这个我神往已久的地方。没去之前，中午一同吃饭的画家高山就给我敲警钟,这莫高窟可不是轻易能搞掂的,如果你把它都搞掂了,在敦煌就没有什么难事了。他这样一说,我心里真的就没了底,但莫高窟我是铁了心是要去的,好在高山兄给我放了话:"万一真的不行,就给我电话。"这样一来,我算是安下了心。去莫高窟有一收费站,我简单说明情况,工作人员给领导汇报了一下,也就放行了。到了莫高窟停车场,我说明来意,他们要我到敦煌研究院去找领导,我上了二楼,和办公室的年轻人沟能顺利,上下楼不到五分钟,票就拿到手了。我迅速给高山兄去了电话,报告了好消息。

当走过几百里黄沙地,第一眼见到这个世外桃园,我就不忍离开,想要停留一天。而这一天的停留,更增添了我对她的留恋。一个城市之美,不仅仅是因为她的漂亮干净,而在于她的内心,她的内心之美才是人性之大美。敦煌人的善良、大度、乐观,自我欣赏和满足都是大美之所在,也是一种快乐的自爱。有什么爱比自爱更重要呢?只有懂得自爱的人,才会更多地获得他人的爱和尊重,显然,敦煌做到了这一点。

重又想起昨晚健荣送我的《大美敦煌》,我爱大美敦煌,虽然就要离开。

↑ 为我免费洗车还送瓜给我的夫妇。

(2010-9-14)无端绕敦煌

- 新浪网友 2010-09-15 09:32:48[回复] [删除] [举报]

  一路走来，难得如此畅通。大好！

- 新浪网友 2010-09-15 09:44:04[回复] [删除] [举报]

  敦煌不愧是我向往之地，一回兄这样的赞美，更令我无限神往。贵阳袁祝兄再报喜讯。

- 新浪网友 2010-09-15 15:13:21[回复] [删除] [举报]

  一路风光令人神往
  一路感受与人分享
  一路思考给人启示
  一路平安叫人牵挂

- 申万仓 2010-09-15 15:37:12[回复] [删除] [举报]

  大美之行
  行之大美
  ——谨祝一路顺风！

- 龚飞 2010-09-16 10:53:56[回复] [删除] [举报]

  在学校我们也移植了一株向日葵，可是没有敦煌的那般可人。

↑ 中午聚餐的朋友们（左起：张自智、作家曹建川、画家高山、本人、张健荣）。

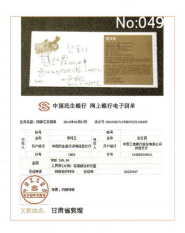

No:049

中国民生银行 网上银行电子回单

欠款地点：甘肃省敦煌

敦 煌 研 究 院

稚亮

甘肃剩实维费高窟
克姐研实院[736200]

沟通时间3分钟

★　　当日细节

(km) →80公里，市区周边；

→市区；

→早餐/酒店早餐，中餐/方健荣请，晚餐/方便面；

(¥) →2个，市区至莫高窟途中一收费站，去5元（免），门票160元（免），回程是一坐便车哥们代付；

→1次，敦煌中油酒泉七里镇加油站249元（049号欠条）；

(H) →敦煌昆仑大酒店180元（048号欠条），续住；

(口) →599元（欠条429元，免费165元，代付5元）

5　　20　　60
10　　30　　~

★ 欠款列表

欠款单编号	姓名	性别	账号	开户行	类别	金额	联系方式	进度	欠条时间	还款时间
049	赵红霞	女	6222××××××2606	工行甘肃敦煌支行	油费	249	138×××3505	收到	2010.9.14	2010.9.17

（2010。9。15）

哈密·定格在128公里处

终 00：10到达哈密
哈密地区

8：15敦煌出发
起

全长427公里

向
西
北

最担心的地方，最终还是出现了问题，最坏的结果来得太快：轮胎坏了，备胎也坏了。现在是三只轮子，叫我如何得"行"？下午五点二十八分，距哈密128公里，就这样，我定格在128公里处。

我首先做了一些应急措施，远远支起了三角架，怕被过往的车辆刮倒，还特意搬了一大箱矿泉水压在支架上面。第一个电话我打给了俞军，他说

只有找215/55同类型的轮胎来换。第二个电话打给了颜哥，想他的朋友帮帮忙，但他的朋友远在乌鲁木齐，只是遥控，爱莫能助。第三个电话打给了深圳斯巴鲁的小陆，请他帮忙查查最近的救援地点。第四个电话打给了乌鲁木齐的儿时伙伴苟云高，看他哈密是否有好朋友。唯一，我不能告诉老婆。

各条消息汇总，我选择了哈密的救援。只要车拉到了哈密，再处理就是明天的事。这是我在《乱世佳人》中学到的方法："等到明天，明天又是新的一天！"。那么我现在要做就是等待。当然等待不是白等待，天黑前，我要准备好应急灯，测试电筒是否有电，同时还拿出车上防身用的钢管，以备或人或动物侵袭等不测。

晚八点，还能看到云层中隐约的太阳，八点四十分再看，月亮升起来。我在车上放音乐《二泉映月》，而车窗外月亮渐渐被云层吞没，只剩下黑。茫茫大漠，天罩地托，独我一人，何其渺小？而谁又甘于渺小呢？我们的心中乾坤，往往在天地之外。

饿，又什么都不想吃。九点，我估计救援的车辆快来了，可是接到电话，才走了60公里，再怎么都还要一小时才能到，无奈地等，这样的时间过得最慢。十点许，希望终于来了，我

只剩下三个轮子，叫我如何都"行"。

是千恩万谢。车辆绑定，我头一回坐在车之车上。真的太累了，一上车就睡着，一直拉到目的地才醒来，没有做梦。

凑巧，今天我没有自己定酒店的想法，也许预料会有不顺。好心的救援人员把我送到朋友预先定好的酒店，我想该万事大吉了吧，还没有，等我报上名来，该酒店就没有我入住的这回事。零点十分，我不得不给乌鲁木齐的颜哥朋友去电话，改到了另一个酒店。可怜我身无分文，在陌生之地还要去找寻另一个陌生之所。

我只好身无分文出门打车。我说明情况，果然就有好心的司机把我送到另一个酒店。前台核实后，这下没错了，就又给颜哥的朋友报了平安。这下该结了吧，还没有。我拿着房卡去到房间，房是开了，可是里面的防盗链是锁住的，里面传来男女嘈杂的声音，并由男的传来一声断吼："干什么的，干什么的！"我真是哭笑不得。

再换房间，再入住，已是凌晨三点，我早已是睡意全无。这些天来，头脑中闪现最多的一个词就是"塞翁失马"，我并不把今日之事耿耿于怀，我的心理承受能力已能保持足够的好。昨日敦煌的大顺，也许就需要今日的大不顺来调和，每每我山穷水复疑无路的时候，总会是又一春。

明天，对了，明天已经是今天。我不想"明天"，明天是好多天。

↑ 这样的结果，很大程度要归功于川藏公路的折磨。

↑ 加油站的小姑娘。站长不愿意为我加油，我说要是刚才那位小姐没有给我加油，你们愿意吗！她们说愿意。

沟通实例（录音整理）

地点：柳园某加油站，失败后的第三家，还是失败。

刘：您好，打扰一下，我是从深圳来的，在做一个个人活动，叫"一人一车，身无分文，一百天走遍中国"，为什么要做这个活动呢？因为我们国家，大家都在追求金钱，人与人之间彼此麻木不仁，对任何事情都充满怀疑，譬如说我们见到乞丐，往往就认为他是假的；遇到摔倒的老人，不敢去扶起；还有像上海世博会，身体健全的人也坐着轮椅进去，为自己的一时方便，不惜破坏社会公德。因此，我想通过不带一分钱开车走完全国的形式，通过自己的诚信来呼吁社会关注诚信，尊重诚信。那么我今天到了您的地盘，看是否能给我加点油，当然油不是白加，我会给您打一张欠条，这张欠条上有我的详细信息，有家庭住址，有电话号码，有邮箱，有QQ，有我的博客地址，等等，我会在三天左右把钱打到您给我提供的账号上，不知道您能否支持我？当然，您可以支持，也可以不支持，我都要谢谢您。

• 新浪网友 2010-09-16 09:23:17[回复] [删除] [举报]

最怕的就是车子出问题，坚持～～～！　　小莫

• 琼琼儿 2010-09-16 10:00:33[回复] [删除] [举报]

拨开乌云就是蓝天！加油！关注中～～～

• 新浪网友 2010-09-16 17:02:46[回复] [删除] [举报]

想必过了新疆以后的路会好走好多了，加油啊，阿兵

• 新浪网友 2010-09-16 18:24:58[回复] [删除] [举报]

一路尽是无尽的收获：无论悲与喜，都让我等无尽美慕。坚持!!!无道

• 新浪网友 2010-09-16 21:11:36[回复] [删除] [举报]

要庆幸没有在雪地高原坏胎，就当车也要休整下。部

• 新浪网友 2010-09-17 10:23:12[回复] [删除] [举报]

进藏之前 路难行 朋友多
出藏之后 路好走 熟人少
生活本来就是如此

站长：你的意思是要加油吗？恕我无从（能）为力。我们这里不允许打欠条。

刘：我这个欠条不是要打给公司，如果您或者您的员工愿意支持我的话。

站长：还是恕我爱莫能助。

刘：这个事还是不能勉强，那么往前走还有多少公里有加油站？

站长：哪个方向？

刘：哈密。

站长：80 公里到星星峡。

刘：不好意思啊，既然您已经不同意给我加油，就没所谓了，我还是想问问您对我这件事是怀疑态度呢，还是有其他的看法？

站长：也不怀疑，我理解你的行动，你的意思我明白，我还是觉得有风险。

刘：我为什么要找到站长呢，就觉得您的收入来帮我加一百元钱的油，应该在自己的的承受范围，我也有这么多的详细信息，您为什么还是觉得有风险呢？

站长：有，我就不清（楚），我还没有细品味。一百元钱是小事，我还是感觉不舒服。

刘：您觉得是沟通让您不舒服，还是这件事情？

站长：怎么说呢？感觉有"那"种嫌疑吧。我们相信……怎么表达？哎，钱是小问题，感觉就能……我这个人感觉智商低了。

刘：哈，您别这样说，什么嫌疑？

站长：我被欺骗。

刘：那你感觉这件事还是有些假对吗？

站长：是，是这个意思。

刘：没事，没事，我只是想知道您的内心（的真实想法）。

站长：就是，就是！

刘：那打搅了，谢谢了，谢谢！

站长：慢走。

~159

↑ 过收费站发限速卡，警员只负责发卡，道路堵塞却没有一个警察到场，简直是一锅粥。

↑ 去往新疆的绵延车阵适逢修路，拥堵不堪。

↓ 为我交过路费的该站书记。

No:050

↑ 22天，它也太累了，让它也歇一回吧！四个半小时后，等来了救援车。

哈密庞大一众汽车销售服务有限公司

工行哈密乡水路支行

3〇▓▓▓▓▓▓▓▓▓ 4

佳之

新L·T3956

← 免费送我的"的士"。

★ 当日细节

 → 299+128=427公里，8：15出发，00：10到达，住下凌晨3点；

→ G215—柳园—G312（大范围修路）；

→ 早餐/酒店早餐，中餐/方便面一盒，晚餐/无；

沟通时间3分钟
沟通时间12分钟

| 5 | 20 | 60 |
| 10 | 30 | ~ |

→ 3个，柳园收费站4元（免）；星星峡收费站10元（免），骆驼圈子5元（在拖车上经过）；

→ 挑战5次，成功1次，距离星星峡20公里某加油站180元（050号欠条），为吃方便面时广东游客所加；

→ 哈密宾馆（顺哥朋友安排）；

→ **204元**（欠条180元，免费14元，其他5元）。

★ 欠款列表

欠款单编号 × 姓名 × 性别 ×	账号	×	开户行	×	类别 × 金额 × 联系方式 × 进度 × 欠条时间 × 还款时间
050　谭颖梅　女	5184×××××××6534		中国银行顺德支行		油费　180　137×××6610　收到　2010.9.15　2010.9.17

哈密留客

哈密地区

睡得晚，不能起得晚。车在 4S 店，对于我这个身无分文之人，还得先做思想工作，否则提车之时，会误以为耍赖之时。我与昨天的联络人去了电话，那头说你别管了，改天过来提车吧。我想到时候我来提车是可以，怕是出不了门，就再三解释我的情况，对方才同意过来接我。

接待我的是售后服务总监，之后又请来财务总监，在我们的共同沟通下，打下了此行最大的一笔欠条，包括两条轮胎和拖车费，共计 5742 元。只有打了欠条，我才能安心回酒店休息。无事，就理了一份《美松小学，邀您捐书》的倡议书。

↑ 售后服务总监杨卫军。　　　　↑ 财务总监周总。

美松小学，邀您捐书

2005年，我带一帮车友抵陕南老家紫阳旅游，过程中见一小学因资金困难而停滞，在车友助学会会长李翀的带领下，杨晓智全家、胡萍女士等朋友支持，决定捐建此校。因为本人故乡，惭愧搏得"美松小学"虚名。

2008年再赴该校，见师生条件仍然艰苦，特别见某美术老师，问及师专刚毕业，语数音美全带，其实人无全才，岂会全能？又感其辅助教材几近于无，于是决定买点书寄过去，但一人之力，哪堪大用。

故借本人出行之机，关注人气稍高之时，向朋友们厚脸搏助。此图书室建成，既方便师生之参考，又可便于乡亲之阅读，两得其利。因此内容可以宽泛，新旧可以不计，一册为始，多多益善。常言赠人玫瑰，手留余香，现各位以书相赠，必留书香。

为方便收取，请邮寄：陕西省紫阳县界岭乡界岭小学钟良松老师收（725305）

联络电话：1399×××631（非诚勿扰！）

美松（一回）在此叩谢！

2010年9月16日于新疆哈密

去年10月，原籍紫阳的刘美松先生在"诚信出发"的活动过程中，向博友发了"界岭小学邀你捐书"的帖子后，陆续收到广州、上海、深圳、新疆等省市的爱心人士捐赠的书籍近千册，学校建起了"爱心班级书架"，方便了学生的课外阅读。

2011 年 3 月,深圳市南山区图书馆从《蛇口消息报》殷红光处得知界岭小学的图书数量依然不足的情况,迅速决定向该校的孩子们捐出一批图书,与此同时,南山区义工联也多方募集资金购买图书,送来一片爱心。这是首次由外省单位及社会群团组织向该校捐赠图书,共计 2145 册,总价值 47900.00 元。所捐图书涵盖儿童文学、科普知识、工具书等类,充实了班级书架和学校图书室,对开阔学生视野、丰富学生课余生活将起到重要的作用。

↑ 左起:《蛇口消息报》记者殷红光和林雪、深圳五星级义工宋弘、南山图书馆副馆长谌缨、刘美松。

	1	¥21.90	¥21.90
英语			
育知识大观	2	¥21.00	¥42.00
薄的创富经典--希尔创富	1	¥19.80	¥19.80
军辅思齐	16	¥18.00	¥288.00
史	1	¥28.00	¥28.00
	1	¥10.00	¥10.00
玩具兵	1	¥12.00	¥12.00
慢回	21	¥21.00	¥441.00
传	1	¥120.00	¥120.00
防与慈爱	1	¥16.80	¥16.80
情-在爱与被爱之间	14	¥14.80	¥207.20
光年	34	¥16.00	¥544.00
教训爹吩	7	¥18.00	¥126.00
地平线	1	¥15.00	¥15.00
广贵文	1	¥5.80	¥5.80
英词典	1	¥44.90	¥44.90
生你最美	6	¥16.00	¥96.00
青春主张	1	¥18.00	¥18.00
的声音	1	¥16.00	¥16.00
古诗听故事认动物	15	¥3.70	¥55.50
工	53	¥12.00	¥636.00
新马多多	124	¥14.00	¥1,736.00
肚走天下	30	¥28.00	¥840.00
头看我	41	¥16.00	¥656.00
民工	18	¥22.00	¥396.00
闻	4	¥68.00	¥272.00
界80天	35	¥15.00	¥525.00
园	2	¥3.20	¥6.40
境地图	3	¥21.50	¥64.50
蚁的成功学	105	¥16.00	¥1,680.00
法	2	¥22.00	¥44.00
子与飞猫大侠	62	¥14.50	¥899.00
和他的队伍	1	¥14.80	¥14.80
康成长的基石	120	¥10.00	¥1,200.00
言	30	¥17.80	¥534.00
童折纸	1	¥7.00	¥7.00
邮	1	¥9.50	¥9.50
雄传	1	¥24.00	¥24.00
游购物地图	4	¥21.50	¥86.00
文绘典歌曲	120	¥15.00	¥1,800.00
与城市国际化	2	¥38.00	¥76.00
能启发游戏	1	¥88.00	¥88.00

见病保健药膳	5	¥18.00	¥90.00
药的儿童保健	1	¥10.00	¥10.00
惑大笨蛋	7	¥13.00	¥91.00
典	4	¥28.00	¥112.00
仪	1	¥16.00	¥16.00
带丛林	17	¥32.00	¥544.00
儿园活动经典	44	¥138.00	¥6,072.00
语接龙	26	¥12.00	¥312.00
典	6	¥33.00	¥198.00
狂	27	¥19.00	¥513.00
踪婴儿大行动	14	¥15.00	¥210.00
识讲开	44	¥20.00	¥880.00
子一生	22	¥37.00	¥814.00
们脚步的是什么	5	¥13.80	¥69.00
图书馆实用小百科	26	¥48.00	¥1,248.00
恋爱	11	¥15.00	¥165.00
医	38	¥19.80	¥752.40
亲子卖给总统	99	¥13.80	¥1,366.20
典	102	¥38.00	¥3,876.00
思考试系列丛书	70	¥50.00	¥3,500.00
魔	16	¥15.00	¥240.00
票	5	¥15.00	¥75.00
宾的幽灵	56	¥15.00	¥840.00
港	59	¥15.00	¥885.00
	60	¥15.00	¥900.00
尖的脑袋	48	¥28.00	¥1,344.00
年代	80	¥20.00	¥1,600.00
杀	15	¥15.00	¥225.00
宽魂的诅咒	14	¥15.00	¥210.00
是东京	4	¥35.00	¥140.00
地的中国风	49	¥15.00	¥735.00
部	1	¥10.00	¥10.00
空--航天员太空生活工作纪实	1	¥34.50	¥34.50
是女儿的课堂	5	¥20.00	¥100.00
史文化游	15	¥28.00	¥420.00
丰"格格巫"	1	¥1.80	¥1.80
华	1	¥17.00	¥17.00
典	1	¥18.00	¥18.00
风佛	18	¥35.00	¥630.00
我相遇	2	¥16.00	¥32.00
的致命弱点	6	¥16.00	¥96.00
的斯芬克思之谜	1	¥48.00	¥48.00
学伴件--声音	1	¥10.00	¥10.00

情系山里娃　书香留久远

---致南山区义工联的感谢信

深圳市南山区义工联的朋友们：

您们好！

在这春意盎然的美好时光，我们收到了你们及图书馆捐赠的价值近伍万元的图书，学校全体师生在此向你们致以崇高的敬意和忠心的感谢！感谢你们在百忙之中为孩子们送来比春意更浓的爱心！

我们学校在陕西南部的大山深处，因交通不便，信息闭塞，教育发展严重滞后。近几年虽政府投入较大，办学条件有所改观，由于学校基础薄弱，图书仪器与硬件设施远远不能满足学生素质发展的需要。你们把知学校这一具体困难却立即组织募集捐赠，让我们非常感动也无比感激。是你们改变着农村孩子们读好书难，读新书难的窘境；是你们及时满足我校师生精神食粮的渴求；是你们点燃了我们遨游知识海洋的热情。你们不只是捐出了书籍，而且指出了乐善好施、助人为乐的优良传统，捐出了对孩子们的殷切期望和鼓励。你们的爱心行动将滋润着这里的"祖国花朵"茁壮成长，让我们真切地感受到了你们给予的爱的力量和知识的力量！

你们捐赠的图书，对于我们来说有着更加特殊的意义：因为农村孩子更需要一种战胜困难的精神和力量，而这种精神恰恰源于知识，源于书本。法国著名哲学家、科学家笛卡儿说过"书，是哺育心灵的乳，启迪智慧的钥匙。"当我们看到这些好书时，会充满微笑、振作精神、拥抱生活。你们用实际行动满足了孩子们对知识的渴望，对未来的憧憬，你们这种爱心和精神使我们终身受益！

读一本好书，感受一份爱心。我们一定充分利用好这些书籍，让每个学生从中汲取知识和力量。让你们的这项捐助真正达到"把阳光洒进我们每一个孩子心里"的意义。学校全体师生将以此为契机，勤奋工作、努力学习，决不辜负你们的殷切期望！

我们还有千言万语的感激与祝福难以表达，在此祝愿你们好人一生平平安安！健康幸福！

界岭镇美松小学全体师生
2011年4月13日

附:关于在南山图书馆为美松小学整理图书的活动及费用申请

尊敬的南山团区委领导及义工联理事会：

为了喜迎大运，也给孩子增加精神食粮，了解外面的世界。建立一座小图书室，方便学校师生参考，也可提供给乡亲们阅读。南山义工助学组联合南山区图书馆及美松小学一起，计划在3月25日全天在南图整理及打包图书活动。

由于这次整理书籍数量较大，计划40-50箱，并计划彻底整理好南山区图书馆地下仓库的所有书籍。大约需义工20-30人，时间从早上9点半-下午5点结束。因工作量较大，为了不麻烦南山区图书馆，来特申请以下费用：

1，义工的饮用水，按每人3只计，共需3-4箱水。

2，义工中午的快餐，按每人10元计，共需200-300元。

3，活动中所用的透明胶带3卷（封箱子用）及大头笔2支。

请领导们在本周五前批复为盼！以方便我们发召集贴！

南山区义工联　助学组
二0一一年三月十五日

附二：邮寄地址：陕西省紫阳县界岭乡界岭小学钟老师收（725305）

关于向陕西省安康市紫阳县界岭乡美松小学捐赠图书的申请

尊敬的南山区义工联理事会、南山区图书馆领导：

2005年，由深圳一帮车友开展自驾游活动，抵达陕西省安康市紫阳县界岭乡时，见当地的原界岭小学因办学资金困难而处于停滞状态。车友李翀、刘美松、杨晓智，胡洋等人决定捐资20余万元建校，当年新学校建成后被命名为"美松小学"。

紫阳是国家级贫困县，当地生活仍然贫困。尽管该学校的校舍建设一新，但受当地经济条件所限，学校条件仍然十分艰苦。

2008年，车友刘美松等人再赴该校，见师生条件仍然艰苦。师资匮乏，一位刚专刚毕业的美术老师，竟然担任语文、数学、音乐、美术的全部课程。除少量教材外，辅助教材几近于无，车友们后来又买了点书寄过去，但杯水车薪。

2010年11月，刘美松再次到学校回访，发现师生条件仍然艰苦。许多孩子都是早上五六点钟出门，步行一两个小时的山路，在八点前赶到学校上课。中午孩子都没有午餐吃，他们一般都是抓紧学习，到下午两点多放学，孩子四点多才能返回家中。一整天，孩子们都是在饿肚子。并且，该校的精神食粮仍然极度匮乏，当初捐的一些书，已经全部被好学的孩子翻烂。

为了喜迎大运，也给孩子增加精神食粮，了解外面的世界。经媒体的引见，南山义工助学组加入了此行列中，联合南山区图书馆一起，给美松小学开展捐赠图书活动，建立一座小图书室。一方面方便学校师生参考，一方面可提供给乡亲们阅读。

请领导们在百忙之中审阅为感！

南山区义工联　助学组
二0一一年三月十五日

（2010-9-16）车趣问题，哈密留客，发一首诗《每一天》

新浪网友 2010-09-16 21:18:20[回复]［删除］［举报］

男人也有柔弱的冲动和需求，但是路还要走下去。诗感人。部

daisy0755 2010-09-17 12:00:48[回复]［删除］［举报］

如你一般，我们也跟随车轮转动而前行，也与分享着一路的快乐与惊喜，相信你的家人与朋友都因为有你人生更精彩！

新浪网友 2010-09-17 20:48:56[回复]［删除］［举报］

你的诚信中国行是一次多么艰辛的旅行，被感动的不只是一路上接触的人们，太多人的心灵都会有所震撼，沿途有那么多苦，这份苦不为自己是为他人为社会，我打内心敬佩你支持你！松留言

新浪网友 2010-09-17 08:16:01[回复]［删除］［举报］

莫愁前路无知己，天下有人能识君

benbenyang 2010-09-21 17:37:35[回复]［删除］［举报］

多年过去了，儿时的记忆继续描述着你的音容笑貌，偶尔的消息传递着你的近况，没想到你在做着一件令人敬佩而又让我惭愧的事——为母校筹集图书，相信你的善举能感动上苍，愿好人一路平安，望早日相见于西安！苟显安

博主回复：2010-09-21 22:37:13［删除］

客气了，少年友谊时间改变不了。天上有明月，你我同光辉。

新浪网友 2010-11-22 16:51:57[回复]［删除］［举报］

一个人的力量太小，只是不要受伤便好

新浪网友 2010-09-17 10:13:07[回复]［删除］［举报］

故乡

因为走远
才有了故乡

因为有故乡
才梦回故乡　　　　　（抄录你的大作）

ellazhang 2010-09-17 19:52:38[回复]［删除］［举报］

捐，坚决拥护！

新浪网友 2010-09-17 20:35:10[回复]［删除］［举报］

为故乡人为孩子们你已付出过太多，一路辛苦奔波的你还想着捐书之事——大爱无言，祝一路顺风！良松

pplive 2010-11-03 15:22:57[回复]［删除］［举报］

已联系小钟老师，尽快寄出。

信息内容
10:18
From: 张士俊(哈密)
2010-09-17 11:52
互相帮助是应该的哈，祝您旅程愉快

选项　停　返回

No:051

中国民生银行 网上银行电子回单

欠款地点：新疆哈密庞大一众汽车销售服务有限公司

No:052

中国民生银行 网上银行电子回单

欠款地点：新疆哈密宾馆

★ 当日细节

→ 修车，休息；

→ 早餐/酒店早餐，中餐/方便面一盒，晚餐/酒店69元（052号欠条）；

→ 洗衣费：68元（052号欠条，少算了1元）；修车费：5742元（051号欠条，更换两条轮胎+拖车费，全程金额最大一张欠条）

→ 哈密宾馆（颜哥朋友安排）；

→ **5879元**（欠条5878元，少算了1元）。

↓ 哈密酒店的张士俊为我出了洗衣钱。

~167

★ 欠款列表

欠款单编号	姓名	性别	账号	开户行	类别	金额	联系方式	进度	欠条时间	还款时间
051	周斌	男	3011××××××0924	工商银行哈密广东路支行	维修费	5742	189×××2211	收到	2010.9.15	2010.9.16
052	张士俊	女	9558××××××6980	工商银行哈密分行	杂费	136	139×××3139	收到	2010.9.15	2010.9.17

（2010。9。17）

我没有看见风，
只是我在飞

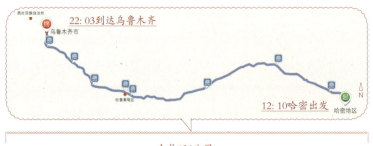

22：03到达乌鲁木齐

燕吉回族自治州

乌鲁木齐市

吐鲁番地区

12：10哈密出发

哈密地区

N

全长634公里

向西北

到达乌鲁木齐是晚上十点。经过了行程中一天最多的收费站，八个。24天后，我第一次喝醉。等待我的儿时玩伴，从上午开始给我打电话，他的等待足够漫长，我是醉有应得。

小时候，在陕南老家，我们共有三个玩伴，今天的苟云高是一个，小时候叫狗娃子，还有一个叫羊娃儿，现在不知身在何处，杳无音讯。

小时候最多的玩法是抓克马（青蛙），我们砍来山上细长的青竹，把一头削尖当武器。三个人的分工是，一个人找克马，一个人刺杀，一个人挑担子，也就是把刺到的克马一个一个绑在竹杆上，多的时候前后各有一大串，在山道上走动，青蛙在两头晃悠，足以在村民面前炫耀一番。前两项工作基本上都是我和狗娃子负责，羊娃儿算是我们的跟班。狗娃子比我小一辈，他姑姑是我的大嫂，虽然我们年龄相仿，但一直以

↑ 七克台的这个油站，给站长做了漫长的工作未果，这个叫何雪峰的兄弟站出来说："两百多块钱，就算我的！"

↑ 二堡收费站书
记出面解难。

~169

← 小草湖，往来各20
元，是刘娟帮我出的过
路费。冲凉出来的站长
还跟下一站的站长去电
话，这种击鼓传花式的
帮助，让我顺利过了盐
湖和乌拉泊两个收费站。

来,他都叫我么表叔。在陕南老家是特别讲辈分的,吃饭在列的一个小孩子,都要叫我太爷爷了。

还有一种玩法是找来很多的碎石垒成一个长长的洞子,一头放进一只猫,另一头放进一条狗,来训练狗进洞捕猎的本领。当然我们也学着大人在山上去下套,把一棵树用力掰弯,在顶端绑上绳子,地下挖个洞,把套下在里面,然后用枯枝杂物把洞隐蔽起来,有动物走进来,就会套住它其中的一只脚,借助树的回弹力,就可以把野猪或者獐、麂子之类有足动物给吊起来。有时候猎人忙,忘记了这茬事,吊着的动物就会饿死。反正都要死,只是死法不一样而已。我们小孩子只是过家家式的

做法,不会有实效,再说树的力量也不够,又如何吊得起动物呢?当然,现在已经提倡环保,大家都要爱护动物,想必这样的手艺该是失传了。

再说上午的事情,轮胎的到达比人快,人总是跟在事情的后面。在哈密宾馆,我的等待也仿佛是遥遥无期。我的急迫,换不动别人的流程。这是沿海和内陆的节奏差。就像是前一天,他们在不知道我要换几条胎、怎么换、怎么付款、需要解决哪些问题的情况下,叫我等待一样。事情是先有一种预定的结果,再行走在结果的路上,而不是茫然的行走。换胎和检测在我预算中20分钟是足够的,整个过程花了1小时10分钟,

↓ "中奖率"百分之百的地方。　　　　↓ 风口中的车,它是不动,可是我本人却是飘浮欲飞。

他们的热情和善良值得肯定，我需要的是效率。也许是我的错，我还没有放弃，一种快。

第一次被警察揪住，是所有人。从哈密上的高速是所谓的高速，几公里修路，几公里好路，相互穿插，差路限速 80 公里，好路是 120 公里，还有更差的限速 40 公里，所有司机在这种路线上行驶都是懵嚓嚓。在我看到的拦截过程中，"中奖率"百分之一百，这与咱们广东省的清远同出一辙，一个政府圈套，没有人敢不往里面钻。好在对于我这个身无分文的人，政策面前还是网开了一面，但它极端的敛财行为，不得不说。

今天最大的亮点还是风。人生中的另一种体验——我在飞。"我没有看见风，只是我在飞。"这是我最真切的感受。视野之内皆是静物，远山、近沙、道路，少之又少的建筑都是静止的，只有我的车，像是在冰面上滑行。路过达坂城附近的风口，我按捺不住激动要下车，"吭"的一声，我的车门被重重地扭了一下，仿佛有撕裂声。想照相，那人就像是绑在空中的飘浮物，对了，我想起了敦煌的飞天，就是这种感觉。

在这种环境下，我勉强拍了两张照片，等我上得车来，车门已经是关不上了，玻璃窗和车体间一个大缝隙，我想用手把它掰过来，不成功，只好踹了两脚，才算是关上了。我的手也隐隐作痛，原来下车的瞬间，我的多少天没剪的指甲在开车门的瞬间被折断。我的车贴在烈烈风中，俨然一面呼啦啦的旗帜。这就是大自然，它要撕开我的伪装。

我在飘浮中前进，从白天到黑夜，从普通人到飞天的感觉，从人到神。其实，我做不了飞天，也做不了飞人，我只能做一个飞的梦。这种感觉还会有，我还要回来，还要经过。再次经过，先前的八个收费站，算是故地重游，因为我已经有了熟人，有了朋友。

↑我见到了骆驼，它们也想进入时代的"高速道"。

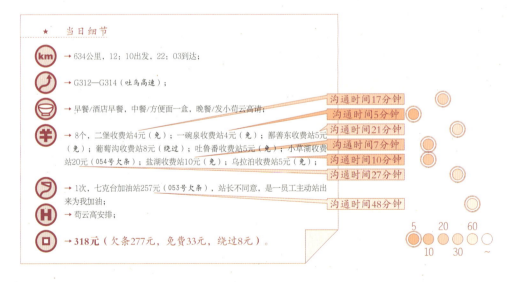

★　　当 日 细 节

→ 634公里，12：10出发，22：03到达；

→ G312—G314（吐乌高速）；

→ 早餐/酒店早餐，中餐/方便面一盒，晚餐/发小苟云高请；

→ 8个，二堡收费站4元（免）；一碗泉收费站4元（免）；鄯善东收费站5元（免）；葡萄沟收费站8元（绕过）；吐鲁番收费站5元（免）；小草湖收费站20元（054号欠条）；盐湖收费站10元（免）；乌拉泊收费站5元（免）；

→ 1次，七克台加油站257元（053号欠条），站长不同意，是一员工主动站出来为我加油；

→ 苟云高安排；

→ 318元（欠条277元，免费33元，绕过8元）。

沟通时间17分钟
沟通时间5分钟
沟通时间21分钟
沟通时间7分钟
沟通时间10分钟
沟通时间27分钟
沟通时间48分钟

5　　20　　60
10　　30　　~

欠款地点：新疆哈密七克台加油站

欠款地点：新疆小草湖收费站

★ 欠款列表

欠款单编号	姓名	性别	账号	开户行	类别	金额	联系方式	进度	欠条时间	还款时间
053	何雪峰	男	9558××××××6032	工商银行吐鲁番分行	油费	257	151×××6811	收到	2010.9.17	2010.9.19
054	刘娟	女	4563××××××9179	中国银行新疆昌吉支行	路费	40	136×××7205	汇出	2010.9.17	2010.9.22

（2010。9。18）

咱们新疆**好**地方

乌鲁木齐市

← 小尕子，是一家
地道的新疆菜馆。

休闲的一日。有儿时的伙伴在，不得不留下来。

当年山沟沟抓克马的战友，在乌鲁木齐已有了自己温馨的家，两个孩子，一儿一女，其乐也融融。作为大山里的孩子，在外面能有一番天地，除了勤劳，除了真诚，可以说是别无所长。正是这种勤劳与真诚的可贵，才形成了不一样的朋友圈。

中午这家叫"小尕子"的餐厅，听名字就地道。加上后来的张鹏，三个人，三荤两素，一分烤羊排，一份手撕羊肚，一份黄面烤肉，还有张鹏在外面买回来的烤包子，等等，无比丰盛，吃不完，还要打包。

人少，吃的有限，为了不仅仅满足口福，还能饱上眼福，张鹏又把我带到隔壁另一家纯正的新疆店，那真是新疆特色的大观园，烤馕坑肉的坑无比可爱。高温作业中，师傅把包了肉的馕坑肉一个一个地贴在炉子的内壁上，整齐划一，好看且吊胃口。如果没吃过新疆的羊肉串，算不上是吃了羊肉串，新鲜、大块、扎实、油亮，如果再拿一串深圳街边的那种肉串，往别人身边一站，要不羞死才怪呢！还有大盆的手抓饭，真有一点回到吃大锅饭的年代，向往温饱，向往富裕，为全民之所愿，在新疆也不例外，只有平等、富裕，才是国之安泰的前提。

晚上苟云高又约了很多非陕西即湖北的老乡，人在他乡，又乡音萦绕，好不快活。他们大多喝白酒，因为我第二天还要开车，不敢再醉，便以啤酒作陪。

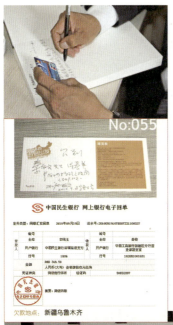

No:055

中国民生银行 网上银行电子回单

欠款地点：新疆乌鲁木齐

↑ 爱车保养，秦敏经理在我的"债主本"上留下卡号。

↑ 儿时伙伴苟云高邀请了非陕西即湖北的老乡们作陪。

★ 欠款列表

欠款单编号	姓名	性别	账号	开户行	类别	金额	联系方式	进度	欠条时间	还款时间
055	秦敏	男	6222×××××××5829	工商银行乌鲁木齐分行	维修费	349.5	188×××2366	收到	2010.9.18	2010.9.19

★　当日细节

 → 早餐/酒店早餐，中餐/苟云高请，晚餐/苟云高请；

 → 苟云高安排；

 → 349.5元（055号欠条）

 → **349.5元**（欠条349.5元）。

From: 王玉慧
2010-09-18　19:25
呵呵 在第一线场看到了一回大哥的风采 会继续关注 顺祝身体安康

From: +8613５　　2649
2010-09-18　19:27
我在电视上看到你的公益报到和采访了，挺感动！小兵小卒

From: +86151　　9796
2010-09-18　21:57
刘叔叔我今天上网看到你现在在做的事真的觉得好有意义啊中国人现在虽然有钱了但是素质是真的没有跟上人

(2010-9-18)乌鲁木齐，天下太平

- 新浪网友 2010-09-19 08:59:00 [回复] [删除] [举报]

  一大早看见这么多的美食，一个字"饿"。小莫

- daisy0755 2010-09-19 09:42:50 [回复] [删除] [举报]

  给乌鲁木齐做广告了吧？这么多的美食与美景，让人向往！
  车做了保养，自己敢吃饱喝足，也算保养了一回？

- 新浪网友 2010-09-19 10:11:23 [回复] [删除] [举报]

  新疆是个好地方
  天山南北好牧场

- 新浪网友 2010-09-19 11:23:01 [回复] [删除] [举报]

  看完，我发现我好饿。

- 行云 2010-09-19 17:08:46 [回复] [删除] [举报]

  老乡，向你致敬！有机会希望能认识你！深圳的赤壁老乡。

- 新浪网友 2010-09-20 09:26:56 [回复] [删除] [举报]

  真是酸甜苦辣呀。部

~177

（2010。9。19）

折**返跑**

向东南

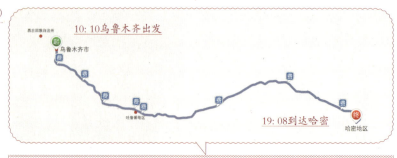

10: 10乌鲁木齐出发

乌鲁木齐市

吐鲁番地区

19: 08到达哈密

哈密地区

全长610公里

　　今天的行程是从乌鲁木齐到哈密，跟 17 号从哈密到乌鲁木齐是同一线路，我把它喻为折返跑。折返跑的意义有两个不同，其一是我走的两个端点都是早上，也就意味着我晚到而遗漏的景点，又可以补回来。因此，我看到的景致全部都是二元呈现；另一个不同是，我来时费力沟通的那可怕的八个收费站点，回程都成了朋友，再回首，再见面的感觉非同一般。

　　这非常像生活中的交朋友，谁一到社会上就有很多朋友？当然没有。是时间和你的为人的积累决定了你朋友的多寡。这也是我出门以来一直坚持尽

↑为我加油的儿时伙伴苟云高。

可能地挑战陌生人的原因，难度大，所以挑战成功后的快乐就多。

　　早晨，儿时发小苟云高帮我加满了一箱油上路，另一个亲戚张鹏和媳妇陈成及姐姐刚好到吐鲁番办事，我在前面过收费站，他们在后面跟着。到了吐鲁番还非要请我吃一餐新疆的手抓饭才让走，而后还给我的油箱补满油，我便又继续独自一人的行程，其实我早已经习惯独自一人。

　　到达哈密我要做的第一件事仍然是加满油为第二天的出发做准备。在城乡结合部的飞达加油站，女站长王娟一看就是一个能干人，我最初还怕她的精明把我拒之门外，通过一番沟通，她爽快地答应给我加油，我看了一下沟通时间，是 16 分钟，她急忙问我和她的沟通时间是否是最长，我说不是不

↓ 这才叫真正的羊肉串。

↑ 陈成（左）及姐姐。

↓ 早晨的乌鲁木齐。

猜猜这是干什么用的?

是，长的有一个小时呢，听我这样说，她显得很开心。

王站长人是爽快，可是机器不爽快，恰好出了故障。我只有耐心等待，沟通的成果可不能轻易打水漂。其间外面有人吵架，是一个骑单车的日本人，由于路上风太大，被一个开农用车的好心妇女从鄯善拉到了哈密，300公里哟，说好了150元钱，到了之后，只给了20元，引来很多市民的围观和不平。直到我走，那日本人还赖在那妇女的车上不肯下来。

去过一趟日本，诸多东西还是值得借鉴和学习，譬如对环境的爱护、公共卫生、敬业精神等，但毕竟是一个岛国，有限的生存空间，使得他们的内心紧张和压抑，不大气。因此，日本跳楼的人很多，所有高楼的窗户都是全封闭，众多高楼玻璃窗上红色的倒三角，是应急的消防通道，只能是消防员从外面才能打开，那么他们的工作环境，就只能是一个全封闭式的笼子里面，真的好可悲。

晚上住在前些天住过的哈密宾馆，但这次是通过我自己的沟通。好心的谢小燕才来这个宾馆上班不两天，在她个人的支持下，哈密宾馆再次以低价收留了我，不是收购。

↑ 我叫"司马义"。

← 我叫"阿依木"。

~181

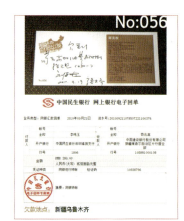

No:056

中国民生银行 网上银行电子回单

欠款地点：新疆乌鲁木齐

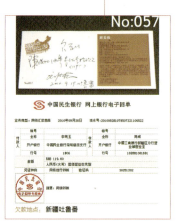

No:057

中国民生银行 网上银行电子回单

欠款地点：新疆吐鲁番

No:058

中国民生银行 网上银行电子回单

欠款地点：新疆哈密飞达加油站

No:059

中国民生银行 网上银行电子回单

欠款地点：新疆哈密宾馆

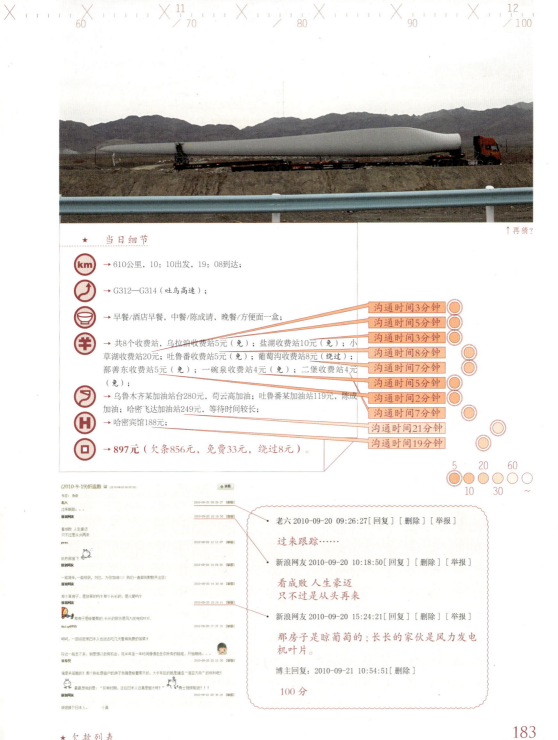

↑再猜?

★ 当日细节

km → 610公里, 10：10出发, 19：08到达；

→ G312—G314（吐乌高速）；

→ 早餐/酒店早餐, 中餐/陈成请, 晚餐/方便面一盒；

沟通时间3分钟
沟通时间5分钟
沟通时间3分钟
沟通时间8分钟
沟通时间7分钟
沟通时间5分钟
沟通时间2分钟
沟通时间7分钟
沟通时间21分钟
沟通时间19分钟

¥ → 共8个收费站, 乌拉泊收费站5元（免）；盐湖收费站10元（免）；小草湖收费站20元；吐鲁番收费站5元（免）；葡萄沟收费站8元（绕过）；鄯善东收费站5元（免）；一碗泉收费站4元（免）；二堡收费站4元（免）；

→ 乌鲁木齐某加油站台280元, 苟云高加油；吐鲁番某加油站119元, 陈成加油；哈密飞达加油站249元, 等待时间较长；

H → 哈密宾馆188元；

□ → 897元（欠条856元, 免费33元, 绕过8元）。

5 20 60
10 30 ~

(2010-9-19)折返路

老六 2010-09-20 09:26:27[回复] [删除] [举报]

过来跟踪……

新浪网友 2010-09-20 10:18:50[回复] [删除] [举报]

看成败 人生豪迈
只不过是从头再来

新浪网友 2010-09-20 15:24:21[回复] [删除] [举报]

那房子是晾葡萄的；长长的家伙是风力发电机叶片。

博主回复：2010-09-21 10:54:51[删除]

100分

★ 欠款列表

~183

欠款单编号	姓名	性别	账号	开户行	类别	金额	联系方式	进度	欠条时间	还款时间
056	苟云高	男	6227×××××××1589	建设银行乌鲁木齐分行	油费	280	135×××3942	收到	2010.9.19	2010.9.21
057	陈成	男	6222×××××××3210	工商银行乌鲁木齐分行	油费	119	158×××2786	收到	2010.9.19	2010.9.28
058	王娟	女	6227×××××××4889	中国银行哈密分行	油费	249	135×××9016	收到	2010.9.19	2010.9.22
059	谢小燕	女	6222×××××××4145	交通银行乌鲁木齐分行	住宿	188	138×××4916	收到	2010.9.19	2010.9.22

（2010。9。20）

难过嘉峪关

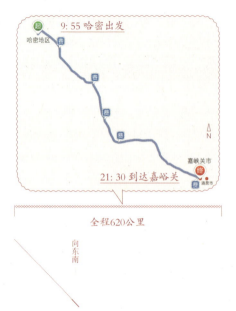

9:55 哈密出发
哈密地区

N

嘉峪关市
21:30 到达嘉峪关

全程620公里

向东南

从敦煌到哈密的那天应该是 9 月 15 号，当天我就领教了在甘肃境内（除去无障碍敦煌）加油的难度，柳园的三个加油站一一试过，无一成功。之后到了距离星星峡 20 里地的某加油站，站长亦不为所动，幸好遇上了广东老乡，才得已继续前行。

今天出了星星峡，也就是出了新疆境后照样去做尝试，仍然无一能成。最后到了那天离星星峡 20 里地的某加油站，心想那是我的底线，因为那天离开该加油站

时，我问过两个女孩子，问她们愿不愿意帮助我，她们说愿意。既然有了先前的应允，今天再去找她们，应该不会有问题。

抱着这样的期待，我把车开进该加油站。远远看到那天打过交道的站长，我挥手向他致意，并热情招呼他，这果真是热脸贴上冷屁股，一点反应都没有，完全无视我的存在，就走开了。我保持足够的厚脸皮下得车来，向里间走去，真是神了，那天我见面的所谓熟人们一个一个都不见了，问他们，都爱理不理。中间一个小伙子还走过来，指着我的车气势汹汹地说："不要停在这里，赶快开走！"。真是变了天了，那天不给加油，起码还有点好脸色，今天是怎么了？我的脸皮虽厚，但终究还是有厚度，还不识趣走开，还等什么？

离开这个加油站，就只有柳园的那三个我没有挑战成功的加油站了，必须再去试。这柳园可不得了，位于甘肃省酒泉市瓜州县，东迎嘉峪雄关，西通新疆哈密，南与旅游名城敦煌相接，北与肃北马鬃山相连，是连接甘、青、新、藏四省区的陆路交通枢纽，素有"旱码头"之称。无论如何，今天，我都得在这个"旱码头"有所作为。

↑ 瓜州，"瓜"是完整的，而"州"却不州了。

(2010-9-20)越过嘉峪关

博主

谢谢一直关注，会坚持到底的，在嘉峪关问好！

请问问一个地方为什么过了两次呢？

daisy0755

因为是拆迁拆的，是要种学的省略办法，要是纯种纯纯，就不会走回头头了。

(左栏博客正文与评论，字迹模糊)

新浪网友

春风不度玉门关

谢谢您的一直关注，我一定加倍努力呵

(图标)

博主回复

问好

决赛震

一路中秋快乐，有超上一切顺利呵！

谢谢关注，字画都有长进，写着，问好！

新浪网友

刘总，明天就是中秋节了！看到您的一路波折，感同身受！海上生明月，天涯共此时！ 衷心的祝愿您以后的行程中一帆风顺！心想事成！！！

博主回复

谢谢

中秋快乐呵，有用吗吃没有呀

博主回复

皮皮羊呵呵，中秋不歌误喜月哦，呵

只要心诚，通情达理，春风也到嘉峪关，中秋关外虽孤影，也能千里共婵娟。部

博主回复

谢谢您一直关注，努力中呵

刘总

从你身上读懂了《钢铁是怎样炼成的》，看到了力量，中秋快乐！有我们的祝福你不会孤独，一路走好，杯子

博主回复

谢谢

新浪网友

中秋快乐呵 小温

---

daisy0755 2010-09-21 10:00:03 ［回复］［删除］［举报］

每次看到你被拒绝，犹如亲临其境的难受。
好在你坚持了，也成功了，真不错！每当此时，总想起那句话：只有想不到，没有做不到！
加油！！！

博主回复：2010-09-21 10:45:34 ［删除］

谢谢一直关注，会坚持到底的。在嘉峪关问好！

新浪网友 2010-09-21 11:03:46 ［回复］［删除］［举报］

羌笛何须怨杨柳
春风不度玉门关

博主回复：2010-09-21 22:38:46 ［删除］

谢谢您的一直关注，我一定加倍努力呵

新浪网友 2010-09-21 18:29:18 ［回复］［删除］［举报］

明天就是中秋节了！看到您的一路波折，感同身受！
海上生明月，天涯共此时！衷心的祝愿您以后的行程中
一帆风顺！心想事成！！！

新浪网友 2010-09-21 22:42:37 ［回复］［删除］［举报］

只要心诚，通情达理，春风也到嘉峪关。中秋关外虽孤影，
也能千里共婵娟。部

新浪网友 2010-09-21 22:43:58 ［回复］［删除］［举报］

从你身上读懂了《钢铁是怎样炼成的》，看到了力量，
中秋快乐！有我们的祝福你不会孤独，
一路走好， 杯子

↓ 虽然免费，也需留下签名。

From: +86151××××6688
2010-09-20 01:48
刘老师，你好！我是那个帮你补轮胎的人，我想知道你这一路走来所发生的事情，于是不停的找你的博客，可

From: 阿谁
2010-09-20 09:21
云游快乐，阿谁的心永远与回哥哥再在。

From: 余志刚
2010-09-20 10:13
老刘，牛啊牛，不简单啊。

★ 欠款列表

~185

欠款单编号	姓名	性别	账号	开户行	类别	金额	联系方式	进度	欠条时间	还款时间
061	张钰	女	6227××××××7411	建设银行酒泉支行	路费	80	130×××8205	收到	2010.9.20	2010.9.29

怀着这种大无畏的精神，我先到了第一家，那天我是去过两次，都以站长不在为由把我拒之门外。今天我不再进去找收银员之类的人了，她们精得很，能推就推。我直接找到一个加油员问："你们站长在吗？"她急忙说："在，在，我去给你叫。"只要你去叫，我就不能让他跑。过了一会儿，站长没出来，倒是传过话来叫我过去，只要能见上，怎么都行。

到了站长办公室，那位站长同志，一件睡衣一条睡裤，双脚滴着水，刚从盆子里拿出来擦。我也顾不了那么多，就把我的道理摆了一通，可刚开了个头，他又去帮人发传真。没关系，重来一遍行吧，反正背得也熟。听完我的故事后，他说，你到前面200米处的那家去加，他们是正规的，像你做的这种事，适合他们支持。我哪吃这种常态的推辞方法，还是一再坚持，并说我沿途找的油站多了去了，没有这种说法，既然找到他了，当然是想得到他的帮忙。这时旁边一个小伙子发话了："加吧，去加吧，算了！"他的意思是钱也不要了。这可不行，我说你不要钱，免费的油我还不加呢。这样子，他也同意打欠条了，并给了我一张复印好的账号信息。多么艰难的一箱油啊，有了这箱油，就可以到达嘉峪关。

有了油，就有了前进的动力。行不久，有人挥手搭车，我看是学生模样，就停了下来。上来的人我一问，原来是附近风能发电系统中负责电气部分的工作人员，说是要搭到瓜州，后来听说我是去嘉峪关，他说那干脆搭到玉门吧，因为他的家就在玉门。小伙子是玉门当地人，我跟他也就能了解不少本土情况，也算是一种学习。譬如现在在建的风能发电，瓜州是风库，而玉门是风口，往后走果然是很大很大的一片开阔地，他说今天天晴，平时风大的很，这个"很"，我不知道有多"很"，因为我在达坂城的风口，已经接触到了那种"很"劲。

小伙子在玉门下车后，到嘉峪关就是我一个人的事了。多日的折磨，让我有足够的心理准备，但嘉峪关的沟通时间还是创出了我此行的新高，先是跟收费的工作人员沟通，大家都认同我的做法，其中有位小伙也特别想帮我，去了很久，回来又反悔了，可能还是受了外力的影响，放弃了。这期间花去的时间足够多，我只好找去他们的办公室，开始大家是你推我，我又推你，嘻嘻哈哈，完全把我当做一笑料，但在我的"认真"之下，最终是一位叫张钰的女士帮我出了这80元的过路费。全程耗时1小时25分，但我已经不会被打垮。

之后，第一家酒店谈成入住。嘉峪关，关难进，窝要安。明天，我要去看一眼真正的嘉峪关——天下第一雄关。

↓ 从柳园搭我便车的王建锋，他告诉了我不少东西。

No:061

中国民生银行 网上银行电子回单

欠款地点：甘肃嘉峪关收费站

↑ 爽朗的张钰，80元，解决大问题。

★ **当日细节**

→ 620公里，由哈密到嘉峪关，早晨9：55出发，晚9：30入住酒店；

→ G30（连霍高速）与312穿插，一半以上修路；

→ 早餐/哈密酒店免费早餐，中餐/沙琪玛两块，晚餐/方便面一盒；

→ 全日收费站4个，骆驼圈子5元（免），星星峡10元（免），柳园4元（免），嘉峪关80元（061号欠条）；　沟通时间10分钟　沟通时间5分钟　沟通时间2分钟

→ 挑战4次，成功1次，瓜州公路段柳园通达加油站，油费185元（060号欠条）；　沟通时间40分钟

→ 嘉峪关市汇力商务公寓，第一家成功，住宿费182元（062号欠条）；　沟通时间85分钟

→ 共466元（欠条447元，免费19元）。　沟通时间30分钟

5　20　60
10　30　~

↓ 这就是雅丹地貌。

（2010。9。21）

嘉峪关怀想

嘉峪关市

市区30公里

↑ 站长赵旭东（右）。

就这样，我匆匆而来，又匆匆而去。嘉峪关，它只是一个关，又怎能阻挡我的来和去呢？我看不到的明月，它也是明月，它在云雾之深处。每个人心中都可以有一轮明月，它不在嘉峪关，而在各自故乡的天空中。

当我登上嘉峪关的城楼，塞外已不是塞外，它是新疆。匈奴已不是匈奴，是同胞。天下第一雄关，谁的天下？当然，我们称自己为天子的时候，实际上有很多的天子，他们各自为天，各自为子，又各自灰飞又烟灭。

造物的变化是如此的神奇。在东门脚下，是良田，是城市，是喧嚣，是利益的争斗与搏杀；西门以远，是漫漫黄沙，是冷风，是苍凉，是孤零零几个等待游人施舍拍照的道具式的骆驼。黄沙有多远，黄沙以远有咱们新疆好地方，

有天山南北好牧场。首先，你要有能力走远。

所以，我重又想起那些坐在新疆到上海的列车上，因茫茫荒漠而精神脆弱，因精神脆弱而发疯的人。他们看到的都只是眼前的黄沙，而没有遥远的绿洲。每个人心中都要有一块绿洲，那就是他的远，他的未来。

猎猎风中，城头的大王旗也是一种道具。铁打的营盘，流水的兵。黄沙下面，分得清谁才是

From: 小抄(长沙)
2010-09-21 16:24
听说回哥在巡回祖国佩服至极!顺致节日快乐,路路通畅,平安小抄

From: +06134███5811
2010-09-21 19:35
人在外,平安是福!祝刘总中秋佳节愉快!

From: 李君萍
2010-09-21 19:56
美松你好我是李君萍,最近乎每天都会看你的博客,很激动,也很感动,你有兰州的行程安排吗?预计是什么时间?

From: +06137███2981
2010-09-21 22:22
佳节到,祝您及家人快乐安康!

From: 荀云高
2010-09-21 22:26
今天到那了?还好吧?明天是中秋节,提前祝你节日快乐!一个人过节虽然有点弧单,但节日年年有,可你做

忠骨?战士只能是战士,或者是战死,只能像是漫漫黄沙,随风左右。我们知道多少成就了的将军,却没有一个是士兵。他们是某一滴血,某一滴泪水,某一堆焦土,某一声撕心裂肺的绝望呼号,某一枚箭簇的落脚处。

下得城来,我虽在异乡,却有一个临时赊欠来的窝,有准备好的干粮,有加满油的坐骑,我就是幸福的。更为关键是,我仍然有荒漠以外,心中的那一片绿洲。

↓ 长城万里云。

~189

新浪网友 2010-09-22 09:00:46 [回复] [删除] [举报]

怎么感觉嘉峪关的建筑都快倒塌一样?　　小莫

新浪网友 2010-09-22 10:03:10 [回复] [删除] [举报]

心儿伴你走四方，中秋明月共欣赏。
祝平安顺利

三峡老江

新浪网友 2010-09-22 10:06:53 [回复] [删除] [举报]

今日是中秋佳节，我也道一声通用的祝辞：节日愉快
可我知道 你的愉快不是头顶的明月 不是眼前的大旗
你的愉快来自远方的召唤
那里有一片绿洲 充满着勃勃生机
前方的路还很长 很远
请接受我真诚的祝福
一路平安　征途顺利

新浪网友 2010-09-22 21:11:51 [回复] [删除] [举报]

历史的痕迹总让人感叹，时代的步伐却是无情。人在行走中能去抚摸前人沧桑，他的人生定是有情、有趣，而又丰富多彩。郜凯

琼琼儿 2010-09-22 00:15:41 [回复] [删除] [举报]

↓ 城内。

欠款单编号	姓名	性别	账号	开户行	类别	金额	联系方式	进度	欠条时间	还款时间
062	李建元	男	4367××××××7809	建行新住宿华南路支行	住宿费	364	189×××5011	收到	2010.9.21	2010.9.21
063	赵旭东	男	6228××××××0915	农业银行嘉峪关分行	油费	225	138×××3865	收到	2010.9.23	2010.9.28
064	高俊红	女	6228××××××9311	农业银行嘉峪关分行	门票	120	136×××3764	收到	2010.9.21	2010.9.28

欠款地点：甘肃嘉峪关汇力公寓

欠款地点：甘肃嘉峪关第一个加油站

欠款地点：甘肃嘉峪关

↓ 城外。

~191

↑ 中间那块砖可是有来头，叫镇城砖。左右一块都是松动的，一般人不敢轻举妄动。

↑ 细致的飞檐

↑ 有年代的石道。

↑ 城头变换大王旗。

 ★   当日细节

 → 30公里，市区；

 → 市区；

 → 早餐/无，中餐/方便面一盒，吃了一口吃不下去，从这天起，再也吃不下去方便面；晚餐/三块小饼干；

 → 嘉峪关长城加油站，225元（063号欠条）；

 → 嘉峪关市汇力商务公寓，住宿费182元，续住；

 → 120元（064号欠条，与嘉峪关管理处沟通不成功，后是说服一记者）

 → 共527元（欠条527元）。

 沟通时间15分钟

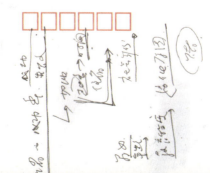

~193

 贴 邮
 票 处

HUILI BUSINESS
地址：中国甘肃省嘉峪关市雄关广场西侧
Add: West of Xiongguan Square, Jiayuguan, Gansu, China
电话(Tel): 0937-6301000 6311888

后面又来一陆虎发现3，同样冲着我摁喇叭，还打手势，我再一看，天啦，是粤B！我开心得不行。接着后面又一辆，我开始跟他们挥手了。我在心中暗自喜悦，中秋节，能见到这么多的深圳亲人们。

（2010。9。22）

中秋，
和深圳的亲人们一起过节

8：05嘉峪关出发

16：48到达西宁

全程563公里

向东南

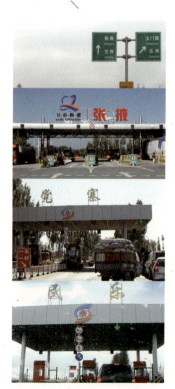

一个行者的中秋节一定是一个不一样的中秋节。

惊喜来得总是突然。出嘉峪关市不到 20 分钟，一辆陆虎经过我的身边，不知道是看到我的车贴有意思呢，还是为了显摆他超越我的速度，经过我的时候，不停地按喇叭，我和他比试了一下速度，就放弃了。因为我的前途漫漫，何必逞一时之能。不到两分钟，后面又来一陆虎"发现 3"，同样冲着我摁喇叭，还打手势，我再一看，天啦，是粤 B！我开心得不行。接着后面又一辆，我开始跟他们挥手了。我在心中暗自喜悦，中秋节，能见到这么多的深圳亲人们，实在太开心了。

到了前面的休息站，见到了真人面。一问他们的去处，西宁，太巧了！开始我就在车上想，这样的缘份不能错过。因为前行只有两种可能，要么是到西宁，另外就是到兰州。如果休息站他们进去，我也跟进去，如果他们不进休息站，我就在张掖出口前超过他们，和他们打个招呼。因为他们要是去兰州，就不会从张掖出了。

一切都那么完美。中途 3 号车的朋友还给我递过来一

↑ 祁连山下多羊群，祁连山下亦多戴小白帽的回民。

部对讲机，我很快被收编，成为 4 号车，从见面到西宁，所有费用都由团长太太代缴。大度的团长，说我做的是一件有意义的事，不要我的钱，中午还混着吃了一餐饭。但我的底线是不能破的，饭可以混，但油费和路费的条子要打，保留友谊。

到了西宁，团长的队伍入住了银轮酒店，后来才知道是当地最好的一家宾馆。团长邀我同住，但我觉得今天已经够幸福了，所以谢谢了他的好意，并要求自己去沟通，虽然大堂副理非常帮忙，但最终没能得到隐形的领导的同意，不管怎样，也谢谢她。

这时接到没有见过面的诗友西原的电话，问我到那儿了，我说我已到西宁。他叫我到他那去，他说他在西宁市政府上班，距离这儿不远，于是我把导航调到西宁市政府。见面是一个年轻的小伙，无比热情，先是住下，然后打车出去喝酒，然后又到酒吧喝，之后还说去吃夜宵，看来他是要把这个没有月亮的中秋夜花完才安心，我说明天我们去青海湖，还是早点休息吧，这样他才罢休。

异地中秋，结识了新朋友，认识了新诗友，一切那么完美。感谢没有出现的月亮，感谢因此出现的朋友们。

~197

格也跟着上涨，我县定于
原馍馍价格也有所上调，

大 锅 锅:	5元
大 油 饼:	25元
豆 沙 饼:	1元
桃 酥(斤):	7元

↑ 祁连山下，牛羊成群。

No:065

中国民生银行　网上银行电子回单

欠款地点：甘肃省张掖市

No:066

中国民生银行　网上银行电子回单

欠款地点：青海省西宁

↑ 自从被收编，团长夫人成了团购夫人，所有关卡实行一票制。

新浪网友 2010-09-23 11:38:15 [回复] [删除] [举报]

终于找到你的博客了，猛踩一脚，看你的游记，陪你旅游！^_^！ dayong.

嗯那 2010-09-23 12:50:32 [回复] [删除] [举报]

遇到困难很多，得到帮助也很多，对生活的感恩之心一定更多更真挚。

新浪网友 2010-09-23 15:32:15 [回复] [删除] [举报]

有诚信就有朋友
有朋友就有中秋

新浪网友 2010-09-23 17:56:05 [回复] [删除] [举报]

我能想象得到，在那么遥远的地方遇上粤B车牌的惊喜！
看来老天爷还是厚待你，给你一个快乐的中秋节！
看起来有些上火，要多喝水，多吃点水果，多吃蔬菜！！

行者无疆 2010-09-26 17:32:51 [回复] [删除] [举报]

刘团长终于给团购了一回！哈哈哈！想当初刘团长带着一帮娃娃兵出游的情形！如今只身上路，还望多忆美好之事！朋友们都盼着下次咱们一起出去游玩呢！

daisy0755 2010-09-23 09:56:10 [回复] [删除] [举报]

再次坐上沙发，呵呵，安逸哈！
别样的中秋，别样的人生，真好！

新浪网友 2010-10-09 08:51:43 [回复] [删除] [举报]

中秋日，见到深圳的亲人们，
我也被收编成了"4号车"。

↓ 和诗人西原。

From:
林如元(实验高中)
2010-09-22 19:07
一回，中秋快乐，千里婵娟，路在脚下，诚在心间，世界奇妙，笑对厄难，望君保重，指日

From: 汪叔
2010-09-22 19:13
刚刚一陈小雨，深圳今晚没有月亮。也好，黑黑的天空也不用望月兴叹了。你一路走来，辛苦了！前方的路还

From: 吴碧文
2010-09-22 21:52
祝愿远方的你，早日归来！中秋快乐！

From: 谢志文
2010-09-22 23:35
至远者非天涯，而在人心:□至久者,非天地,而是真情;□至善者非雄财,而在健康;□唯愿远者近久者恒,善者共。□趁喧

★   当日细节

 →563公里，8：05出发，16：48到达；

 →G312（连霍高速）—张掖—G227；

 →早餐/无，中餐/随深圳朋友们一起过节；晚餐/诗友西原安排；

 →5个，张掖收费站73元，党寨收费站5元，民乐收费站5元，大坂山隧道8元，老营庄12元，（065号欠条，229元，少打了4元，以上均由深圳朋友代缴）；

 →张掖某加油站130元（065号欠条），由深圳朋友代付；

 →西宁神旺大酒店560元（西原代定）；

 →**793元**（欠条793元）。

201

★ 欠款列表

欠款单编号	姓名	性别	账号	开户行	类别	金额	联系方式	进度	欠条时间	还款时间
065	梅报春	男	6013×××××4368	中行深圳分行南新路支行	路费	99	138×××2883	收到	2010.9.22	2010.9.28
					油费	130		收到	2010.9.22	2010.9.28
066	李通知	男	4213××××××1777	建设银行	住宿	1196	139×××1984	收到	2010.9.22	2010.9.28
					路费	48		收到	2010.9.22	2010.9.28

（2010。9。23）

最美青海湖

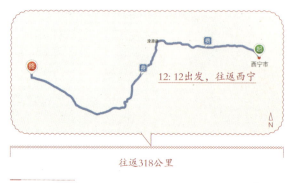

12：12出发，往返西宁

往返318公里

↑ 经过湟源县城，这种三轮的士颇为好玩。

中午的菌菇，西原说这简直是天大扯淡了，
老板说—我菜就是摔

我摸到了青海湖的水了

在西宁又留下一天。原因有二，一是诗友西原的热情，再者是青海湖的盛名。

为了以一个全新的形象出现在青海湖的面前，我打算把我的"脏车"洗一下，顺便为油箱补满油。找了三家洗车的地方，都不成功，但是在第三家却有意外收获，那就是我跟老板讲帮我洗车缘由的过程中，另一位洗车的车主愿意帮我出洗车的钱，不仅洗了车，还给我加满了油。

路途中，西原就介绍青海湖的情况，新近刚刚被评为"中国最美的湖"。8月份，我也曾随好朋友李翀、江庆夫妇去了趟太湖，也是盛名

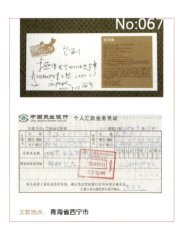

↑ 在西宁为我加油的李燕伟夫妇。

欠款地点：青海省西宁市

之下的造访，实际上是让我大失所望。我还写下了一首《太湖美》的小诗，来看看局部："当我走近她，又能说什么？ 没有清波 / 蓝藻泛滥后的颜色其实是绿色 / 大片大片的绿色 / 恶心的绿色 / 酽酽的绿色 / 化不开的绿色 / 像厚厚的一层油漆 / 涂满水的表皮 // 水的动作是笨拙的 / 风不够力，风吹不动 / 风也可能被染成绿色 / 岸边的沙砾也是绿色 / 桥墩也是绿色 / 船帮也是绿色 / 伸下去的脚也是绿色 / 游人的脸也是绿色 / 芦苇的原色 / 是绿色上面的不自然 // 怎么说呢？ 人类 / 你这个强奸犯 / 根本不在乎 / 太湖 / 这顶并非唯一的绿帽子。"

这首写于 2010 年 8 月 14 日无锡的《太湖美》，让我对青海湖的美也保持足够的警惕，但我急欲见到她的心情还是迫切的。过了倒淌河不久，公路两旁的牛羊和广阔的草场让我不得不一次次停下来。在清新的空气和风中，我似乎已经嗅到了青海湖的气息。也似乎在

告诉我，这是青海湖，不是太湖。

很快，我们就看到了她的辽阔，她的平静，更重要的是干净。我们把车从一条便道往里开，越开越激动，越开，草越是茂盛，湖水也越来越近。我们干脆把车放下，下车步行，我们可以用手摸到那些草了，她们用那种特有的秋天的金黄欢迎我们。

但这还不够。我们只是经过草，经过车辙压过的痕迹，经过湖水倒退留下的卵石，一步步走向湖的本身。我伸出我的手，轻轻地探入她的肌肤，透明的肌肤，我摸到她了，她的洁净，她的美。

不远的地方还有鸟，这些自由的鸟，是青海湖的子民。它们只为湖水而飞，为湖水而降落。我多么想，也做为它们中的一只，不止是过客。

↑ 这是我家的牛羊。

↑ 这一指，对岸应该是在三百里以外。

↑ 通过一条小道把车开进去，我们的车就隐没在草丛深处了。

↑ 只要有路，就会有风景和远方。

★ 欠款列表

欠款单编号	姓名	性别	账号	开户行	类别	金额	联系方式	进度	欠条时间	还款时间
067	李燕伟	男	6228××××××9116	中国农业银行西宁支行	油费	251	130×××2707	收到	2010.9.23	2010.9.29

（2010。9。24）

→ 峡江桥。

诗意兰州

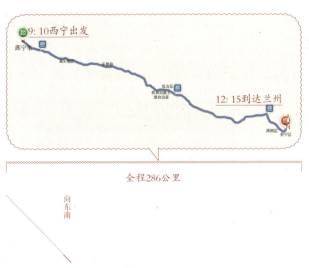

全程286公里

向东南

西宁到兰州，249公里，按照我的速度两个半小时可以到。

虽然有西原同车，但中途加油的事我仍然要求自己来

↓ 为我加油的李玲玲（右）及同事。

↓ 离开青海省。

完成。在青海省和甘肃省交汇处的加油站，我决定去试一试。一如往常，我找到了站长，但站长对我的说法不为所动，并说这样的事见得多了。我看他的推托，也考虑到当地的经济状态，决定降低条件再试试，把原先想加满一箱油的想法降到加100元，一则100元钱的油我也足够跑到兰州，二则对方的承受能力会容易接受一些。但我的降低要求还是不能得到站长的同意，于是我转向他的员工中的年轻男孩，那男孩看我把目标转向他，便躲进房间里面去了。我仍然不愿意放弃，又转向另外两个女员工，问她们中有没有谁愿意接受这100元的挑战，两个女员工都低着头不回答，在那里害羞地偷笑，并小声嘀咕，但是没有拒绝，只要没有拒绝，就表示是在犹豫不决，在我的再次追问下终于双双走向前台。她们同意了。

↑在马忠华聚会的诗友们，前排左起人邻、叶舟、与或非、古马、王强；后排左起李晓水、西原、西棣、一回。

加完油，是快乐心情中的前行。西原约了人邻和西棣中午一起聚，原本明天飞银川的李晓水在与或非的忽悠下，下午一点抵达兰州，而与或非本人也从天水往兰州赶，一场诗歌的"盛宴"即将拉开。因为顺路，我们下高速后先接上人邻，西棣在东方红广场的"江枫渔火"定了地方。我们四人是边吃边等，直到两点半后，与或非和李晓水才从不同的地方几乎是同时到达，而我们在座的四位基本上是酒足饭饱，热情的西棣又专门为后来的两位要了热菜。四点许，我们前往与或非事先预定的酒店，兰州交通大学校园内的育苑宾馆入住。

晚上我们吃饭的地方和中午的地方一样，名字很诗意，叫百草园。这家叫马忠华的穆斯林老字号在当地极具盛名，当然也非常正宗，虽然在深圳也吃过手抓羊肉、黄焖羊肉等名字相同的羊肉，但地方不同，味道确有不同。还有什么牛头皮、羊颈之类的，以前在深圳是听也没有听说过。晚上诗人叶舟和古马亦到场，还有与或非的老师王强等九人同乐，开心总有尽时，十点许方才分两拨散去，依依不舍。

尔后我们还去了一个叫书立方的书吧，见到了被与或非喻为文学启蒙老师的尔雅。我们的聊天，因为书吧要打烊，直到被服务人员劝离才结束。

~207

100岁的兰州黄河大桥是德国人所建，
100年后德国驻兰州市政府告知此桥
到期。良好的质量和良好的告后，值得
中国人学习和尊重。

〔2010-9-24〕诗意兰州

新浪网友 2010-09-25 09:42:25[回复][删除][举报]

海内存知己
天涯若比邻

daisy0755 2010-09-25 09:58:22[回复][删除][举报]

你这一路更像是诗友会，这么一趟下来，犹如拉网过海，一网打尽哦！如此人生，尽兴，尽意！

新浪网友 2010-09-26 14:29:01[回复][删除][举报]

塞上江南明月夜
诗人兴会更无前

新浪网友 2010-10-09 09:05:27[回复][删除][举报]

你的诗友真多。 小莫

No:068

欠款地点：**青海省—甘肃交汇处加油站**

★　当日细节

 → 286公里，9：10出发，12：15到达；

 → G109；

 → 早餐/酒店早餐，中餐/西棣请，晚餐/与或非请；

 → 2个，马场垣收费站53元（066号欠条），兰州天水路收费站33元（066号欠条）；

 → 马场垣加油站100元（068号欠条）；

沟通时间44分钟

 → 交通大学100元（069号欠条，与或非代定）；

 → **286元**（欠条286元）。

5　　20　　60
10　　30　　~

~209

★ 欠款列表

欠款单编号	姓名	性别	账号	开户行	类别	金额	联系方式	进度	欠条时间	还款时间
068	李玲玲	女	4563×××××××3130	中国银行西宁支行	油费	100	136×××5524	收到	2010.9.24	2010.9.29

真的，我一直记得那天将近落山时的阳光，橘黄色的，温暖地照在大地上，照在加油站的屋顶上，照在那个小姑娘刚刚大学毕业的脸庞上。我想，那天回到家里，她一定会欣喜若狂地告诉家里人今天发生的事，她一定会把那张欠条拿出来展示给大家看，她一定还会把这件事告诉更多的人，而他们也会评头论足。当这个故事走向完美的时候，也许会影响到她及她周围人的生活，令他们至少有一个理由去相信别人。

（2010。9。25）

从兰州到银川

18:19到达银川

全程456公里

向东北

　　吃上了正宗的兰州拉面，虽然不掏钱，三元五角一碗的价格，很是让人满意。要是想加其他的料，可以另外加钱，按需出银两的确是个好办法。

　　吃完面，在与或非的陪同下，李晓水要到黄河中去取一瓶水做纪念。我们朝着河的上游走，直到找到能下到河中的缺口，我们穿越银

(2010-9-25)失败的兰州，喜悦的银川

老德 2010-09-26 02:45:36[回复] [删除] [举报]

一回呀，有晓水的加入，旅途上不会孤单吧！但开车时一定要注意安全，别的并无大碍。

王西平 2010-09-26 04:09:04[回复] [删除] [举报]

我看见了"下流水"～～～

宁夏阿尔 2010-09-26 11:17:03[回复] [删除] [举报]

转俺博客啦。祝下站顺利！　　银川 张涛

行者无疆 2010-09-26 17:21:33[回复] [删除] [举报]

有如意亦有不快！当保持勇气啊！呵呵！

西棣 2010-09-26 18:54:12[回复] [删除] [举报]

身为一个兰州人我感到无比汗颜、羞愧！

蚊子 2010-09-27 11:46:16[回复] [删除] [举报]

你瘦了，肚子也小了，下巴也尖了……可是笑容还是没变

——李晓水一定要到黄河中舀一瓶黄河水。

滩大桥的桥底，又穿过一片芦苇丛，终于下到能触摸到河水的边沿。上游的水，污染并不严重，因为兰州是一个化工企业比较多的城市，到了兰州的下游，就不再是这个样子了。

与或非一直想给我加箱油来换取我的欠条，可惜周边没有见到加油站，但我仍然把她需要的 69 号欠条保存了下来。在送她回去后，我沿途试了三个加油站，都不成功。我所到的加油站，他们几乎都不愿听我讲，就急于要把我打发走，一个加油站的女站长正在吃饭，不耐烦地听着听着就干脆跑掉了，我只好厚着脸皮跟还没有走开的另一个年长一些的男员工聊，他听着听着也走掉了。实在看不下去的李晓水，不想让我再试下去，出钱把我的油箱添满后，我们才奔银川而去。

甘肃是我此行到的次数最多的省份之一，三进三出。兰州的冷漠以及甘肃其他地方的诸多失败案例还是让我心中有少许不快。无论如何，我都是在给别人添

↓ 兰州拉面。

塞外江南——集 丽是忠

↑ 兰州多家油站无油可加，看不过去的李晓水帮我加了 245 元钱的油。

麻烦，只有保持这种心境，才会平复掉心中的不快。何况兰州的诗友们足够热情，一直让我的内心充满温暖。

进入宁夏，我要再次去试试加油情况。在小洪沟加油站，在没见到站长的情况下，我做通了马康同学的工作，这个刚参加工作不久的大学生，在五六分钟的沟通时间内，就同意为我加满了油。这次成功，多少也弥补了李晓水心中的失落，同时也证明，坚持总会得到回报。

到了吴忠境地，一派塞外江南风光把我和晓水都深深吸引。这样的好心情一直沿续到离银川 22 公里的又一加油站，这次尝试没有达到预期的目的，同样是大学生，而且我还拿出上一个加油站马康同学的签名，她还说认识马

欠款地点：宁夏小洪沟加油站

开心的马康（中）及同事们

康，但最终还是拒绝了我的请求。我转而挑战了其他两位员工，他们亦不同意。这样也好，让我保持足够清醒的思想进入银川市。

晚上与张涛、王西平、谢瑞等诗友聚。张涛在聚会之后又陪我到了鼓楼、玉皇楼以及小南门。小南门俨然是一个小天安门，标语、口号、广场几乎与真的天安门同出一辙，就是小了些，在皇权社会，这应该是犯了大忌，但此建筑可能是"文化大革命"期间的产物，一个疯狂的时代，出现任何现象都不足为怪。

抬头望，多日不见的月亮挂在小天安门的顶上，也挂在银川的天空上。

↑ 小天安门的夜晚。

↓ 西宁的诗友们，左起：李晓水、一回、张涛（阿尔）、王西平、谢瑞。

↑ 玉狮望月。

↑ 鼓楼明月。

★　当日细节

 → 456公里，11：40出发，18：19到达；

 → G109白兰高速—京藏高速；

 → 早餐/兰州拉面（与或非请），中餐/沙琪玛两块；晚餐/阿尔请

 → 2个，刘寨柯收费站、银川收费站（071号欠条，李晓水代付2个收费口共计144元）；

→ 挑战5次，成功1次，朋友出面加油1次，兰州某加油站245元（071号欠条，李晓水），小洪沟加油站150元（070号欠条）；

 → 和李晓水混了一夜；

 → **539**（欠条539元）。

沟通时间6分钟

5　　20　　60
10　　30　　~

★ 欠款列表

~

欠款单编号 × 姓名 × 性别 ×	账号	×	开户行	类别×	金额×	联系方式 ×	进度×	欠条时间×	还款时间
070　马康　女	6222××××××2100		中国工商银行银川支行	油费	150	139×××8864	收到	2010.9.25	2010.9.29

跟了一回

李晓水

　　一回出发 2 个多月前，就听他说过，他要不带一分钱开车走遍全国，我立即嗤之以鼻。这怎么可能呢？你不吃不喝可以，你的车还要吃喝呢。一回说你到时看嘛。我"嗤"得半个嘴巴吊起来都歪了。当然，我是说当然，袋里藏个信用卡是可以的，嘿嘿那不算钱，算卡，这点小聪明在当代中国人人都是有的。我实在想象不出不带一分钱如何开车走遍全国，一个赤裸裸的人还有可能，骑辆自行车也有可能，讨饭呗。

　　一天早晨，我在外地，接到一条长长的短信，发信人是刘美松，号码显示为一回。这两个人其实是一个人，那个人个子不高，看起来有点猥琐，做起事来却相当利索。进城二十多年的农民，你可以称之为老板，如果想贬低他的话，就称他为诗人。当然，这似乎不止一个人，谁身上又没有几个人呢？人都是分裂的，一块一块，这块拉屎那块吃饭。短信大致说，"今天早晨，在特区报门口，诚信出发，不带一分钱开车走遍全国。"我倒想去看看热闹，无奈路途遥远，赶不到。某些时候，我是不怎么佩服一回的，因为他也不怎么佩服我。比如斗地主，他曾经夸下海口，说我不是赌博的料，他才是。比啰。结果他差不多成了我的提款机。世事难料呀兄弟。往后，在广播电视报纸上，多次见到"诚信出发"的新闻，这小子倒会炒作，给自己的出行添加了不少砝码。但我是一个虚无主义者，我才不信什么"诚信出发"，那不过是一个噱头，一场道德秀，一剂为良心缺失的社会开出的狗皮膏药。没有用。有好事者把他出行的线路图从博客扒下来放在广东诗人俱乐部网站上，与或非欣喜若狂地跟贴说她要回兰州家，刚好可以跟一回哥哥见面了哈哈哈。我闲得无聊也跟了个贴，说有点事刚好去银川，说不定也可以见面。然后我就接到与或非的电话，说你来兰州嘛来兰州嘛。我说我不去，机票都订好了，她说你一定要来嘛你一定要来嘛。用极其肉麻的口吻说了许多动听的话并描绘了一番我们三个人以及兰州诸诗人见面的美好情景和美食，我经不起诱惑，改了机票如一只美丽的大头苍蝇飞往兰州。吃喝玩乐的事不说，与兰州诸诗人见面的事也不说，那通常都是愉快的。

说说跟一回开车从兰州到银川一路讨钱的经历。它改变了我的某些想法，也证实了一条简单的颠扑不破的真理：事在人为，凡事皆有因果。在兰州住了一晚之后，第二天早晨吃了兰州拉面就与港姐与或非拜拜了。兰州到银川不远，几百公里。一上路，一回的第一件事就是加油。我说你油箱的油还挺多，他摆了摆手，很严肃地说，NO，这是洋话。我是遇油站必进，没有钱，就要多碰运气。在滚滚的黄河边，他把我扔在路边，一个人开车进了对面的加油站。他说不能把我也带去，他是一人一车，诚信出发。我只好站在路边看天，想看看美女，没有，思考了一下如何让黄河水变清，不得其法，倒是见到两只飞翔的蜻蜓在空中做爱，让我的生活充满了惊喜。过了好一会儿，见到一回开车回来，脑袋伸出车窗朝我招手，样子十分得意。"加到油了？""没有。"没有加到油还这么高兴，高兴个屁。我把两只蜻蜓如何边飞边做爱的事向他描述了一番，并问了他一个问题：你出门一个多月是如何解决性生活问题的？他说，跟蜻蜓兄弟挤一挤罗。出了城，又是一个加油站。这回他还想把我一个人扔在路边，我不干。我说我呆会儿进去看看好不好，装着不认识你。他想了下，OK。我很好奇。一回前脚进，我后脚就跟到了。他手里端着一本事先准备好的资料开始向一名二十多岁身穿中国石油服装的小姑娘讲他诚信出发的故事，小姑娘显然被他吓到了，倒退了几步，背靠墙壁。一回步步紧逼，顶住了小姑娘。小姑娘一脸尴尬，一回一本正经，晓之以情，动之以理。我装成一名游客，买了一支矿泉水，又装着看热闹的样子站在他们身边。小姑娘差不多要哭了："我没有钱我没有钱我真的没有钱。"来了一个小伙子，先瞅瞅我们，问我们是干什么的。我马上否认，跟这个人不是一伙的。一回又顶小伙子，跟他讲那个故事。小伙子一脸疑惑，不时瞅外面的天空，大概想知道自己是不是在做梦。讲了二三十分钟，无论一回讲得多么动听，对方始终咬住人民币不放松。失败。

继续前进，不到几百米又是一家加油站，仿佛兰州的加油站跟蜻蜓似的。我们一前一后进去。一回找到了站长，一名显然见多识广的中年妇女，镇静自若，游刃有余，几句"凭什么相信你"就把嘴皮好过宝刀的一回问得阵阵哽塞，又斜睨着我说："你又是干什么的？"我本想说我是打酱油的，一回却先开口了，说我是他的随行记者。呸，想得美。人家嘿嘿冷笑两声，更不信了。失败，彻底失败。

我有些气恼，快到11点了，我们还没有上高速公路。我说我给你加一桶好不好，一回没有说NO，而是说不行。我有点烦。天天这样的日子，怎么过？想一想，顿时有一股波涛般的压力涌过来，再想一想，100天，吃了上顿没下顿，压力就铺天盖地。还有，轮胎爆了怎么办？汽车坏了怎么办？生病了怎么办？被人打劫怎么办？想到这些，就觉得一回有病。他所谓的诚信出发，不过是忽悠，或者他仅仅是为了挑战自己，想看看自己还行不行。至于眩目的道德，只不过是游戏的一部分。当然他很狡猾，大概他一辈子都不会认账。那么就让他去吧。如果不是因为我赶路，求他，可能捱到天黑他也要在兰州加上一箱油。

当然最后我还是说服了他，给他加了半箱油，他给我打了欠条。凭着咱们的友谊以及他斗地主输了不少钱的真情回馈，这个欠条他是不用打的。但是他很严肃，一定要打，并且要我珍藏这个欠条，一代一代传下去。可惜大概第二天它就神奇地不见了。天地良心，这些钱他是还了的，但绝对没有利息；天地良心，他口袋里也绝对没有信用卡；天地良心，我之前的想象力的确有点差。

就这样我们上了高速公路，我提议帮他开一会儿车，他说不行；我想听听音乐，他车上竟然找不到一张碟。他说平时就一个人这么开着，万籁俱寂，只有发动机的声音。我有些恐惧，这还算人吗？但想想他当年一个农民，光着身子来到深圳，如今家财万贯，不是没有理由的。什么理由？即，神经病一般的信念、意志、执著。就像他这样。我惭愧得紧，永远是随波逐流，得过且过，只想舒服点再舒服点，结果到头来最不舒服。也罢。

在高速公路开了一段之后，我们进了一家加油站，鉴于头两次我给他带去的麻烦，这次他彻底把我扔在厕所里，一个人去了。过了二十多分钟，他朝我招手，一脸高兴。失败。

　　四个加油站没有加到一滴油。我很为他担心，这样的旅行也太痛苦了吧，反正我已经受不了了。又见到一个加油站，他又把我扔在路边。对他的所作所为我已经不怎么感兴趣了，很高兴地蹲在路边看草。太阳快要下山了，西北的天出奇的高，出奇的蓝，橘黄色的阳光照在光秃秃的山岭上，几乎见不到庄稼，人烟稀少，动物几无，只有寂寞。这几根草算是亲人了。过了七八分钟，见到一回朝我招手，又是一脸的高兴。不过这回他倒干脆了，不死纠烂打了，很快就踏实了。他身边有一名穿着下午阳光一般颜色服装的女子，约二十岁。也是一脸的高兴。一回说，××（忘了名）同意给他加油了。成功了！成功了？我都有点不敢相信，但是的确，这名穿着下午阳光一般颜色服装的女子同意借150元给他加油了。我没有想到自己会那么高兴，类似于打麻将一把大和摸到最后一张牌，和了。真的，我一直记得那天将近落山时的阳光，橘黄色的，温暖地照在大地上，照在加油站的屋顶上，照在那个小姑娘刚刚大学毕业的脸庞上。我想，那天回到家里，她一定会欣喜若狂地告诉家里人今天发生的事，她一定会把那张欠条拿出来展示给大家看，她一定还会把这件事告诉更多的人，而他们也会评头论足。当这个故事走向完美的时候，也许会影响到她及她周围人的生活，令他们至少有一个理由去相信别人。

　　最后我想讲一个自己的故事，发生在二十多年前，在老家江西。有一天骑自行车路过农贸市场，顺手在一个流动摊贩那里买了一挂香蕉，却突然发觉没有带钱。卖东西的是个小姑娘，我说不好意思。她说没关系没关系，你等下再给我就行。我当时愣住了，我说你不认识我，你不担心我跑吗？她说不担心。我永远记得她的眼神，那么的清纯和美，我一直感激于她对我的信任。尽管跑回家送她钱后，我再也没有见过她，之前也从来没有见过她，但她让我更加善良，更加幸福。因为我以这样的心看世界，我看到的也必是这样一个世界。

　　＊　　李晓水忘了名字的姑娘叫马康，刚毕业的大学生。

（2010。9。26）

姐姐

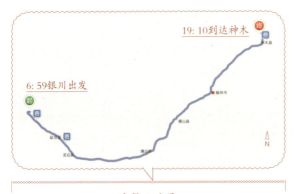

19:10到达神木

6:59银川出发

全程488公里

向东北

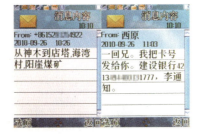

消息内容
10:10
From: +86152████4922
2010-09-26 10:26
从神木到店塔,海湾村,阳崖煤矿

消息内容
10:10
From: 西原
2010-09-26 1143
一回兄。我把卡号发给你。建设银行42
13██████1777, 李通知。

选项   返回选项   返回

↑ 马晓丽其人。

33天,12000公里,到达神木。一个鸟不拉屎的地方,一个好车出现的频率多于深圳的地方,一个淘金的地方,我的姐姐成为了他们中的一员。

兄妹六个中,我与姐姐的年龄距离最近,所以打交道的时间也最多。小时候,一起走同一条山路上学,放学后,在同一个山坡上打猪草,儿时的贫穷过早地让我们有了挑战生活的勇气和能力;从陕西到了湖北后,我们又一起割箬竹编煤折,一起割黄荆条,一起摘黄栀子,一切能换来钱的事我们都一同参与其中。

后来我继续上学的过程中,姐姐开始学缝纫,虽然最初连缝纫机也买不起,但她仍然在委屈和被人瞧不起的状态下努力学习,以期改变自己的命运。我上学时穿的所有

→ 陕西加到第一箱油,正在写账号的贺廷廷。

衣服，几乎都出自她的手，记得最清楚的是一条绿色的仿军裤和一件花衬衫，这一套衣服也成了我在学校能体面见人的唯一。

再后来，她又重回陕南老家，用自己的手艺带徒弟，办了无数期的缝纫培训班，因此也可以说是桃李满洄水（陕西紫阳县的一个区，现在是镇）。其间她也开过服装店、缝纫店、布料店、干洗店等与此相关的小店，直到后来在陕西成家。

在我的记忆中，没有什么事情她不敢做，但这也是她直到现在还过得并不如意的原因。在时代的步伐大大加快，审美的提高，流水线生产的产品迅猛取代作坊式产品的进程中，她的缝纫店理当受到冲击，她转型到干洗店的做法可能也是实属无奈。但之后的转型却是越转越远，开洗脚城、开火锅店，直到现在到煤矿上做上了一个朋友式的煤矿老板下面某一小项的生产分包商。当我们离自己的专业越远，也就意味着离失败越近。

但姐姐的进取心可谓是无人能敌，她的为

人，她的自信心，任何时候都是空前高涨，这是她人生中的最积极面。常言道，艺多不养家，你接触的行业再多，终究要在某一个点上扎下根。一个人一生的时间非常有限，精力也是，只有在专攻上面下功夫，才可能在某一领域取得成就。因此我也期望她能够在某一件事情上停下来，找到生存的方法和成就的快乐。

当然，也是因为姐姐的原因，我能第一次来到神木，来到矿山，得到另类的收获。

由于是检查日，工人们都很闲，他们不是晒太阳，就是到周边的山野去瞎转，山上的野枣很多，不时就有人提过来一袋，我也得到了一袋这种枣子，吃起来酸酸的，当然，细品之后，还有一丝甜味，很有意思。这种味道，也像极了这些离乡背井的煤矿工人的生活，酸酸的，细细品味，总能找到那一丝属于自己的甜。其实，以前这些枣子都是有人家的，由于

↑ 勿以恶小而为之，勿以善小而不为，站长毕海龙。

~223

↑ 昔日长城。

- 汪廷珉 2010-09-26 14:35:22 [回复] [删除] [举报]

塞上江南明月夜
诗人兴会更无前

- pmax 2010-09-28 12:23:44 [回复] [删除] [举报]

哼哼 36 天来第一次抢到 SOFA！
小红帽好亮啊 ^-^

- 新浪网友 2010-09-28 11:28:01 [回复] [删除] [举报]

感动我的不仅仅是姐弟情深似海
感动我的还有你姐姐面对生活的勇气和信念
祝她好运

- 嗯那 2010-09-28 12:51:33 [回复] [删除] [举报]

建议置一身矿工服回深，想帅的时候穿上在深南路上
走走，一定很拉风。

博主回复：2010-09-29 11:11:13 [删除]

可惜是借的……

- 汪廷珉 2010-09-28 13:11:53 [回复] [删除] [举报]

煤矿一日行
胜读十年书

- 旧海棠 2010-09-28 16:55:52 [回复] [删除] [举报]

苗条了啊！

博主回复：2010-09-29 11:06:03 [删除]

是，十多斤肉哈

- 新浪网友 2010-09-28 20:19:47 [回复] [删除] [举报]

姐弟情深。是你们年幼贫困时在一起勤奋，更显特别。
姐弟还在奋斗，让人尊敬。部

- 琼琼儿 2010-09-29 00:45:50 [回复] [删除] [举报]

啊～见到亲人了！看到伯伯和婶气色挺好我也很开心
啊！虽是晚辈，但我非常认可您在后文中讲到的话，
希望这就是好的起点，也是他们通向美好未来的出发
点。

- 远山微云 2010-09-29 23:36:06 [回复] [删除] [举报]

房子夏热冬冷，就这样住下去？设施简陋，就这样挖
下去……

这些山民因为煤的原因都变得太有钱,搬出了原来的村庄。村庄废置了,那么枣树也就成了野种。他们在因寂寞而不停地数动人民币的同时,是否还能记起曾经清贫的快乐呢?

由于怕检查的人员早到,我和姐夫抓紧时间下了一趟井。此地被称为煤海不是徒有虚名,任何一个山体,平直开进去一个洞口,就可以把煤挖出来,因此也就有了各路豪客英雄,通过各种手段进入其中,铲车一响,黄金万两。很多老板一天的收入都会有上百万,而这种老板只要靠关系,几乎没有任何风险就能坐地收银。他们一旦拿到了矿山经营权,就会分包给一个大包工头,大包工头又层层转包给小的包工头,小的包工头出机械设备再包给操作人。说起来,这有点传销的味道,金字塔的顶端总是牢不可破,而底端,在重压之下,一直喘着发黑的粗气。

因为休息,粉尘相对少了很多,姐夫说要在平时,只要一进洞,眼睛鼻子都分不清了。我就问矿上的工作人员,这样的检查多不多,他们说至少一月一次,而这个月是一个月零一周,已经有四次了。我问检查的理由,他说要

是其他矿一有事,所有矿都要停下来检查,当然也不排除敛财的可能,在巨大的利益面前,每停一天的收入可是了得,所以来了检查人员,老板都是一捆一捆的钱往车上丢,以此达到尽快开工的目的。

因为挖掘,也因为煤质好的自燃现象,我在山梁上转悠的过程中,不时看到一条一条塌陷的深沟,我想若干年后,这里不会再有人烟。而这个多少年,要取决于人类的破坏速度,和他们有多么的贪婪。从这一点上讲,我丝毫也不怀疑人类所具备的强悍力量。

↑ 这种车叫"三改四"。

← 因为检查,大批"三改四"只好是晒太阳。

↑ 白顶是工人住的，木板加铁皮；蓝顶是承包老板和管理人员住的，
至少墙体是砖头的。

↑ 面条加搪瓷碗。

↑ 矿区生活之幸福版。

↑ 后面是我住的房间。

↑ 仍然能找到一些局部风景，我不知道这些草还能坚持多久？　　↑ 无聊而满山转悠的工人，这不是他们的家。

做一回矿石工人

↑ 山上的水是通过人力从山下拉上来的。

↑中午聚餐的紫阳老乡。

No:071

欠款地点：宁夏银川

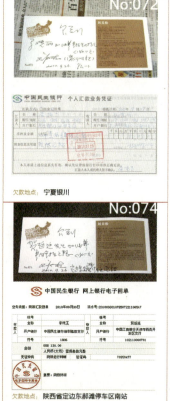

No:072

欠款地点：宁夏银川

No:073

欠款地点：山西盐池

No:074

欠款地点：陕西省定边东郊滩停车区南站

我和火坛：好卡

（小吴：赵先生怎么说也不肯给账号，一直强调："我是在支持他的行为，他的活动，这钱不算什么，就算了吧。" 不能算啊，赵先生，您的支持就是配合他，让他这次出行顺利完成。麻烦您把账号给我们吧。）
实在是拖得太久了，赵先生的坚持让我们感动，也让我们的信念坚持，没有账号我们就把钱充到他的手机话费里去了，呵呵，总算了结了一件心事。

★ 当日细节

 → 488公里，6：59出发，19：10到达；

 → 青银高速—包茂高速—榆商高速；

→ 早餐/无，中餐/沙琪玛两块；晚餐/姐家；

 → 2个，盐池收费站43元（073号欠条），神木收费站165元（077号欠条）；

 → 银川滨河服务区加油站140元（072号欠条），定边东都滩休息区加油站130元（074号欠条）；

H → 煤矿宿舍；

□ → 478元（欠条478元）。

沟通时间16分钟
沟通时间69分钟
沟通时间17分钟
沟通时间37分钟

5　20　60
10　30　~

229

★ 欠款列表

欠款单编号	姓名	性别	账号	开户行	类别	金额	联系方式	进度	欠条时间	还款时间
071	李晓水	男	6225××××××4445	招商银行深圳福田支行	油费	245	133×××9366	收到	2010.9.26	2010.9.28
					油费	144		收到	2010.9.26	2010.9.28
072	马晓丽	女	6227××××××0000	中国建设银行	油费	140	138×××9136	收到	2010.9.26	2010.9.29
073	赵俊文	男	138×××0005		手机充值	43	138×××0005	已充值	2010.9.26	2010.9.28
074	贺廷廷	男	6222××××××7997	中国工商银行天津市分行	油费	130	130×××1595	收到	2010.9.26	2010.9.30

（2010。9。27）

鄂尔多斯之夜

16：14到达鄂尔多斯

鄂尔多斯市
伊金霍洛旗

13：50神木出发

全程150公里

向
北

到达鄂尔多斯比计划迟了一天，因为走错了路，而这次走错恰好解了我的一个心结。之前的计划中，在去完鄂尔多斯后是先去神木还是先去呼和浩特之间犹豫不决，从地理位置上反复分析，怎么走都显得不合理。这一次

错，让这个结彻底就解了。由于先到了神木，再到鄂尔多斯后的下一站必定是呼和浩特，路程在错误的过程中变得合理起来，这样算起来，反倒是省下了一天时间。

鄂尔多斯是我到过的城市中警察密度最大的一个城市，每个路口都有七八上十个，原先见到最多的城市是昆明，到了鄂尔多斯后，昆明的排位只能往后移。去过深圳的人都知道，在深圳是很难见到警察的，这说明深圳的管理科学之外，应该是警力的稀缺，照鄂尔多

From：李宏光
2010-09-27 11:17
神木，大柳塔，上湾（鄂尔多斯）奔伊族阿镇叫阿大线，过了鄂尔多斯机场上高速，包茂高速，东胜下。（交

↓ 鄂尔多斯为我交费的张强（左）。

No:075

中国民生银行 网上银行电子回单

业务类型：网银汇款回单　2010年10月09日

付款人	户名	李晓玉	收款人	户名	冻志夫
	开户行	中国民生银行深圳南园支行		开户行	咸阳市杨凌区农村商业合作社股份公司
	账号	1806		账号	4627960005Z1
金额	￥216.00 人民币(大写) 贰佰壹拾陆元整				
凭证种类	网银转账	凭证号	59169332		

摘要：同townloading...

欠款地点：陕西省神木

↑ 咱家的"刘氏汽车美容院"，不但是免费洗车，还义务帮忙更换车贴。

(2010-9-27-1)补记：鄂尔多斯之夜

斯这样的密度，分几百个警力给深圳应该是不成问题。

鄂尔多斯这一站的目的，是想见到多年不见的老朋友李宏光。而我到来后才知道，他为了见我，却是从河北衡水赶过来，而我又迟到，实在是不应该。一个十多年

的朋友，并没有实质上的什么生意往来，相互对点的就是友谊。

多日征程，我的车贴文字已经是无法连接在一起来读了。只能见到"人一车"，"100 天"，"天下"等零散的字样。宏光把我带到了一家"刘氏汽车美容院"，又一次，让我的车有了回家的感觉，洗车带贴车贴，全程免费服务，真正的家人服务，弄得我好是开心。

晚上我们去的这家酒店极具本土特色，外面还不怎么看得出来，里面却别有洞天。院子里耸立的蒙古包，穿着特色服装的姑娘小伙们穿梭其间，异域之美显现无遗。宏光还专门叫了他的两个好兄弟作陪，在特色的蒙古包里，酥油茶、青稞酒、烤羊排，还有我最爱吃的

~231

羊蹄,无不让人垂涎。

　　会山还特意叫来蒙古姑娘小伙们演唱地道的蒙古歌曲,每唱完一首,都要敬酒。这是蒙古人特有的习性,没来之前早有耳闻,早有畏惧,想想不是一般酒量的人,哪敢赴这样阵式的酒宴。好在现在没有以前那般认真,礼到为止,并无强求之意。加之我还要奔"前程",只能尽眼力,赏美色;尽胃口,赏美食;酒是微醺,意却是全醉。

　　这样的夜晚,民俗之风尽显,朋友之情尽纳,草原之美在星光的笼罩之下无限制延展。

蒙古包中的幸福生活

★ 当日细节

- km → 150公里，13：50出发，16：14到达；
- → S301—包茂高速；
- → 早餐/姐家面条，中餐/姐家；晚餐/李宏请；
- ¥ → 东胜西收费站30元（076号欠条）；
- → 神木某加油站216元（075号欠条）；
- H → 李宏光安排；
- 口 → **246**（欠条246元）。

沟通时间16分钟

5 20 60
10 30 ～

No:076

中国民生银行 网上银行电子回单

欠款地点：内蒙古鄂尔多斯

★ 欠款列表

欠款单编号	姓名	性别	账号	开户行	类别	金额	联系方式	进度	欠条时间	还款时间
075	邓杰夫	男	6225×××××5193	陕西农村商业银行	油费	216	152×××1910	收到	2010.9.27	2010.10.9
076	张强	男	6222×××××1333	工商银行鄂尔多斯分行	路费	30	137×××8471	收到	2010.9.27	2010.10.10

"你这活动有意义吗？不过是给马路增添废气，社会的问题多了去了，你能解决得了？我们就是生活在这种不信任的环境中，这是事实，你就得认这个事实。我作为国家工作人员，不管你做什么事情，都与我无关，没有钱，什么都别谈，不可能放你过。"

（2010。9。28）

来自山西的温暖

11:50 鄂尔多斯出发

23:08 到达山西朔州

全程504公里

向东

↑ 帅哥李宏光。

从鄂尔多斯出发比较晚,宏光的盛情,十一点还非要吃早餐,但那一碗羊肉面,为以下的行程起到了决定性的作用。因为达到山西朔州已经是晚上十一点,这12个小时,全依仗那一碗羊肉面的神奇功效。

原则上7个小时的行程,6个收费站和2个加油站,沟通时间应该有2个小时,堵车才是延迟的重要原因。计划中的呼和浩特,我只是做了一个过客,并没停留。前一天给山西朔州的志武去电话,他在太原开会,听说我的到来,一定要赶回朔州见我。到达呼和浩特已经是下午五点,按我的常理该住下来,因为友谊,因为等待,我必须往朔州赶。

出呼市到山西界共有3个收费站,都是10元钱,在桃花收费站和南园子都非常顺,但是到了胜利收费站,那个小伙子看来是跟我较上劲了,不单单是押了我的行驶证和驾驶证,还把我好好教育了一通:"你这活动有意义吗?不过是给马路增添废气,社会的问题多了去了,你能解决得了?我们就是生活在这种不信任的环境中,这是事实,你就得认这个事实。我作为国家工作人员,不管你做什么事情,都与我无关,没有钱,什么都别谈,不可能放你过。"

↑ 张彩云。

↑ 电话与站长沟通。　　　↑ 得到站长同意后写下账号。　　　　　　　↑ 热情相送。

↑ 福胜。

这种人的执著，要想说通他的可能性几乎为零，由于天色较晚，没有领导，我到了收费站的管理处找到一个女孩子，跟她沟通了一阵子，她还是叫我找先前的小伙子沟通，实属无奈我又找到他。现在怎么办？我在他面前认个错，调头回去，都不可能。

多日的行程让我保持足够的耐心，事情总会有转机。而转机出现在他接到的一个电话上，长时间的电话让他忘记了自己是一个在岗的国家工作人员，长时间的电话也让他交出了口袋中"我的"证件，抛下一句："你去找他沟通吧！"同时指了指另一个在岗的收费员。即便这样的沟通也是难的，又是一通教育，在对方要了我博客地址、QQ号后，质押了40多分钟的证件回到了原来的主人手中，可是这40多分钟是天色由明转暗的40多分钟。胜利收费站，我被教育得没有丝毫的胜利感。但他们的可爱，也给

~237

← 15:51到达呼和浩特，因为朔州，我只能成为过客，这也是目前唯一没有过夜的省会城市。

我的行程增添了值得书写一笔的花絮。

在胜利收费站，就不断接到来自山西的电话，志武已经安排人在杀虎口等我。杀虎口，一听名字就凶得很，以前说是叫杀胡口，胡是指的胡人，据说乾隆年间为了不引起民族矛盾，而改名为杀虎口，这是山西和内蒙，也是汉和蒙的分界线。杀虎口的等待是漫长的，可能是胜利收费站的不胜利，错过了前进的好时机，也许原本已经在堵车，所以胜利收费站的小伙子们才留我上上课，总之这一堵，就是数小时。可怜了等待我的人，为此，我心中充满愧疚。

晚上九点多到了杀虎口，不过杀虎口，焉能到山西？过了杀虎口，路途相对畅快很多。最感动的还是志武的安排，由于是夜间行车，又加之道路不熟，为了我的安全，他在各个地方"布

点"守候。不到山西，山西乡音已充满耳际；到了山西，更是无边的盛情难以忘怀。

到了酒店，志武已是等候多时，从烟灰缸里的烟蒂和桌子上面的多瓶矿泉水上可以见到漫长等待的痕迹。这一夜，老友相聚再把盏，朔州岂能眠？！

欠款地点：内蒙古鄂尔多斯加油

拍摄了几张都不成功，还是能隐隐约约看到"杀虎口"几个字。

(2010-9-28)来自山西的温暖 🔒 (2010-09-29 11:14:30)

> 新浪网友 2010-09-29 11:14:30[回复] [删除] [举报]
>
> 有时候往往能举重若轻，又有时小事难为，人啊形形色色，重要的是，你过了，体验了。我们关注着。部

> 新浪网友 2010-09-29 14:37:22[回复] [删除] [举报]
>
> 这个小伙真可爱
> 头头是道挺实在
> 冰冻三尺想化开
> 别着急　慢慢来

> 新浪网友 2010-10-09 14:50:54 [删除] [举报]
>
> "被教育"有意思。　　小莫

> 博主回复：2010-10-10 08:46:19[删除]
>
> 是，这样就不会太得意哈

> 嗯那 2010-09-30 14:44:14 [删除] [举报]
>
> 各有各的理，但最终赢的，总是更执拗一点的那一个。

> 博主回复：2010-10-02 10:49:06[删除]
>
> 非常有理……呵呵

> daisy0755 2010-09-29 20:22:58[回复] [删除] [举报]
>
> 做为人生旅程的一个参照点，倒是值得想想，许多我们自以为坚持的硬道理是否坚持对了？
> 引人深思！

> 新浪网友 2010-10-08 15:06:01 [删除] [举报]
>
> 美松加油！在心里为你祈祷　锁哥

★　当日细节

 → 504公里，11：50出发，23：08到达；

 → 包茂高速—京藏高速—G209—S210—S211—森林公园小路—平朔线；

🍚 → 早餐/宏光请，中餐/沙琪玛两块，晚餐/贾志武请；

 → 6个，耳字壕收费站25元（079号欠条），黄河收费站5元（工作人员代交），呼和浩特收费站60元（081号欠条），桃花收费站10元（免），南园子收费站10元（免），胜利收费站10元（免）；

🌀 → 鄂尔多斯某加油站110元（078号欠条，李宏光加），路途加油3次，成功1次。霍家寨服务区加油站100元（080号欠条）；

Ⓗ → 贾志武安排；

🔲 → **330元**（欠条295元，免费35元）。

 沟通时间23分钟
 沟通时间41分钟
沟通时间32分钟
沟通时间3分钟
沟通时间47分钟
沟通时间11分钟
沟通时间21分钟

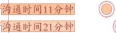

　　5　　20　　60
🔴 🔴 🔴 🔴 ⚪
　10　　30　　～

★　欠款列表

欠款单编号	姓名	性别	账号	开户行	类别	金额	联系方式	进度	欠条时间	还款时间
077	毕海龙	男	6228××××××7416	农业银行神木北郊分理处	路费	165	134×××1272	收到	2010.9.26	2010.9.28
078	李宏光	男	1022××××××8258	工行鄂尔多斯锦绣苑支行	油费	110	133×××6516	收到	2010.9.28	2010.10.9
079	张彩云	女	6013××××××1435	中行内蒙鄂尔多斯分行	路费	25	139×××5188	收到	2010.9.28	2010.10.10
080	曾庆丰	男	6226××××××4905	中信银行呼和浩特分行	油费	100	137×××2835	收到	2010.9.28	2010.10.10

（2010。9。29）

天街小雨

13：38朔州出发

18：09到达太原

全程242公里

向南

↑ 和朋友贾志武朔州道别。

↓ 过雁门关。

加油名以以功，只好動用一点备用油

↑ 情急之下，油箱盖也忘盖了，好在回走
一二里，仍能找见，仍然完好。

太原太近，吃过中餐才离开朔州。中途不断接到石头的短信，的确是温暖的石头。而且石头还发来木头的联系方式，木头又发来晚上的相聚地点，这类似于昨天志武的击鼓传花。

加油花的时间相对多了些，两个点分别花去了半个多小时，第一个点本来接近成功，反倒是站长的不屑一顾，导致了下面员工的缩手缩脚，这次的不成功，个人觉得有点冤。在这种情况下，在行程约9000公里后，第一次动用了备用油，但只是一点点，因为前面30公里还有一个服务点，我还要努力

一把。操作得不熟练，加了油后，油箱盖未盖就匆忙上路，好心的路人在超越我时不停地按喇叭我才知道，真是一个马大哈。此时我的车已经驶出几公里，我赶忙把车停下，往回跑，试图找到油箱盖，真是吉人天相，就在大约一公里处，我的油箱盖正躺在马路中央，也没有被其他车辆压坏，谢谢好心人。

在原平服务区，我计划的时间是10分钟内，如果还是不同意，我就加上全部备用油跑到太原。在沟通的过程中，遇到了一个递进式的上报，我找到的加油员叫找班长，班长给了我站长的电话，站长接了电话又给了经理的电话，经理接了电话后叫我到东面的加油站去，到了这个时候，10分钟是打不住，可是希望也增大了。到了东面的加油站，经理问我是如何找到他的电话的，我说："有人做过一个测试，只要你在心中默想一个人，想找到他，最多通过36个人的转换就一定能找到。而我找到您，只通过了两个人。"他笑了，当然油也同意加了。

过太原的杨家峪收费站只花了8分钟，我的表述也是得到非直接受众的认同，旁边的一个工作人员站了起来说："我听明白了，我帮他出吧！"他叫张顺伟。后来还不断在回我的短信中多次给出建议，譬如诚信的人群怎么划分，年龄段、

~241

↑ 为我加油的站长和经理。

性别,等等。除了关注,也有对现状的悲观情绪,哀莫大于心死,即便是这样,民众还是那么的需要并期待诚信的回归。

　　每次情况基本一致,前面认为浪费掉的时间,后面总是有机会补回来。到达石头的天街小雨,六点刚过一点。天街小雨,一个多好的名字,特别是放在金刚鄽路这样一条硬朗名字的街道上,看来石头也有一颗柔软之心。

↑ "我听明白了,我帮他出吧"的张顺伟。

　　当时已有病夫在列,其后刘宝华、闫海育、《山西青年》的宋耀珍、下班归来的石头、推着老式单车的唐晋、很文化的金汝平老师的到来,注定了天街小雨不平凡的夜晚。

　　这是摘自唐晋博文中的文字:"深圳诗人一回,从今年 8 月 25 日开始,孤身驱车,身无分文,以诚信为本,依靠打欠条应付食宿加油过路等费用,打算一百天行遍中国。9 月 29 日,一回来到第十六个省、市、自治区——山西。傍晚,太原天街小雨,一群诗人用敬佩和热情欢迎他的到来。"(注明一点,咱不赊吃的。)

No:083

中国民生银行 网上银行电子回单

业务内容：同城汇款回单　　日期：2010年10月09日

付款人	全称	李纯玉	收款人	全称	张路伟
	开户银行	中国民生银行深圳嘉盛支行		开户银行	
	行号	1806		行号	
金额	RMB 75.00 人民币(大写) 柒拾伍元整				
摘要	同城票据托收	凭证号		30765241	
摘要	网银转帐				

欠款地点：山西省太原杨家峪

(2010-9-29)天街小雨

老六 2010-09-30 08:09:03 ［回复］［删除］［举报］

　　见着石头绝对温暖。一路都好。放心。

病夫 2010-09-30 10:05:31 ［回复］［删除］［举报］

　　顺风，顺风，再顺风！其意义将不由人地延伸！

博主回复：2010-10-02 10:53:09［删除］

　　谢谢……不做病夫，勇敢向前！开玩笑呵呵，问好

李以亮 2010-09-30 10:30:04 ［回复］［删除］［举报］

　　吃完后的效果图……哈哈
　　昨天晚上他们又在问你什么时候回家哦

博主回复：2010-10-02 10:51:53［删除］

　　计划是 11 月 17 号。早晚也就两天，问好朋友们

金汝平 2010-09-30 11:25:40 ［回复］［删除］［举报］

　　一群恶搞的可爱之人！

博主回复：2010-10-02 10:50:13［删除］

　　是的，因恶搞而回归童心。问好金老师

新浪网友 2010-09-30 13:57:16 ［回复］［删除］［举报］

　　瘦了很多，多保重！

新浪网友 2010-09-30 16:34:51 ［回复］［删除］［举报］

　　天街小雨润如酥
　　草色遥看近却无
　　最是一年春好处
　　绝胜烟柳满皇都　　　（唐 韩愈 早春）

笑后 2010-09-30 18:42:28 ［回复］［删除］［举报］

　　开心！诗人就是好兄弟！

红色梦想 2010-09-30 19:03:29 ［回复］［删除］［举报］

　　天街小雨迎一回 / 老友诗友齐相聚 / 雁门关前摆酒宴 / 英雄诗人抒豪情单枪匹马闯天下 / 吟诗作赋颂神州 / 我本路上一过客／诚信为美　刘美松

↑ 天街小雨的诗人朋友们左起：刘宝华、温暖的石头、病夫、唐晋、金汝平、木头、一回、闫海育。

★ 当日细节

 →242公里，13：38出发，18：09到达；

 →大运高速；

 →早餐/酒店早餐，中餐/贾志武请，晚餐/温暖的石头请；

 →杨家峪收费站75元（083号欠条）；

 →挑战2次，成功1次。原平服务区加油站200元（082号欠条）；

 →赵紫云家；

 →275元（欠条275元）。

 沟通时间8分钟
沟通时间31分钟

5 20 60
10 30 ~

★ 欠款列表

欠款单编号 ×	姓名 ×	性别 ×	账号 ×	开户行 ×	类别 ×	金额 ×	联系方式 ×	进度 ×	欠条时间 ×	还款时间
082	兰彦峰	男	6222××××××1763	工商银行原平支行	油费	200	139×××5569	收到	2010.9.29	2010.10.9
083	张顺伟	男	4155××××××2754	民生银行	路费	75	135×××6199	收到	2010.9.29	2010.10.9

（2010。9。30）

大家赵梅生

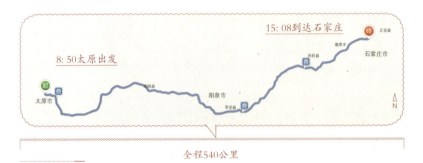

15：08到达石家庄

8：50太原出发

全程540公里

向东

算上这一次，到太原三次，而每一次，赵叔都是我的必须拜见之人。这种见面，有点像是走亲戚，这里面有我对赵叔的崇敬，当然也有他对我的喜爱，没有杂质。

此次见面，八十有五的赵叔以及小他一岁的阿姨对于我的行动都是感叹不已，之后是一种担心。即便我说难走的路都走过了，他还是放心不下，并一再说："你这一走，把我的心也带走了！"临走之际还非要写一幅字让我带上，开始写的是"华夏孤行第一人"，当我说只是开车不带分文的第一人时，他一定要把先前写好那张撕掉，重新写下一张"一人一车游华夏"，之后是紧紧地、久久地抱住我。

所谓的艺术领域，本事不大而架子特大的人非常多，当然本事大架子也大的也多。

而赵叔在我的眼里是本事大、年龄大而没架子的人。他的低调、随和、坚持、宽容都是我一生的财富。记得他八十岁那年我到太原，他仍然以"每天从零开始"当做自己的座右铭，这仿佛年轻人的专用名词，他却一用终生。我想这种人在当今中国不说是绝无仅有，也应该是凤毛麟角吧。

因为这种绝无仅有和少，成就了一个大胸怀大气魂的大家。我想所谓的大家，其实就是

↑ 在赵叔家，他非要我吃一块肉再走，说这一走，把他的心也带走了。

↑ 释文: "庚寅金秋, 我的好友美松身无分文, 遍走国内大河巨山, 天下以诚信取得, 此行壮举可贺, 感叹人生精神之可贵。梅生雅翅年八十又五。"

一种胸怀, 他们能装下乾坤, 容下天地。胸中自有丘壑, 才能容人容事, 而在艺术上就是不容自己, 极力做到尽善尽美, 精益求精, 达到非常人所能达到的至高至美境界。

只可惜是行旅匆匆, 不能多写, 只此数笔, 作为留存, 谨祝赵叔及阿姨身体健康。

(在太原, 紫云大哥专门把我带到了省委加油站去挑战。选择它, 一可能是正规, 二则是省委在侧, 也许素养更高, 也许更牛X, 更难。总之, 我要去试上一试。油站很繁忙, 我好不容易才找到一个偏一点的地方把车停下, 沟通时间并不长, 就得到胡宝林站长的支持。这样, 我去往石家庄的心情大好, 街边见到结婚的场面, 还停下来去拍照。)

石家庄, 和鄂尔多斯的李宏光同样朋友的白顺平正在等待, 当天到达, 他正带领自己的员工在做拓展式旅游。同是来自衡水的兄弟, 当年都与纺织有关联, 纺织行业的江河日下, 大家都不得不另谋生路。几年前还听顺平说在做钢材生意, 现在很快已经是餐厅老板, 这样的快速转变, 但愿他能驾轻就熟, 过上属于自己的幸福生活。

↑ 我和紫云大哥及夫人。

★ 欠款列表

欠款单编号	姓名	性别	账号	开户行	类别	金额	联系方式	进度	欠条时间	还款时间
084	胡宝林	男	1410××××××1492	交通银行太原河西支行	油费	180	158×××6080	收到	2010.9.30	2010.10.08
085	常海清	女	4031××××××0014	中国邮政阳泉平定东大街支行	路费	55	139×××2426	收到	2010.9.30	2010.10.08
086	崔子栋	男	7241××××××7412	中信银行石家庄分行	路费	20	158×××8185	收到	2010.9.30	2010.10.10

→ 山西省委加油站站长胡宝林。

No:084

No:085

No:086

中国民生银行 网上银行电子回单

欠款地点：山西省太原省委加油站

中国民生银行 网上银行电子回单

欠款地点：山西省旧关收费站

中国民生银行 网上银行电子回单

欠款地点：河北省石家庄鹿泉收费站

新浪网友 2010-10-01 10:32:29 [回复] [删除] [举报]

一人一车游华夏
一老一少传佳话
一个胸中有乾坤
一个诚信取天下

宁夏阿尔 2010-10-01 15:39:55 [回复] [删除] [举报]

看来山西很顺利啊

新浪网友 2010-10-09 17:51:04 [回复] [删除] [举报]

艺术之站。　　小莫

← 过娘子关。

↑ 好友白顺平（后排右一）及朋友们。

↑ 旧关收费站。

↑ 站长崔子东。

★ 当 日 细 节

 → 504公里，8：50出发，15：08到达；

 → 太旧高速—石太高速；

 → 早餐/赵梅生家请，中餐/沙琪玛两块，晚餐/白顺平请；

 → 2个，旧关收费站55元（085号欠条），石家庄鹿泉收费站20元（086号欠条）；　沟通时间26分钟　沟通时间15分钟

 → 1次，山西省委加油站180元（084号欠条）；　沟通时间12分钟

 → 白顺平安排；

 → **255元**（欠条255元）。

5　20　60
10　30　~

我爱北京天安门

16:25 到达北京

全程315公里

向东北

9:51 石家庄出发

"我爱北京天安门，天安门上太阳升。伟大领袖毛主席，指引我们向前进。"

这是很多人小时候再熟悉不过的歌。"我爱北京天安门"的意思是什么？我们距离她的遥远，我们遥不可及的向往，我们的梦。一个有梦的人就会去追寻梦。记得一个哲人说过一句话："一个人一辈子最悲哀的事情是他的愿望实现了，和他的愿望实现不了。"我觉得非常对。当一个人一辈子都实现不了自己的愿望，难道不悲哀吗？可是一旦实现了

出门 38 天，到了京城，放松喝酒，酒醉而归。手机没电了，忘记了一切，只记得要拍一张天安门，特区报的何记者约好了要照片。等我醒来已经是凌晨的三点半，还有李翀和江庆的 N 个电话、何记者的短信。在下向你们赔罪了。

↑ 顺平在我的债主本上签名，挑战了一家加油站，说是国务院来了，没钱也不给加油！

保养、洗车，以干净的身子进京

No:087

中国民生银行 网上银行电子回单

欠款地点：河北省石家庄斯巴鲁汽车专卖店

红色梦想 2010-10-02 21:15:22[回复][删除][举报]

你这是进京赶考啊！心怀忐忑不？诚惶诚恐不？记住了，站在天安门城楼上，你手一挥，你刘美松就是个人物，哈！

新浪网友 2010-10-03 01:15:42[回复][删除][举报]

京城虽好不是家，但到北京又总是会感慨。不带一分钱到天安门，能做到的，一是领导，二是红卫兵，三就是刘美松。可喜可贺呀。部

daisy0755 2010-10-03 23:31:55[回复][删除][举报]

看来你也该给自己放了一天假了，到首都给祖国过生日，真好！

嗯那 2010-10-05 11:46:07[回复][删除][举报]

看来是踩着好日子进京的，呵呵

~251

自己的愿望呢,又会觉得自己的内心空落落的。所以,目标是什么,是自己相对而言能完成的,所谓的跳起来就能摘到的那个苹果。那既是向往,是梦,也是距离。北京的天安门,在某一个时代,那是一个梦,无数人的梦。

"天安门上太阳升"呢?一种喻意。我们见到的太阳从哪里升起?地球的自转以及公转。是谁在寻找谁?是太阳在寻找我们,还是我们在寻找太阳?是梦在寻找我们,还是我们在寻找梦?睡梦中的梦一部分是你根本无法想象得到的,当然也有一部分是想象中的,所谓的日有所思,夜有所梦。而我们白天所做的梦,是梦想,所谓的白日梦。多少人做着白日梦?不管梦找你,还是你找梦,有梦就好,有梦真好!

"伟大领袖毛主席"的确是一个时代的开创者。一个政治家,一个思想家,一个诗人,一个书法家,同时又是一个传统文化的破坏者。我们信什么?以前我们信孔孟之道,信鬼神。现在我们信什么?除了钱,什么都不信。一个人没有畏惧多可怕,没有什么是他不敢做的事情。记得是2007年,我带着83岁的老母亲到北京,她的愿望就是要看到毛主席。那么我就带她见到了毛主席,省吃俭用的她还花10元

欠款地点:河北省石家庄   欠款地点:北京市

↑ 过了杜家坎,进了北京城。

钱买了一束花,献给了一个时代的偶像。

"指引我们向前进"吧!历史的车轮永远不会因为某个人停止转动半步。我们的前进,也永远不会是你走的有多快,而是走的有多对。谁都知道方向有多重要,多少人又知道方向在哪里呢?小平同志都讲了,摸着石头过河。一个多么准确的"摸"字。必须去摸,而且是一大帮人一起摸。

错了再回来嘛,但是有人一错,就有很多的人一去不回来。

这有一点像是在说文解词。还是回到现实中来,从神回到人。从石家庄到北京,我把北京的难度尽可能想得大一些,这可是进京啊。从望都开始,就觉得京城在即,过河北与京城界以及进京的某某坎,一路绿灯。这不同于某某关,在嘉峪关就有一块石头叫做燕鸣石,用一块小石头在上面一敲,会发出燕子鸣叫的"啾啾"声,说的是天黑回来的燕子,因为嘉峪关的高撞墙而死的魂灵,同时也证明嘉峪关的高是飞鸟难进。所以我一直认为,在嘉峪关遇到的困难是理所当然的,而在京城遇到的绿灯也不是必然。

京城虽云乐,当然不是家。

欠到了著名设计师吴勇先师.
现京城欠两个人哦!

★ 当日细节

 → 315公里, 9: 51出发, 16: 25到达;

 → 京珠高速;

 → 早餐/酒店, 中餐/沙琪玛两块, 晚餐/张钧请;

 → 2个, 杜家坎收费站80元(免), 北京南收费站15元(免);

→ 中冀斯巴鲁石家庄专卖店354元(087号欠条);

 → 石家庄某加油站150元(088号欠条, 朋友白顺平加);

 → 320元(090号欠条, 欠条打给了吴勇)

→ **919元(欠条824元, 免费95元)**。

沟通时间8分钟
沟通时间16分钟
沟通时间17分钟

5 20 60
10 30 ~

~253

★ 欠款列表

欠款单编号	姓名	性别	账号	开户行	类别	金额	联系方式	进度	欠条时间	还款时间
087	李步松	男	0402×××××5569	石家庄工行新范支行	维修费	354	159×××3808	收到	2010.10.1	2010.10.8
088	白顺平	男	6228×××××4412	中国农业银行	油费	150	139×××3065	收到	2010.10.1	2010.10.8
090	吴勇	男	6222×××××5537	工商银行现代城分理处	住宿	320	139×××7172	收到	2010.10.1	2010.12.8

多日等等，在10日支面前终于而笨了一回
同之岩地走梦游天安门

北京休整日

北京市

　　拉萨是我第一阶段的胜利,那么北京的到达就意味着第二个阶段的胜利,犒劳的方式仍然是休息一天。

　　上午美美地睡了一觉,直到接到会长李翀的电话。前一天晚上他可是在簋街找了我一个晚上,一家一家餐馆拉网式排查,以为找到我的车,就能找到我的人。可是我压根就没有开车去,可怜这夫妻俩,做了一晚上的减肥运动,最后还是无功而返。

　　在他们的寻找过程中,我正梦游天安门。在去天安门的过程中,我已经睡着了,吴勇老师没有忘记给我拍摄了几张天安门,作为到京的见证。而我为了弥补前一晚梦游的缺失,还是和李翀会长再次来到天安门,来了一次隔日的故地重游。

　　醒来方知身是客。38天的行程,让我变得更坚持和更自信,同时又不能有丝毫的得意。测算了一下东北的往返距离,大约5000公里,回到天津正好再做一次车的保养。晚上与会长李翀讨论了好长时间的路线,一是可以走京沈高速直达沈阳,另一种走法就是走承德,朝阳直奔长春。第二条路的景色会更美,中途还可以看到长城,但跨度也更大,最后我还是放弃了美色,而缩短距离。600多公里的沈阳是可以接受的,而900多公里的长春会非常赶,也会非常累。毕竟罗马城不是一日能建成,不能贪一日之快,而误全程之功。

　　漠河,是我的新方向。

→ 与朋友张钧及夫人李倩、
儿子张大恒在一起。

 → 早餐/酒店，中餐/李翀请，晚餐/李翀请；

 → 北京某加油站220元（089号欠条，打给了好友李　 ）；

 → 李翀公司宿舍；

 → 220元（欠条220元）。

↑ 见到诗人欧亚。

新浪网友 2010-10-03 10:07:18 [回复]［删除］［举报］

拉萨得意青稞酒
前门情思大碗茶
亭亭玉立白桦树
北极村头映晚霞

daisy0755 2010-10-03 23:35:01 [回复]［删除］［举报］

看来这苗条了的一回在天安门前帅帅的相片，
真是好好美了一回哈！

victor 2010-10-04 12:01:15 [回复]［删除］［举报］

东北路遥远，但很好走，注意别疲劳驾驶，
你的平安是你所有的亲人及朋友的心愿。

★ 欠款列表

~257

欠款单编号	姓名	性别	账号	开户行	类别	全额	联系方式	进度	欠条时间	还款时间
089	李翀	男			油费	220	138×××2899	汇出	2010.10.2	2010.11.30

↑ 与好友李翀及夫人江庆再游天安门，弥补昨夜之醉过。

找了三家酒店都被拒，他们也很热情，也很认"理"，但都以客满为由婉言谢绝。到了第四家，我问的第一句话就是有房没。

（2010。10。3）

凄风冷雨到沈阳

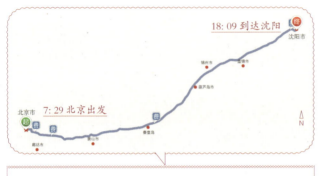

18：09 到达沈阳
沈阳市

7：29 北京出发
北京市

锦州市
盘锦市
葫芦岛市

廊坊市　唐山市　秦皇岛市

N

全程730公里

向东北

No:091

中国民生银行　网上银行电子回单

欠款地点：河北廊坊市香河

早起，出北京城。近700公里的路程，加上沟通时间，我想在五点前到达沈阳。七点半出发，八点五十五分被追尾，一下车，对方那个京N的中年男人很紧张，一个劲地解释："我都踩死了，我都踩死了！"我说你都踩死了，还能和我亲密接触？不是你的车速过快，就是你的刹车有问题。再看看自己的车，在一声巨响声中安然无恙，菩萨保佑！这可能是在提醒我，今日路难行。我对紧张的京N说，算了！算了！我一个身无分文的人，去跟他谈赔多少钱实在也有点不合适。只是叫他回去赶快检查一下刹车，人比车重要。我想紧张的"京N"完

全不理解这个不要钱的"粤B"吧。

出了山海关，进入辽宁境，一直是阴雨连绵。前行的过程中，果然是追尾不断，还有一处八车连环，事实摆在面前，我更加小心。加油和过路都相对顺利，那厚厚的一本"诚信积累"开始发挥作用。特别是后一个加油站看到前一个加油站给加了油，后一个关口见到前一个关口给放了行，他们的顾虑就少一些。这样的事在继续，当然困难也在继续。

凄风冷雨中，到达沈阳。时间是下午的四点三十分，计划之中。车外温度显

↓ 站长李晓冬非常爽快，京城加油，重新上路。

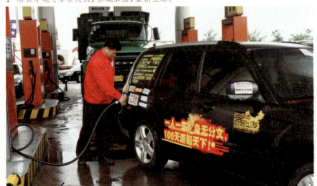

← 天津的朋友韩芳发来地址，路途消耗的赠品《一回诗歌100》，先寄往她处。

消息内容
10:00
From：韩芳
2010-10-03　10:38
天津市南开区卫津南路八里台新文化广场京燕大厦A座
室 韩芳收 1370
7075

京城加油，重新上路

→ 山海关站长
陈晓斌。

→ 北戴河服务区加油站的毕雪
帮我加了100元钱的油。

示是8度,但感觉比去拉萨途中的0度还冷。一下车,冷雨带风,就想把你往车上赶,或者是想把你往屋里赶。沈阳西站的沟通时间是一个小时零九分,直逼嘉峪关的一个小时二十五分。站长的审慎自然有他的道理,在达到一小时的时候我叫另外一个小伙子去看看站长的态度,回来的答案是取钱去了,我的等待当然值得。

宝贵的一小时零九分

过后,天基本黑了。我原本想先加满油,可是现在的我特别想找一个窝。阴雨的原因,让人特别想有归家的愿望,但何处是家?适逢节假日,我不想去找朋友,还有一点是,从西宁见到西原后的这些日子,我的照顾多了,因此也就挑战少了,我决定在沈阳试试我的生存能力和说服能力。

找了三家酒店都被拒,他们也很热情,也很认"理",但都以客满为由婉言谢绝。到了第四家,我问的第一句话就是有房没。前台接待人员果断地回答有房。好,有房就好。接待我的罗亚莉应该是这里的主管,她的真诚完全不同于先前几家的世故。她了解完我的详细情况后,拿着我的欠条单、我的账号留言薄去跟他们的领导沟通,得到的答复是肯定的。

一件事情成功与否,的确是取决于真诚与否。如果对方

↓ 沈阳西刘永哲站长的支持,让我进入了沈阳城。

有心接纳你，一定能找到接纳的办法，如果想拒绝你，也一定能找到拒绝的理由。谢谢罗亚莉，谢谢她在我进入沈阳将近四个小时的期待、守候、寻找中能够暂停疲惫的脚步。

在谈酒店的过程中，接到郑红卓玛的电话，上次西藏旅游认识的朋友。她问我怎么样了，不行干脆住她家算了。我不想放弃，就说行与不行都到她家去坐坐，之后又是一条"我老妈都开始做菜了"的短信，让远足沈阳的我感到无比温暖。

非常幸福的事是，罗亚莉的同意，郑红的邀请，让我在沈阳找到了两个"家"。

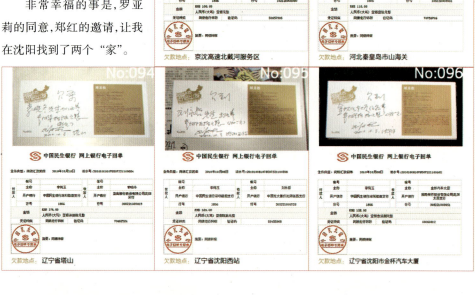

No:092 欠款地点：京沈高速北戴河服务区
No:093 欠款地点：河北秦皇岛市山海关
No:094 欠款地点：辽宁省塔山
No:095 欠款地点：辽宁省沈阳西站
No:096 欠款地点：辽宁省沈阳市金杯汽车大厦

• 在路上 2010-10-04 07:46:52 [回复] [删除] [举报]

希望一切顺利，雨天路滑，慢点开车

• 在路上 2010-10-04 08:52:54 [回复] [删除] [举报]

行者到沈阳了？啥时候开到黑河，我帮你加油！
（注：此"在路上"非沙发上的"在路上"。）

• 新浪网友 2010-10-04 09:18:09 [回复] [删除] [举报]

阴雨连绵天气寒
热心相助人情暖

• daisy0755 2010-10-04 20:22:23 [回复] [删除] [举报]

南国温暖如夏，北国却已入冬，多保重，并小心驾
驶！据说黑龙江有的地方已经开始下雪了！

• 新浪网友 2010-10-12 09:12:50 [回复] [删除] [举报]

路滑，安全第一。小莫

← 金杯汽车大厦罗亚莉的信任，终于让我在沈阳有了"家"。

★ 当日细节

 → 730公里，7：29出发，18：09到达；

 → 京沈高速；

 → 早餐/无，中餐/沙琪玛两块、卤蛋一个，晚餐/郑红家；

 → 3个，北京白鹿主站入至河北香河主线站20元（091号欠条），
山海关110元（093号欠条），沈阳西站160元（095号欠条）；

 → 挑战4次，成功2次。京沈高速北戴河服务区加油站100元（092
号欠条），塔山服务区加油站176元（094号欠条）；

 → 金杯汽车大厦138元（096号欠条）（第四家沟通成功）；

 → 共704元（欠条704元）。

 沟通时间9分钟
 沟通时间21分钟
 沟通时间69分钟
 沟通时间41分钟
沟通时间27分钟
 沟通时间38分钟

5 20 60
10 30 ~

~265

★ 欠款列表

欠款单编号	姓名	性别	账号	开户行	类别	金额	联系方式	进度	欠条时间	还款时间
091	李强	男	4367×××××2189	建设银行廊坊香河支行	路费	20	137×××6964	收到	2010.10.3	2010.10.8
092	毕永芬	女	6222×××××5670	工商银行秦皇岛分行	油费	100	136×××8789	收到	2010.10.3	2010.10.8
093	陈晓斌	男	1051×××××0031	建设银行秦皇岛西港区支行	路费	110	139×××0038	收到	2010.10.3	2010.10.10
094	李晓冬	男	6225×××××7422	招商银行沈阳支行	油费	176	137×××4435	汇出	2010.10.13	2010.10.14
095	刘永哲	男	9003×××××5465	光大银行沈阳支行	路费	160	138×××1201	收到	2010.10.3	2010.10.8
096	罗亚莉	女	2406×××××0001	招商银行沈阳太原支行	住宿	138	138×××7054	收到	2010.10.3	2010.10.8

（2010.10.4）

另一种辽阔

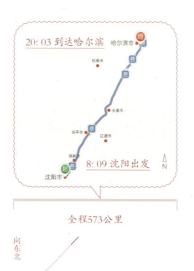

20:03 到达哈尔滨　哈尔滨市　终

松原市

长春市

四平市　辽源市

铁岭　8:09 沈阳出发

沈阳市

全程573公里

向东北

从沈阳出发，到达黑龙江，典型的大东北跨越，我看到的是另一种美，另一种辽阔。从拉萨出来是几百公里的草场和遍野的牛羊，过了昆仑山口是茫茫大漠和繁华褪尽后逝去的苍凉，而东北的辽阔，在我眼里是不多的树，其余就是满目的金黄。一个秋天的辽阔是丰收的辽阔，传说中的北大仓在眼前铺陈开来。我的行走是在粮食中间行走，

我不时要停下来，与它们亲近，去分享那种成熟的喜悦。

　　早晨八点到晚上八点半，500多公里行程，我花了近12个半小时，要是算起来，应该是此行中沟通累计时间最长的一天。从沈阳市出发，加了100元钱的油，上了京哈，无油可加。我试过辽宁境内经过的所有加油站，到铁岭已是第三个加油站，以及之后的开原和昌图无一成功，开原的加油站站长可能是同情我，要送50元钱的油给我，我可以谢谢她的好意，但不能要这种同情油。

　　直到吉林的四平，过了毛家店收费站后，我才在油不等人的情况下，加到了宝贵的220元钱的救命油。加油站的这位兄弟还是我的本家，前几天帮过一个陌生人加过200元钱的油，当时是押了身份证和驾驶证。先不说身份证、驾驶证可疑，开车上路，是不会轻易用驾驶证做为质押物的，要是路上交警查车怎么办？我还是希望在我离开之后，他能收到那200元钱。因为前面的那人

↓ 毛家店收费站的美女站长程宇。　↓ 刘利的同事展示我打的欠条。　　　　↓ 家门刘利要在我的身上再"赌"一把。

↑ 你挥手，我前进。

↓ 叫候强的小伙子非常好，也非常忙！

暂时没有兑现，我以为我会因此跟着受"牵连"，可是这位叫刘利的兄弟还是觉得应该在我的身上再"赌"一把。

当然，毛家店的等待也是足够漫长，因为是中午，站长可能吃饭去了，等待了 40 分钟后，我按捺不住，也不想坐以待毙，只能是主动出击。终于在宿舍区找到了年轻美丽的女站长程宇，她的爽快，让我加快了前进的步伐。

过了拉林河，就算是到了黑龙江省的境域，又一道坎。我在值班站长和相关工作人员身上花了 49 分钟时间，后来站长的让步还是要我押上驾驶证和行驶证，叫我回程来取。这是不可能的事，我想他也知道这种不可能，一旦这样做，我就是无证驾驶，我可没有先前那位用驾驶证质押换油的司机勇敢。在东方完全不亮的情况下，我只好去找西方。我找到了就近的派出所，通过门房找到了队长，又一个爽快人，他得到了我此行的第 100 号欠条，谢谢他。一直以来，我认为我的欠条是在寻找它真正的主人，也祝福它的主人。

原本是要天黑前赶到哈尔滨，现在已经天黑，这样也

好，我也就不再设定目标了，干脆再次挑战一下加油。拉林河加油站，哈，看来我是跟拉林河干上了。到了加油站，站长不在，我找到主管，主管说做不了主，我就要他们站长电话，在我的坚持下，他们说站长就在对面的加油站，姓牛。好，我就去会会这位牛站长。越过车流中的马路（他们所有的员工都是这样），找到了尊敬的牛站长，她先是要看我的证件，我就把身份证和驾驶证给她看，但是她说她不能同意我的要求，我开始跟她侃这几天发生的事，渐渐地，她不排斥我了，直到后来她的认同，并爽快地说，我给你加200元钱的油怎么样？什么怎么样？其实我加100元钱的油就能到哈尔滨了，多可爱的牛站长。更为有趣的是，为了得到我的欠条，另一个姓孙的姑娘也主动要给我加油，那好吧，我还有回程，这张欠条一定打给你。

油足心宽，还剩最后一道路坎就到目的地。这次的时间短了很多，虽然站长不愿见面，当兵出身的班长在听完我的叙述后，起身取钱去了。此时的哈尔滨，已经是名副其实的"夜幕下的哈尔滨"。

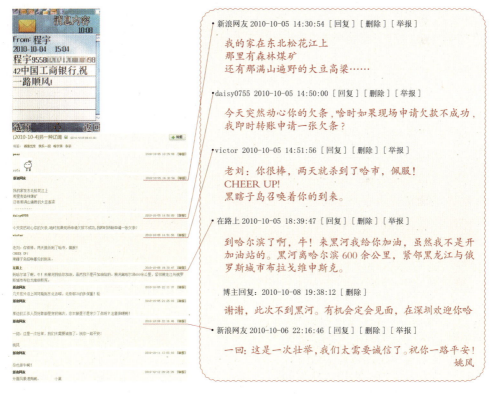

新浪网友 2010-10-05 14:30:54 ［回复］［删除］［举报］

我的家在东北松花江上
那里有森林煤矿
还有那满山遍野的大豆高粱……

daisy0755 2010-10-05 14:50:00 ［回复］［删除］［举报］

今天突然动心你的欠条,啥时如果现场申请欠款不成功,
我即时转账申请一张欠条?

victor 2010-10-05 14:51:56 ［回复］［删除］［举报］

老刘:你很棒,两天就杀到了哈市,佩服!
CHEER UP!
黑瞎子岛召唤着你的到来。

在路上 2010-10-05 18:39:47 ［回复］［删除］［举报］

到哈尔滨了啊,牛!来黑河我给你加油,虽然我不是开
加油站的。黑河离哈尔滨600余公里,紧邻黑龙江与俄
罗斯城市布拉戈维申斯克。

博主回复:2010-10-08 19:38:12 ［删除］

谢谢,此次不到黑河。有机会定会见面,在深圳欢迎你哈

新浪网友 2010-10-06 22:16:46 ［回复］［删除］［举报］

一回:这是一次壮举,我们太需要诚信了。祝你一路平安!
                                        姚风

↑ 100号欠条的主人姜涛，我找得好辛苦，但终归有主。

No:100

中国民生银行 网上银行电子回单

欠款地点：吉林省拉林河

No:101

中国民生银行 网上银行电子回单

欠款地点：吉林省拉林河

↑ 一直以来，我认为欠条都在寻找并等待它的主人。

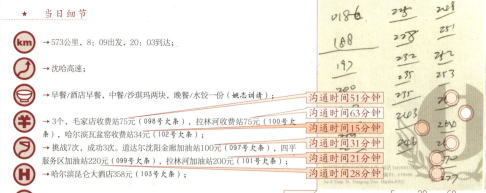

★　当日细节

- 🚗 → 573公里，8：09出发，20：03到达；

- → 沈哈高速；

- → 早餐/酒店早餐，中餐/沙琪玛两块，晚餐/水饺一份（姚志训请）；

- → 3个，毛家店收费站75元（098号欠条），拉林河收费站75元（100号欠条），哈尔滨瓦盆窑收费站34元（102号欠条）；

- → 挑战7次，成功3次。道达尔沈阳金廊加油站100元（097号欠条），四平服务区加油站220元（099号欠条），拉林河加油站200元（101号欠条）；

- → 哈尔滨昆仑大酒店358元（103号欠条）；

- → **1062元**（欠条1062元）。

沟通时间51分钟
沟通时间63分钟
沟通时间15分钟
沟通时间31分钟
沟通时间21分钟
沟通时间28分钟

5　20　60
10　30　~

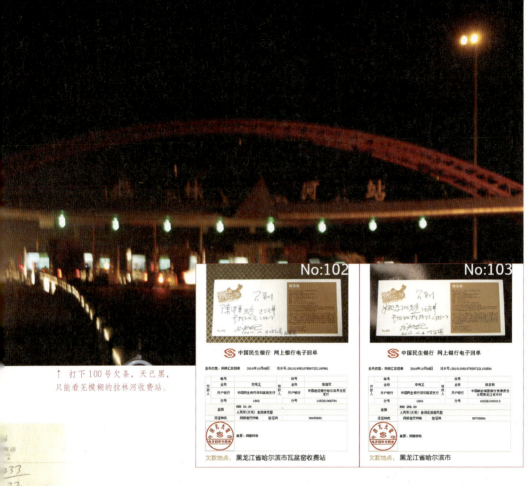

No:102　No:103

欠款地点：黑龙江省哈尔滨市瓦盆窑收费站

欠款地点：黑龙江省哈尔滨市

↑ 打下100号欠条，天已黑，只能看见模糊的拉林河收费站。

↑ 当过兵的陈继军，果然很军人。

↑ 安排住宿的姚志训大哥。

★ 欠款列表

欠款单编号	姓名	性别	账号	开户行	类别	金额	联系方式	进度	欠条时间	还款时间
097	侯强	男	6222××××××9326	工商银行辽宁省分行	油费	100	150×××7449	收到	2010.10.4	2010.10.8
098	程宇	女	9558××××××9842	工行河北铁岭昌涂县分行	路费	75	158×××3385	收到	2010.10.4	2010.10.8
099	张雷	男	6222××××××5541	工商银行吉林四平分行	油费	220	159×××8989	收到	2010.10.4	2010.10.8
100	姜涛	男	4367××××××5541	建设银行吉林省分行	路费	75	133×××1793	汇出	2010.10.4	2010.10.9
101	牛晓飞	女	9551××××××6477	中国邮政黑龙江分行	油费	200	150×××1209	收到	2010.10.4	2010.10.8
102	陈继军	男	1143××××××9698	建行哈尔滨开发区支行	路费	34	131×××7575	收到	2010.10.4	2010.10.8
102	姚志训	男	6026××××××9758	中国邮政储蓄	住宿	358	130×××2917	收到	2010.10.4	2010.10.8

（2010。10。5）

一路白杨，白杨之外是草场

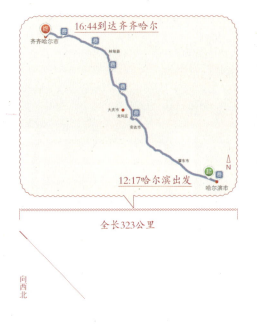

16:44到达齐齐哈尔

12:17哈尔滨出发

全长323公里

向西北

第一次到黑龙江，第一次到哈尔滨，我去了一趟具有代表意义的中央大街。俄罗斯风情的大街上，都是中国人。看过龙应台的《大江大海1949》，其中就有描述老毛子在中国大地上的所作所为，当街强奸妇女，并杀死母亲身边的孩子，诸多恶劣行径，比日寇有过之而无不及。好在现在主人仍然是主人，魔鬼被驱逐，人民安居乐业，阳光满大街，也照耀每一个人的脸庞，看不到一处结痂的伤痕。

哈尔滨的加油很是顺利，加油站那位叫张洋的小伙子，年轻、阳光，经过很短的沟通，就给我加满了油，这也让我对前路信心满满。

奔驰在去往齐齐哈尔的道路上，我不时要停下来拍照。两旁的白杨开始泛出金黄，这是一群永远也不知道疲倦的马路卫士，也让我感

哈尔滨的帅哥到此一张洋

受到别样的风景。微风的吹拂下，一部分露出叶子银色的背面，在阳光的照射下，正面的金和反面的银色交映翻飞，美不胜收！还有一些提前落下，在马路中央或聚成一团，或散落，车辆经过处，它们被带起，重新飞起，像是金色的蝶。它们是想重新回到树上吗？而青春早已过去，终究的结果还是落下，零落成泥也是一种幸福，一种牺牲在根，一种再生在叶，轮回的无奈，终将成为再生的喜悦。

白杨以远，是无边的草场。据说当年日本

★ 欠款列表

欠款单编号	姓名	性别	账号	开户行	类别	金额	联系方式	进度	欠条时间	还款时间
104	张洋	男	6222××××××3456	工行哈尔滨	油费	120	158×××0350	收到	2010.10.5	2010.10.8
105	张继伟	男	6210××××××2018	中国邮政储蓄齐齐哈尔	路费	34	152×××1358	收到	2010.10.5	2010.10.8
106	霍良军	男	6222××××××2679	交通银行大庆分行	路费	60	138×××3788	收到	2010.10.5	2010.10.10
107	殷宏彦	男	3015××××××0129	交通银行深圳蛇口支行	住宿	160	186×××6999	收到	2010.10.5	2010.10.8
					油费	230			2010.10.5	2010.10.8

↑ 一代人的伤心渐行渐远，路人看到的只有美，可是有谁看到，茂密的草场下面深埋的白骨？

人强占东北，就是看中了这里的草质好，我相信日本人绝对不止是看中了这里的草，而是这里的一切。现在这些草也大都出口日本，用中国的草去养日本人的牛，那些没有见过草原的牛，算不上是好牛。

还有大片的湿地、湖泊，还有沼泽。我似乎能在湖水的倒影中看到当年知青的影子，多少青春的魂灵深陷在这无边的沼泽之中。一些故事在流传，一些故事被淹没，那是内心的隐私，心尖上不能自拔的刺。

一年年春去秋又来，一年年冬去春来花又开。

↑ 两旁的白杨。

↓ 105号欠条主人张继伟（左）说："这张合影一定要贴出来！"

No:104

中国民生银行 网上银行电子回单

欠款地点：黑龙江省哈尔滨市

← 齐齐哈尔颜哥的朋友殷宏彦（左）管
吃管住，第二天还管加油，谢谢了！

★　当日细节

(km) → 323 公里，12：17 出发，16：44 到达；

→ 哈大高速—G015；

→ 早餐／无，中餐／沙琪玛两块，晚餐／殷宏彦请；

(¥) → 大庆收费站 60 元（106 号欠条），花园收费站 17 元（105 号欠条），三合收费站 17 元（免），扎龙收费站 16 元（免）；

→ 哈尔滨某加油站 120 元（104 号欠条）；齐齐哈尔找了 3 个加油站均未加上油，最后是朋友殷宏彦帮加 230 元（107 号欠条）；

(H) → 齐齐哈尔市委党校招待所 160 元（107 号欠条）；

(口) → **620 元**（欠条 587 元，免 33 元）。

沟通时间13分钟
沟通时间22分钟
沟通时间15分钟
沟通时间17分钟
沟通时间10分钟

```
  5    20    60
 ●  ●  ●  ○  ○
   10    30    ~
```

→ 新浪网友 2010-10-06 12:27:26[回复]　[删除]　[举报]

　　赶路赶路赶路
　　前方雨雪迷雾
　　老天有意考你
　　挺住挺住挺住

→ 乐翻天 2010-10-25 21:05:13[回复]　[删除]　[举报]

　　很震撼，我会给我的学生讲你的故事。

欠款地点：黑龙江省齐齐哈尔花园收费站

欠款地点：黑龙江省大庆市

欠款地点：黑龙江省齐齐哈尔

在离红彦51 公里处的那个加油站的站长，在仔细倾听之后，他说的第一句话是："你今天无论如何也挑战不了我，我上的当太多了！"这也是沿途听到最多的平民心声。

（2010。10。6）

"我上的当太多了！"

17：21到达加格达奇

费

8：22齐齐哈尔出发

齐齐哈尔市

N

全长488公里

向北

昨天到达齐齐哈尔，我找了三个加油站都没加上油，早晨起来，宏彦兄已经把我的油箱加满。加格达奇，一个在深圳听了不知道有多少遍的地方，是今天的目的地，可是我的导航怎么也找不到这个地方，我只好把目标设定成漠河县。

出门不久，就接到颜哥他三哥的电话，说到达加格达奇是431公里，大约6小时，这和在齐齐哈尔得到的消息600公里、9个小时大相径庭。按照三哥的说法，我在路上补一次油即可，如果不行，我的备用油也可以到达。

到了嫩江，我的油已过半，我的加油企图被一次又一次拒绝。进入内蒙境，我是见到油站就进，无一结果，但是他们的倾听都是积极的。虽然已经出门多日，但我每每感到对方被说服时，得到的却是拒绝。在离红彦51公里处的那个加油站的站长，在仔细倾听之后，站长说的一句话是："你今天无论如何也挑战不了我，我上的当太多了！"这也是沿途听到的非常多的平民心声。正是因为一些人，根本不把自己的诚信当作一回事，导致

太多的好心人受到伤害,从而也就不管真真假假一律以假的心态来对待,的确是一件可悲的事。

虽然站长没有给我加油,但还是提醒我前面油站的距离位置,以及前行这段路是事故高发区,多处90度的急弯,貌似平坦,却暗藏危险。在他的好心提示下,我很是谨慎,整个过程也验证了这一点。更有幸的是,走过这段暗藏危险的路段后,我在红彦的那个加油站补上了100元钱的油,保证了我的不得已没有发生,可是这100元钱的油,已经是在挑战第九个加油站才加上的油,距离哈尔滨的那一箱油已近700公里。

↑ 站长霍良波(左),后来才知道他与大庆帮我的警察霍良军是亲兄弟。相距几百公里,在并不知情的情况下,两人都帮助了我。

过了红彦,开始美色可餐,停车频率大大增加。在大杨树,我尝试着下到一户人家,因为这里的房子很有特色,全是泥和草糊起来的,顶部也是草,典型的就地取材。我到的这

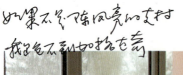

这张舍弗我寄去了. 不知道他们收到没？

内蒙古鄂伦春自治族
大杨树镇 卫度山弟弟家四组
刘术福收

如果不是陈同亮的支持
我是不可能如此去奇

一家,一个院子,两间房,外间房中央还有一个手摇的水井,里间是一个大炕,除了两个衣柜,几无家什。两条狗欢叫,对我的到来表现出极度的重视。

　　当天他们家正在收粮食,还请了帮手,我的到来,他们很开心,还要我给他们照相,并且留下地址,要我一定邮给他们。地址写在半张破旧的《防火责任书》上,上面还盖有一个大红章,章上的内容是"鄂伦春自治旗大杨树地区护林防火分指挥部办公室",就在这张纸的背面,我记下了他们的地址:内蒙古鄂伦春自治旗大杨树镇马尾山村五组刘福海,没有邮编。窥一斑可见全貌,这里的村民还是保持着足够的清

↑ 你离富裕还有多少公里?

贫,但是他们像中国许多地方的农民一样,也保持了足够的平民式乐观。

从大杨树到乌尔其,我认为是最美的一段。大片大片的白桦林,在秋阳的映照下,叶的金黄和树干的银白,或密集,或错落,或远,或近,都透出一股子大兴安岭的独有之美,这种美深深地吸引着我,在相机不停的"咔嚓"声中,我的存储卡都装满了美色。我也不用再拍了,就这样,在美景中徜徉,也是一种美。

No:108

No:109

中国民生银行 网上银行电子回单

欠款地点:黑龙江省中和收费站

欠款地点:内蒙古红彦

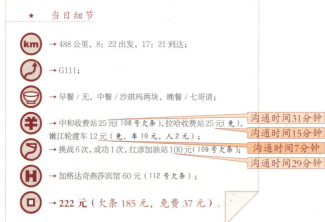

★ 当日细节

km → 488 公里, 8:22 出发, 17:21 到达;

→ G111;

→ 早餐 / 无, 中餐 / 沙琪玛两块, 晚餐 / 七哥请;

¥ → 中和收费站25元(108号欠条),拉哈收费站25元(免),嫩江轮渡车12元(免,车10元,人2元);

→ 挑战6次,成功1次,红彦加油站100元(109号欠条);

沟通时间31分钟
沟通时间15分钟
沟通时间7分钟
沟通时间29分钟

H → 加格达奇燕莎宾馆60元(112号欠条);

口 → **222 元**(欠条185元,免费37元)。

5   20   60
10   30   ~

★ 欠款列表

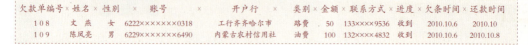

欠款单编号	姓名	性别	账号	开户行	类别	金额	联系方式	进度	欠条时间	还款时间
108	文燕	女	6222××××××0318	工行齐齐哈尔市	路费	50	133×××9536	收到	2010.10.6	2010.10
109	陈凤亮	男	6229××××××6490	内蒙古农村信用社	油费	100	132×××4832	收到	2010.10.6	2010.10.8

(2010-10-6)齐齐哈尔到加格达奇

壶朋茶有
加油，加油，难点还是加油，我也为你加油啦。

新浪网友
加油加油加油
九九归一加上油
冰冻三尺欲化开
诚信似火加把油

壶朋茶有 2010-10-07 08:54:32 [回复] [删除] [举报]

加油，加油，难点还是加油，我也为你加油啦。

新浪网友 2010-10-07 09:53:41 [回复] [删除] [举报]

加油加油加油
九九归一加上油
冰冻三尺欲化开
诚信似火加把油

新浪网友 2010-10-07 12:28:04 [回复] [删除] [举报]

出去几天，回来第一件事，打开电脑看美松博客，体
会你的艰难沟通、精到盘算、孤独心旅。享受你的沿
途美景、感触抒情、诚信喜悦。虽是不带一分钱出游，
却收获颇丰，越愈富有。感叹：这就是美松，也只有
美松。

victor 2010-10-09 04:20:38 [回复] [删除] [举报]

老刘：中国的南、西、北都走过来了，你挑战了人性、
挑战了自己，有勇气、有魄力，佩服！
漫漫长路，虽有坎坷，但这已无法阻挡你前进的步伐，
遥祝凯旋。

新浪网友 2010-10-11 13:12:23 [回复] [删除] [举报]

愈挫愈坚，开弓没有回头箭，相信你一定会成功。

新浪网友 2010-10-12 13:28:20 [回复] [删除] [举报]

东北的风景好过西部？你在拉萨、新疆没看到你拍过
这么多美景。 小莫

博主回复：2010-10-13 22:00:32 [删除]

那是以前去过的地方，景色也在深处，而东北的景致
没有遮掩，随处得见。不一样。

风雪中，我到了漠河

17：38到达漠河

大兴安岭地区

N

7：46加格达奇出发

全长507公里

向西北

继续在美景中驰骋，没有最美，只有更美，在美景面前，多少照片也拍不尽，多少语言都显得空洞且无力。

而美景，由三样树种组成：金黄色的落叶松，占了70%，四季长青的樟子松占了20%，秀美身材的白桦占了10%，其他杂树可以忽略不计。这些数据是刚见面的宋方森告诉我的，但在我眼里，白桦仿佛还是比樟子松多。

加格达奇的蒙语意思就是生长樟子松的地方。樟子松，也称为美人松，树干高直。林业局的朋友指着一棵直径约30厘米的樟子松说，它的树龄已有百年，但这种百年老树现在已是少之又少，连年不断的过度采伐，可爱的大兴安岭甚至到了无树可采的地步。就说白桦吧，直径8厘米的都开始采伐，在我看来，这些还是幼树啊。

树龄的大小难掩其美色，好在国家也开始重视对树木的休养生息。这里的防火意识绝对一流，所到之处，房屋的墙头、电线杆的杆头、桥头、林边、道路两旁布满了各式的旗帜和标语，而

一碗馄饨，1包暖人心

它们共同的核心意义就是防火。大兴安岭人对树木的热爱由此可见一斑。

出加格达奇到新林，天气正常，美景正常。过了塔河，开始有细致的小雪点飘落，天色也开始变暗，再行半小时，可以见到大一些的雪花了，我既是兴奋，又是担忧。兴奋当然是能见到雪景，而担忧的是我的"前程"。再往前，雪越来越大，路面的积雪也越来越厚，不时见到翻到路基下面的小车，我看到的挂着"黑P"的当地车也愈行愈慢。

↑ 加满油，送我出发前往漠河的七哥（杨子成）。

第一次开雪地车，心中难免惶恐。接着我前面的一辆警车停了下来，我感觉到了他的恐惧。此时距漠河县是98公里，我不可能停在路边上等，若夜间结了冰，可能更没辙，向前，向前，我唯一的方向。我开始给自己倒计时：88、78……每走10公里，距离目的地就少10公里，之后又有一辆车不敢走了，因为又看到有车掉下路基。我越发孤苦伶仃，但向前，是我的不二选择。

一个人的行程，一个人的雪，这让我重又回到过小雪山的孤独和惶恐中。相对小雪山，好在是有手机信号，我打开车上的雪地模式，同时给远在加格达奇的七哥去了电话，为回程的事做准备。

↑ 能见度极低。

~287

← 翻下路基的大巴。

下午四点半钟，天已是全黑，可是在白雪的映衬下，黑得并不彻底。走着走着，终于看到前面一辆停下的大众CC，我走过去，一群年轻人在上面，寻问中得知，他们也是到漠河，还主动邀请我跟着他们的车。这样一来，也算是结伴而行了，胆子也壮了一些，但是仍然不敢有丝毫的马虎，终于是18，17……8，7，6，5，4，3，2，1。艰难的倒数，终于把我的期望转换成了目的地。

漠河冷漠的街道上，我见到了等候我多时的宋方森，七哥介绍的，成了我中国最北的新朋友。漠河，这个中国最北的城市，今夜，我要与你相依取暖。

★ 欠款列表

欠款单编号	姓名	性别	账号	开户行	类别	金额	联系方式	进度	欠条时间	还款时间
110	王海君（刘吉福）	男	4340×××××9017	建行大兴安岭支行新林业	油费	380	139×××6689	收到	2010.10.7	2010.10.11

宁夏阿尔 2010-10-08 09:31:17 [回复][删除][举报]

漠河的猪肉炖粉条特好吃……

博主回复：2010-10-08 19:34:18[删除]

完全正确。中午就是吃的猪肉炖粉条，味道好极

新浪网友 2010-10-08 11:06:01 [回复][删除][举报]

两广海南云贵川
西藏新青宁陕甘
晋冀北京内蒙古
辽吉往北黑龙江
万里征程到漠河
一场初雪迎好汉
五花山上美人松
独领翠色傲风霜

博主回复：2010-10-08 19:30:07[删除]

谢谢您一直的关注

嗯那 2010-10-08 12:42:22 [回复][删除][举报]

原来美松二字有来头。

博主回复：2010-10-08 19:29:31[删除]

纯属巧合呵呵

新浪网友 2010-10-08 21:07:19[回复][删除][举报]

岁不寒无以知松柏，事不成无以知君子。
一路前行，一路走好！

wanwanmimi 2010-10-08 21:55:52[回复][删除][举报]

你加油！我们每天都在关注你的博客，分享你的感受，祝顺顺利利，平平安安！ 郭鑫老婆

★   当日细节

🚗→ 507 公里，7：46 出发，17：38 到达；

🕐→ 加漠公路；

🍜→ 早餐 / 馄饨（七哥请），中餐 / 无，晚餐 / 宋方森请；

⛽→ 加格达奇某加油站 235 元（112 号欠条）；新林新安加油站 120 元（110 号欠条）；

🏨→ 漠河七星商务宾馆 150 元（111 号欠条）；

▣→ **505 元（欠条 505 元）。**

往返178公里

只有找到北，才知道路离南近了

如果你第一次到三亚，而没有到天涯海角，算不算没有到三亚呢？一定是。那么到了漠河，而没有到北极村，等同于到了三亚，而没到天涯海角。出门45天，当我来到了北极村，摸到了黑龙江的水，看到了俄罗斯的村庄，这时候，我才第一次有了归家的感觉。是的，只有找到了北，才知道离南近了。因为到达了一种远，才会缩短一种近。这种致远，无法再远，所以才有归程。这是除了拉萨、北京后的第三个胜利点。从到达北极村的那一刻起，我就开

在盐山的地方留下脚印

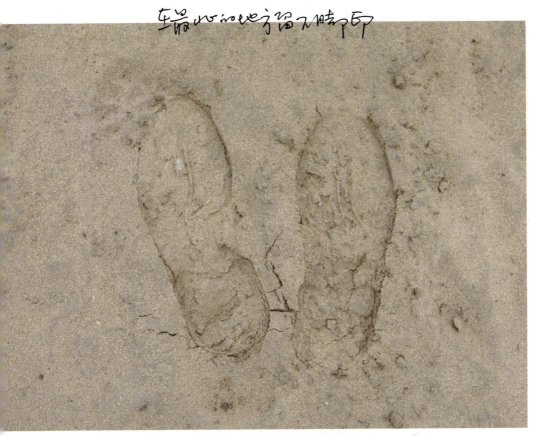

←方森的帮忙，使扎胎成为一种劳动乐趣。

~291

→ 免费进了北极村，工作人员
只是要求合张影。

↓ 宋方森的女儿佳荷的即兴表演。

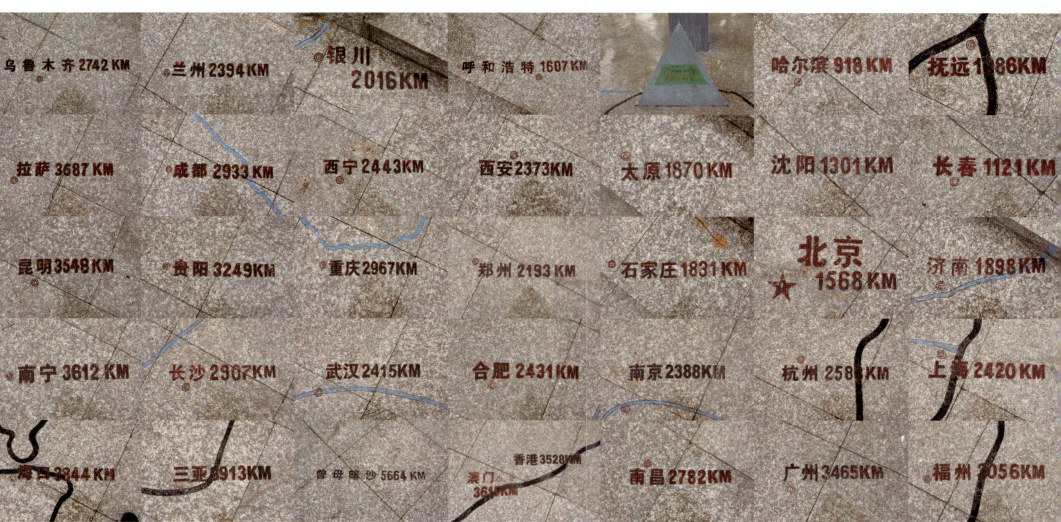

↑ 北极点到全国各地的距离。

乌鲁木齐 2742 KM　兰州 2394 KM　银川 2016KM　呼和浩特 1607 KM　哈尔滨 918 KM　抚远 1886KM

拉萨 3687 KM　成都 2933 KM　西宁 2443KM　西安 2373KM　太原 1870 KM　沈阳 1301 KM　长春 1121 KM

昆明 3548 KM　贵阳 3249KM　重庆 2967KM　郑州 2193 KM　石家庄 1831 KM　北京 ☆ 1568 KM　济南 1898 KM

南宁 3612 KM　长沙 2907KM　武汉 2415KM　合肥 2431 KM　南京 2388KM　杭州 2585 KM　上海 2420 KM

海口 3344 KM　三亚 3913KM　曾母暗沙 5664 KM　澳门 3615KM　香港 3528KM　南昌 2782 KM　广州 3465 KM　福州 3056 KM

~293

↑ 和宋方森在最北的酒馆里把盏。

始寻找我的第四个点,深圳。第一次,我有了回家的想法和回家的愿望。

黑龙江水的冷,在我的热情面前并不冷。我像小时候一样,在水面上打着水漂,我想把一小块片石,漂到对岸去。龙江源旅行社免费的宋导说,1858年前的对岸也是我们的。我的手触摸不到的地方,让我们的石头去触摸。但是那更是一种远,一两百米的河宽,却是比深圳更远的地方,是岁月之远,是历史之远,是我们曾经更远的北。

小村子的构成,以客栈为主,方森说有一百余家,而它们大多以"北"相关来命名。譬如说什么"最北一家"就无数多:最北一家茶楼、最北一家商店、最北一家哨所,等等。我不知道以后是否还会有最北一块石头、最北一棵树、最北一棵草、最北一个脚印什么的,不得而知。当一个概念用得太滥,

~295

← 在中国最北的一个邮局,这对夫妻已花六年时间遍走中国的大江南北。

↑ 这种桦木船，是从前鄂伦春人捕鱼的工具。

← 在中国的北极点，看咱像不像一只北极熊。

也就太无趣了，理当保持它的神圣和尊严。

更为离谱的是，听说这里马上要大兴土木，要建什么中国最美的农村示范基地，再过些许年来，这里将是面目全非。一旦一个犯傻的领导做出某项决定，对一个地方不是福音，而是灾难。他们找到北了吗？

无论如何，我认为，我找到我的北了。一种到达的北在脚下，更在心里。从今日始，我开始朝南、朝海、朝家的方向，尽管遥远，必将抵达。

我想把一块块石，停到对岸去，那是我们曾经的故土

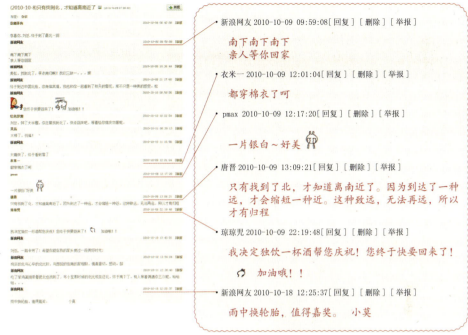

(2010-10-8)只有找到北，才知道离南近了

· 新浪网友 2010-10-09 09:59:08 [回复] [删除] [举报]

南下南下南下
亲人等你回家

衣米一 2010-10-09 12:01:04 [回复] [删除] [举报]

都穿棉衣了呵

pmax 2010-10-09 12:17:20 [回复] [删除] [举报]

一片银白～好美

唐晋 2010-10-09 13:09:21 [回复] [删除] [举报]

只有找到了北，才知道离南近了。因为到达了一种
远，才会缩短一种近。这种致远，无法再远，所以
才有归程

琼琼儿 2010-10-09 22:19:48 [回复] [删除] [举报]

我决定独饮一杯酒帮您庆祝！您终于快要回来了！
🐾 加油哦！！

· 新浪网友 2010-10-18 12:25:37 [回复] [删除] [举报]

雨中换轮胎，值得嘉奖。　小莫

★　当日细节

(km) → 178 公里（漠河县到北极村往返），9：31 出发，17：18 返回；

→ 加漠公路；

→ 早餐 / 馄饨（宋方森请），中餐 / 北极村宋方森请，晚餐 / 宋
方森请；

→ 漠河县某加油站 200 元（111 号大条）；

(H) → 漠河七星商务宾馆 150 元（111 号大条）；

→ **380 元**（欠条 380 元）。

← 对面的村庄就是俄罗斯村庄，叫
伊格那斯伊诺村，河水就是黑龙江。

我在心中一个劲地祈祷："不要掉下去！不要掉下去！"很多弯路及坡度路面我都只能用20码的速度前行，平安到达加格达奇，是我今天必须完成的任务。

（2010。10。9）

逃离漠河

9:00漠河出发

大兴安岭地区

17:18到加格达奇

全程504公里

向南

所有到达，都是为了离开。

离开漠河，有点狼狈的样子。天气预报真准，早晨起来，看看我的车，整个车身都被雪所覆盖。我试着在路面上走走，还没有结冰。我得赶快走，赶快逃离，否则，就将滞留漠河。九个小时十六分钟，没有吃饭，没有打盹，就这样一口气从漠河赶到加格达奇。

回程的道路比去时更难，但我已经少了恐惧而多了经验，尽管这样，我还是在心中一个劲地祈祷："不要掉下去！不要掉下去！"很多弯路及坡度路面我都是用20码的速度前行，平安到达加格达奇，是我今天必须完成的任务。

我先用了五个多小时走完了漠河到塔河200多公里的雪地路

早起，再见我的车已被冰雪覆盖。

↑ 另类的刹车系统。

面。由于过度专注，已是腰酸背痛，感觉非常劳累。过了塔河，只是雨夹雪，路面露出了多时不见的黑色，同时我开始适当地提速，到达新林是下午四点，但天基本上全黑了，等待为我加油的海君很客气，还要留我吃饭，谢谢了，我的心在加格达奇，必须往前赶。

事实证明了我决策的正确性，因为前行不到十分钟，又是大雪，而且是越来越大，如果我用一个小时吃饭，迎接我的将会又是另一段雪路。我几乎是在和大雪赛跑，只有更快，才不会被困。通过一小时的突围，下午五点我终于突出了包围圈，而此时天已经全黑，渐渐地还能看到一些干燥的路面。

↑ 一旦远离，不知何日能再来。

到达加格达奇，是晚上六点十六分，等候多时的七哥在公安局门口接上我，对我的成绩

不但提出了口头表扬,还以烤牛肉做犒劳。又一个美好夜晚在战斗之后充满宁静,我要享受它。

　　同时也得谢谢漠河给我的雪域世界。从加格达奇到漠河,又从漠河到加格达奇,我领略了大兴安岭阴晴雨雪的多张脸孔,它的多彩让我欣喜、紧张而又充满刺激。这一切的一切都将深深地印入我的脑海,永远挥之而不去。

↑ 雨刮也冻上了,就像是早起的睫毛,不得不以洗脸的方式清理。

↑ 不断见到翻下路基的车辆。

↑ 行动也需要捆绑,枷锁有时候不完全是坏事情。

↓ 我们看不见灯火,但是能嗅到烟火。这是我们的人间。

不时要下车，清理那连续凝结的冰雪

~303

← 一女人和狗。因为寒冷，所以相随。

远，是看不见的。

高，也是看不见的。

★　当日细节

 → 504 公里，9：00 出发，18：16 到达；

 → 加漠公路；

 → 早餐 / 馄饨（宋方森请），中餐 / 无，晚餐 / 七哥请；

 → 漠河某加油站 170 元（111 号欠条），新林新安加油站 260 元（110 号欠条）；

 → 加格达奇燕莎宾馆 60 元（112 号欠条）；

 → **590 元**（欠条 590 元）。

欠款地点：黑龙江漠河北极点

★　欠款列表

欠款单编号	姓名	性别	账号	开户行	类别	金额	联系方式	进度	欠条时间	还款时间
111	杨培帅	男	4270×××××××9696	漠河县工商银行	住宿	300	139×××1580	收到	2010.10.9	2010.10.11
					油费	370			2010.10.9	2010.10.11
					杂费	100			2010.10.9	2010.10.11
					维修	30			2010.10.9	2010.10.11

↑ 一天辛苦，有七哥安排的美味犒劳，幸福无比。

（2010。10。10）

休息日的挑战

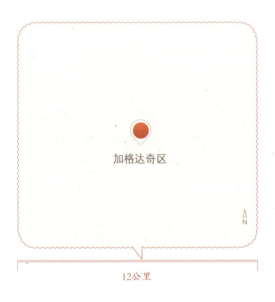

加格达奇区

↑N

12公里

睡了一上午，以此来弥补前一天的辛劳，也为最长的一次折返跑做准备。

从北极村回返开始，漠河、加格达奇、齐齐哈尔、哈尔滨、长春、山海关、天津以前是两千多公里的回头路。走回头路的好处是，以前的陌生人开始变成朋友，沟通时间会大大降低。从这一点来说，也是诚信积累带来的好处，在生活中，我们何尝不是这样，朋友的多少，靠的其实就是喜新而不厌旧的积累。

下午，我花了两个半小时把加格达奇我能找到的油站都转了一遍，尽管七哥一再叫我别试，但我还是坚持去走一遍，目的不是挑战，而是了解。

首先找到的应该是当地最大的中心加油站，在二楼找到站长时，她正在整理她们所获的奖状。这些奖状在她办公室的地面上平放了一大排，看来她是想先地面布置，再择日上墙。我的到来，没有换来她脸上的一丝笑容，我想起了达人秀中的那个小女孩的幼年老成，而我在这位站长的脸上看到的是中年的冷漠。她不容我把话说完就把我往她的办公室外面赶，她是要我远离她的荣誉，生怕我分享了她的荣誉或者是掠夺。

她叫我到旁边那栋大楼去找经理，我也就只好去找经理，可是今天是休息日，经理根本就不上班。重新回到该加油站，我试图挑战一下员工，我的走近，当我一提到没钱加油，立马让更多的人像躲避瘟神一样远离我。我终于找上一个没有离开的"坚强"男生，希望能跟他搭上话，可他的漫不经心让我丝毫也不敢抱希望，实际的结果与我的判断非常吻合。

接下来我又去找了一个私人加油站，依然被拒。继而我找到了那天七哥为我加油的另一个公立油站，这次好在有一个女员工能坐下来听我的倾诉，在我行将把话说完时，房间里突然冲出一个中年男人，对我一通乱吼："去去去，我听明白你的意思，你说啥也没用，我们都是打工的，哪能做这个主。"那气势是要我立马走人。原来，我在外面说，他一直在里面听。我说，我没有跟你讲话，你急什么？我又不是抢油，你们可以帮我，也可以选择不帮我，并没有强迫的意思啊。这样子，他才安静了一点，但他的中途杀出破

↑ 有着众多荣誉的当地最好的加油站，我说服不了"它"。

坏了友好的谈判气氛，此次沟通，再次宣告破裂。

　　我还是不想放弃，重又找到另一个私立油站，我的沟通没能有实效，就只好要了他们站长的电话，打过去的结果也没带来惊喜。其后，我再也没有找到其他任何油站，天也黑了，加格达奇，事实面前，我不得不接受失败，但没有失意。

• 新浪网友 2010-10-11 11:13:06 ［回复］［删除］［举报］

　　虽说是难不倒英雄好汉
　　可还是免不了一声长叹

• 旧海棠 2010-10-11 11:19:07 ［回复］［删除］［举报］

　　挺住！

• 新浪网友 2010-10-11 11:30:24 ［回复］［删除］［举报］

　　有些人是天生冷漠，有些人是被骗受伤之后才变得冷漠。
　　中国几千年的礼仪教化，现在早就溃不成样了。

• 新浪网友 2010-10-11 12:20:09 ［回复］［删除］［举报］

　　敢于去挑战已经是成功了。

• 新浪网友 2010-10-11 21:04:45 ［回复］［删除］［举报］

　　这一次不是你挑战诚信的失败，而是挑战你自信的失败。与陌生人建立诚信难，他受伤后更难建立。失败更显现了你此行的意义。此行你撒下的诚信种子将会开花、结果。部

• daisy0755 2010-10-11 23:20:21 ［回复］［删除］［举报］

　　这样的经历何尝不是一种历炼？
　　庆幸，你依旧坚持着！

• 玙姬 2010-10-12 12:43:04［回复］［删除］［举报］

　　我的梦想就是有朝一日和您一样自驾游中国～～

← 加格达奇的"窝"。

★　　当日细节

 → 12 公里；

 → 加格达奇市区；

 → 早餐／馄饨（七哥请），中餐／七哥，晚餐／七哥请；

 沟通时间99分钟

→ 挑战 4 个加油站，无一成功；

 → 加格达奇燕莎宾馆 60 元（112 号欠条）；

 → 60 元（欠条 60 元）。

~307

5　20　60
10　30　~

再过拉哈收费站，我得到一个让人激动不已的感人故事，那就是那天让我过关的这位站长和远在大庆高速路口帮我交过路费的警察竟然是亲哥俩！

七哥留下账号。→

（2010。10。11）

重复也是一种美

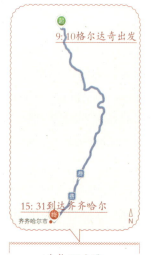

9：10格尔达奇出发

15：31到达齐齐哈尔

齐齐哈尔市

N

全长489公里

向南

　　重复做一件事是无趣的，这是大家的共同看法。譬如经常走同一路线，再美也会出现审美疲劳。而我经历的折返跑并不尽然，来时太阳在东，回时可能就在西，来时是上午，去时也许是下午，来时也许是阴天，去时也许是晴天。恰巧是这种东西、上午下午、阴晴的区别，而出现的阴阳面的不同，景致也有不同。快乐与否是一种心境，适者生存是一种胸怀。

　　来时的艰难在回程中，大多成为朋友。再过红彦加油站，这是我在哈尔滨到漠河北极村这漫长的1300多公里区间内，通过挑战唯一能加到油的加油站，源于那位叫陈凤亮的小伙子的信任，我的再次到来，很遗憾没能见到他，他的同事给他去了电话，问他的钱收到没有。回答是肯定的，因此这个同事为我补足了足以到达齐齐哈尔的96元钱的油。虽然挑战无比艰难，一旦有人信任，这种信任和你自身的诚信就可以慢慢放大，这取决做这件事的主体，你本人。

　　再过拉哈收费站，我先是给站长霍良波去电话，他问我是否

富裕 10km
Fuyu
G10 64km
泰来 189km
Tailai

↑ 红彦加油站，有了上次的成功，这次也不例外，吕艳清帮我加了96元钱的油。

上去坐一下，因为时间的确尚早，就欣然答复可以。我上去是对的，我得到一个让人激动不已的故事，那就是那天让我过关的这位站长和远在大庆高速路口帮我交过路费的警察竟然是亲哥俩，是哥哥从我的博客中看到了同样帮助我的弟弟的照片。这世界，说大就大，说小就小，说有缘就是有缘，这种见面让我不甚感慨。

　　在中和收费站，也不要再沟通，我给留下电话的王雷去了电话，因为我把回程的过路费也打给他了，他说他还没有查，可以让我先过。人多么需要相信啊，可就是有很多人利用这种相信，把自己逼上绝地，他们貌似得到，而实际失去。一个不讲诚信之人，那里能够得到信任呢？

到达齐齐哈尔，才下午的三点半，我打定主意不找朋友，要一家一家地挑战住宿和加油。在下高速的一家加油站谈了20分钟，不成功。于是转向城里，首先是看到了督军署旁边的招待所，我的到来服务员还是蛮热情，可是电话中的经理一听说我只住一天就很生气，看来赊账也要多赊几天才行哈。接下来的几家酒店都以客满或者经理不在，再或者老总不在本市为由拒绝。我说可否告知你们经理的电话我来联系试试，她们说不知道经理的电话，当然，说这句话时，她们自己都觉得自己在撒谎，真是有趣的现象。

直到找到如家才现转机。接待我的男孩后来知道叫刘洋，很是热情，积极联系他的经理，等待经理的过程中，我发现

↑ 再过中和收费站，来时的难关，现在的朋友。

↑ 2010 年 10 月 5 号 14：00 拍摄于大庆收费站，主动站出来代缴过路费的哥哥霍良军。

↑ 2010 年 10 月 6 号 10：32 拍摄于拉哈收费站，相距 200 多公里的弟弟霍良波（左）。

我没带手机，怕是忘记在对面刚刚挑战失败的酒店了，于是就跑到对面去，刚巧遇到对面的经理站在我的车旁等我，她说她想了一下，想用个人的名义来帮我，这的确让我颇感意外而又两难，因为这与我跟她见面的第一感觉有点不对，就觉得是换了一个人。我一边谢谢她，并说明我已约了如家的经理，出于礼貌，我也一定要去见一面。

↑ 家门刘洋，小伙儿非常热情。

她同意了我的想法，到了如家见到的王经理，一见面就让人亲切，她的真诚让我最终选择了如家。这也是我出行 48 天来第一次同时被两家酒店接纳，过程漫长，结果温暖。

我再次去到对面酒店，谢谢那位经理，说出了我选择的理由。她也很大度，说没关系，有机会再去他们店。我开玩笑说，下次来我就有钱了，她说没钱也是可以的。谢谢了！晚上，受到如家店长李杰的邀请共进晚餐，这样的夜晚，想不感动都难。

非常"6+1"后排右三为店长李杰

↑ 前排左起：姜洪敏、店长李杰、于青泊；
后排左起：小庆、郇岩、段宇、王欢。

↑ 如家经理王欢。

如家请吃的晚餐

★　当日细节

km → 489 公里，9：10 出发，15：31 到达；

→ G111；

→ 早餐 / 馄饨（七哥请），中餐 / 沙琪玛两块，晚餐 / 如家店长李杰请；

¥ → 嫩江轮渡车 12 元（免，车 10 元，人 2 元），拉哈收费站 25 元（免），中和收费站 25 元（提前打入 108 号欠条所留账号中）；

→ 加格达奇某加油站 150 元（112 号欠条，七哥加），红彦加油站 96 元（113 号欠条），齐齐哈尔挑战一家不成功；

H → 挑战 6 家成功一家，如家齐齐哈尔龙南街店 191 元（114 号欠条）；

□ → 499 元（欠条 462 元，免费 37 元）。

沟通时间3分钟
沟通时间15分钟
沟通时间17分钟

总耗三个半小时

5　20　60
10　30　～

(2010-10-11)塞翁也是一种爱

新浪网友 2010-10-12 08:33:54 [回复] [删除] [举报]

人生经历一回
多一份美景
增加一身轻松！
三峡江心无累

博主回复：2010-10-12 09:00:41 [删除]

到宜昌咱们好好聚呵

新浪网友 2010-10-12 09:51:43 [回复] [删除] [举报]

情义为上两兄弟
诚意待客在如家

新浪网友 2010-10-12 12:01:12 [回复] [删除] [举报]

祝回哥一路平安，把人与人之间的信任和美好
传递得更远……累的时候，有一个如家在时刻
等待为您接风洗尘……

新浪网友 2010-10-12 18:07:29 [[回复] [删除] [举报]

如家名符其实。你真有人缘。诚信开花结果了。
部

琼琼儿 2010-10-12 19:08:27 [回复] [删除] [举报]

哈哈 ——————— 昨天电话的时候应该就在吃上
面那一顿吧！好丰盛 ——— 沿途的美景真是醉
人啊！还有天气转凉，需要照顾好自己的哦！

From: 小李亚州铜
2010-10-11　1404
刘总:衣服在八号已
经寄出快递的,不好
意思忘记给信息你
了

No:112　No:113　No:114

中国民生银行　网上银行电子回单

欠款地点: 黑龙江大兴安岭加格达奇

欠款地点: 黑龙江红彦加油站

欠款地点: 黑龙江齐齐哈尔龙南街如家店

★ 欠款列表

~315

欠款单编号	姓名	性别	账号	开户行	类别	金额	联系方式	进度	欠条时间	还款时间
112	杨子成	男	4340××××××7777	建设银行加格达奇	住宿	180	131×××0777	收到	2010.10.11	2010.10.13
			(欠条少了30元)		油费	385			2010.10.11	2010.10.13
113	吕艳清	女	6222××××××0157	工商银行莫旗支行	住宿	96	138×××4228	收到	2010.10.11	2010.10.13
114	王欢	女	0902××××××1509	工商银行齐齐哈尔支行	住宿	231	187×××2877	收到	2010.10.11	2010.10.13
			(在欠条上加了40元的卡钱)							

（2010。10。12）

彼此如家

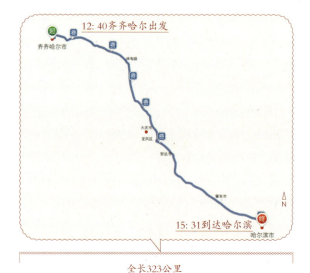

起 12:40齐齐哈尔出发
齐齐哈尔市
费
费 林甸县
费
费
费 大庆市
龙凤区
费 安达市
肇东市
费 N
15:31到达哈尔滨 终
哈尔滨市

全长323公里

向东南

齐齐哈尔，是挑战加油最多的一个城市，我来去过程中，先后找了7个加油站，没有一个加上油。因为齐市的厚爱，我把背了13000多公里的备用油倒进了油箱。10多公里后，油箱里显示的刻度还不足以让我跑到哈尔滨，这和我的预估有很大距离。第一次，我不再心安理得，第一次，不再觉得还有一只"黄雀"在后。

我只好给在大庆的霍良军去电话，希望得到他的帮助，他二话没说就答应了，只是他今天不当班，在距离大庆12公里的家中。如果我要是找他加油，就要下一次高速，多沟通一次过路费。在此之前，大庆我

消息内容 10:06
From:王克明
2010-10-12 19:10
美松：这几天朋友接我去了张家界。回来后中于知识浅薄怎么也打不开博客（上次是国庆休假的侄儿上的的），

选项 返回

背了一万三千公里的油，现在全出手的时候了。

↑ 来去扎龙，都是这位张玉竹姑娘安排通过的，谢谢了！　↑收费站交接班的姑娘们，很军事化。

还有一次机会,它的成败,将决定我行程的快慢。

有幸的是,大庆的曹站长,不但同意了给我加油,还给我加满了油,这235块钱的油来得如此重要,如此及时。我怀着幸福的心情上了哈大高速,同时也给霍良军去了电话,告诉他我的好消息。电话那头,听到的却是失望,他想我能下去,请我吃一餐饭。虽然是归程,我丝毫也不能有麻痹恋战之心,只好谢谢他了。

到达哈尔滨后,我先去了一趟斯巴鲁4S店,因为今天明显感觉到120码后车抖动得厉害。我到达是五点半,可是别人五点就下班了。我只好把方向转为找酒店。因为有昨天的如家生活,也就不怎么紧张,可是事情远没有想象中简单。

我以为天下如家是一家,但不是。当我在齐齐哈尔的如家受到家人般的礼遇的时候,我有点被胜利冲昏了头脑,我以为拿着如家的卡便可以通吃天下如家。当我怀揣着这种心态进入哈尔滨,受到打击是应该的,用毛时代的话说是罪有应得。

就这样,在第一家如家说有房的情况下,两分钟不到,我停好车,到了家,家人却已客满为由拒绝了我,谁知道我可是一根筋把导航输入如家,当找到一个冒牌货如家时,为了捍卫如家的尊严而愤然离去时,把下一个点仍然设定为如家。投桃报李,我的执著错了吗?

从晚上六点到晚上九点我就这样找呀找,何处才是家啊。当我不经意地来到某条巷子,又看到那熟悉的黄色,我再次走进如家,再次被拒,比第一次更让我伤心,

欠款地点: 黑龙江大庆市

欠款地点: 黑龙江省哈尔滨市海城街如家店

↑ 大庆大鹏加油站曹丽娟站长(右一)的支持,让我不至于到不了哈尔滨。

前台说得非常清楚，这几天是出业绩的时候，
当业绩和人性PK，当业绩和亲情PK，还是业
绩占了上风。

　　全国人民盯着一个"钱"字的当下，本不
奇怪。我理解了第一次两分钟时间内的客满
原因了。我们往往走入一个误区，为一时的富
裕，一时之成绩，孤注一掷，得到的是一时，失
去的却是全部。当第二家的保安追上我，接着
是经理敲车窗，我当时的心情，真不知道是得
到呢，还是失去。

↑ 回程可是免费的哦！

　　此时的我已经是疲惫至极，只想找一张
床，把身体放上去，不需要梦。

　　（其间，齐齐哈尔的李杰店长多次短信，关
心我的入住情况，直到晚上十一点我回短信说
"住下了"，她回了"晚安！"，今天的挑战才
宣告结束。谢谢李杰……当然，也非常感谢追
我回来的曲欣心和保安，让我又一次走进夜幕
下的哈尔滨，不再迷失。）

↑ 想想还是在嘉峪吃过方便面，今晚"重操旧业"。

↑ 翻新中的哈尔滨收费站。

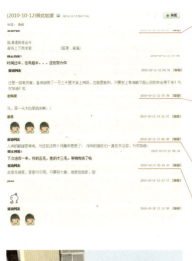

(2010·10·12) 彼此如家

新浪网友 2010-10-13 11:00:07 [回复] [删除] [举报]

路漫漫其修远兮
吾将上下而求索 （屈原 . 离骚）

博主回复：2010-10-13 21:57:05[删除]

时间过半，任务超半……还在努力中

旧海棠 2010-10-13 12:15:36 [回复] [删除] [举报]

兄，弄一头大白菜回来啊：）

博主回复：2010-10-13 21:56:16[删除]

下次送你一车，好的五毛，差的才三毛。
等咱有钱了哈。

新浪网友 2010-10-13 13:00:36 [回复] [删除] [举报]

人间的酸甜苦辣咸，你在这两个月集中感受
了！深圳的朋友们一直在关注你，为你加油！

新浪网友 2010-10-13 20:44:43 [回复] [删除] [举报]

此家非彼家，家家均不同，只要努力做，
他家变自家。部

博主回复：2010-10-13 21:52:47[删除]

想是这样，但是好难，问部总好

★ 当日细节

 → 323 公里，12：40 出发，17：30 到达；

 → G015—哈大高速；

 → 早餐 / 如家，中餐 / 沙琪玛两块，晚餐 / 方便面；

 → 扎龙收费站 16 元（免），三合收费站 17 元（免），花园收费站 17 元（105 号欠条），大庆收费站 60 元（免）；

沟通时间8分钟

沟通时间51分钟

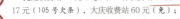 → 挑战齐齐哈尔 3 个加油站，无一成功。动用了背了 13000 多公里的备用油，大庆大鹏加油站 235 元（115 号欠条）；

沟通时间21分钟

 → 哈尔滨如家和美酒店海城街店 207 元（116 号欠条）；

沟通时间37分钟

□ → **552 元**（欠条 459 元，免费 93 元）。

5　20　60
10　30　~

~319

★ 欠款列表

欠款单编号	姓名	性别	账号	开户行	类别	金额	联系方式	进度	欠条时间	还款时间
115	侯利敏	女	6222××××××9900	工商银行	油费	235	139×××9087	收到	2010.10.12	2010.10.13
116	曲欣心	女	4519××××××0501	招商银行哈尔滨分行	住宿	207	139×××6490	收到	2010.10.12	2010.10.13

（哈尔滨如家和美酒店管理有限公司海城街店）

（2010。10。13）

拉林河的故事

11：10哈尔滨出发

17：47到达长春

N

全长289公里

向南

从沈阳到哈尔滨是 10 月 4 号，再次经过拉林河是 9 天后的 10 月 13 号，出行整整 50 天。来时的情景依然历历在目，漫长的一小时沟通，在几乎无望的过程中，找到了警察，那名叫姜涛的队长让我把时间定格在一小时零九分，嘉峪关的一小时二十五分的光荣记录依然保持。

拉林河毕竟是一个出故事的地方。由于当日天黑我也就干脆挑战拉林河加油站，除了牛晓飞，还有孙晓飞。我的归程依然在拉林河停了下脚步，其目的一，感谢上次的信任，二则是答应再给孙晓飞一张欠条。我的到来，远远见到牛晓飞的欢快相迎，坐下，热茶，老朋友相见，嘘寒问暖，好不快活。她告诉我，由于孙晓飞学习去了，走前反复交代要给我加 200 元钱的油，可惜我的油箱太小，只能容下 118 元钱的油，盛情无价，不以钱多少论。热情的牛晓飞还要留我吃晚饭，而我的前方是长春未知的等待。还是让我带着这种温暖上路吧，它是另外一种美。

↑ 车一直抖得很厉害，中冀汽车哈尔滨店给予了免费检测，原来是轮骨上的泥土在作怪。

↑ 酷酷的张彦站长。　　　　　↑ 拉林河收费站站长王强先生。

再见牛喷飞 （中）

再过拉林河收费站，和站长交流甚欢，时间不知不觉过去了40多分钟，之后王强站长亲自送我下楼，亲自掏钱为我交了过路费，而且还要买一些吃的给我，我车上的干粮还有几天的储备，就婉谢他了。

出了拉林河，一看时间，我自己都不敢相信，已是 牛喷飞留下的这些钱，可搭我在此地加 2008 三十五分，足足耗去了一个半小时还多，如果早走，可以到长 118元钱的油。 春了。可见友谊的力量可以忘记一切，这一个半小时，和上一次的一小时零九分，是完全不同的概念。宝地留人，拉林河，我不会忘记。

到了长春，天色已晚。我仍然固执，还是要去挑战如家，这一次再也没有之前的好运，也没有人出来追我。于是我先到《游遍天下》杂志社执行主编刘明明家去取书，她的父母无比热情，还非要留我住下。但我说还想出去挑战两家，实在不行再住您家吧！所幸的是，我挑战的第一家就成功了，蒂罗尔宾馆，成了我今晚的家。不久，明明的爸爸又找了过来，对我的挑战成功同样欣喜，而且还请我吃了一碗特色拉面。

↑ 兴隆山收费站，虽然上面的字很难看清，但他们的真心帮助却如一盏明灯。

↑ 进入长春。

↑ 《游遍天下》杂志社执行主编刘明明的爸爸妈妈，他们说："要是不成功，我们的家就是你的家。"

→ 明明爸爸请吃的面条，很温暖。

No:117

欠款地点：黑龙江省哈尔滨龙园加油站

No:118

欠款地点：黑龙江省拉林河加油站

No:119

欠款地点：黑龙江省拉林河收费站

No:120

欠款地点：吉林省兴隆山收费站

No:121

欠款地点：吉林省长春市蒂罗尔宾馆

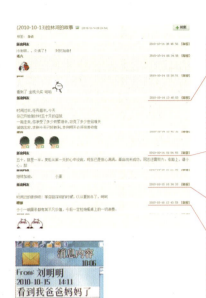

- 新浪网友 2010-10-14 13:46:03[回复]［删除］［举报］

  时间过半，任务超半，
  今天你已开始倒计时五十天的征战。
  一路走来，你承受了多少劳累艰辛，
  攻克了多少世俗难关。
  诚信出发，走到今天已经胜利，
  走向明天必将完美收官。

- 新浪网友 2010-10-14 19:04:55[回复]［删除］［举报］

  五十，就是一半。美松从第一天的心中没底，
  现在已是信心满满。革命尚未成功，同志还需
  努力。在路上，请小心。部

- 新浪网友 2010-10-15 10:34:33[回复]［删除］［举报］

  时间过的很快呀！等你回深圳的时候，以从夏
  到冬了，呵呵

- 嗯那 2010-10-16 12:43:58[回复]［删除］［举报］

  小小一碗面条都有其不凡价值，今后一定杜绝
  餐桌上的一切浪费。

消息内容 10:06
From: 刘明明
2010-10-15 14:11
看到我爸爸妈妈了
，哈哈，谢谢回哥
，一路平安

离开收留我的蒂罗尔，告别销售经理于冰（右）和苏勇经理。→

★ 当日细节

 →289公里，11：10出发，17：47到达；

 →沈哈高速；

 →早餐／如家，中餐／沙琪玛两块，晚餐／面条一碗
（刘明明爸爸请）；

 →拉林河收费站34元（119号欠条），长春兴隆山
收费站70元（120号欠条）；

 →哈尔滨龙园加油站100元（117号欠条），拉林
河服务区加油站118元（118号欠条）；

 →长春蒂罗尔宾馆298元（121号欠条）；

→**620元**（欠条620元）。

沟通时间43分钟
沟通时间29分钟
沟通时间22分钟
聊天时间约50分钟
沟通时间33分钟

5   20   60
10   30   ~

★ 欠款列表

欠款单编号	姓名	性别	账号	开户行	类别	金额	联系方式	进度	欠条时间	还款时间
117	张彦	男	158×××3448	（哈尔滨龙园加油站）	油费	100	158×××3448	已充值	2010.10.13	2010.11.8
118	孙晓飞	女		（汇入之前牛晓飞账号即可）	油费	118		收到	2010.10.13	2010.10.17
119	王强	男	4367××××××3391	建行哈尔滨支行	路费	34	138×××9159	收到	2010.10.12	2010.10.19
120	董浩	男	4367××××××5950	建行长春支行	路费	70	136×××9026	汇出	2010.10.13	2010.10.19
121	苏勇	男	6227××××××2843	建行长春支行	住宿	298	138×××9472	收到	2010.10.13	2010.10.17

时间来到晚上的十一点半，挑战的酒店已是第11家，山海关，见证了一个新记录的诞生。11次失败之后，还有我的车。

（2010。10。14）

山海有个关之一

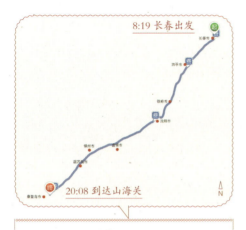

8:19 长春出发

20:08 到达山海关

全长703公里

向西南

↑ 公主岭服务区张明站长（左）。

不想现在又派上了用场。天地之大，有我一个小小的容身之所，就是美好的夜晚。

从晚上八点到晚上十一点半，三个半小时的沟通，我已经筋疲力尽。我找过了所谓的国营酒店，找过了私人小店，现在，我的背景是当地最好的四星级酒店，这样的反差，让我很有成就感，有句话怎么说的——朱门酒肉臭，我算不得冻死骨，我有足够的贱骨头和硬骨头。虽然天气寒冷，我足够坚强，不悲伤。

山海关，没有难度，它能叫关吗？这是我在嘉峪关得到的应证，在山海关同样有效。过关时的一小时十一分没有打破嘉峪关的记录，那么只好用住宿的方式来破记录。

（但万家收费站这一个多小时，的确是折磨人的一个多小时。我找了普通职员，找

时间来到晚上的十一点半，挑战的酒店已是第11家，山海关，见证了一个新纪录的诞生。11次失败之后，还有我的车。

我把座位放平，第一次打开睡袋，把它套在我的下身，我再拿来羽绒服，将它反穿在上身，离开漠河之后，我想它将束之高阁，

↓ 张雷为我加的备用油。

欠款地点：吉林省公主岭服务区

↓ 之前在我身上赌过一把的刘利，此番"派"外甥张雷再次守候，为我加油。

了班长，找了旁边的警察、路政。冷夜中，皮球一般反复来去。后来实在是没办法，打听到领导在外面喝酒，不一会儿会回来，我也就只好在门口蹲守。领导的到来，仍然没能得到质变，只有时间在变。后来我只好放下脸皮，跑到二楼直接去骚扰领导，通过多轮沟通，也许领导也烦了，才放了我一马。)

睡下不久，有人在敲我的车窗，原来是保安人员，不会是要把我赶出院子吧。我摇下车窗，得到的是另外一种结果，说是请示了领导，让我回酒店住，对我来说，这算不得什么好消息，凡是反复沟通得到否定之后而又肯定的答案面前，我都没有惊喜，也少有感动。

无论如何，我对服务人员的善良，以及经理的努力，表示感谢。社会的常态下，我们的

↑ 前番放行的刘永哲站长，此番再次慷慨解囊。

↓ 胸前挂着"共产党员"牌子的站长赵财富（左）成为凌海加油人。

转变需要的是时间。更多的责任，在一个人肩上，而不能发散，对待一件正确的事情，更多的人只能表现为同情，爱莫能助，正确的事是不需要同情的。而我也始终相信，我得到的支持不是同情，而是对我坚持的肯定。因同情得到的支持也是可悲的，唯有坚持，而又坚持正确，它就是无穷的力量。

我一再强调打过欠条后，才进房间，工作人员满足了我的要求。588 元一间的四星级酒店，迎接我的是数百只蚊子的嗡嗡声，独在异乡为异客，这场欢迎的盛宴，看来是要我付出"血"的代价才行。迫于无奈，我

No:124

中国民生银行 网上银行电子回单

欠款地点：辽宁省沈阳西站

单位名称：沈阳铁路局山海关铁道车辆培训中心
账号：040□□□□□□□□□□40
开户行：工商银行山海关支行

找来了服务员，面对大面积的蚊子，她也找不到全歼之办法，并且说是因为离海近，其他房间都一样，只能为我提供一盘蚊香，算是心理上的一种慰藉。我开始怀念我车上的狭小空间，但又不能伤害酒店工作人员的一番好意。就这样，蚊子的嗡嗡声中，它们唱它们的歌，我努力做自己的梦。

★　当日细节

🚗 → 703 公里，8：19 出发，20：08 到达；

→ 京沈高速；

→ 早餐 / 酒店早餐，中餐 / 沙琪玛两块，晚餐 / 无；

¥ → 吉林毛家店收费站 50 元（123 号欠条一同支付，欠条上无此笔），
沈阳西收费站 85 元（124 号欠条），辽宁万家收费站 160 元（免）；

→ 公主岭服务区加油站 170 元（122 号欠条），四平服务区加油站
170 元（123 号欠条），凌海服务区加油站 200 元（125 号欠条）；

H → 第 11 家酒店才成功，山海关海盛花园酒店 588 元（126 号欠条）；

→ **1423 元**（欠条 1263 元，免费 160 元）。

沟通时间12分钟
沟通时间71分钟
沟通时间17分钟
沟通时间25分钟
沟通时间49分钟
等候时间13分钟

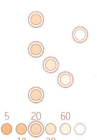

5　　20　　60
10　30　　~

↑ 过万家出辽宁，已是万家灯火，我却越发孤独。80 分钟的沟通时间，找过所有人，让我几欲疯癫。

No:125

中国民生银行 网上银行电子回单

欠款地点：辽宁省锦州市凌海高速加油站

No:126

中国民生银行 网上银行电子回单

欠款地点：辽宁省山海关海盛花园酒店

↑ 我不知道他们的名字，但是忘不了他们的热情。

老六 2010-10-15 10:16:12 [回复] [删除] [举报]

不下工地，每早我打开电脑就来一回。

甘剑南 2010-10-15 10:51:38 [回复] [删除] [举报]

每天关注你。挺你，老刘！

新浪网友 2010-10-15 11:02:10 [回复] [删除] [举报]

只要坚信　就能坚强
只要坚强　就能坚持
只要坚持　就能攻克一道又一道难关

红色梦想 2010-10-15 11:13:21 [回复] [删除] [举报]

"我足够坚强，不悲伤。"你，你的坚强具有无穷的穿透力，远隔千里，我们同样感受到了你的坚强！为坚强喝彩，为坚强感动！

嗯那 2010-10-16 12:39:22 [回复] [删除] [举报]

睡袋又如何？对你来说，这算不得太困难。

新浪网友 2010-10-15 12:59:11 [回复] [删除] [举报]

"我足够坚强，不悲伤。"我确信美松如此。但仍有留泪的冲动和苍凉感。虽然不忍心你在车上过夜，但被迫在车上圆"好梦"更显此行的内容与意义。也让我佩服美松在物质和心理上的准备是那样的充分。困难都想到了，不知此行还有什么困难挑战美松。部

新浪网友 2010-10-15 18:02:49 [回复] [删除] [举报]

看到打开睡袋的那一刻，充满着担心！挺住！

新浪网友 2010-10-19 08:23:20 [回复] [删除] [举报]

不难还怎么叫天下第一关！什么事都要有一回的，谁叫你是美松呢？袁

~329

★ 欠款列表

欠款单编号	姓名	性别	账号	开户行	类别	金额	联系方式	进度	欠条时间	还款时间
123	张雷	男	6222××××××2554	工行吉林分行四平支行	油费	220	159×××8989	收到	2010.10.14	2010.10.17
124	刘永哲	男	（之前有账号）		路费	85		收到（欠条是170元，后又帮忙交了50元过路费）		2010.10.14	2010.10.17
125	李彬	男	6222××××××2075	工行辽宁锦州支行	油费	200	150×××8884	收到	2010.10.14	2010.10.19
126	苏勇	男	0404××××××8040	工行山海关支行	住宿	588	186×××0609	收到	2010.10.14	2010.10.19

（2010。10。15）

山海有个关之二

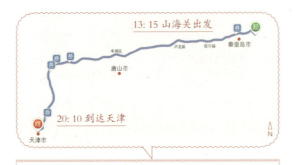

13: 15 山海关出发

秦皇岛市
医寰县
卢龙县
本溪区
唐山市

20: 10 到达天津

天津市

全长332公里

向西南

到山海关来的目的,是我在来前的四个点中的第四个点。天涯海角其一,嘉峪关其二,漠河北极村其三,那么第四就是这山海关了。进了山海关,不算到了山海关,只有进了关城,才算是到了山海关,这也是第二天要停留半日的原因。

来前知道有一位诗友在山海关,是山海关一中的一位人民教师,所以我第一件事便是把导航输入山海

↓ 出山海关。

关一中，去找辛泊平。这种找法，有点像是在古代去找某个诗友，等你走了半年路程到达某地，而该诗友也去云游去了，我不知道这是一种什么样的滋味。有幸的是我在门房问起辛泊平时，他正在办公室，当我说我在他单位门口时，他诧异不已，这种见面很有戏剧效果。

我们一起徒步去到山海关，因为山海关城墙的一部分也是学校的院墙。这天下第一关，也是吴三桂引清军入关的地方，我没有登城之愿，是因为我刚刚从辽阔的关东平原进来，我无需远望，都是我脚下之路。而当年之满人，现在还存几许？天地是全民之地，天子却以划界据为己有。把地球的表皮当成自己随意剪裁的破衣服，伤及的是土地，涂炭的是生灵。

两旁的古建筑，九成以上是新做，秋风中，已见萧条。我问及诗友，说主要的风光都在夏季，因为有北戴河的美丽，夏日休闲度假的人比较多，因而也有其繁盛的时候。从山海关的文化来说，是军事要地，而军事文化，就是流氓文化和痞子文化，在商业和文化底蕴上面很难

留下什么更多的历史印迹。这让我想起了贵州的天龙囤堡，因类似于此而闻名。

午餐是我爱吃的涮羊肉，在一间泊平执爱十多年的小馆子里面，把酒言欢。这里的羊肉跟其他地方的不同便是它的香，新鲜的肉放进去，拿出来会有一种被烤过的感觉，它的香味，应该是因此而来。

多少年来，多少异邦皆闻着这种香气而垂涎，有清满，有俄人，有日寇，关之雄伟，不敌军之强盛，民之富足，不敌炮之坚利。因此国民之富足，又怎能不怀忧患之心呢？所谓生于忧患，死于安乐，清人之死，不过百年，国人当自强！

~331

(2010-10-15)山海有个关（之二）

新浪网友 2010-10-16 16:19:46 [回复] [删除] [举报]

拳拳报国心
殷殷赤子情

新浪网友 2010-10-16 18:51:37 [回复] [删除] [举报]

天津关的小伙子真痛快！喜欢这样做事爽朗的人！

新浪网友 2010-10-17 13:14:45 [回复] [删除] [举报]

"把地球的表皮当成自己随意剪裁的破衣服，伤及的是土地，涂炭的是生灵。"——和平使者诗一般的经典言论，松

琼琼儿 2010-10-18 00:17:01 [回复] [删除] [举报]

气色看起来越来越好！这次特别考验人的旅行，让你变得如此滋润！佩服佩服～～～～。还有告诉你一件事，我的驴友们从尼泊尔徒步回来啦！大家非常关注你哦！加油加油啊！

↓ 这个加油站耗了我将近 50 分钟时间。既不说行，也不说不行，让我只好加掉了准备不到一天的备用油。

No:127

欠款地点：河北省与天津交界宝坻北站

↑ 到达河北与天津交界的宝坻北站是下午的5:25分，打下欠条已经是6:36，又一个一小时十一分的沟通时间，与昨天的辽宁口持平。天色已黄昏！

No:128

欠款地点：天津津蓟高速天津站

↓ 最快的收费站，两分钟不到。小伙说："没钱是吧？多少钱？35块，我给你出。"感谢武鑫凯！

★ 当日细节

 → 332 公里，13：15 出发，20：10 到达；

 → 京沈高速—津蓟高速；

 → 早餐／酒店，中餐／涮羊肉（辛泊平请），晚餐／朋友请；

 → 宝坻北收费站 80 元（127 号欠条），津蓟天津收费站 35 元（128 号欠条）；

→ 找了 3 个加油站，均没加上油，只好再次动用备用油。

H → 名致精品酒店公寓；

口 → **115 元**（欠条 115 元）。

 沟通时间51分钟
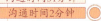 沟通时间2分钟
 沟通时间共90分钟

5   20   60
10   30   ~

~333

★ 欠款列表

欠款单编号	姓名	性别	账号	开户行	类别	金额	联系方式	进度	欠条时间	还款时间
127	薛冰	女	4367×××××5051	建行天津支行	路费	80	138×××0911	收到	2010.10.15	2010.10.19
128	武鑫凯	男	4563××××××8471	中国银行天津支行	路费	35	139×××3883	收到	2010.10.15	2010.10.19

人在天津

天津市

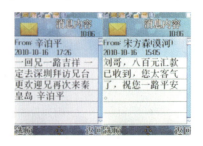

来过一次天津，只是到了码头那块地方，吃的倒好，其余并无深刻印象。

再到天津，确让人耳目一新，甚至于超过了北京和上海的感觉。也许是去得多了，没有了新鲜感。北京和上海都是那种牛 B 烘烘的地方，天津却有他自我满足中的一种得意，那么前者说来有点借大托大的虚，而后者是实际的、自足的、惬意的。

上午吃了狗不理，那是一种有名而无实的东西，但盛名之下，仍然是有人趋之若鹜，我也无法例外。虽然狗不理，我还是可以理的，可是丝毫没有那种热腾腾的场面感，而是温吞吞

的,被迫让人完成这种盛名之下不得已的尝试。这种盛名,如果名也能名副其实,回头客一定会多很多,就因为这种牛的声名之下的不作为,让名只限于名,让名又耻于名。其实,很多百年老店都只以名活,一锤子买卖,不与时而俱进是可悲的,也是可耻的。

美食美景,天津当然很多。此行,我注定一直做着过客,一个过客,只能是稍做停歇,又重新上路。回程的路越短,越是应该更认真。

反复考虑,决定放弃烟台、威海和青岛,改去泰山和曲阜。登泰山而小天下,那是一种高,只有高者,才能见其远。而曲阜,应该是那种文化之深,我只能是仰慕者。在生活面前,无论谁,一辈子都是学生。

victor 2010-10-17 12:01:07[回复] [删除] [举报]

每前进一步,就离家近一点,加油!

daisy0755 2010-10-20 00:20:32[回复] [删除] [举报]

前些天我也去了狗不理,的确有些失望,好在那麻花蹦豆还不错……你这一路精彩无数呢,继续加油哈

（2010。10。17）

滨江道

滨江

我住的地方叫西宁道，一条与南京路平行的小巷子，长大约一公里，闹中取静。西宁道最有名的应该是那座教堂，西宁道所有的静，所有的被遮蔽，唯独这座教堂不能被忽视。

而我要说的却是滨江道。滨江道类似深圳的东门，与南京路垂直，当然也间接地与西宁道垂直。它的繁华，完全不同于西宁道的安静，隔着南京道的滨江道与西宁道最大的联系就是那座教堂了，由南京路进入滨江道，无论你走多远，只要一回头，就准能看到西宁道上的尖顶教堂，时时提醒着处于繁华和浮躁中的人们，有必要保持一份内心的安宁。

西宁道除了教堂，也有几家不成气候的小

From: 韩芳
2010-10-17 13:01
今晚回 现在不定几点，到天津我再跟你联系，好吗？我请你吃饭，明天中午再走如何？

★ 当日细节

→ 车辆做保养387元，免费，全日无开支。

↑ 热情细致的工作人员，为我的爱车做了免费保养，谢谢了！

↑ 轮胎上粘附的泥土，是这些天车不停抖动的主因。

MODENA

面馆,而滨江道上可谓是应有尽有。桂发祥的麻花无数家、狗不理包子的总店、劝业场、耳朵眼炸糕等诸多的老字号,中间穿插着肯德基、麦当劳这类的洋东西,当然这种穿插还表现在服装、饰品以及娱乐等多方位的融合。世界之大是无奇不有,世界之小又包罗万象。

滨江道的尽头是海河,海河的对岸是天津站。海河上有一座古老的铁桥,它的古表现在它的原汁原味的粗犷以及质感。桥的另一头有一座大钟,隔河就能看到它有条不紊不停转动着的齿轮。没有谁能够让时间停止,我们只能停止一种工具,岁月无尽的云烟在到来,在流走。

我的到来是为了离去。我们寻找的是什么?就是匆匆的停留和匆匆的离去。我来了,我存在,我离开,我记起。

滨江有道是无尽繁华,我自有道是不断追寻。

（2010。10。18）

天黑黑

10：21 天津出发

16：40 到达济南

全长343公里

向南

整天都在雨中作业，北方的天气让一天变得很短。四点四十就到达济南，也是全天的最后一个收费站，天气的颜色几乎跟深圳的晚上七点差不多，计划中的到达就像是迟到了一样，没有成就感。

↑为我加油的朋友韩芳。

天津，韩芳成了我的物资中转站。我的诗集《游遍天下》杂志以及补做的纪念T恤等一应物资从各个点汇成一个点，给我的车增加了重量，也给过程中增添了派送的礼物。前一天的短信中，韩芳就一定要邀我吃中饭，但每每晚到一个据点都会增加更多的难度，而导致自己疲惫不堪，所以我还是婉拒了她的盛情，而是让她帮我加了一箱油。在等待她的过程中，我挑战过一个加油站，不成功，而此时的油箱已经亮起了黄灯，我不想这种尝试影响到全日的行程。

当然，我还是执意给她打了欠条。她说干脆把这钱也捐出去吧，我说你还是捐点书吧，所有的油钱我不会让任何人出。但是这份友谊与油钱不能等价，谢谢韩芳。

路上的三个收费点都比较顺，第一个40分钟，第二个17分钟，第三个14分钟，总耗时71分钟，而我的计划耗时是120分钟。第一个站的耗时基本上是在聊天上，两位女站

消息内容
10:05
From: 孙铭国彩）
2010-10-18 17:28
于如平186□□5177登泰山联系他，就说是我的朋友孙铭

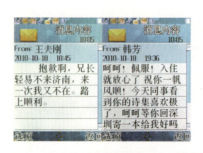

消息内容
10:05
From: 王夫刚
2010-10-18 10:45
抱歉了，兄长轻易不来济南，来一次我又不在。路上顺利。

消息内容
10:05
From: 韩芳
2010-10-18 19:36
呵呵！佩服！入住就放心了 祝你一帆风顺！今天同事看到你的诗集喜欢极了，呵呵等你回深圳寄一本给我好吗

长很是热情，还邀我到他们的食堂用午餐，我说赶路比吃饭更重要，因此站长还特意安排了一个工作人员为我引导，走一条通畅的道路出站，谢谢她们。第二个站的刘主任和第三个站的朱大为也同样是爽快之人，通关的神速，为我的早到提供了必要条件。

在济南，原本是想先加油，天黑黑的感觉，让人不舒服，所以就把找酒店放在前面进行。起先找的三个酒店被拒绝后，我把目标依然锁定为如家，第一个如家就接纳了我。

最近特别爱用接纳这个词，接纳就是留下，留下就有家。人们所有的奋斗，为的是什么，不就是一个家吗？走得再远，寻找的就是一个类似于家的窝，这个窝就成为我临时的家了，欢欣也好，失望也好，在这个临时的家或者窝中，总能够自我平静或者自我安抚。因为它本不是家，所以才有接纳的感觉。谢谢这一路的留下，这一路的窝。接纳的窝多了，家也就近了。

济南天黑黑，等待黎明时。明天，要去登泰山，这是我内心中，一直仰望的高。

No:129

~341

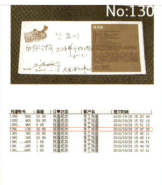

No:130

欠款地点：天津市九宣闸收费站

↑ 九宣闸收费站的两位美女站长。

★ 当日细节

 → 343 公里，10：21 出发，16：40 到达；

 → 京沪高速；

 → 早餐 / 酒店，中餐 / 沙琪玛，晚餐 / 方便面；

 → 3 个，九宣闸收费站 30 元（130 号欠条），吴桥终点收费站 55 元（131 号欠条），济南天桥收费站 55 元（132 号欠条）；

→ 挑战 2 次，1 次不成功，天津某加油站 300 元（129 号欠条，朋友韩芳加）；

 → 济南市如家天桥店 175 元（133 号欠条）；

 → **615 元**（欠条 615 元）

沟通时间40分钟
沟通时间27分钟
沟通时间14分钟
沟通时间25分钟

5 20 60
10 30 ~

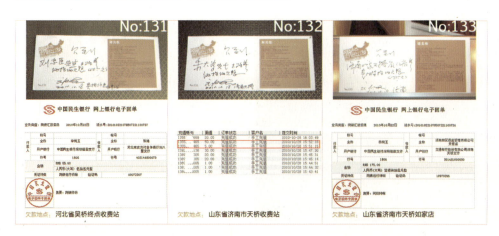

No:131

中国民生银行 网上银行电子回单

欠款地点：河北省吴桥终点收费站

No:132

中国民生银行 网上银行电子回单

欠款地点：山东省济南市天桥收费站

No:133

中国民生银行 网上银行电子回单

欠款地点：山东省济南市天桥如家店

↑ 吴桥主线站的刘忠臣主任。

↑ 留下电话的天桥收费站朱大为。

★ 欠款列表

欠款单编号	姓名	性别	账号	开户行	类别	金额	联系方式	进度	欠条时间	还款时间
129	韩芳	女	6222×××××××9357	招行平山道支行	油费	300	137×××9929	收到	2010.10.18	2010.10.27
130	胡欣梅	女	6222×××××××8035	工商银行	路费	30	139×××8138	已充值	2010.10.18	2010.10.28
131	刘忠臣	男	6222×××××××0020	农村合作信用社	路费	55	138×××0253	收到	2010.10.18	2010.10.22
132	朱大为	男	6222×××××××2075	工行辽宁锦州支行	路费	55	135×××9465	已充值	2010.10.18	2010.10.28
133	王易	男	3716×××××××1909	交通银行济南分行	住宿	175	132×××9077	收到	2010.10.18	2010.10.22

（2010。10。19）

在泰山脚下做一个登高的梦

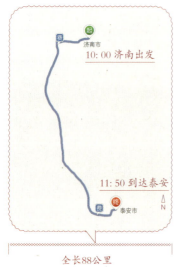

全长88公里

向南

因为山在那里。

所以很多人做着攀登的梦，又有很多人正在攀登之中。

对于泰山，我只能是仰止。由于在济南的时候下雨，因此对

↑ 济南如家天桥店的王易经理（右）。

于来泰山，我显得信心不足，生怕我的到来，只是烟雨朦胧中的近影，而丝毫没有登高一览众山小的豪迈。我给深圳的孙铭去电话，他的回答是，你没学过《雨中登泰山》吗。他的意思是，在雨中，那不也是一种美吗？好了，冲着这句话，这泰山咱就不犹豫了。

到了泰山，要说是攀登泰山，我会感到羞耻。坐旅游大巴到中天门，中天门坐索道到南天门，整个是坐上泰山，所以我万万不能叫做攀登泰山，而应该是叫下泰山，毕竟我是从南天门下到了中天门，这段路才有我双脚的功劳。

人是耻辱的，天气却是争气。阴雨中的前进，到了山顶，却是晴空。这种意外之喜是因为我们的目光过于短浅，看到的只是小范围的天气，景色，利益。只有到了山

顶,才可以看到高处的阳光,脚下的云雾,更低处的尘土和俗世的斤斤计较。

远又有多远呢?我听说遇到晴好的天气,早上看日出,会见到几百公里甚至更远的太阳通过海水泛出的光芒。五岳独尊的泰山,其实海拔只有 1545 米,相对我所经过唐古拉、昆仑山口,以至很多不知名的山峰,它的高度真的不值一提,而它面对的辽阔又是多少高山而不能企及的。正是这种远和宽阔,成就了它"会当凌绝顶,一览众山小"的伟大。

对于我耻辱式的下泰山,我就只能在梦中去完成想象中的攀登创举。在梦中攀登它的高,而在现实中回归自己的低。

高只能仰止,低处可以安身立命。做一个低的人,做一个攀登高的梦吧。

(2019-10-19)在泰山脚下做一个攀登的梦

No:134

中国民生银行 网上银行电子回单

欠款地点：山东省泰安某加油站

新浪网友 2010-10-20 10:06:23 ［回复］［删除］［举报］

会当凌绝顶
一览众山小

博主回复：2010-10-20 22:47:33 ［删除］

只是雾大，览不到众山啊

新浪网友 2010-10-20 12:08:14 ［回复］［删除］［举报］

哈哈，已经到我们山东老家了啊……加油啊你……到烟台有啥需要招呼的找我，我给你介绍个朋友招呼……我爸妈现在都在深圳招呼不到你了。真是遗憾啊……小徐

博主回复：2010-10-20 22:46:26［删除］

我改了行程，不去烟台、威海、青岛，而加了泰山和曲阜，谢谢关心！问候同事们都好

新浪网友 2010-10-20 14:12:56 ［回复］［删除］［举报］

"日月之行，若出其中，星汉灿烂，若出其里。"幸盛至哉，文以咏志。足也。部

博主回复：2010-10-20 22:44:37［删除］

谢谢部老师点评……问好！

新浪网友 2010-10-20 15:13:02［回复］［删除］［举报］

高和低、富与贫都是相对的，真正富人永远不会觉得自己贫穷，而真正的"高人"总会发现自己永远在低处。松

ellazhang 2010-11-08 19:34:13［回复］［删除］［举报］

好久没有留下只言片语了，只是在默默地看着

↑ 和于汝萍兄同登泰山。

泰山极顶
1545米

From: 段泰峰
2010-10-19　09:07
过去曲阜沿京福高
速到枣庄的话我有
个兄弟叫徐涛在那
里当书记有需要可
找他

选项　　　　返回

From: 段泰峰
2010-10-19　08:57
恭喜你这不很快就
回来了吗,有什么需
要请告知.祝你一路
平安

选项　　　　返回

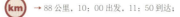

★　当日细节

- km → 88 公里,10:00 出发,11:50 到达;
- → 京福高速;
- → 早餐/酒店,中餐/于汝萍请,晚餐/于汝萍请;
- ¥ → 泰安西收费站 20 元（135 号欠条）;
- → 挑战 4 次,成功 1 次。泰安服务区加油站 200 元（134 号欠条）,济南加过三次油,无一成功;
- H → 泰安东都宾馆 318 元（136 号欠条）;
- 口 → **538 元**（欠条 538 元）。

沟通时间25分钟
沟通时间32分钟

5　20　60
10　30　~

↑ 济南无油可加,直到泰安才加上油,感谢站长蒋雪梅（左）!

No.135

欠款地点:山东省泰安西收费站

↑ 泰安西,冯仁远站长。

~347

★ 欠款列表

欠款单编号	姓名	性别	账号	开户行	类别	金额	联系方式	进度	欠条时间	还款时间
134	蒋雪梅	女	4563××××××9742	中国银行	油费	200	135×××8826	收到	2010.10.19	2010.10.22
135	冯仁远	男	135××××7669	手机充值	路费	20	135××××7669	已充值	2010.10.19	2010.10.28
132	朱大为	男	135××××9465	手机充值	路费	55	135××××9465	已充值	2010.10.18	2010.10.28

在曲阜，做一个谦虚的人

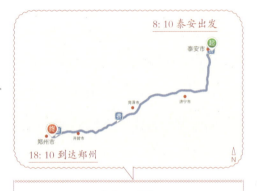

8：10 泰安出发

18：10 到达郑州

全长495公里

向东南

作为一个伪文人，经过山东而不到曲阜，的确有点说不过去。这也算得上我放弃烟台和威海而投奔它的理由之一吧。

过了一览众山小的泰山，曲阜就在眼前。门票是汝萍帮我买的，他早早起来，就是为了找一条近路把我送到曲阜。而我前面还有40多天行程，又岂是一站能够送达？谢谢他的泰山相伴，曲阜相送，更远的路，还得自己去走，更多的结还得自己去解。

一进曲阜，尽显古城风韵，清一色的古建筑，让人如入古境，而现实的叫卖声又不合时宜地把人拉入到现实中来。游人都在跑动，走

马观花，我们总是在追求一种快，囫囵吞枣式地被迫接纳，这完全不是做学问的方法。当然，我也在奔跑之列。

景点分为三部分，孔庙、孔府和孔林。孔庙应该是最值得看的地方，一则是孔子的原居住地，二则庙的构成亦是各朝各代渐进式地修筑，年代的痕迹中，无论从建筑风格、文化习俗等方面都能窥其一斑。

导游介绍，乾隆九下江南，八次到孔庙，可见天子之位高权重，在学问面前也学会低下头来，怀敬畏之心。曾几何时，我们打倒孔老二，曾几何时，我们推倒一切神位，以自

己为至尊。一尊神像不就是一堆泥土吗？当试图把泥土也刨掉，那还剩下什么？只能是虚空。

敬畏神，首先要敬畏泥土。皮之不存，毛将焉附是浅显的道理，而往往就是这种简单的道理，却会被一种无边际的欲望所扼杀。

做学问确是一件安静的耐得住寂寞的事情。我也看到孔子的后人，借着祖上的宝地，写字换钱。那字，是有几分功力的，通过简单的交流，却是让我失望。因为没有一点最起码的谦虚精神，什么事，什么人，老子天下第一就不得了。

石 流

内宅门西侧院墙嵌放石雕流水槽，挑水夫将水由此倒入，隔墙流进宅内水池，供衍圣公及眷属使用。

STONE TROUGH

THIS TROUGH WAS USED FOR

~349

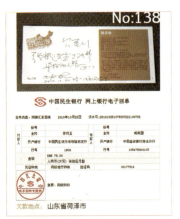

No:138

No:139

孔子之博学,我等一粟也算不上。不自卑,不自傲,平常心看待得失,快乐就一直在你身边。

曲阜孔庙的走马观花,是因为我还要赶到郑州。为了看看圣人之地可否怀圣人之心,我想在曲阜找油站挑战一下。找了两个加油站,都同意加油,前一个答应加50元,我跑不到郑州,我谢了他。另外又找了一家,同样是民营业主,这个同意加100元,真好!

郑州圃田收费站,办公室的女同志把我支开后逃离了她的办公室,说站长明天会来。后来找到了副站长,也是匆匆离开,也许我来的不是时候,赶上他们下班有事,不好意思了。

郑州的朋友来电话,说找人把我放过去,这样多不光彩,我坚信能过去。还是咱家人好,是一位叫刘帅锋的小伙子帮我出了过路费,整个过程31分钟。还有一位叫于松的小伙子跟我始终,直到我离开收费站,谢谢了!

↑ 民营加油站，张翠红女士，巾帼不让须眉，为我加油！

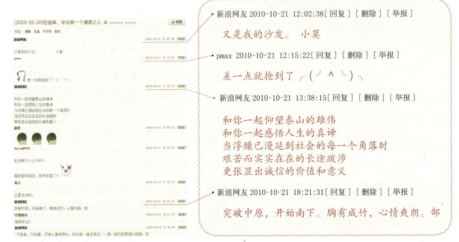

新浪网友 2010-10-21 12:02:38[回复][删除][举报]

又是我的沙发。 小莫

pmax 2010-10-21 12:15:22[回复][删除][举报]

差一点就抢到了 ╮(╯_╰)╭

新浪网友 2010-10-21 13:38:15[回复][删除][举报]

和你一起仰望泰山的雄伟
和你一起感悟人生的真谛
当浮燥已漫延到社会的每一个角落时
艰苦而实实在在的长途跋涉
更张显出诚信的价值和意义

新浪网友 2010-10-21 18:21:31[回复][删除][举报]

突破中原，开始南下。胸有成竹，心情爽朗。部

No:136   No:137   No:140

中国民生银行 网上银行电子回单

欠款地点：山东省曲阜   欠款地点：山东省曲阜   欠款地点：河南省郑州未来大酒店

★ 欠款列表

欠款单编号	姓名	性别	账号	开户行	类别	金额	联系方式	进度	欠条时间	还款时间
136	于汝萍	男	6228××××××6712	农行山东宁阳	住宿	438	138×××0518	收到	2010.10.20	2010.10.22
137	张翠红	女	6222××××××1272	工商银行	油费	100	135×××2044	收到	2010.10.20	2010.10.22
138	张龙	男	4367××××××0171	建设银行山东菏泽	路费	75	135×××1808	收到	2010.10.20	2010.10.25
139	刘婷	女	6580××××××9677	工商银行	路费	60	135×××0468	收到	2010.10.20	2010.10.22
140	付大恭	男	6227××××××5838	建设银行	住宿	1078	138×××1266	收到	2010.10.20	2010.10.22

郑州圃田收费站，办公室的女同志把我支开后逃离了她的办公室，说站长明天会来。后来找到了副站长，也是匆匆离开，也许我来的不是时候，赶上他们下班队有事，不好意思了。

★　当 日 细 节

 → 495公里，8：10出发，先到曲阜，再到郑州，18：10到达；

 → 京福高速—日东高速—日南高速—连霍高速；

 → 早餐/酒店，中餐/无，晚餐/付大恭请；

 → 山东—河南区间荷泽收费站75元（138号欠条），郑州圃田收费站60元（139号欠条）；

 → 挑战2次，成功1次。曲阜某加油站100元（137号欠条）；

 → 120元（136号欠条）；

 → 郑州未来大酒店539元（140号欠条）；

 → **894元**（欠条894元）。

沟通时间31分钟

沟通时间53分钟

沟通时间24分钟

↓ 这位叫于松的小伙子，跟随我始终，直到我离开收费站，谢谢了！

~353

（2010。10。21）

河南加油！

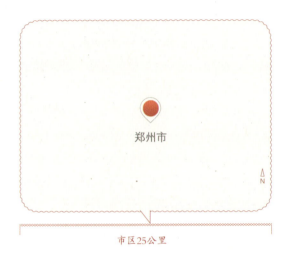

郑州市

N

市区25公里

↑ 郑州黑庄加油站，张红克站长。

↓ 年轻的站长张红克非常认真，正在给员工做训导！

柏杨写过一本书叫《丑陋的中国人》，可谓是把中国人的劣根性剖析得透彻无比。这本书初看起来让人的确有些不舒服，谁不愿意听好话呢？但是他逆耳之言说的对呀，因此很多人买来后放在家里，放在厕所旁边偷偷看，把它当做一面镜子。伤痕、污垢、喜怒在镜子里面非常清楚，谁天生圣人呢？谁没有过过错

↑ 正宗河南烩面，如假包换。

呢？只有敢于面对的人，就是进步的人。因此，国人在《丑陋的中国人》这面镜子面前，开始看到自己的诸多不是，开始修补一些伤痕，开始擦洗污垢，开始去伪存真。

说上面一段话的意思是，我想说说河南人。我们现在所说的河南人，不也就是柏杨所说的中国人一样吗？河南人不也是中国人吗？正因如此，更多的河南人给了自己一个照镜子的机会。他们也开始在镜子面前，擦洗那一张张被误读的面孔。

河南其实是中华文化根的地方，随便查查姓氏，几乎所有大姓都根出河南。从这个意义上讲，我们都是河南人。当我们在不断迁徙的过程中变得优秀或者富足的时候，根却被忽视。他的经济环境、他的质朴民风，比我们想象中更为接近当年。我们总是想要见到不是河南的河南，那是河南吗？

记得 2005 年到过一次郑州，到得比较晚，又没有吃晚饭，就打包了一份烩面。当用塑料袋装着的打包烩面送到酒店时，我们傻眼了，筷子都没有，我们真的是用手抓了一些塞进嘴里吃掉以解饥饿，几近于无的服务意识真的让

人大跌眼镜。但五年后再来郑州，这里早已是另一番模样，进步其实是一个时间问题，只要我们看到自己的不足，只要我们足够谦虚。

加油仍然是我的必修课。每一次加油，我都把它想象得难一些，既然大家都有着对河南这块土地的"厚爱"，我把它想象得更难一些好吗？我把导航调到花园口，显示是 8.3 公里，我要在这 8.3 公里上，找到我的幸运点。

第一个加油站是一个女站长，她的认真倾听，也让我认真诉说。当她正准备在我的签名本上留下账号的时候却又犹豫不决了，她借口去要卡号，给她认为的智者去了一个电话，我就感到不妙，因为我这件事是当局者清，一打电话大都完蛋。因为表达方式的差异，很容易把我纳入骗子之列，这也是我们常态中，对于真假，都先以假的方式对待，怕上当。我坚持了近 50 分钟，在完全没有希望的情况下才放弃，我是多么想在第一个加油站就成功啊，不是为了油，是觉得河南

人民好啊。

第二个加油站是一个年轻的小伙子当站长，非常忙，一般这种情况的成功率很低。我找到他的时候，他正要给员工做训导，叫我等他 10 分钟，我当然愿意等。10 分钟后，我找到他，他在倾听了我的叙述之后，同意给我加 200 元钱的油，我已经很满意。前一个加油站如果我说只要 100 元钱的油，

那位站长可能就不会咨询其他人了。

在郑州加油的整个行走及沟通时间是两小时，两个加油站，结果让人满意。回到酒店，朋友李翀的说法让我很是触动：按照经济学的说法，如果我们人与人之间相互信任，那么就会省下这两个小时，这两个小时就能让人在其他的领域做出其他的作为。由于人之间的相互不信任，增加了更多的沟通成本，而这种沟通成本是可以通过互信来降低的。

加油的成功，也让我的朋友松了一口气，因为他是河南人，特别不想在河南，特别是在郑州打破我的最多的加不到油的记录。无论你的家在哪里，无论你位置多么高，无论你是多么的有钱，无论你的家乡多么的不起眼，多么的贫穷，只要是你的家乡，就会充满自尊、自护和热爱。

让我们也爱河南吧，爱我们曾经远古的家。

★ 欠款列表

欠款单编号	姓名	性别	账号	开户行	类别	金额	联系方式	进度	欠条时间	还款时间
141	张红克	男	6222××××××4766	交通银行河南省分行	油费	200	138×××1435	收到	2010.10.21	2010.10.27

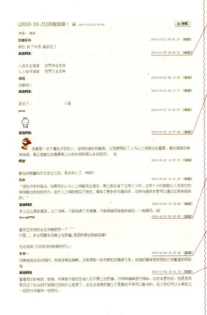

新浪网友 2010-10-22 09:08:22 ［回复］［删除］［举报］

人类失去诚信　世界将会怎样
人人恪守诚信　世界又会怎样

新浪网友 2010-10-22 12:27:09 ［回复］［删除］［举报］

我算是一点不懂经济学的人，但用你朋友的解释，
让我更明白了人与人之间信任的重要。看似简单
的常用词语，真正理解它却需要那么长的时间和
那么多的经历。　松

daisy0755 2010-10-22 20:35:00 ［回复］［删除］［举报］

看来应该找机会去河南感受一下～～
只是……多位同事在河南上当受骗，原因和责任
到底在哪？
无论如何，为你在郑州的顺利开心！

衣米一 2010-10-24 16:29:49 ［回复］［删除］［举报］

河南电视台采访我时，我说非常后悔啊，没有得
到一张刘美松的精美欠条，加油的事被他安排给
久别重逢的同学啦

新浪网友 2010-11-03 15:41:19 ［回复］［删除］［举报］

看看我们的电视、新闻、传媒每天都在告诫人们
不要上当受骗，对种种骗局进行揭秘，出发点是
好的，但是显而易见这个社会的不诚信已经到什
么程度了。全社会诚信的建立不是靠短平快可以
解决的，至少我们可以从美松这一回的行动看到
一些阳光。

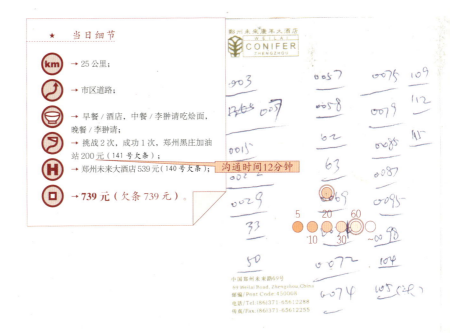

★　当日细节

- **km** → 25 公里；
- → 市区道路；
- → 早餐／酒店，中餐／李翀请吃烩面，晚餐／李翀请；
- → 挑战 2 次，成功 1 次，郑州黑庄加油站 200 元（141 号欠条）；
- **H** → 郑州未来大酒店 539 元（140 号欠条）；
- → **739 元**（欠条 739 元）。

沟通时间12分钟

洛阳城里见秋风

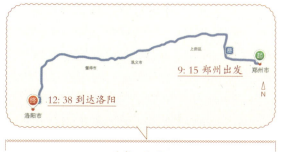

9：15 郑州出发
郑州市

12：38 到达洛阳
洛阳市

上街区
荥阳市
巩义市

N

向西南

全长25公里

只见秋风，已过开封。

洛阳城里见秋风，
欲作家书意万重。
复恐匆匆说不尽，
行人临发又开封。

多次想到张籍的这首《秋思》，到了洛阳，更是贴切。五十九天走来，可谓是一日一开封，又一日一家书，网络的便捷，让一种远归于一种近。

出郑州，遭遇大雾。长长的车队让行动变成等待，等待何尝不是一种缘。在等待的过

↓ 堵车的过程中，就有围观的朋友愿意为我出洛阳出口的高速费。

郑俊生留下账号

程中，已有人站出来帮我出到达洛阳的过路费，只是我到达的地方先是龙门，不好意思让别人为了我的行程而更改行程，谢谢好心人。上高速不久，遭遇第二次堵车，过来一位叫赵曼的女生，她不单单是旅游发烧友，还写诗呢，旅游的人众多，写诗的却凤毛麟角。交流中，她已开始帮我联系龙门石窟的门票，说是那儿有她的熟人，看是否能争取到一张免票。结果是该朋友出差，赵曼便自己拿出 120 元的门票钱给我，同时收到了我 120 元钱的欠条。真是美妙的堵车。

十三朝古都，心向往之。到过莫高窟后，就特别想去一下龙门石窟，那一定是另一番景象。到了龙门石窟，的确是另一番景象，却透出一股子悲哀和失望，这股子悲哀和失望

源于我看到的佛，几无完佛。文明以及历史天才般的创造是一个多么漫长的过程啊，损毁却只是一旦。

我看到那么多关在笼子里面的菩萨们，更多的无一物的空穴，不禁悲从中来。普度众生的菩萨，何曾有能力保护一下自己？而这种毁坏除了历朝历代的灭佛运动外，更多的是20 世纪 30 年代军阀混战中的

↑ 第二次堵车得到的门票钱 120 元。

↑ 为我出龙门石窟门票的赵曼。

↓ 此行走的最远的高速路办公点，距收费口有十多分钟路程。

龙门收费站

偷盗。这种混战还是自己人打自己人，最残酷的战争不是
侵略和被侵略，而是自相残杀，团结才是我们民族发展和
强大的必要条件，家里不和外人欺，便是这个道理。

　　到洛阳没有吃上水席，算不得到了洛阳。在深圳尚
大哥的遥控安排下，我不但吃上了水席，还识了新朋友，
自然没有白进洛阳城。在我眼里的水席，形式还是大于内
容，中间透出一股天津狗不理包子的味道，只是把民俗的
当成了一种站在原点的生钱工具，一旦离开这片土壤，它
的生命力值得怀疑。聪明的洛阳人，应该会有这种觉悟。

　　"若问古今兴废事？请君只看洛阳城。"当十三朝古
都，变身成为一个二线城市，它的繁华不是在落尽，而是在
新生。它没有了帝王之风，却不缺乏祥和之气。

　　回复到一种平静，安宁也是一种美。

↑ 给贵州的郜凯老师去电话，告知此地有郜庄。

不吃拉条,挂到洛阳

No:142 No:143

中国民生银行 网上银行电子回单

中国民生银行 网上银行电子回单

欠款地点:河南省洛阳龙门石窟

欠款地点:河南省洛阳龙门收费站

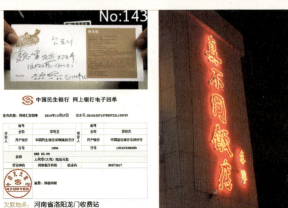

雅香金陵大饭店
Yaxiang Jinling Hotel

★ 当日细节

- km → 150 公里, 9: 15 出发, 12: 38 到达;
- → 连霍高速—二广高速;
- → 早餐 / 酒店, 中餐 / 无,. 晚餐 / 请;
- ¥ → 龙门收费站 60 元（143 号欠条）;
- → 龙门石窟 120 元（142 号欠条）;

沟通时间43分钟

- H → 洛阳 XX 酒店 220 元（144 号欠条）
- ▣ → 400 元（欠条 400 元）。

518   357   405   490
322   361   406   511
806 806 36K   446   516
                 357   426   596
378
        375   458   598
336
        338   465   601
565   396   478   602
5 20 60
10 30   555   369
                     487

中国洛阳洛南新区太康路 Taikang Road Luonan District Luoyang China 邮编C: 471023
电.话Tel: 86-379) 6592 2999 6592 2888 传真Fax: 86-379) 6592 3555
E-mail: yaxiang@jinlinghotels.com

★ 欠款列表

欠款单编号	姓名	性别	账号	开户行	类别	金额	联系方式	进度	欠条时间	还款时间
142	赵曼	女	6222××××××7178	交通银行河南郑州	门票	120	136×××8567	收到	2010.10.22	2010.10.27
143	郭俊杰	女	6222××××××8631	建设银行洛阳分行	路费	207	136×××0099	收到	2010.10.22	2010.10.27

在灞桥，我找到的值班领导，他对于我的做法给予了总结性的两点意见："从个人的角度讲，我没有这份心情，也没有这个兴趣，因为我是一个四十多岁的人，一个打工者，收入也不高，国家社会的什么事情，我不关心，也不想介入；从对公的角度讲，高速公路由私人企业投资，还是你们广东那边的，监管严格，所以不可能让你过去。"

（2010。10。23）

看看这三个字，好吃不是
吹出来的，是熏出来的 →

西出潼关是**长安**

9:55 洛阳出发

西安市 17:09 到达西安

N

全长348公里

向
西

在洛阳，喝上一碗地道而温暖的羊肉汤就要离开。小而且偏的一个小店，墙面漆黑，依稀能够辨认出"羊肉汤"几个字来，可就是这样一个不起眼的小店，生意奇好，排起了长队，真正的酒好不怕巷子深。

出了豫陕界收费站，算是真的离开了河南。这河南多日，来之前是谨慎，真的离开却是不舍。外界对河南人的诸多评价的确有失偏颇，一个地域口碑，破坏容易建立起来难，但我看到的变化，我实际接触到的点点滴滴，让我对河南人民保持敬意。

到了陕西，算是到了家，由于我身无分文，没有给他带来什么见面礼，因此得到的是漠然也就不奇怪了。

↑ 洛阳中石油第十七加油站站长周占海（蓝衣者）。

在灞桥，我找到的值班领导，他对于我的做法给予了总结性的两点意见："从个人的角度讲，我没有这份心情，也没有这个兴趣，因为我是一个四十多岁的人，一个打工者，收入也不高，国家社会的什么事情，我不关心，也不想介入；从对公的角度讲，高速公路由私人企业投资，还是你们广东那边的，监管严格，所以不可能让你过去。"我说咱们老乡，你不希望看到我两三天在这个收费站过不去吧，如果你能帮助，也算咱们交了一个朋友，而钱在两三天内又能到您的账上，岂不是两全其美。他认为我有胁迫他的意思，并说你待几天是你个人的事情，与我无关，也与本站无关。

话说得明了，在理，我无话可说。在这种情况下，我只能选择离开，到了另一个楼层的路政大队去碰运气。几个领导模样的人正要讨论某件事情，我的到来他们很是热情，握手、看座、倒茶、寒暄，我真的受宠若惊。特别是紧紧地被某领导握了握手，这股子暖流几乎涌遍我的全身。我知道我被误认为是来的客人了，我只好说明来意，领导当即非常生气，一个谈正事的场所，怎么就卷入这种不和谐音呢，对不起了。

为了不影响正事，此领导叫了另一位领导把我带到另外一个房间去谈，彼领导直接塞给我一张百元大钞："来给你，你自己去缴费吧！"我说明我不能平白无故要您的钱，而且我的身上也不能有多余的钱时，他就安排了一个同事在收费口等我，我去开车。灞桥口的55元过路费终于得到解决，我又重新回到领导办公室，找回了他45元。他的

← 洛阳"接待站站长"
梅赞民先生。

★ 欠款列表

~367

欠款单编号	姓名	性别	账号	开户行	类别	金额	联系方式	进度	欠条时间	还款时间
144	梅赞民	男	6222×××××0077	工行	住宿	252	139×××5226	收到	2010.10.23	2010.11.8
145	高素霞	女	6222×××××1786	工商银行洛阳	油费	200	135×××1569	收到	2010.10.23	2010.10.27
146	白红坡	男	6227×××××6634	建行	路费	100	158×××1353	收到	2010.10.23	2010.10.27
147	陶空军	男	3568×××××3453	中国民生银行	路费	55	133×××5819	已充值	2010.10.23	2010.10.28

No:144

↓ 豫陕界的白红坡先生。

欠款地点: 河南省洛阳市

No:145

欠款地点: 河南省洛阳中石油第17加油站

No:146

欠款地点: 河南—陕西界收费站

No:147

欠款地点: 陕西省西安灞桥收费站

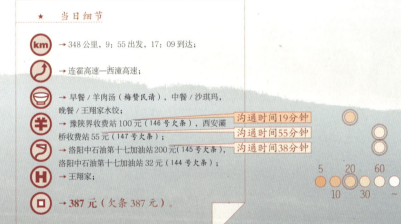

★ 当日细节

🚗 → 348 公里，9：55 出发，17：09 到达；

⏱ → 连霍高速—西潼高速；

🥣 → 早餐 / 羊肉汤（梅赞民请），中餐 / 沙琪玛，晚餐 / 王翔家水饺；

¥ → 豫陕界收费站 100 元（146 号欠条），西安灞桥收费站 55 元（147 号欠条）； 沟通时间19分钟 沟通时间55分钟

⛽ → 洛阳中石油第十七加油站 200 元（145 号欠条），洛阳中石油第十七加油站 32 元（144 号欠条）； 沟通时间38分钟

🏨 → 王翔家；

🅿 → 387 元（欠条 387 元）。

5 20 60
10 30 ～

大度,我很称道,他不问缘由的大度我却不能接受。再次见面,我们彼此的心情渐归平静的,他仔细看过我的欠条,爽快提供了账号,这个时候,我才认为他是真心接纳了我,接纳了这件事情。谢谢你,陶空军副大队长。

晚上住朋友王翔家,上午他就发短信我,晚上有饺子吃。他的岳父说,在陕西,吃饺子是招待贵客的一种方式,我想是有道理的,包饺子真是一件繁琐的事情,南方人很少包饺子,可能就因为它繁琐,这种繁琐却能见到真情。

我这所谓的贵客,却是身无分文的穷客,这穷客也只有真正的朋友才愿意接纳。

↑ 西安灞桥路政的陶空军副大队长。

新浪网友 2010-10-24 10:52:05 [回复][删除][举报]

有幸坐个沙发。都到长安了,看来快到紫阳老家了。紫阳人热忱欢迎! 边镇老九

博主回复:2010-10-24 11:02:31 [回复][删除][举报]

近乡情更怯哈……

新浪网友 2010-10-24 11:07:07 [回复][删除][举报]

踏着沉重的脚步 归乡的路是那么漫长
当身边的微风轻轻吹起 吹来故乡泥土的芳香
(歌词《故乡的云》)

daisy0755 2010-10-24 13:34:14 [回复][删除][举报]

真正的西北羊肉汤,真好哦,相信会给你一路的温暖!
继续加油!

新浪网友 2010-10-25 09:01:50 [回复][删除][举报]

带我向王翔问好哈。 小菜

新浪网友 2010-10-25 12:22:24 [回复][删除][举报]

刘哥,快到老家了吧?这几天要去您捐助的学校,是吧?一路平安,漠河宋方森

pplive 2010-11-04 17:45:39 [回复][删除][举报]

一路还挺艰辛的,路上多保重!

369

在西安，我挑战了四个加油站

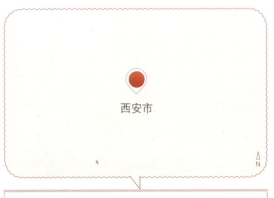

西安市

全长190公里

↑ 西安加油。

↑ 西安明德门加油站的黄国强在西安为我加油。

↑ 见到多年未见的老同事曹英，心情激动。

　　天气阴冷，又是星期天，我还是不想在西安白停留，我想尝试一下，看可否加上油。

　　昨天西安的抵达，由于道路不熟，我请教一的士司机，问电子城方向对吗，他说对，我说是否一直走，他说往三环，当我再问是三环的左或者右时，他脾气一下就上来了，大声喊道："看路牌！"这一下把我噎的，不知说啥才好。后来我跟朋友们提及这个小故事，朋友说，在陕西，这很正常，他并没有恶意，外冷内热。而且这一点，也是陕西人所说的"噌"（拟音，不一定对），那么就是说，我到的当天就被咱们陕西特色"噌"了一下。

↑ 干女儿洋洋所写下的"故香"。

　　生、愣、噌、倔，据说是西安人的特色，我想起当年中了彩票不能兑现而爬上电线杆的刘亮，那种不达目的不罢休、不出结果不甘心的战斗精神，确实让心虚的人更心虚。凡事总得认个理吧，再说当年的秋菊打官司，也

★ 欠款列表

欠款单编号	姓名	性别	账号	开户行	类别	金额	联系方式	进度	欠条时间	还款时间
148	黄国强	男	4270××××××9361	工行西安市	油费	270	029×××1421	收到	2010.10.24	2010.10.27

↓ 和诗友周公度（左）及长安之道小聚。

表现出一种倔。他们认准对的事情，一定坚持到底的决心，让所有人不得不为之折服。

所以，我对是否能加到油心里还是没底。第一个加油站，我找到的女孩子说在什么报纸上看到这回事，在这种情况下，成功的几率应该是比较大的，但她还是拒绝了我。我又找了她的其他同事，但他们都是当做笑料来看，喜欢看热闹，并无站出来的行动者。接着我又找了两家私营的加油站，我的说服不能奏效，我就给自己再设定一个目标的机会，不然就打算放弃这个礼拜天了。

明德门加油站，我今日最后一个挑战点。同样没有站长，但是有当班的班长呀。我的三寸不烂之舌终于说服了他，他答应给我加200块钱的油，在加油的过程中，我说还差几十块钱就能加满，帮我加满行吗？他也同意了。对不起，我太得寸进尺了。

西安是建都时间最长的一个地方，群山环抱，八水绕长安，渭河平原，有山有水有粮食，这就是天赐宝地，因此长时间成为政治文化的中心，左右着文化走向。有幸我的血脉里，亦是流淌着部分陕西人的血脉，我的路途的坚持，亦是有着陕西血脉中倔的坚持。

只是陕西文化、秦文化的博大，绝非只言片语能够说的清楚，也不敢妄自评说，在行走的过程中，低头做一个学生，仰之弥高，羡之弥深。

新浪网友 2010-10-25 09:31:09 [回复] [删除] [举报]

八月二十五 九月二十五 十月二十五
车轮飞转整两月 人在征途
真人真事 一天一集系列纪录片
所见所闻 一天一页生活教科书

边镇老九 2010-10-25 13:44:41 [回复] [删除] [举报]

今天有可能到紫阳吧，会回界岭吗？——界岭人

新浪网友 2010-10-25 20:36:53 [回复] [删除] [举报]

灞柳飘零秋风寒，故友盛情暖人心。部

新浪网友 2010-10-28 14:33:53 [回复] [删除] [举报]

历代名都，很想去！小莫

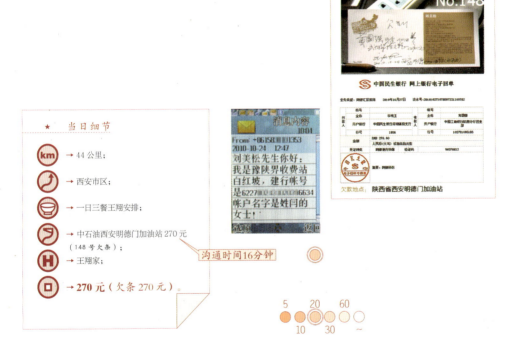

No:148

中国民生银行 网上银行电子回单

欠款地点：陕西省西安明德门加油站

★ 当日细节

km → 44公里；

→ 西安市区；

→ 一日三餐王翔安排；

→ 中石油西安明德门加油站 270 元
（148 号欠条）；

H → 王翔家；

→ **270 元**（欠条 270 元）。

沟通时间16分钟

From: +0615国国1353
2010-10-24 12:47
刘美松先生你好：
我是豫陕界收费站
白红坡，建行帐号
是6227国国国国6634
帐户名字是姓闫的
女士；

5 20 60
10 30 ~

（2010。10。25）

穿越秦岭，南面有家

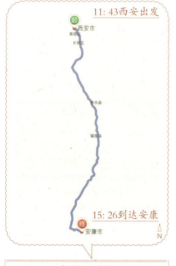

11: 43西安出发

15: 26到达安康

全程217公里

向南

从西安到安康，全程217公里，有百分之七八十是在隧道中穿过。终南山隧道18。02公里，包家山隧道11。2公里，这两个隧道加起来已是30来公里，在众多长长短短的隧道中穿行，我只能是穿越秦岭而不是翻越秦岭。隧道之长，别出心裁的工作人员甚至在隧道中种植了假的树木，用来缓解司机的疲劳。这种山里的日子如此冗长，那么通过翻山越岭的抵达会是多么艰难可想而知。这种穿越中，我不知道哪座山是真正的分水岭，但是到了安康，一定是到了中国的南面了。

2005年，曾经和车友们一起翻越过一次秦岭，没有到达核心部位，天就黑了。所以，我们的翻越，其实是在无知者无畏中就到达了终点。过后大杨多次提到，有机会要重翻一次，以此来见见它的真面目。秦岭之大，岂是一次翻越能窥其全貌？所谓的征服者，不过是征服自己的内心罢了。

山里的生活，俨然是一种慢对抗着一种快。刚刚打通不久的高速公路两边的山上，依然居住着昔日的山民，这

~375

↑ 诗人李小洛（左一）
及章涛、李爱龙。

↑ 收费站的向丹站长。

↓ 诗人李小洛的汉江石
绘画，天然妙趣。

种快在他们的俯瞰中，仍然春种秋收，仍然不登高而望远。星
星点点的白墙素瓦的房子，在山坡上，醒目而安静，改变的不
是速度，而是一种对于远的向往。

　　可是走得再远，都故土难离。一方水土养一方人，一方人
爱一方土，哪一方人不把自己的故土当做最珍爱的地方呢？
鸟飞再高，始于枝头，飞龙在天，起于水域。因为更远，所以更
爱，这是我对于故乡意义的理解。

　　全日唯一的一个收费口，茂南大哥早已守候于此。虽是
家乡，我还是想挑战，只能辛苦他等我。接待我的向丹站长对
于我的行动给予了充分肯定，也十分的热情，挑战变成了亲切
而友好的聊天。的确是故乡人，这是我在其他地方很难得到
的礼遇。

★ 欠款列表

欠款单编号	姓名	性别	账号		开户行		类别	金额	联系方式	进度	欠条时间	还款时间
149	向丹	男	4367××××××8765		建行安康分行		路费	160	138××××6799	收到	2010.10.25	2010.10.27

↑ 张茂南大哥一家安排的接风晚宴。

↑ 温暖小火炉，能饮一杯无？

(2010-10-25)穿越秦岭，图画有家

• 新浪网友 2010-10-26 09:58:13[回复]［删除］［举报］

　浓浓故乡情
　深深游子意

• 小豹子 2010-10-26 13:50:11 [回复]［删除］［举报］

　踏遍千山万水，总算到家了，欢迎你，远方的游子！

• daisy0755 2010-10-26 14:37:47[回复]［删除］［举报］

　看似远离，却是真正的回归，故乡，或许会让你更安稳了，
　祝贺

• 秦夫 2010-10-27 15:02:54 [回复]［删除］［举报］

　从诚信出发，诗意的行走，追寻抑或唤醒诚信的光芒！

★　当日细节

🚗 → 217 公里，11：43 出发，15：26 到达；

🕐 → 西康高速；

🍚 → 早餐／王翔家，中餐／沙琪玛，晚餐／张茂南大哥请；

¥ → 安康收费站 160 元（149 号欠条）；

H → 安康宾馆 120 元（150 号欠条）；　　沟通时间11分钟

▢ → 280 元（欠条 280 元）。

5　20　60
10　30　~

~377

迈入紫阳高速道

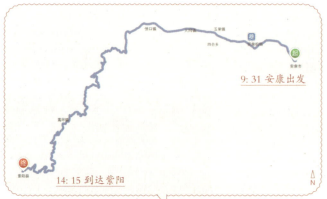

9: 31 安康出发

14: 15 到达紫阳

全长146公里

向西南

我离开紫阳是 1980 年,从当时的松树公社——现在的界岭乡到县城,走了整整两天,中途还在洞水歇了一晚。一个没有见到过任何交通工具的人第一次坐上火车,那种恐惧中的兴奋,兴奋中的无知,无知中的求知,无异于晚清时候去往日本客轮上的中国留学生们,前途在未卜中。

↑ 武警把守着未完工的高速路,在我们的说服下放行。

↓ 愈速则不达,我们只好又从高速折返到小道上,不是走少了,反而是更多了。

↑ 特色民居，家财外露只能说民风淳厚。

好在我多次回来，从羊肠小道到简易公路，从步行到单车再到汽车，再到我今天步入没有完工的高速道。我第一次看到紫阳的希望，指日可待的将来，将和祖国的明天很快站在同一条跑道上。

我很兴奋。作为一个紫阳人的兴奋，是因为这个可爱而又偏僻的小县城，以及县城以远的支支脉脉都将很快与外界打通血脉。晚间同桌就餐的交通局局长亦是表现出这种兴奋，他激动地说，这条包头至茂名的南北大通道，在紫阳设了四个出口。

← 罚单。

~379

↑ 在县城广场旁，把干部的照片和手机号公布上墙
让群众监督，在全国也许是首例。

出口就是出路。曾几何时，襄渝线成了紫阳人的唯一出口，这个火车小站也成为了多少人洞穿外界洞穿世界的起点站。山的高峻，永远阻挡不住一颗颗走出去的雄心，只有走出去才会有出路的紫阳人，对故土都表现出空前的热爱。留守者一点一滴地不懈改变，又让归家的游子时时充满感动，无论是走和留，这里都是我们共同的家。

道路的影响，而导致教育的落后，天生聪敏的紫阳人，虽然不懈，但在人生的走远上往往受到制约。时常痛心的是很多天才的紫阳人，因为教育的缺失，雄心止于野心，野心止于灰心。道路的通畅将会让更多的紫阳人走出去，学习更多，走得更快，也走得更远。

再快再远，都有根。当我们坐上小车，不要忘记昨天肩上的背篓；当我们穿上了西装，不要忘记昨天身上的蓝布衫；穿上了皮鞋，不要忘记曾经穿过的草鞋；抽上了中华，也不忘记曾经的叶子烟。传统而不守旧，自信而不得意，快速而又认清方向，未来当然可期。

而我对于紫阳的热爱，也只能是走近她，亲近她，在她的母体上感受每一点细微的温情。对于在外的乡亲们，我只能是轻捧一杯汉江水，祝福天下紫阳人。

(2010-10-26)迈入紫阳高速通

蚊子

回到故乡，乡情如萝卜羊肉般味浓。

博主回复：

家乡味道……

广东牌照在省外被罚不用交米米的吧？　小莫

一字一句镇深深
一点一滴藏显疑

油绿绿

乡情归乡情，简单意思说说：满六里要基只，现买归现买，萝卜羊肉般的，那

唐晋

回家乡了哈

今天有幸和你停在界岭乡政府大院的坐骑合了张影，高兴！！支持你，有魄力的哈哈！

博主味道……

当然，回家也不能顶风作案哈

琼琼儿

看哭了！

- 蚊子 2010-10-27 08:53:32 ［回复］［删除］［举报］

  回到故乡，乡情如萝卜羊肉般味浓。

  博主回复：2010-10-27 22:01:08 ［删除］

  家乡味道……

- 新浪网友 2010-10-27 09:36:35 ［回复］［删除］［举报］

  广东牌照在省外被罚不用交米米的吧？　小莫

  博主回复：2010-10-27 22:00:18 ［删除］

  当然，回家也不能顶风作案哈

- 唐晋 2010-10-27 17:51:20 ［回复］［删除］［举报］

  回家乡了哈

- 边镇老九 2010-10-27 20:17:44 ［回复］［删除］［举报］

  今天有幸和你停在界岭乡政府大院的坐骑合了张影，高兴！！支持你，有魄力的哈

- 琼琼儿 2010-10-28 01:17:33 ［回复］［删除］［举报］

  呜呜呜呜～～～～～！看哭了！

↑ 青青饭庄的美女老板青青。

★　当日细节

 → 146公里，9：31出发，14：15到达；

 → 先走未完工的包茂高速，不通—无名小路—S310，欲速则不达；

 → 早餐/羊肉泡（茂南兄请），中餐/青青饭庄李同青请，晚餐/邓山伍请；

 → 安康某加油站228元（150号欠条）；

 → 紫阳某饭店150元（152号欠条）；

 → **378元（欠条378元）**。

界岭之一

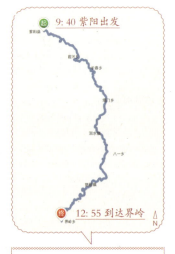

9：40 紫阳出发

12：55 到达界岭

全长81公里

向南

夜已深，很静，我能听到的唯一声音就是窗外的流水声，奔流不息，不知疲倦。她要去哪里？她为什么要远离？她叫什么名字？

她叫八道河，她要到县城去，那里有一个叫汉江的男人，他们一起要去到更远，去到武汉，去到长江，去到大海。海纳百川，她是百川中那么不起眼的一条，是奔腾的血脉中一支同样奔腾的末梢。她那么纯净，那么美，她生怕自己"藏在深闺人未识"。

多少好儿女，做了她身体上的一滴水，他们也要远离，我不知道哪一种远离是因为恨，只有离开家乡是因为爱，有爱的远离是为了回来，是为了根的茁壮。

↑ 美丽紫阳。

↑ 大石挡道，茂南兄是想把它搬开吗？

晚间吃饭的那家人家是我的亲戚，九十岁的老父亲，耳朵有点点背，但眼睛好，思维清晰。说起当年的川陕间的秦巴山脉，可是土匪横行，当地叫做棒老二的土匪，烧杀掳掠，无恶不作。

一直等到新中国成立后，人们才算过上了安宁的日子，但是山区的出产少，山民生活水平极其低下，如果不是饥荒年，产出最多也就是自给，稍有一点结余也就是在赶场的日子里换点油盐，这也就是年轻人必须走出去的原因。

当我们在埋怨生活多艰的时候，先辈却只要得到一种最最起码的平静和安宁。岁月的变迁，社会的进步，对命运

↑ 依河而建的房子。

的抗争，让我们像门前那条小河一样不停地向前。二百华里的山路，转换成几十公里的公路时，我们的行程由两天的步行，压缩到了三小时左右车辆行驶。这样的时间，在中国目前的乡镇到县城的时间中，也还是要名列落后的前茅，但多少人为此却付出了心血、汗水甚至于生命。

从起码的安宁到我们走出大山，从步行到车辆的进入，我们的眼界慢慢得到了开阔，生活质量渐进地得到了提高，但我们还有进步的空间和时间。不怕艰苦、不甘落后的八道河人，有理由去期待明天的生活更加美好。

★ 欠款列表

欠款单编号	姓名	性别	账号	开户行	类别	金额	联系方式	进度	欠条时间	还款时间
151	李同青	女	6225×××××××2510	紫阳陕西信用合作社	油费	135	139×××1678	汇出	2010.10.27	2010.11.4

↓ 青青为我加油，并留下账号。

No.151

中国民生银行 网上银行电子回单

欠款地点：陕西省紫阳

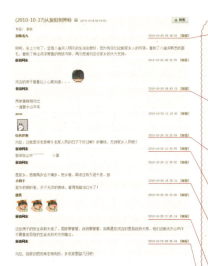

边镇老九 2010-10-28 09:36:52 [回复] [删除] [举报]

　　呵呵，坐上沙发了。坚信八道河人明天的生活会更好，因为有你们这般家乡人的引领。看到了八道河熟悉的面孔，看到了倾注浓浓爱意的班级书架，再次感谢你对家乡的大力支持。

新浪网友 2010-10-28 09:43:19 [回复] [删除] [举报]

　　两岸青峰相对出
　　一道碧水山中来

红色梦想 2010-10-28 10:20:09 [回复] [删除] [举报]

　　这就是你老家啊？老家人民的日子不好过啊！多赚钱，支持家乡人民吧！

新浪网友 2010-10-28 12:34:55 [回复] [删除] [举报]

　　紫阳在山中～～～～　　小莫

小豹子 2010-10-28 16:35:31 [回复] [删除] [举报]

　　家乡的钢钎鱼，天下无双的美味，看得我都流口水了！

新浪网友 2010-10-28 21:05:14 [回复] [删除] [举报]

　　这些房子的安全系数太低了，国家要管管，政府要管管，如果悬在河边的是县政府大楼，他们还敢去办公吗？
　　不要拿老百姓的生命去和天灾作赌注。

新浪网友 2010-10-29 09:45:44 [回复] [删除] [举报]

　　回家的感觉肯定特别好，多在家里留几日吧！

★　当日细节

 → 81 公里，9：40 出发，12：55 到达；

 → 紫阳—界岭乡道；

 → 早餐／羊肉泡（李同青请），中餐／钟良松请，晚餐／钟良喜家；

 → 紫阳某加油站 135 元（151 号欠条）；

 → 界岭一小招待所 100 元（152 号欠条）；

→ 235 元（欠条 235 元）。

~385

有的孩子到达学校甚至要走一个半小时，学校是八点上课，也就是说这些远距离的孩子要在早上六点半就得从家中出发，而山区的六点半钟，天还没有完全亮，对于这些五六岁的，甚至四五岁的孩子意味着什么？

（2010。10。28）

界岭之二

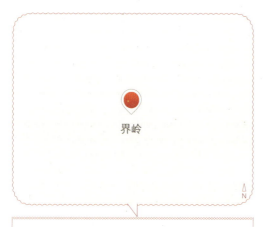

界岭

乡间小道14公里

↑ 我的小学老师林一汉老师。

↑ 小黄和朱玲玲。

↓ 虽然没吃中饭，但是很精神。

回到老家，儿时的画面一个个电影镜头般浮现眼前，山走尽，水完头，我们就怀着这样的目标自下而上。

到达美松小学大约是十一点二十，孩子们正是午间休息时间，老师也就趁着这个时间段用午餐。虽然交通发展很快，但孩子们更多的还是依赖步行，有的孩子到达学校甚至要走一个半小时，学校是八点上课，也就是说这些远距离的孩子要在早上六点半就得从家中出发。而山区的

六点半钟,天还没有完全亮,对于这些五六岁的,甚至四五岁的孩子意味着什么?

中午孩子们没有午餐吃,条件好一点会干嚼几口方便面。下午同学们是两点多放学。我们来算一个账,早上六点半出发,下午到家大约四点,那么中间大约九个半小时,孩子们是在饿肚子,近一些的也是将近八个小时。

这个景象跟三十年前我的上学方式依然同出一辙。更为严酷的是,这些孩子更多的还没有父母在家,大多的父母出门打工,在经济发展的大背景下,都不得不为一个"钱"字低下头来。国家是不收学费,可是国家管不了家庭生活。

到了我所生活的村子,山水依旧,物是人非。从前几十户人家的村落,现在只剩下三户人家,从前繁茂的庄稼,现在满目荒野,从前的鸡犬相闻,现在只见到三个老女人和一个两岁左右的孩子,还有一条大黄狗。

那时候,那时候是多么美好,大人们上坡做活路,家里就是我们的天下。牛家前面的竹林里,被蛇惊吓的过程;门口的小场子

~389

上，我们藏匿着小竹竿，等待驱赶捕捉家鸡的鹞子；山边的石坡上，是我们天然的滑梯，我们用青藤做成攀登工具，顺着藤子爬上去，又滑下来，乐此不疲；看着门前晾晒的萝卜菜，口中念叨着不是儿歌的儿歌："萝卜荫子，萝卜叶子，萝卜荫子，萝卜叶子——"一直到天黑。

我们也会偷偷跑到山里去摘野果子，什么八月瓜、猫屎瓜，什么洋桃、野核桃，品种繁多，取之不尽，吃之不绝。但对于第一年开花结果的桃子，未成年的女孩是不能吃的，称作试花桃子，这其中的缘由我不得而知。

我家邻居姓向，有个女孩叫向翠儿，和我年龄相仿，我们就摘过一次试花桃子吃了，后来被她的家人痛骂了一顿。之后某一年，她的一个弟弟没有养活，应该不会与这个有关吧。他们家的人用一个小匣子把孩子装起来，在墙壁上打一个洞，把这个小匣子塞出去，再找个崖洞放进去，这是山区对没养活的孩子的处理方法。

儿时的快乐还是很多。有月亮的夜晚，我们

← 猫屎瓜。

会在月光的照耀下从上家跑到下家，又从下家跑到上家，大人们坐在门口聊天，小孩子就顺着月亮的光芒在玉米地里穿行，我妈经常唱的一首儿歌是"月亮哥哥月，堂屋来了客，媳妇去打酒，婆婆舍不得"。在儿歌声中，在大人们的聊天声中，在他们呼唤着乳名的吆喝声中，我们也累了，大人们也倦了，露水开始落下，这样的夜晚，一定都能睡上一个好觉。

如果能够勤快些，我们还可以下河去捉螃蟹。扎上一把干竹子做火把，无比明亮，在河床上一照，那些纳凉的螃蟹们，就暴露在我们的眼皮底下。这时只要拿出火钳来，一只一只往准备好的木桶里拣，不多会功夫就会拣满整整一桶。

赶上下大雪，银妆素裹，出门已经很难，炉火一定是烧得旺旺的，房梁上要是还有几边熏着的野猪肉，就会慢慢地往下滴着油。要是打开门看看，就会看到几只觅食的麂子跳来跳去，看着是那么近，可是一个在这面山，另一个却在那面山，人兽间相安无事，太平共享。运气好的话，也能看到无聊闲逛的狐狸，窜来窜去的小松鼠，冰封的河床下面，听得见而看不见的潺潺流水。

我大哥当年在三线上当会计，过年的时候，就会拿出几个雷管，插上导火索，再把它们插在雪地上，先从长的引线点起，再到短的引线，点燃后人快速跑开，这便是我们迎接新年的鞭炮。没有什么其他事可做，我们就堆雪人，把身子做的胖乎乎的，用红辣椒做鼻子，眼睛和嘴巴都用毛笔来画。几乎四五个年头，我大哥都会在新年的前几天拿出那双永远不变的翻毛皮鞋，在我们羡慕的眼神下，为它上上那种黄黄的粉状的鞋油。这是我们的新年，清贫但是快乐着的新年。

这种无知的快乐延续到我的离开，儿时玩伴几近于无，为了生计，为了逃离，我们的快乐童年在流水声中远去，它一去不回来。

↑ 和叔伯大嫂的合影，五十多岁的叔
伯大哥在山外的砖厂打工去了。

↑ 我上过的小学，因生源不足已关闭。

欠款地点：陕西省紫阳县界岭

★ 欠款列表

欠款单编号	姓名	性别	账号	开户行	类别	金额	联系方式	进度	欠条时间	还款时间
152	钟良松	男	9559×××××××0611	农业银行紫阳县支行	住宿	350	139×××5631	收到	2010.10.28	2010.11.3

(2010-10-28) 在界岭

新浪网友 2010-10-29 09:53:10 ［回复］［删除］［举报］

呀，前挡玻璃裂了，路上注意安全。　蚊子

新浪网友 2010-10-29 10:01:36 ［回复］［删除］［举报］

衷心祝福界岭人
明天生活更美好

新浪网友 2010-10-29 13:14:14 ［回复］［删除］［举报］

猫屎瓜第一次见到，确实如名！　小莫

唐晋 2010-10-29 15:28:36 ［回复］［删除］［举报］

美松小学！什么时候安排我们去上课一段时间，义务的

博主回复：2010-11-02 11:46:11［删除］

谢唐老师哈，好主意，我联系一下，争取成功呵

新浪网友 2010-10-29 19:05:55 ［回复］［删除］［举报］

再贫再穷，到老家的感觉真是好。再苦再累，对儿时的回味最有趣。很有幸分享美松的儿时回味。部

新浪网友 2010-10-30 20:22:07 ［回复］［删除］［举报］

很期待你百天归来后出新作，
真实展现老百姓的生活，
看的你家乡，看到一方的百姓，
真的很心酸，

东师学子 2010-10-31 15:31:31 ［回复］［删除］［举报］

很高兴来你的博客，看到车，我看到过，你经过长春时我看到过。现在，你到安康的，你是安康人，其实我也是安康人，求学东北。虽然对你的旅程不是很了解，祝您一路平安。

★　当日细节

km →14公里；

→乡间小路；

→早餐／面条（茂南兄请），中晚餐／双泉村小豹子

H →界岭某小招待所 100 元（152 号欠条）；

□ →100 元（欠条 100 元）。

（2010。10。29）

来自安康的报告

17:26到达安康
安康市

9:30界岭乡出发

全程234公里

向东北

↑ 我的老家曾用以这棵松树命名叫松树公社，这棵山腰间的松树看似不大，走近却要多人牵手合围。

小溪水流不停，鸟儿开始鸣叫，我开始醒来。

故土难离。每一次到来的迫切，每一次离开的不舍，这是我的家，没有房子，没有土地的家，却是生命的根。我不是第一个离去的人，也不是最后一个。

计划是想早走早到，难奈山余兄以及山伍的热情，只好到五一吃了一个早中饭。当地没有油站，山余兄清早出门用油壶打了一壶油，为我的行程加油。这也是行程中唯一一次非加油站加油，同时，我也照例给他留下了欠条。

↑ 87岁的老人家还每天下地干活。

→ 山余兄把准备的油加入我的备用壶中。

↓ 在姐夫哥的三弟家。

↓ 车过岚皋。

~395

↑ 走了人生中最多的弯路，真是山穷水复疑无路！

为了避开紫阳至安康的那一段烂路，我决定改道经由岚皋县城到安康。这也就意味着会走更多的山道。陪同的茂南大哥、送行的钟良松老师，我们就这样在山梁间穿行，谈古而论今。河水依旧清澈，山道依旧蜿蜒，岁月山河老去，花自盛开，花亦凋零，我在远离。

这一天，走了人生中最多的弯路，目的是到达。在三分之二的行程中，我第一次停下来梳理，形成了这一份来自安康的报告：

8月25号从深圳出发，10月29号到安康，出行时间66天，占计划行程的三分之二。行程21283公里，共计打下欠条153张，总费用32275.5元。

共计经过收费站106个，免费47个，免费费用727元，占总开支的2.25%；

加油67次，挑战加油站127个，成功52次，成功率40.9%；

住宿挑战50次，成功13次，成功率26%；

最大笔欠条是5742元，最小笔欠条是10元；

最长通过高速路口的时间是1小时25分钟，荣誉属于嘉峪关，最快是津蓟收费站，约2分钟。

最多次挑战住宿数量是山海关的11家；

最多次挑战加油站是齐齐哈尔，7家无一成功；

最顺利的城市是敦煌，最难沟通的地方是东三省，又以黑龙江为最。

（以上内容没有地域偏见，仅供参考！）

壶朋茶有 2010-10-30 09:16:52 [回复][删除][举报]

你家乡风景真美。美松名字的由来，呵呵

边镇老九 2010-10-30 09:23:50 [回复][删除][举报]

一串串数字跃然纸上的同时，也展示了你的自信、坚强与勇敢，向你学习。

新浪网友 2010-10-30 10:16:41 [回复][删除][举报]

走到今天实属不易
坚持到底就是胜利

pmax 2010-10-30 16:20:25 [回复][删除][举报]

住宿的成功率不高呢

新浪网友 2010-10-31 20:00:57[回复][删除][举报]

看来社会还是进步了，吃饭不进总结了。从总结看，一路走来确实不易。敬佩啊，美松。

pplive 2010-11-04 17:22:49[回复][删除][举报]

有没有住在车上的经历啊？美松大概已经练成了三寸不烂之舌。哈哈

No:153

中国民生银行 网上银行电子回单

业务类型：网银汇款编号 2010年11月8日 流水号：20101105107957221100849

付款人	账号	审科玉	收款人	账号	邓山余
	开户银行	中国民生银行深圳福田支行		开户银行	中国工商银行党庆智阳昌文行
	行号	1806		行号	102801970068
金额	RMB 150.00			人民币(大写) 壹佰伍拾元整	
凭证种类			网络电子凭证	结算码	40582489

用途：青进网银

欠款地点：陕西省安康紫阳县

★ 当日细节

→ 234 公里，9：30 出发，17：26 到达；

→ 乡间公路—岚皋—S207；

→ 早餐 / 面条（茂南兄请），中餐 / 邓山余家，晚餐 / 张茂南大哥安排；

→ 家庭自装油壶转入 90# 汽油 150 元（153 号欠条）；

→ 安康宾馆 120 元（150 号欠条）；

→ **270 元**（欠条 270 元）。

★ 欠款列表

~397

欠款单编号	姓名	性别	账号	开户行	类别	金额	联系方式	进度	欠条时间	还款时间
153	邓山余	男	6222××××××4528	中国工商银行紫阳县支行	油费	150	137×××9296	汇出	2010.10.29	2010.11.5

（2010。10。30）

在安康学院

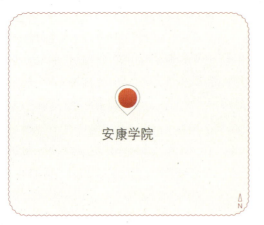

安康学院

折腾到两点多才睡，天气奇冷，而床上只有薄的毯子，我只好把另一个床上的毯子也加在身上，但还是冷。清早起来，拉开窗帘，我算是气疯了，原来这一夜，窗户都没关，更为丢人的事是，柜子里面有被子。

约好十点半钟要去安康学院化学系做所谓的"报告"。而我自己却羞于这样说，更愿意把它看成是跟师生间的一个交流机会，能与大家一起分享路途中的一些小故事，也是开心的。

这是我的开场白：

"非常惭愧能得到这宝贵的一个半小时，在这宝贵的一个半小时里，我希望正如化学系一般地产生可爱的化学反应。虽然没有休息好，但我还是做了一些能做的准备，把66天来的行程做了一个简单的梳理。因为有一种责任，因为周琼老师的极力推介，因为学院领导的信任，为了这种信任，必尽全力。

每一个人都是为一个梦想而存在的，当你的梦是在弥补昨晚的睡梦的时候，有的人正在现实中的梦中奔跑，我也想与大家一起成为这个奔跑者。

当我站在这个神圣的高处，作为一个普通人，每一步都走在卑微的低处。正是这种低,让我坚持,坚持行动和坚持仰望。我仰望在座的每一位,每一位,都是我心中的繁星。"

一个半小时的计划,后来变成了两个多小时。讲得少,大多数时间是在回答学生提问。我喜欢被问,只有被问才会让人思维敏锐,问题也是五花八门,最多还是如何择业,敏感的算是最近的反日货。

还问到一个问题:现在的学生为何越来越不诚信?借款多年不还。我认为首先是教育体制的问题,学知识放在了学做人和学本领的前面。一个学生到了学校学习什么?我认为是学做人和学本领,做人是品德,本领也就是生存能力。当学校只是把书本知识复述一遍转卖给学生,学生在生活中面对疑难杂症就只能是束手无策,这也就意味着找不到工作。没有工作如何来兑现承诺?所以说生存能力永远是第一位,再才是诚信,兑现承诺,再才是爱心,关注他人。

新浪网友 2010-10-31 10:01:37 ［回复］［删除］［举报］

故事与人分享
感悟引人深思
数字给人启示
坚强令人敬佩

乐翻天 2010-10-31 11:32:35 ［回复］［删除］［举报］

感谢刘大哥的支持，知道了你的传奇故事我很震撼，第一次会面回来的路上我就强烈地希望我的学生也能受益。所以争取了学院领导支持，通过叔叔的支持才请到你。只是我第一次主持经验不够丰富，学生是纯真的，有些问题可能有点偏激，希望你不要介意。报告会是非常成功的，再次感谢！祝刘大哥剩余的诚信天下行程平安、快乐，有我们安康学院的化学化工系师生的关注，你一路不再孤单！

博主回复：2010-11-02 11:41:10［删除］

谢谢周教授哈，每一个人都在成长中，都在过程中，看淡成功，不怕失败就行。平台是双方的，彼此受益就是好事情，欢迎全家到深圳做客问好。

无痕 2010-10-31 21:17:37 ［回复］［删除］［举报］

第一次听周琼老师说明你的故事，还有点半信半疑。听了你的讲述，非常的感动。万事开头难，每个人心中都有一个梦想，但能付出实践需要勇气和坚持。真心祝善良的您一路顺风，旅途愉快！安康学院化学系学生祝福。

pplive 2010-11-04 17:13:43 ［回复］［删除］［举报］

照片上又见到张大哥了，当年张大哥送的天麻和紫阳富硒绿茶那是相当好。都多保重吧。

博主回复：2010-11-05 20:01:55［删除］

是，这次他又陪了我一路。

↓ 任祖慧小朋友的绘画作品。

↑ 和院领导的合影。

★ 当日细节

 → 早餐／羊肉泡(茂南兄请)，中餐／安康学院请，
晚餐／张大哥请；

 → 安康宾馆120元（150号欠条）；

 → 120元（欠条120元）。

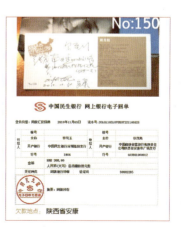

欠款地点：陕西省安康

★ 欠 款 列 表

欠款单编号	姓名	性别	账号	开户行	类别	金额	联系方式	进度	欠条时间	还款时间
150	张茂南	男	6221××××××3828	中国邮政储蓄银行安康分行	住宿费	588	137××××3502	汇出	2010.10.26	2010.11.3

汉中

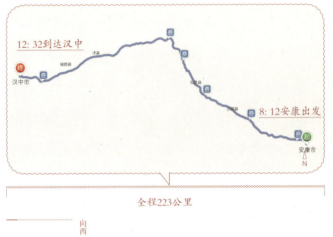

12: 32到达汉中

洋县
城固县

8: 12安康出发

汉中市

安康市

N

全程223公里

向西

　　早起博客还没写完，从深圳赶回安康为我加油的高世安便跟随着茂南兄来到我的房间。吃上一碗热腾腾的羊肉泡，再加满油，下一个目标是汉中。可怜了高世安，深圳晚上七点的飞机，到达西安该是十点左右，可是飞机晚点，等朋友接上他，再回到安康就是早晨的四点多了。也就是说他为了赶回来见我，为我加油，整夜都没有睡。虽然我一再坚持劝说他不要刻意，但他的坚持还是让我感动。

　　汉中，美誉"汉家发祥地，中华聚宝盆"。它有很多让人记住的事件，譬如"明修栈道，暗渡陈仓"，譬如萧何月下追韩信，譬如诸葛亮六出祁山，等等。有的地方，由于特殊的地理位置，仿佛专为大事件而存在，多少英雄豪杰战于斯，成名于斯，死于

↑ 从深圳赶回老家的为我加油同事老乡高世安。

★ 欠款列表

欠款单编号	姓名	性别	账号	开户行	类别	金额	联系方式	进度	欠条时间	还款时间
154	高世安	男	6013××××××5539	中国银行西丽支行	油费	290	137××××9191	收到	2010.10.31	2010.11.3

斯,千古风流人物,都被雨打风吹去。

　汉中景点密布,我只选了近一点的古汉台和栈道两处景点。前者是因为里面有很多石碑,都是一些魏碑的极品。我对石头和书法同样喜爱,可惜身系责任,只能是走马观花,草草了事;后者,却是蜀道之艰的再现,我的行者身份,当然不能错过。

　相对古人之执著,旅行探奇、走亲访友,甚至于兵事之争、居所不定、前途叵测来说,我借助于现代交通工具来完成的所谓冒险之旅

实则是不值一提。当然,挑战无时不在,无处不在。古之挑战者大多是自然之艰,我则挑战人心、人情、世情。自然之变可辅之于人力,而人心之变,人心之不古,却是很难修复得了。

　世情看冷暖,冷暖自在人心。

新浪网友 2010-11-01 11:43:47 [回复] [删除] [举报]

故土难离
梦回家园

新浪网友 2010-11-01 21:13:06 [回复] [删除] [举报]

汉中是中原、川蜀交接，南、北区分之地。如果今后我能一游，就爽了。现在只能跟美松眼游了。

博主回复：2010-11-02 11:32:25 [删除]

是的，可是我经过得太粗。可惜！

新浪网友 2010-11-01 21:14:40 [回复] [删除] [举报]

眼游也爽。部

daisy0755 2010-11-01 21:53:42 [回复] [删除] [举报]

呵呵，看来离家越来越近了，估计也越来越累了，注意休息哦！

博主回复：2010-11-02 11:30:44 [删除]

是的，很疲惫，还不能放松……呵呵

新浪网友 2010-11-01 22:12:54 [回复] [删除] [举报]

美松美松，美丽一回，轻松一次

kongquan_520 2010-11-02 11:07:01 [回复] [删除] [举报]

我已经发动我身边所认识的人都来关注了！

博主回复：2010-11-02 11:29:52 [删除]

哈哈，自然最好！谢谢

No:154

中国民生银行 网上银行电子回单

欠款地点：陕西省安康

★ 当日细节

→ 223 公里，8：12 出发，12：32 到达；

→ G316—G7011；

→ 早餐／羊肉泡，中餐／朋友请，晚餐／朋友请；

→ 5×4 个 =20 元，汉中东收费站，45 元（朋友代付，算免费）；

→ 同事高世安 290 元（154 号欠条）；

→ 邮电宾馆（朋友请）；

→ 355 元（欠条 290 元，免费 65 元）。

~405

他边工作边听我的唠叨，最后的回答很坚定，

同意支持我，并说中石化的企业精神亦是讲诚

信，和我这个活动内容很一致。

（2010。11。1）

第二次入川

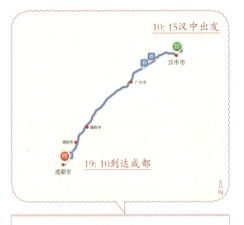

10: 15汉中出发

汉中市

广元市

绵阳市

19: 10到达成都

成都市

N

全程525公里

向西南

No:156

🇨🇳 中国民生银行　网上银行电子回单

业务类型：网银汇款清单　2010年11月04日　流水号：20101102107850T221108818

欠款地点：陕西省汉中宁强主线收费站

↑ 远去的是远山，走近的还是远山。

　　想想上次入川的时间是 9 月 4 号，算起来差不多相距了两个月。那一次是计划外的入川，因为滇藏公路修路，我不得不改走川藏，因此经过了乡城、理塘、巴塘三县。乡城的加油和住宿、理塘和巴塘的加油都是成功的，加上这次的计划内入川，高速路口的支持，在四川我得到了足够的礼遇。

　　时间的盈余，让我在老家呆的时间相对有些长，一直是在朋友们的关照下，不存在丝毫的挑战，甚至于到达汉中后，朋友还要给我加油，但我还是强烈要求自己去挑战。我不想一路上被人包办，产生惰性，也少了故事和对各地人性人情的了解。况且我油箱中还有半箱

← 老人扛着背架走在高速路边
用一种慢对抗着一种快。

↑ 热情而有思想的汉中中石化江南加油站站长朱晓安用陕西的
油把我送到四川。

↑ 过此境，家乡渐行渐远。

↓ 宁强主线收费站冯磊先生。

油，怎么也能跑上二百来公里。

　　出汉中，路走得有点问题，直到南郑才见
到加油站，第一家是中石油的加油站，一看着
装，就认出站在路边穿着浅色蓝衣正在抽烟的
就是站长了，我把车停在路边和他攀谈起来，
他开始是一口回绝，在我的坚持下，也慢慢看
看我的欠条，及其他地方的签名，并说不可能
有中石油帮我加过油，我拿出的"债主"签名
本，随便就找出多家中石油帮过我的信息，这
样我想他该会有松动吧，但他还是用"我才不
想给自己找麻烦"为由拒绝了我，叫我到一公
里以外的中石化去找他们。

　　到了中石化，站长不在办公室，我在院子
后面找到了他，他边工作边听我的唠叨，最后
的回答很坚定，同意支持我，并说中石化的企
业精神亦是讲诚信，和我这个活动内容很一

↑ 群山起伏。

↑ 壁立千仞。

↑ 哥们张进，川妹小蒲和小李。

致，并说他作为中石化的一个站长，当然有责任来支持这件事情。

以前我也讲过，我挑战的不是制度，而是人心和人性。那么前面的中石油的做法，自然也有他的道理，丝毫没把两家拿来做对比的意思。在西藏和新疆以及更多的北方领域，都是中石油在支持我。准确地说，是有了中石油和中石化两大支柱的支持，我才能走完全程。而且现在，我仍然在路上。

晚上成都的朋友张进帮我预留了房间，还预留了成都的美女陪我一起吃饭。他把我们带到一个非常难找的地方，说是只有外地人，他才把他们带到这种地方，一个非常有名的苍蝇馆子。为什么叫苍蝇馆子？就是苍蝇比人多，设施简陋而又味道极佳的地方。这种地方真可谓是雅俗共赏，上到党政小员，下到做生意的小商小贩，大家不同等身价，却可以平起平坐，其乐也融融。当然，这种地方也只有像张进这种自喻为人肉版GPS的人才能找得到，今夜有口福了。

★ 欠款列表

欠款单编号	姓名	性别	账号	开户行	类别	金额	联系方式	进度	欠条时间	还款时间
155	朱晓安	男	4367××××××1326	建设银行汉中分行	油费	170	134×××4615	收到	2010.11.1	2010.11.3
156	冯磊	男	6222××××××0755	工行汉中分行人民路支行	路费	55	151×××9997	收到	2010.11.1	2010.11.3
158	张进	男	6221××××××0477	成都银行成都市成华支行	住宿	296	136×××3888	已汇	2010.11.1	2010.11.11

(2010-11-1)第二次入川 编 2010-11-02 16:18:12

标签：杂谈

新浪网友   2010-11-02 11:20:41

告别老家，又开始新的征程
一路平安，是对故乡最好的回馈

poem   2010-11-02 12:38:13

四川时时方便，希望列好的时间序列，别在记录要下美哦!

daisy0755   2010-11-02 13:29:52

收得我口水直流，到我们家乡了，苍蝇馆吃东西，可得小心肠胃了，调味品超多哈

小豹子   2010-11-05 18:45:58

家乡虽然渐行渐远，但家乡人的心永远与你在一起，陪伴支持你!

linda   2010-11-02 13:57:19

加油

linda   2010-11-05 18:30:32

期待你们过江苏、小王留言!

俊勇   2010-11-02 14:12:20

e、e、e

新浪网友   2010-11-23 00:13:51

苍蝇饭馆确实简陋了点，但起这名是否是菜名。美女能吃，美松也能吃，翻美吗。哈哈。高速路边扛背架的老者背影，可以投稿哟。部

新浪网友   2010-11-08 14:46

以上是你的建议了

新浪网友   2010-11-11 19:55

苍赠1   小龙

新浪网友   2010-11-02 11:20:41 [回复][删除][举报]

告别老家，又开始新的征程
一路平安，是对故乡最好的回馈

博主回复：2010-11-02 11:29:10 [删除]

谢谢

daisy0755   2010-11-02 13:29:52 [回复][删除][举报]

说得我口水直流，到我的家乡了，苍蝇馆吃东西，可得小心肠胃了，调味品超多哈

小豹子   2010-11-02 13:45:58 [回复][删除][举报]

家乡虽然渐行渐远，但家乡人的心永远与你在一起，陪伴支持你!

新浪网友   2010-11-03 00:13:51 [回复][删除][举报]

苍蝇饭馆确实简陋了点，但起这名是否是菜名。美女能吃，美松也能吃，都美吗。哈哈。高速路边扛背架的老者背影，可以投稿哟。部

302/389

112   125   ~~130~~   190   202   243
114   (132)   143   192   203   266
118   136   146   194   207   273
122   168   195   208   278
169   219

No:155

中国民生银行 网上银行电子回单

欠款地点：陕西省汉中中石化江南加油站

★ 当日细节

 → 525 公里，10：15 出发，19：10 到达；

 → G5 京昆高速；

 → 早餐／酒店，中餐／干粮，晚餐／张进请；

 → 宁强收费站，55 元（156 号欠条），成都收费站 138 元（免费）；

 → 挑战 2 次，成功 1 次。汉中江南加油站 170 元（155 号欠条）；

H → 莫泰 168 酒店，148 元（张进代付，158 号欠条）；

□ → **511 元**（欠条 373 元，免费 138 元）。

沟通时间45分钟
沟通时间38分钟
沟通时间16分钟

莫泰(成都)双
成都市成华区一环路
电话/Tel：028-84797777

5   20   60
10   30   ~

~411

（2010。11。2）

且坐吃茶

成都市

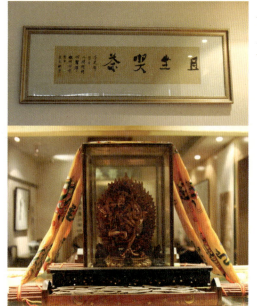

在追求安逸的成都，我也要安逸一天，以此来消除前一天的疲劳。

这种安逸的精彩点是和张进在一起完成的，这个年龄不大而收藏颇丰的年轻人，对事情的钻研精神的确让人钦佩。从开始的字画到后来的唐卡，再到藏传文化的研究，无一不透出他个性中的学术精神。但他不同于呆板的纯理论家，在大量的实体物件面前，他通过适当的交易形成了一条去粗存精的再生渠道，使他的藏品在增多的情况下又能够日渐精进。在思想规划下的系统化和专题化，在某一个小项的领域中，他的地位不可小觑。

花间

我有幸去到他的工作室"爱晋簃"，说实在话，这三个字真是太难记了，但一直追求个性的张进当然就有他独到的解说。爱，于是的意思，晋，是因为他本人祖籍山西，又通假进的意思，与他的名字合拍，最难认的还是这个"簃"，小房子之意。那么连起来就是，不经意间，于是走进了这个小房子，哈……我也是这样不经意走进来，不单单是进了小房子，还走近了房子的主人。

这是张进为朋友们准备的一个喝茶的好地方，因此摆件比较杂一些，有字画，有家私，有唐卡，有佛像，有经版。当见到熟悉的一壶老先生的"且坐吃茶"四个字时，浮躁之心开始褪去，忙乱之心开始安静，坐一坐，想一想，聊一聊，也许前进

的动力更足一点，方向更对一些。

再来看看"且坐吃茶"中的一款释文："茶近禅，昔日人问赵州：何谓禅？赵州曰：吃茶去。"悟是一种心境，心境需要安静，安静方能淡定。淡定间，特立独行的张进又有了一个不为人知的新方向，专注、远见而又安静的他，希望我再来成都时，能够分享到他的新成果，得到新惊喜。

小豹子 2010-11-03 11:00:03 [回复][删除][举报]

一杯清茶，伴着这么多的艺术品，忘却尘世间的喧嚣，却也是人生一大快事。

新浪网友 2010-11-03 11:04:40 [回复][删除][举报]

不经意 小房子 且坐吃茶
独驾车 无分文 游遍华夏

新浪网友 2010-11-03 11:23:51 [回复][删除][举报]

美松俗（吃饭）雅（品茶）共享。可见主人安排之周到。看了想做点有品位的事，需花费精力，慢慢做，不能急。部

边镇老九 2010-11-03 20:59:55 [回复][删除][举报]

舟车劳顿之余，潜心 静坐品茶。美哉美哉！

No:158

中国民生银行 CHINA MINSHENG BANKING CORP.,LTD. 个人汇款业务凭证

欠款地点：**四川省成都市**

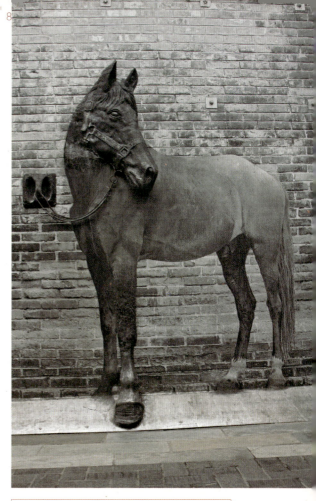

★　当日细节

→ 早餐／酒店，中餐／干粮，晚餐／张进请；

→ 148 元（158 号欠条）；

→ **148 元**（欠条 148 元）。

（2010。11。3）

由成都到重庆大足

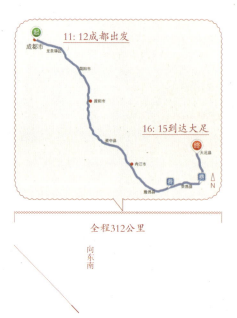

11: 12成都出发

16: 15到达大足

全程312公里

向东南

渐渐放慢脚步的目的不仅仅是现在结余了时间，更重要的是要兑现一个承诺。在西藏的芒康到左贡的路途中，我曾经捎过一对度蜜月的夫妻，他俩的结婚日期是在11月7号，我曾经答应过去参加他们的婚礼，原计划是11月6号到重庆，刚好时间相符。当然，现在结余的时间，自然也有我的去处。

四川大足石刻一直是我向往的地方，这缘自在大足工作的黄英华女士的一篇

文章。大足，素有"石刻之乡"的美誉，最初开凿于初唐永徽年间（649年），历经晚唐、五代（907～959年），盛于两宋（960～1278年），明清时期（14～19世纪）亦有所增刻，最终形成了一处规模庞大，集中国石刻艺术精华之大成的石刻群，堪称中国晚期石窟艺术的代表，与云岗石窟、龙门石窟和莫高窟相齐名。大足石刻群共包括石刻造像七十多处，总计十万余尊，其中以北山、宝顶山、南山、石篆山、石门山五处最为著名和集中。

出成都，第一件要做的事依然是加油，第一个油站的站长正在打扫卫生，看来不是一个官僚之人，我的突然到来，他可能一时间也接受不了。这是一家中石化，前天是中石油把我推给了中石化，而今天的中石化就要给中石油还一个

↑ 大气的成都蜀欣加油站朱海站长。

礼？十多分钟的沟通后，他说他很忙，果真叫我找隔壁的中石油。在这家中石油，站长朱海一直静静地听我讲述，最后没有谈加多少钱的问题，就叫我去加油，加满油箱是295元钱。谢谢了！

到大足，至少要经过两个收费站，一个是成都与重庆交汇处，另一个应该是转入大足普通路面的高速口。在四川人民的关怀下，在最后时刻还是给我增加了一些难度以考验我是否还葆有最初的韧性。收费站的站长和副站长都不在，我只好敲隔壁的门，出来一位女士，应该是打扰到她休息了，对不起啊，但是她并没有生气，我讲明原因后，她说实在没有办法，她们上班是不允许带钱

↑ 我了很多人，最后是路政大队的吴永平队长帮了我。

的。虽然自己没带钱，她还是带我下去找班长，出面与班长沟通，没能成功，她也只好说抱歉了，叫我到其他地方想想办法。

我去到马路对面，先是找到交警，小伙子很热情，但是解释他们确实不让带钱上班，没办法帮助到我。于是又到了路政的办公楼，直接去找队长，队长也是在休息，倾听了我的叙述后，直接从钱包里拿出100元钱给我，多么亲切的毛主席啊。下了楼，刚才那位交警小伙说，如果我没有解决问题，刚才一旁听我讲话的一个六十多岁的老人家愿意帮助我，谢谢老人家。我赶忙把车开到重庆地界，一小时零两分钟，这与出门不几天的两广交界的那个25元钱的一小时零两分钟的心境已经是绝然不同了，我已变得更坚持和更坚强。

↑ 邮亭收费站罗向东站长。

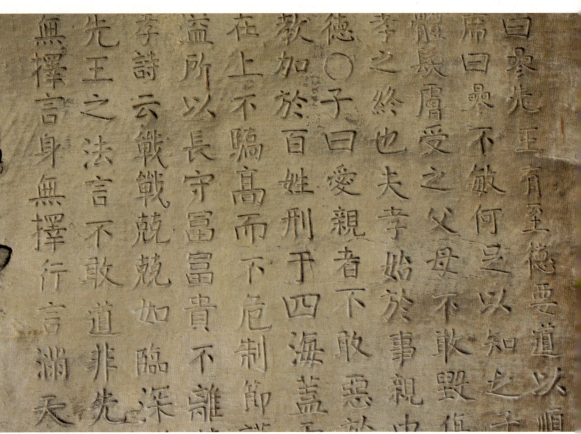

↑《孝经》局部。

　　交完费,我把剩下的15元送还给吴永平队长,最初我说的是80元,实际上是85元,大度的队长没让我跑第二趟冤枉路。到达邮亭收费站,这个15元过路费在快速状态下完成,罗向东站长非常爽快地同意,并亲自到收费口为我交费,也谢谢了。

　　到达大足是下午四点半,热情的黄英华已经给我开好了房,并陪我到最近的北山石刻去参观。相对于龙门石窟,北山石刻保护得非常好,造像以观世音菩萨为主,仪态万方,但是让我留下深刻印象的还是《孝经》,百善孝为先,一个人不懂孝道,不是可悲,而是可恨。传承之伟大,就是要懂得溯源,父母亲是我们最近也是最直接的源头,不能忘记,更不能反目。

　　晚餐是美味的酸菜鱼,得鱼者喜,何须熊掌?!

★ 欠款列表

欠款单编号	姓名	性别	账号	开户行	类别	金额	联系方式	进度	欠条时间	还款时间
157	朱海	男	6228×××××××4419	中国农业银行成都分行	油费	295	158×××9485	收到	2010.11.3	2010.11.11
159	吴永平	男	4367×××××××1571	建行四川自贡自井分行	路费	85	137×××0887	已汇	2010.11.3	2010.11.8
160	罗向东	男	6222×××××××2288	建行重庆永川支行	路费	15	138×××0237	收到	2010.11.3	2010.11.8

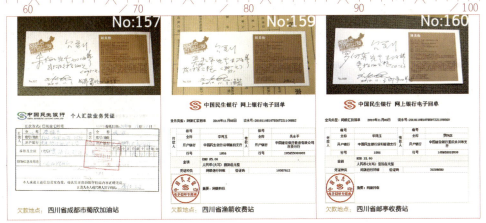

欠款地点：四川省成都市蜀欣加油站　　欠款地点：四川省渔箭收费站　　欠款地点：四川省邮亭收费站

★　当日细节

 → 312 公里，11: 12 出发，16: 15 到达；

 → G85；

 → 早餐 / 酒店，中餐 / 干粮，晚餐 / 黄英华请；

 → 渔箭收费站 85 元 (159 号欠条)，邮亭收费站 15 元 (160 号欠条)；

沟通时间51分钟
沟通时间8分钟
沟通时间15分钟

 → 加油 2 次，成功 1 次，成都蜀欣加油站 295 元（157 号欠条）；

 → 黄英华安排；

 → **395 元**（欠条 395 元）。

5　20　60
10　30　~

~421

（2010。11。4）

由大足到重庆

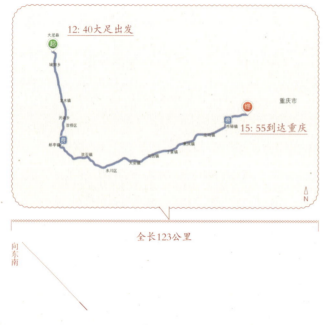

12：40大足出发

15：55到达重庆

全长123公里

向东南

↓ 修缮中的千手观音。

上午去了宝顶洞，这是大足石刻的另一精彩处，里面讲的更多的是孝道和轮回。名僧赵智凤于此建石窟寺，历时 70 余年建成，是佛教圣地之一，有"上朝峨眉，下朝宝顶"之说。

宝顶山石刻造像以大佛湾为中心，大佛湾是一马蹄形山湾。在长约 500 米、高

15 ～ 30 米的崖壁上,雕刻大小造像万余躯。另有记载宝顶山造像由来和佛教密宗史实的碑刻七通,宋太常少卿魏了翁等题记十七则,舍利宝塔两座。大佛湾石刻造像依山势崖形雕刻,浮雕高大,题材广泛,龛窟衔接,布局雅谨,整体感强,气象壮观。佛像构思新奇,雕刻技艺娴熟,世俗色彩浓郁,内容多属佛经故事。石刻珍品比肩接踵,主要造像有"护法神像"、"六道轮回"、"广大宝楼阁""华严三圣像""千手观音"、"释迦涅槃圣迹图""父母恩重经变像""地狱变像""圆觉道场""牧牛道场"等,形象逼真,寓意深刻。

这些景观除"千手观音"在维护外,其余都开放。即便

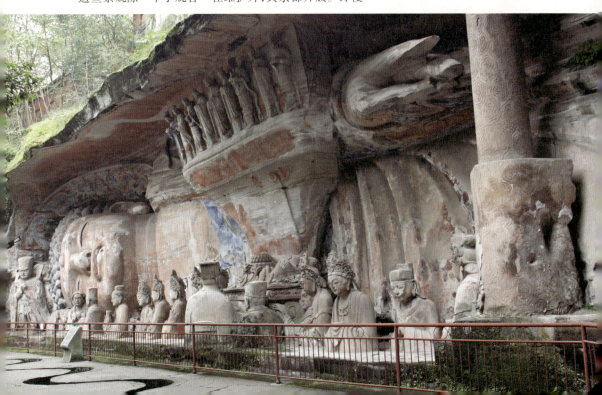

是在维护中，"千手观音"仍然让人震撼。平常所说的"千手观音"只因手多即被称为"千手观音"，而此处的"千手观音"却是实实在在地有一千零七只手。据说是为其手指贴金箔的小和尚事先准备了很多竹签，每贴一只手，就丢一只竹签，后来把丢在地上的竹签捡起计数得知其数。

我对数量不怎么怀疑，但这种说法显然值得推敲，这么庞大的工作量怎么会由一个小和尚独立来完成？完成任务后，是否小和尚该变成老和尚了。在修缮现场，就看到几个工作人员在为"千手观音"修补手上的金箔，就是这样的修补，也要耗时十年之久，那么小和尚的工作量就可想而知了。

在黄主任的关照下，中餐着实吃了一餐饱饭，因为菜太好吃。

下午行程目的地是重庆市区，我将在那里呆上四晚三天，等待路途巧遇的朋友的婚礼过后再行出发。进重庆市区的九龙坡收费口还是比较顺，接待我的罗红霞在听完我的陈述后，给领导去了电话，同时也得到了领导的认可。

进了市区后，仍然是先找酒店，目标首选如家，尽管很多地方的如家并不如家，但仍然有更多如家的如家帮助过我。由于这次住的时间较长，经得起考验，说服工作相对也就容易一些，再一次，如家接纳了我，而且还是一笔一住四天的"大单"。

晚上准新郎郑茂来接我吃饭，同时还有上次路途的驴友，同是驴友而不曾同过行的老谢。那个叫三样菜的馆子很有特色，大块吃肉，大碗喝酒，好不快活。

→ 六道轮回。

~425

新浪网友 2010-11-05 11:25:08 [回复][删除][举报]

大足石刻立千古
能工巧匠何处寻

博主回复 2010-11-05 20:03:44 [删除]

是啊，江山易改，斯人已逝！

新浪网友 2010-11-05 11:28:25 [回复][删除][举报]

两位新人真是：小伙子贼帅！小姑娘贼俊啊！

新浪网友 2010-11-05 11:51:36 [回复][删除][举报]

那两幅书法我喜欢。　　小莫

博主回复 2010-11-05 20:01:24 [删除]

是的，重庆式样幽默

闫海育 2010-11-05 20:01:24 [回复][删除][举报]

我也曾去看过大足石刻，惊叹！

博主回复 2010-11-05 20:04:19 [删除]

是，非常好……问好海育

边镇老九 2010-11-06 11:33:54 [回复][删除][举报]

那两幅书法内容太有趣了！

新浪网友 2010-11-08 12:23:14 [回复][删除][举报]

可惜缺一个美女老板娘！

pplive 2010-11-08 14:41:31 [回复][删除][举报]

呵呵，三样菜饭馆的老板太有墨了。

↑ 两个月后重相见，多了新朋友老谢（右一）。

No:161

No:162

中国民生银行 网上银行电子回单

欠款地点：重庆市九龙坡收费站

欠款地点：重庆市如家七斗星商旅酒店

G85 九龙坡

★ 当日细节

km → 123 公里，12：40 出发，15：55 到达；

→ G85；

→ 早餐 / 酒店，中餐 / 黄英华请，晚餐 / 郑茂请；

￥ → 1 次，80 元（161 号欠条），九龙坡收费站；　沟通时间21分钟

H → 如家115元（162 号欠条）；　沟通时间22分钟

口 → **195 元**（欠条195元）。

5　20　60

10　30　～

★ 欠款列表

欠款单编号	姓名	性别	账号	开户行	类别	金额	联系方式	进度	欠条时间	还款时间
161	罗红霞	女	6227××××××6702	建行重庆沙坪坝	路费	80	136×××0522	收到	2010.11.4	2010.11.8
162	某某	男	3100×××××1537	工行陈家湾分行	住宿	460		收到	2010.11.4	2010.11.8

雾锁重庆

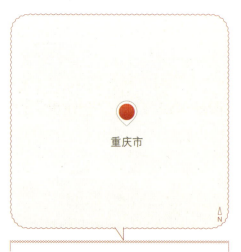

重庆市

市区90公里

名称：扑
时代：民

　　等待中，终于做了一回闲人。第一次来到山城，我可以细细品味她的曼妙。

　　大雾中的前行，对于景致只能是近距离的接触，不可远观。雾都重庆给人的美妙在朦胧之中，美在朦胧之外。先期到达时的嘈杂，渐渐在心的安静状态下，找到了重庆的个性之美。有哪一个城市能做到，在山岭之间有这高楼大厦呢？她的高起和低落，她的转折与变化，她路的婉转和水的轻柔，人的泼辣和水灵，让这个城市有说不完的故事，品不完的韵味。

　　而我，七十多天的不停奔走，真正安静下来，是那么的不适。我适合行走，只适合行走。我去了一趟三峡博物馆，匆匆看过准备再深究的时候，却因停车不便而放弃。之后去了

一趟磁器口,这个原应该很美的地方,在商业
化的喧嚣声中,让人心情慌乱。虽然我是一个
行走之人,但我追求的是行走中的一种静,一
种眼到、心到之后的思考,而磁器口的嘈杂显
然不是我想见到的。

回程的时候,试着走了一段反其道而行的
老街,那种喧嚣越来越少,只看到三五成群的
美院学生在那里画速写,再深入,就只有打麻
将和斗地主的街坊了。我的心也渐渐平复,渐
渐放慢脚步,有戏耍的小猫,有懒洋洋的小狗,
这才是他们的生活,与繁华与嘈杂无关。

进磁器口前,试着去加了一次油,这么多
天的积累,仍然不能博得她们的信任,费了一
番口舌,也只好放弃。我说我不加油,把车放

你们这里一会儿可以吗？只要不谈钱，工作人员立即表现出了热情。从我的直觉，这几个人都还是非常不错的，是什么让她们充满了戒意。是整个的社会状态，让人渐渐远离信任，远离帮扶。

在北碚，在高校附近，我还是在一个加油站加到了一百元钱的油。这一百元，我看来，仍然有站长不信任的成分在，之所以能加给我，是想在是和否之间做一个平衡。因为我可以加到两百八十元左右的油，全部支持，有风险，不支持吧，觉得我做的这件事有一定的可信度。权衡之下，就只能是赌博式的支持，反正是一百元，真的上了当，损失并不大。可以说在整个行程中有七成左右的人是这种想法。

我所做的努力，并不能改变什么。但任何参与其中的人，疑虑中收到那赌博式的支持而返回到口袋中的那一笔小钱时，都一定会是开心的，当思想中的无，变成现实中的有，那已经不是那一百元钱的概念了，真希望这份非物质的喜悦传递得更远一些，更多一些，更长久一些，让我们回复到人性最初的关怀和真诚。

只是期待。

欠款地点：重庆市某加油站

新浪网友 2010-11-06 14:52:13 ［回复］［删除］［举报］

雾锁山城朦胧美
人心迷雾须散开

pmax 2010-11-06 14:57:57 ［回复］［删除］［举报］

好多猫猫狗狗～

★　当日细节

 →90公里；

 →市区（磁器口）；

 →早餐/酒店，中餐/肯德基（谢婷婷请），晚餐/无；

沟通时间32分钟

 →挑战4次，成功1次。100元（163号欠条）；

 →如家115元（162号欠条）；

 →**215元**（欠条215元）。

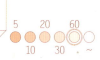

★ 欠款列表

~**431**

欠款单编号	姓名	性别	账号		开户行	类别	金额	联系方式	进度	欠条时间	还款时间
163	张勇	男	5187×××××××7332		招商银行重庆分行	油费	100	139×××8669	收到	2010.11.5	2010.11.8

（2010。11。6）

一棵树

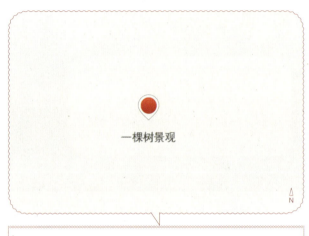

一棵树景观

市区72公里

说起重庆，不得不说解放碑，说解放碑，不得不说解放碑的美女。一个美女如云的地方，最好是不去，养眼处，必然动心，动心则意乱，意乱则情迷。作为一个穷人，取上一门媳妇已是上天恩赐，加之还拖儿带女，本分当然是不能忘。说这么多，无非是一句话：吃不上葡萄之人，自己还要矫情一下，权当好玩罢了。

近的咱就不提了，就走远一点。昨日听在西南大学上学的谢婷婷讲，要看重庆全景，一定要到南岸区的一棵树。我把导航输入到一棵树，距离酒店有三十多公里，这样一来回，昨天加的那一百块钱油也就差不多了，回来的路上也就顺道再挑战挑战。

没想到上山的人还真不少，车也是一辆接着一辆。今日可是周末，山顶又是一公园，自然是休闲的好去处。我的到来，并没有引起它云开雾散，一如昨日的朦胧。昨日的朦

胧我大多是仰视，而今日之朦胧却是俯瞰。两江之间的核心部位，那一定就解放碑的所在了，我看不到的美女们，在目不能及处，只能是渺小的。

但我还是要感叹重庆之美。有谁能同时拥有这么好的两条江？对了，武汉是这样的。可是武汉却没有这么出色的山，山之高峻方衬托出水之深秀，山之高峻同时衬托出城之奇观。让我免费进入景点的工作人员告诉我，这里主要是来用来看夜景的，万家灯火，歌舞升平，不知又要生出多少感慨来。

我还是觉得怅然。一个城市没有你的亲人，那么也就跟你没有什么关系，过客必然是过客。虽是同饮一江水，上游的辣和下游的甜实则是相去甚远。重庆人、武汉人、南京人和上海人他们性格是那么的不同。也许水是一样的，而决定它的是地形高低的原因吧。

回来的加油并不顺畅，好在明天吃完喜酒后还有时间。

(2010-11-6)从远处看重庆

• 新浪网友 2010-11-07 10:22:48 [回复][删除][举报]

　　不识重庆真面目
　　山水名城雾蒙蒙

• 新浪网友 2010-11-07 17:39:38 [回复][删除][举报]

　　出差几天，回来迫不及待地打开电脑，一看美松还在重庆等参加婚礼，又连着写了四篇重庆的博客，看来是对重庆情有独钟。好好养精蓄锐，关注你接战征途。部

• 涂夫刘 2010-11-07 19:14:47 [回复][删除][举报]

　　问好老哥！天冷加衣！

• 新浪网友 2010-11-08 13:00:02 [回复][删除][举报]

　　山城第一次目睹，感慨！　　　小莫

• pplive 2010-11-08 14:30:05 [回复][删除][举报]

　　老刘家两个小美女，让人看了眼馋，恨不得咬上一口，怕全山城的美女都站出来也不是对手。让人羡慕啊，老刘真是一个幸福的人。

★　当日细节

 →72公里；

 →市区（一棵树）；

 →早餐/酒店，中餐/沙琪玛两块，晚餐/苹果一个，饼干三块；

→如家115（162号欠条）；

 →**115元**（欠条115元）。

消息内容　　10:04

From: +8613601630522
2010-11-06　10:12
刘先生您好：我是重庆市G85九龙坡收费站的罗红霞，建设银行卡号：6227...
...42 重庆16702。

选项　　　　　　返回

（2010。11。7）

执子之手，与子偕老

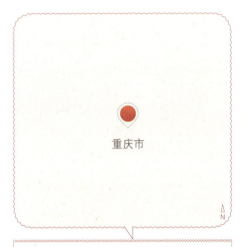

重庆市

市区116公里

↓ 我的车也被征用了。

渝B 19A16

渝B 55555

为了兑现承诺,我在重庆等了四天,终于等来了新婚日。

非常开心成为他们工作组的一份子,一大早就去扎花车、接新娘。中国的传统习俗其实都大同小异,进门之前要把门锁起来,除了讨要红包之外,也要看看新郎的耐心。毕竟婚姻是一次漫长的旅程,需要相互之间的真诚互信、包容、谅解甚至是让步。

幸福是什么? 是不断的寻找和满足。是一种比较哲学,那又要看你跟谁比。快乐的人一辈子都快乐,是因为他们除了满足

感,还常怀感恩之心;不快乐的人之所以不快乐,是因为他们永不满足,不知道何处才是尽头。农民从春种秋收中就能找到快乐,而富人家财万贯还诚惶诚恐。

还是回到婚礼现场,可谓是宾朋云集。每个来的男宾,都要发上两支烟,而女宾和孩子也都发上两粒喜糖,这都是取好事成双之意。最感人的还是两段VCR,一段是新娘的一段表白以及做蛋糕的场面,今天不仅是他们的新婚日,也是新郎的生日,今日现场拿上来的蛋糕就是新娘亲手所做。另一段VCR是新郎庙里上香祈愿的场景。百年修得同船渡,千年修得共枕眠,这前世之缘,换来今日之喜,对于双方来说,都一定心藏感激。

作为一个经过的行者,我能够成为他们的证婚人,也是我的意外之喜,我分享着这浓浓喜庆中的每一个跳跃的快乐因子,所有人的欢笑都是因为他们的美好而欢笑。以下是我的简短祝福。记录,是为纪念。

"非常荣幸也非常开心能参加郑茂和贺

★ 欠款列表

欠款单编号	姓名	性别	账号	开户行	类别	金额	联系方式	进度	欠条时间	还款时间
164	温杰	男	6222××××××1503	工行	油费	100	138×××8158	收到	2010.11.7	2010.11.8
165	谢青明	男	6228××××××2313	农业银行	油费	205	139×××7987	收到	2010.11.7	2010.11.8

→ 帮我加油的温杰，他手头仅剩一百来元，依然帮我加了100元钱的油！

No:164

中国民生银行 网上银行电子回单

欠款地点：重庆市某加油站

No:165

中国民生银行 网上银行电子回单

欠款地点：重庆市某加油站

妹瑶的婚礼,特别对于我这样一个身无分文的人。因为没有钱,我只能送给他们祝福。两个月前的西藏相遇,两个月后的今日重逢,我仍然是在路上,而我们的郑茂和贺妹瑶已经找到了他们的家。对于婚姻,我有自己的看法:爱情是两情相悦碰撞而擦出的火花,情可以很短,而爱可以很长。而什么样的爱是最伟大的爱呢?《诗经》里面有八个字,那就是'执子之手,与子偕老'。我借用这八个字送给二位,希望你们彼此拉着对方的手,一起慢慢变老。"

↓ 老谢（清明）强烈要求为我补满油箱中的油,以便收藏一张欠条。

★ 当日细节

km → 116公里;
→ 市区;
→ 早餐/酒店,中餐/婚宴,晚餐/婚宴;

沟通时间35分钟

→ 挑战4次,成功1次,100元（164号欠条）,友情加油一次205元（165号欠条）;
H → 如家115元（162号欠条）;
□ → 420元（欠条420元）。

5 20 60
10 30 ~

(2010-11-7)执子之手，与子偕老

新浪网友 2010-11-08 12:12:03 [回复][删除][举报]

谢谢回哥为我们记录下幸福的时刻！
盼望着再次的重逢！   郑茂 贺妹瑶

新浪网友 2010-11-08 14:52:27 [回复][删除][举报]

有情人终成眷属
有志人终能事成

小豹子 2010-11-08 18:58:24 [回复][删除][举报]

为了一句承诺而耽误行程,这证实了老兄的诚信——
"一诺千金"！

ellazhang 2010-11-08 19:42:30 [回复][删除][举报]

真是感人的幸福,有情人终成眷属！

山之泉 2010-11-09 18:21:37 [回复][删除][举报]

诚信之旅一路都在践行诚信,延误自己的行程兑现承诺,留给朋友们的已不只是感动。

（2010。11。8）

盐都云阳

14：15到达云阳

9：49重庆出发

向东北

全程333公里

↑ 云阳收费站的工作人员。

因为有张守刚，所以到云阳。

几天的停顿，特别有积极性，中途试着加了一次油，不成功。到了云阳收费口，200 元的收费算是行程中高速路费里的一笔大数。收费站的站长却很是爽快，把我送到收费口，潇洒地拿出 200 大元，还拿出印章，帮我盖上当天的日戳，一起照相，还关心我后面的行程路线如何走。未进云阳城，已是温暖无限。

青龙路，见到守刚的同时，他约的

↓ 这可是擦边球，不让在高速公路上摆卖，没说不让搭梯子哈。

↑ 云阳收费站站长谭啸驰。

云盐销售区域图

↑ 离开住了四天的如家,还把别人的房卡弄丢了。

两个达州来的诗友也一前车一后车同时抵达。我们去到山顶的博物馆,对云阳的前世今生做一个了解。云阳因盐而建,也因盐而兴,从前只知道自贡是盐都而不知有云阳,到了云阳,方知云阳亦是盐之大都。

建县一千七百多年的云阳,除了盐,其他的古迹也很多,除了张飞庙,龙脊石也非常有名。我看到的龙脊石,已是切割后放入到了博物馆中,虽然也放了水,但这种静态的水开始长出绿苔。这天生与活水相伴的龙脊石,需要的是活水的拍打抚摸,

↑ 云阳旧城,现已没入水底。

在死水中立马少了精神。

在现代的新城中，人民可以安居乐业。上了年纪的人，当他们来到滨江公园，看到那些从江中保留下来的石头们，岁月蹉跎，又不免时时怀念和黯然神伤起来。我们是在追寻着好日子，但清贫的岁月最让人难以忘怀。

下到江面，一轮夕阳正在西下，给江面留下最后的美色。她的离去，让江面立即变得黯淡又增添一丝寒凉，那水底的世界，不但更加寒凉，也更加遥远。

一抹平静的水掩藏了多少曾经的喧嚣，没有什么不能抹杀，没有什么不可忘记。

↑ 诗人盆子、墨西哥大臣、张守刚（左至右）。

★ 欠款列表

欠款单编号	姓名	性别	账号	开户行	类别	金额	联系方式	进度	欠条时间	还款时间
166	谭啸驰	男	9558××××××3867	工商银行	路费	200	138×××5212	收到	2010.11.8	2010.11.18

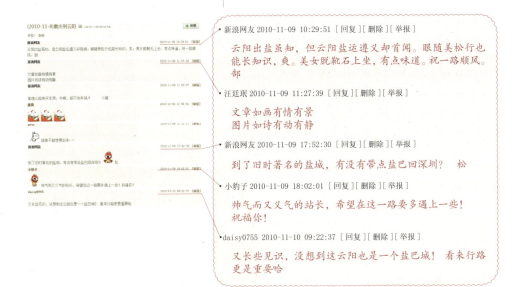

(2010-11-8)重庆到云阳 編

新浪网友   2010-11-09 10:29:51 [回复][删除][举报]

云阳出盐虽知，但云阳盐运遵义却首闻。眼随美松行也能长知识，爽。美女脱靴石上坐，有点味道。祝一路顺风。部

新浪网友   2010-11-09 11:27:39 [回复][删除][举报]

文章如画有情有景
图片如诗有动有静

新浪网友   2010-11-09 17:52:30 [回复][删除][举报]

到了旧时著名的盐城，有没有带点盐巴回深圳？   松

小豹子   2010-11-09 18:02:01 [回复][删除][举报]

帅气而又义气的站长，希望在这一路要多遇上一些！祝福你！

daisy0755   2010-11-10 09:22:37 [回复][删除][举报]

又长些见识，没想到这云阳也是一个盐巴城！ 看来行路更是重要哈

No:166

欠款地点：重庆云阳收费站

★   当日细节

km → 333公里，9：49出发，14：15到达；

→ 渝宜高速—沪蓉高速；

→ 早餐/酒店，中餐/沙琪玛一块，卤蛋一个，晚餐/张守刚请吃江边烤鱼；   沟通时间10分钟

羊 → 1次，200元（166号欠条）；

H → 张守刚安排100元（168号欠条）；

口 → 300元（欠条300元）。

5   20   60
10   30   ~

（2010。11。9）

又见天路

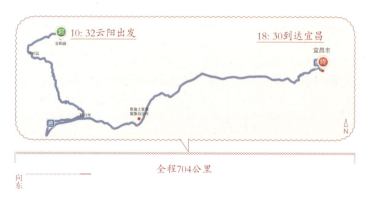

10：32云阳出发　　　　18：30到达宜昌

全程704公里

先看看四渡河大桥的资料："四渡河特大桥位于湖北省巴东县野三关镇四渡河，宜昌与恩施的交界处。大桥主跨900米，塔顶与峡谷谷底高差达650米，是目前世界第一高桥。借助火箭弹发射先导索过峡谷（时间3.60秒），开创世界建桥史先河。"（百度）

从四渡河资料不难看出，我这一天都行驶在山岭的高处，除了洞，就是桥，除了桥，还是洞。即便是这样，我仍然走了此行相对很长的一次行程——704公里。在之前的计划中，很少突破过七字关，况且从云阳出发，已经是上午的十点半钟，到宜昌是傍晚的六点半，八个小时，有路上的加油，还有高速路费的沟通，这样说来，是战斗力最强、效率最高的一天。

之所以形成这样的局面，完全是我个人的主观因素造成。当时从重庆出发，通过导航测得到宜昌的距离是700多公里，就想着分两天走，那么到达云阳后，就只剩下300多公里了，可是到了云阳才知

道，云阳到宜昌的路并没通。也就是说，我要是到云阳后再去宜昌，还得往回走，到了垫江再转G50到宜昌，而云阳到垫江是160多公里，而重庆到垫江是120多公里，算来算去，不是走少了，而是走得更多了。

这世上永远没有后悔药卖，当然我也不后悔。因此而见到了守刚和云阳的美色，那也是一种得；再

↓ 这好像是叫老茶，坐下后每人送一碗。　↓ 老茶来自这口铝锅中。

443

世界最高桥，回家回长桥

↑ 四渡河大桥地处湖北宜昌与恩施交界处，被誉为世界第一高悬索桥。

者，我又能走到人间的如此高路，不能不说又是另一种得。没有错的路，只有错的理解和心态。

重庆范围内的加油依然不顺利，幸好早上守刚和盆子帮我加满了油。过了垫江后的几个加油站我一一尝试，无一成功。忠县的这个加油站的男生还好凶，并且很生气，说他们不可能要我的欠条，把我给赶了出来。这种不成功，也许目的就是要我把欠条留在湖北吧。

在冷水收费站站长的热情关照下到了湖北境，可以看出这条高速开通的时间不长，沿途的服务区还没开放，直到恩施才见到第一个加油站。21岁的副站长对我的行动很是肯定，并说他要是有机会也特别想做这种有意思的事。从他口中对事的肯定可感觉到，那么加油也应该是肯定的，但他反复强调是个人行为。加油站的员工也都凑上来看热闹，这群开心的年轻的家乡人让我无比亲切，真正有了回家的感觉。

到宜昌后，江长清大哥早已守候多时，我还是要去挑战一下收费站。由于是夜间，领导都没有上班，接待我的班长就帮我去联系领导，领导在外地，短时间不能赶到，我不想让长清大哥久等，同意他帮我垫付过路费，我也好给他留下一张欠条吧。过收费站的时候，那位班长过来一个劲地解释说不好意思，没能帮上我的忙，也谢谢她了。

到了宜昌，我这颗悬在高处的心，总算落到了实处。他乡结新朋，家乡有故知，两种感觉，同样美好。

↑ 余乐站长（右一）及同事。

↓ 留下账号的恩施加油站站
长韩振感，他说我的行动也
是他的梦想。

No:167

中国民生银行 网上银行电子回单

欠款地点：重庆小周加油站

↓ 收费班长因为没帮到我，还不好意思，谢谢了。

车型：　客1
金额：　365元

★ 欠款列表

欠款单编号	姓名	性别	账号		开户行	类别	金额	联系方式	进度	欠条时间	还款时间
167	彭正荣	男	6066××××××9633		中国邮政所	油费	200	138×××5488	收到	2010.11.9	2010.11.18
168	张守刚	男	6228××××××5314		中国农业银行	宿费	100	132×××2546	没画	2010.11.9	2010.11.18
169	余梁	男	4367××××××8192		中国建设银行	路费	205	138×××9346	收到	2010.11.9	2010.11.18
170	韩振威	男	6228××××××3616		农行孝感市农行杨店分行	油费	150	153×××8659	收到	2010.11.9	2010.11.18
171	江长清	男	5522××××××3381		建行建行宜昌平湖所	路费	365	139×××2099	收到	2010.11.9	2010.11.18

★ 当日细节

 → 704公里，10：32出发，18：30到达；

 → 沪蓉高速—渝宜高速—忠垫高速—沪渝高速；

 → 早餐/张守刚请吃当地面条一碗，中餐/沙琪玛两块，晚餐/江长清请；

沟通时间3分钟

 → 2次，冷水205元（169号欠条），宜昌收费站，领导不在，后来是长清哥帮忙出的这365元钱的过路费（171号欠条）；

沟通时间30分钟
沟通时间21分钟

 → 挑战4次，成功1次，恩施服务区加油站150元（170号欠条），云阳小周加油站盆子友请加油200元（167号欠条），55元加油（张守刚，168号条）；

5　20　60
10　30　~

 → 长清哥安排；

→ **975元**（欠条975元）。

No:168

↓ 为我加油诗友盆子和张守刚。

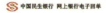

欠款地点：重庆市云阳

No:169

欠款地点：重庆冷水收费站

No:170

欠款地点：湖北恩施加油站

No:171

欠款地点：湖北宜昌

（2010。11。10）

高峡出平湖

宜昌区域

市区100公里

　　我见到了平湖，而且是建坝以来首次蓄水至 175 米后的平湖，她安然无恙。

　　当我看到钻探留下的那尊花岗岩石柱，不仅惊叹人的拦截能力，更是惊叹人的挖掘能力或者说是破坏能力。在坚硬的深度面前建立的高，才是有力量的高。也因此，我才可以安心散步于堤坝的核心区而不惧。

　　相信几代人的努力，相信科学的力量，相信那些赞成的百分之六十多，同时也要尊重那反对的百分之五点几。事物的利害让

↑ 到达当天，刚好是历史最高蓄水水位——175米。

我们显得纠结，得到的欣喜之余，是失去的残忍，无法两全。我们得到的电力、利益、纯经济，失去却是灭绝的生物、鱼群、自然的流失。

　　给我留下深刻印象的还有那块四面体，长清大哥说，这是截流时的填充物，无论它怎样翻滚，都有一端会扎下去，而不再翻滚。我想到了人，是否也应该有几面和几面同时相具备的能扎下去的尖端部分呢？只有你有了多面，而又有了多个长处，你的生存能力才大大的增强。当然，这些面最好是真实面和坚韧面。

↑ 陪我游大坝的江长清大哥。

~449

吃完长清哥安排的老乡团聚餐后,诗友毛子一直在等待我的消息。冷风中,我们又到江边的一个夜市摊吃鱼、喝酒。不胜酒力的毛子,风格还是很硬朗。在座的还有刘波,我们三人在聊和喝的过程,不知不觉中,时光如白驹过隙,我们在醉意的冷风中,过着第二天的日子。

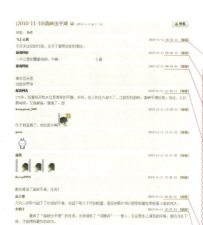

 → 100公里；

 → 三峡高速及宜昌城区；

 → 早餐/酒店，中餐/高亚丽请，晚餐/江长清请，宵夜/毛子请；

 → 江长清安排；

 → 无。

★ 当日细节

飞上云霄 2010-11-11 08:50:12 ［回复］［删除］［举报］

天天关注你的行程，全天下都是你的好朋友。

新浪网友 2010-11-11 09:08:33 ［回复］［删除］［举报］

一千公里的覆盖电网，牛啊。　　　小莫

新浪网友 2010-11-11 09:54:43 ［回复］［删除］［举报］

神女应无恙
当惊世界殊

新浪网友 2010-11-11 12:49:11 ［回复］［删除］［举报］

175米。近看标尺和水位是那样的平静、安详，给人的压力却大了。江底石好韵味。高峡平湖壮观。没法，人们要电呀。又饱眼福。谢谢了。部

山之泉 2010-11-11 18:02:01 ［回复］［删除］［举报］

几代人的努力留下了壮观的平湖，也留下取之不尽的财富，借你的照片可以感受到曾经那些奋斗者的伟大。

小豹子 2010-11-11 19:28:23 ［回复］［删除］［举报］

看到了"高峡出平湖"的壮观，也领悟到了"四面体"——做人，无论是多么艰苦的环境，都应该扎下根，才能得到最终的成功。

↓ 宜昌的赤壁人。

↓ 长清大哥的书法作品。

↓ 诗人毛子（左）和刘波。

~451

（2010。11。11）

宜昌无油可加，武汉再破纪录

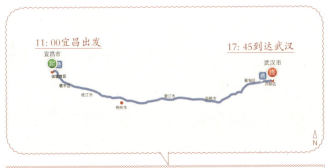

11：00宜昌出发

17：45到达武汉

宜昌市 起

武汉市 终

桂江市　　　潜江市　　仙桃市

荆州市

N

全程412公里

向东

　　原来的计划是前往长沙，但到了宜昌后，武汉更近，如果先到武汉，就少了南昌到合肥的一段回头路，距离至少可以省去200公里。

　　前一天的油箱已经亮起了黄灯，我仍然想在宜昌加上油，在长清哥的规划下，去了三个油站，两私一公，无一成功。这时我人可以等，车不可以等。长清哥执意给我加油，但我还是想自己解决，于是在他的帮助下，我动用了备用油。

　　上了高速，我想应该很快能加上油的，导航显示50公里有加油站，到达后才知因为停电而停止营业。好在距离前面的潜江只有100多公里，我的油还可以坚持。当然，到了潜江就必须加上油，因为备用油也用光，我做了孤注一掷的准备。如果加油站的工作人员不同意给我加，我只好找过往的车辆沟通，无论时间长短，加上油为止。

　　到了加油站，我早早地准备好了录音设备，来迎接这次艰难

长清大哥为我加上备用油。

的挑战。我先是找到油站的工作人员，说站长在对面的加油站，我二话不说就往对面的油站跑。找到站长后，站长没听完我的讲话，就要拒绝我，但我坚持要他听我讲完再做判断。等我讲完后，他不再否定，同意我加油，沟通时间是11分钟，没想到，我心中的一场硬仗就这样和气收场。

　　有了站长的支持，我的心情好了很多，开始放慢脚步，看看沿路的景

↑ 潜江孤注一掷。　　　　　　↑ 一个难过的收费站。

致。事实注定今天是要产生纪录的一天，武汉的收费站，应该是我整个行程中最冷漠、最官僚的收费站之一。

↑ 收费口一再拒绝。

我开始找到工作人员，工作人员说无法帮这个忙，我说那找一下你们的领导吧，她说她没有领导，我说要是你们遇到其他的应急情况怎么办，她无话可说。我只好到办公楼自己去

↑ 站长郑华胜（左）和同事。

↑ 冷漠的前台接待。

找领导，门口的保安盘查了半天，才电话联系了收费部的一位部长，我还没跟他说上两句，他就叫我去找管理部，于是我向大楼进发，到了一楼又被前台拿下。问我找谁，我说找管理部的领导，她说她先联系，她的联系根本无法说清这件事的来龙去脉，得到的答复当然是否定的。

她让我等待半小时再联系看一下，因为有半小时的闲暇，我准备到车上去眯一会儿，也趁机想想其他办法。到了保安的门口，小保安的态度变得恶劣，说什么总经理叫把我驱赶出去。这时我重又打了那位收费部长的电话，这次换成一个女的接，说部长不在，就这样我再次回到收费口，再次找到班长，想她把我的相关资料递给她的领导，但依然是被拒绝，我只好说服另外一个保安，托他的福，把我又重新带入到了办公楼。

再次来到前台，我试着跟能见上面的所有人沟通。先是一个领导模样的人，正在讨论工程上的一些事情，我找到他，他对我的说法给予了坚决的否定，并毫不客气地要我离开，说他是管后勤工作，忙得很，而且现在也没有任何的领导在。可是前台的信息是所有的领导都在，只是领导在开会。反正我是横下一条心了，哪怕等到领导下班，我一个一个找，就算在门口等，也要等到结果。

过程中，我还找过一个女的，也是干部模样，我想女人会内心柔软一些，委托她把我的事向上面反映一下，她应付式地答应，一走再无下文。过程中又见到了工程男，我还没发话，他立马把手一挥，用武汉话质问我："么样搞的，还冒（没）走？"

眼看一小时有余，二楼突然冒出一颗黑脑袋，一个小伙子正在接电话，这样的情形我也不想放弃，就冲着他招了招手，

↑ 台阶上的沟通有了结果。

我说你下来一下，耽误你两分钟。小伙子果真就下来了，听了我的说法他要看看我的车，我就带他出大门，指着我的车给他看，他说就不过去了，我们聊一会儿吧。我们俩就坐在门口的台阶上

飞上云霄 2010-11-12 09:42:57 [回复][删除][举报]

世上没难事，只怕有心人。

daisy0755 2010-11-12 09:56:29 [回复][删除][举报]

很遗憾，在你的家乡有这样的纪录！
更欣慰，你的坚持终有收获与结果！
好样的，继续！胜利在望，需要更稳的心态！

新浪网友 2010-11-12 10:02:13 [回复][删除][举报]

敬佩美松又取得成功。艰难的沟通，艰难的成功。你这次不是考量诚信，是与官僚沟通的战斗。难、难、难。关键是你心态好，向你学习。部

闲聊,东拉西扯,渐渐地,他对我的信任一点一点地在增加,直到他说现在已有百分之九十可以肯定我这件事是真的了,并问了宜昌过来的路费是多少,听说是 150 元,就开始掏腰包,看来,他已经同意为我交此处的过路费了。

看到有人出钱,工程男又靠了过来,说开始不知道我是怎么一回事,我调侃说,你不听别人讲,怎么会知道呢。

坚持的东西都一定会有结果,但是在整个过程中,没有看到武汉人民的笑脸。帮我的小伙子还是北京刚分过来的,整个过程一小时五十分钟,这个打破嘉峪关的"光荣纪录",现在属于武汉。

→ 武汉的诗友们(左起:梁玲、艾先、邓兴、张执浩、李以亮)。

★ 当日细节

- km → 412公里,11:00出发,17:45到达;
- → 沪渝高速转汉蔡高速;
- → 早餐/酒店,中餐/沙琪玛两块,晚餐/李以亮请;
- ¥ → 汉蔡高速琴台收费站,150元(173号欠条);
- → 挑战4次,成功1次。潜江服务区加油站160元(172号欠条);   沟通时间10分钟
- H → 诗友李以亮家;   沟通时间11分钟
- □ → **310元**(欠条310元)。

5 20 60
10 30 ~

~455

★ 欠款列表

欠款单编号	姓名	性别	账号	开户行	类别	金额	联系方式	进度	欠条时间	还款时间
172	郑华胜	男	6227××××××8501	建行	油费	160	156×××5288	收到	2010.11.11	2010.11.18
173	袁国鹏	男	6013××××××5704	中国银行	路费	150	137×××7381	收到	2010.11.11	2010.11.19

（2010。11。12）

回赤壁

14:31武汉出发

16:50到达赤壁

全程128公里

向北

家越来越近，挑战在继续。昨天收费站的漫长等待，让我今天更有战斗欲。早晨以亮请我吃了一碗温暖的馄饨，我开始了新一轮的加油行动。

首先找到最近的一家，说是站长开会去了，我就从挑战班长开始，班长听得倒是认真，但是说她的工资实在太低，不能帮助我。我于是去找领班，领班仍然不能支持。这时过来一个收费员，手中抓着一大把钱，我试着说服她，她只是一个劲地笑，也一个劲地摇头，觉得我怎么会做一件这么奇怪的事。

在这些基层员工的连续拒绝下，看来只有等待站长的到来，但又不知道站长何时能来。我就问下一个油站距离这里有多远，他们说不远，前面右转不到一公里。我便先去下一个油站，不行再回来。也

就是这个关山大道的关二加油站，在进站之前我问了一下站里的员工，我能成功吗，他们果断地回答说：能！我说要是站长不同意，你们可以支持我吗？他们说可以。这样我心里就有了一点底，直奔站长室而去。站长果然是个爽快人，说没问题。出来再见站外的刚才见面的加油员，亦表示感谢，托他们的吉言，很是开心。

加完油，我在等从赤壁来武汉的老同学余志刚的过程中，把车洗了一下，希望回到赤壁不至于特别脏，洗车费是志刚到后帮忙给的。中途接到克明兄的电话，说了晚上的安排，说实在话，我心中总是过意不去，但家乡人盛情不容推辞，每每都是恭敬过后不如从命。

虽然之前打过招呼不要接我，可是出了赤壁口，江月明和叶松还是在那里等候。晚间的夜宴，在一个非常清幽的饭庄里面，这种静，我特别喜欢。只是大家热情，喝得多，吃得少，酒不醉人，人岂能有不醉之理？！

↓ 爽快的武汉关二加油站的黄建虎站长（右二）及同事们。

↑ 我以右为亦师亦友的王克明、唐小平及黄旭平。

↓ 赤壁"债权人"宋志军。

No:174

欠款地点：湖北武汉关二加油站

No:175

欠款地点：湖北省赤壁

No:176

欠款地点：湖北省赤壁

★ 欠款列表

欠款单编号	姓名	性别	账号	开户行	类别	金额	联系方式	进度	欠条时间	还款时间
174	黄建虎	男	6228×××××××2714	农行	油费	150	138×××0155	收到	2010.11.12	2010.11.18
175	宋志军	男	电话充值		路费	50	135×××6000	收到	2010.11.12	2010.11.30
176	余志刚	男			住宿费	275	137×××5960	收到	2010.11.12	2010.11.30

★ 当日细节

 → 128公里，14：31出发，16：50到达；

 → 京珠高速；

 → 早餐/馄饨（李以亮请），中餐/王宇请，晚餐/王克明请；

 → 1次，50元，宋志军（175号欠条）；

 → 挑战2次，成功一次，150元（174号欠条）；

 → 孙华198元（177号欠条）；

沟通时间17分钟

→ **398元**（欠条398元）。

5　20　60
10　30　~

↑ 新朋老友，亲情乡情，酒不醉人，人岂不醉？

（2010-11-12）回赤壁

飞上云霄 2010-11-13 10:17:37 ［回复］［删除］［举报］

天天关注，明天又有新的挑战，加油！

新浪网友 2010-11-13 10:48:20 ［回复］［删除］［举报］

温暖的赤壁，冷漠的武汉。更引发对家乡的眷恋。更激起对信念的追求。更能证明此行的意义。如处处有信任，都有家的感觉多好。这虽说是理想，但只有在人的追求行动中，才可能积累成现实。问江月明好。部

新浪网友 2010-11-13 12:36:16 ［回复］［删除］［举报］

挺住 挺住
总有好人相助
但愿后续里程
通关一路坦途

kongquan_520 2010-11-15 18:08:12 ［回复］［删除］［举报］

辣得跳——这个可是武汉湖锦的特色

新浪网友 2010-12-23 14:38:25 ［回复］［删除］［举报］

呵呵 好高兴能在你的博客看见我照片 你的博客好久才找到

新浪网友 2010-12-23 14:44:18 ［回复］［删除］［举报］

虽然我没能给你加油 但是微笑是我最喜欢做的，只有我们微笑顾客才会消费的开心 微笑很重要

← 这道菜叫辣得跳，什么程度可想而知！

~459

（2010。11。13）

回家

八十七岁的老母亲，今年身体明显差了好多，只有在电话中听到的永远是她中气十足的声音，我也就放心一些。父母在，不远游，我这样一个不但远游而且冒险的计划的确不能告诉她。直到我回到赤壁，四哥才告诉她我的计划。远在陕西的姐姐专门打来电话，要家里杀一只鸡我吃。多少年来，农村杀鸡待客，都是最高礼遇，吃的已经不是鸡，而是一种关心和舍得。

回到家中，母亲一个劲地念叨说我瘦了，怎么能不带一分钱就出门，怎么能不带吃的，怎么会出去那么久。这一切，我无法给出解释。我们的上辈，在土地里刨食，关注的只是生存，只是春种秋收图个好年成，在经济极度落后中的一日三餐。在社会进程中，在教育渐进和经济渐进的过程中，我们走出土地的这些土地的子民们，却不能只停留在原始的利益上，而应该不断地寻找思想的精进，以及人文的分享和关怀。

除了鸡，母亲还坚持要去买一条鱼，加上地里自产的青菜，也是一餐丰盛的午餐。母亲却是什么也没有吃，一旁看着我吃。多少年来，家里来了客人，她都是把最好的让给别人吃，自己却是粗茶淡饭。母亲的乐观和大度，是我一辈子的财富。

只是她的身体状况越来越让我担忧，她的倔强，又导致我们无法用更好的办法去照顾她。劳

↑ 妈妈。

作了一辈子的人，不可能接受保姆，就是兄弟们做好了饭菜叫她吃，她也不一定去，直到现在，她还坚持自己做饭，每每是饥一餐饱一餐，其实，这才是破坏身体的根源所在。

每次的短暂陪伴，她都很开心，那么我要是再次远行，又会增加她多少担心？父母给子女的爱是一辈子，而儿女给父母亲的总是那么少，那么力不从心。

我想，我只能是给她祝福，默默的祝福。

李以亮 2010-11-14 09:52:23 ［回复］［删除］［举报］

每个人都有点发福，人民的确是物质生活丰富了，应该叫朝鲜人看看哦

博主回复：2010-11-15 05:56:50 ［删除］

哈哈……

新浪网友 2010-11-14 10:06:28 ［回复］［删除］［举报］

回家了，回家了。在外艰辛的奔波，更感受到家浓浓暖暖的亲情。但仍然会不断地寻找思想的精进，以及人文分享和关怀。哪怕再吃千辛万苦，这就是美松。部

新浪网友 2010-11-14 10:46:41 ［回复］［删除］［举报］

儿行千里母担忧
人老体弱儿也愁

博主回复：2010-11-15 05:55:10 ［删除］

是的……不能两全

小豹子 2010-11-14 13:11:35 ［回复］［删除］［举报］

字里行间透出的浓浓亲情真让人感动！

博主回复：2010-11-15 05:54:00 ［删除］

谢谢

张守刚 2010-11-14 13:50:07 ［回复］［删除］［举报］

好乖的侄女！回家了就好！

博主回复：2010-11-15 05:53:01 ［删除］

革命尚未成功，同志仍需努力呵

↑ 我是如此气定神闲，有谁不在寻找碗中的食物，食物中的精华。又有谁不在乎那一只生存的饭碗，只有我可以随时得到，又可以随时抛弃。大好河山，我所到达之地，即是立足之处。从来，我只寻找，从不留恋。

↑ 我不是站在泥土之上，而是站在城市麻木的脸上。无论怎样，洒在你身上的阳光，有一部分也会落在我的身上。谁说我对生活没在憧憬？我只是憧憬自由。不在乎曾经拥有，只在乎天天行走。

（2010。11。14）

赤壁犀利哥

（2010·11·14)赤壁犀利哥

作者：赤壁   2010-11-15 08:40:28 [举报]
飞上云霄
江翼推荐新款西出设计一下子会大起来的。

王朝鹏   2010-11-15 08:46:11 [举报]
寡味，顶！

新浪网友   2010-11-15 09:23:29 [举报]

关注人生关注社会
关注被遗忘的角落

新浪网友   2010-11-15 09:49:57 [举报]
关注人生，就会热爱生活。关注社会，就会不忘责任。关注弱势，就不尚失良心。部

daisy0755   2010-11-15 11:48:40 [举报]
豆观剂，转了

pxut   2010-11-15 12:29:56 [举报]

新浪网友   2010-11-15 14:47:11 [举报]
写的清好!! 静一个!

新浪网友   2010-11-15 15:09:38 [举报]

犀利大爷

kongquan_520   2010-11-15 18:11:40 [举报]
希望刘总回深后 将此次行程每天的记录编撰成一本书，然后给我们每人送一本，哈哈!

无道   2010-11-15 19:43:49 [举报]
比江西的犀利哥成熟，看样子犀利好多年了。此哥随处有，但此精僻的博文配释只有这能"闻"了：偷一把给让我的博客增彩!

小孙子   2010-11-18 09:38:43 [举报]
又一篇刊载佳观细作。观察入微，文笔犀利，转了。

山之泉   2010-11-18 16:30:02 [举报]
对一个犀利哥的观察如此细微，描写如此深刻感人，这是发作自内心的怜悯与感慨，这也是诗作家的情商与智慧

石文金   2010-12-07 17:15:25 [举报]
让·关爱伴我温暖!

- 新浪网友 2010-11-15 09:23:29 ［回复］［删除］［举报］
  关注人生关注社会
  关注被遗忘的角落

- 新浪网友 2010-11-15 09:49:57 ［回复］［删除］［举报］
  关注人生，就会热爱生活。关注社会，就会不忘责任。关注弱势，就不尚失良心。部

- 新浪网友 2010-11-15 15:09:38 ［回复］［删除］［举报］
  犀利大爷

- kongquan_520 2010-11-15 18:11:40 ［回复］［删除］［举报］
  希望刘总回深后 将此次行程每天的记录编撰成一本书，然后给我们每人送一本，哈哈!

- 无道 2010-11-15 19:43:49 ［回复］［删除］［举报］
  比江西的犀利哥成熟，看样子犀利好多年了。此哥随处有，但此精僻的博文配释只有这能"闻"了：偷一把给让我的博客增彩!

- 山之泉 2010-11-16 16:30:02 ［回复］［删除］［举报］
  对一个犀利哥的观察如此细微，描写如此深刻感人，这是发自内心的怜悯与感慨，这也是诗作家的情商与智慧。

★ 欠款列表

欠单编号	姓名	性别	账号	开户行	类别	金额	联系方式	进度	欠条时间	还款时间
177	孙华	男	4563×××××8018	中国银行深圳支行	住宿	594	139×××3111	汇出	2010.11.14	2010.11.24

↑ 面对人群中你对我的赏识，我偶尔也会流露出一丝害羞甚至是怯意，我总在你们的视线之中，又往往在你们的视线之外。有人会拿出手中拍打苍蝇的拍子，企图把我驱逐出他们的视野，那岂止是一种嫉妒，我这并非常人能够追寻得到的全部名牌。

↑ 到来是偶然，离去是必然，这城市的街，我留不下脚印，也可以带走灰尘。原谅我，我总是把背影留给你们，没有谁能预测到我的下一个站点，有时候，我自己也不知道，我来自何方，又归向何处……

★ 当日细节

 → 孙华 198 元（177 号欠条）。

 → 198 元（欠条 198 元）。

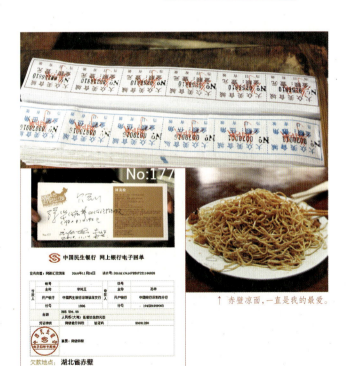

欠款地点：湖北省赤壁

↑ 赤壁凉面，一直是我的最爱。

（2010。11。15）

此处赤壁

赤壁的美好,她不说出来。

相对于周边的嘉鱼、崇阳、通山、通城,甚至她的上级领导咸宁,她一直保有足够的优雅和自得。为什么？自以为是的人杰地灵和实际的人杰地灵,让她有足够的骄傲和自豪。这是天生的气质,不与外人道。

不识时务的苏东坡先生,真是聪明一世,糊涂一时。千古绝唱,唱的是赤壁,而所在地却并非真的赤壁。也不怪他,美色不止一处,酒微醺时,江山都入画来,那才情里不是江山,胜过江山,山水之外的冤屈不是酒能解决的事情。

假作真时真亦假,真的文采,盖住了假之地盘,真的地盘亦可分享非常之文采。当蒲圻更名为赤壁,就像是某人嫌这些年运

↑ 赤壁(杜少明 摄)

↓ 峨石宝塔(杜少明 摄)

道不好找来一个算命先生看看，说你这个名字啊太土了，换个名字保管能行好运。于是乎，由小毛儿或者是小狗儿之类的名字立换成了曼玉或者是德华。这样的效果的确起到了好作用，当我们这些曾经的蒲圻人，再说自己是赤壁人时，不单单解释的时间少了，而且似乎还可以分享到一点那来自远古的风云变幻、三分天下的荣光。

每每泛舟江中，烟消云散时，那折戟沉沙之处，故国都是家园。我们争了几千年的土地，都是我们自己的土地，什么魏，什么吴，什么蜀地之艰，通途之所归者，大汉之河山，中国之新土。所谓英雄者、良将者，都是自相残杀者，悲哉！

铁打的营盘流水的兵。谁真正占有过脚下的一寸土地？因为如此，赤壁的美好，是大家的美好，湖光山色，是大家的湖光山色，身在其中，在极目处得到，身在其远，在心深处安放。

↑ 同学们，后排左起：余卫姗、谢芸、刘萍、邓春红、杜少明。

↑ 同学刘萍在赤壁为我加油。

From: 张钧
2010-11-15 21:37
出差刚回，急览一
博，何时能回深？

From: 江宇
2010-11-15 12:13
刘大超人到家乡了
吧？休息几天吧,我现
到了一家大型旅游
网站公司,筹备成立
深圳自驾游协会,我
们有一个《车．派

victor 2010-11-16 10:42:28 ［回复］［删除］［举报］

老刘：北美的电视新闻前天晚上转播了你的行
踪！我们都为你而感自豪。

新浪网友 2010-11-16 11:21:45 ［回复］［删除］［举报］

二龙争战决雌雄
赤壁楼船扫地空
烈火张天照云海
周瑜于此破曹公   （唐诗）

山之泉 2010-11-16 16:42:59 ［回复］［删除］［举报］

呵呵……我就几天不在哥回了赤壁,看到了子雅、
子琪和李姐,行程已是百分之八十胜利在望,一
定是专程赶回给加油的喽。

博主回复：2010-11-17 08:05:01 ［删除］

是啊,但还是在路上

ANDA 2010-11-16 22:26:21 ［回复］［删除］［举报］

挑选的吧？怎么个个都那么靓！

博主回复：2010-11-17 08:03:54 ［删除］

当然不是,都是天生丽质哈

daisy0755 2010-11-17 10:48:25 ［回复］［删除］［举报］

哪用挑呀,湖北出美女哦,两个小妹妹就是最好
的证明

No:179

中国民生银行 网上银行电子回单

欠款地点：湖北省赤壁

★ 当日细节

 → 江月明 178 元（178 号欠条）；

 → 余志刚 138 元（176 号欠条）；

□ → 316 元（欠条 316 元）。

★ 欠款列表

~467

欠款单编号	姓名	性别	账号	开户行	类别	金额	联系方式	进度	欠条时间	还款时间
178	江月明	男	1035××××9536	农行咸宁赤壁蒲圻支行	油费	178	159×××9558	收到	2010.11.15	2010.11.26

在赤壁的四天五夜

　　赤壁的休整，变成了赤壁的宴请。我要是再不离开，就一定变成酒馕，而不是饭袋。朋友们的热情，在一次又一次的相约和一次又一次的举杯中，回到往日时光，虽然往日不再来。

　　在赤壁，我生活了十五年。这是从少年到成年的十五年，从初中同学到工作同事，年华远去，友谊却历久弥新，像珍藏的酒，懂得珍藏的人，才有机会品尝。

　　而我只是一过客。这些年若干次蜻蜓点水般的到来又离开，来是因为有家，有朋友，去是因为有另外的家，另外的事业和朋友，不能两全。甚至分不清哪是来，哪是去。

　　又想到"年深外境皆吾境，日久他乡即故乡"这两句诗了，所谓的"境"和"乡"，完全取决于你生活的时间的长短，一个地方生活得长了，留下的脚印多了，就有了感情。

　　我们可以重建一座新城，却抹不去那往昔的记忆，这就是时间留给我们的一笔无形资产，回望来处，

★ 欠款列表

欠款单编号	姓名	性别	账号		开户行	类别	金额	联系方式	进度	欠条时间	还款时间
179	刘萍	女	1810××××××1470		工行西湖分行	油费	260	138×××2868	收到	2010.11.16	2010.11.24

再细细盘点，这种重聚多么美妙。

　　一路走来，只有紫阳和赤壁这两个地方我不去挑战，我不想把挑战弄得很矫情，更不想是伤害。我爱的地方，我只尽情享受。

↓ 适逢朋友生日，众友欢聚，快乐多多！

- 清道夫 2010-11-17 13:49:02 ［回复］［删除］［举报］

  结识你是一种幸运。
  从你的言行中学到了很多的东西，并且有些东西是不需要言语的。
  祝福你一路顺风，平安到达目的地！

- 新浪网友 2010-11-17 14:15:53 ［回复］［删除］［举报］

  魂牵梦绕陈年事
  父老乡亲赤壁情

- 新浪网友 2010-11-17 15:55:25 ［回复］［删除］［举报］

  赤壁，让我魂牵梦绕的地方……

- 新浪网友 2010-11-17 17:02:30 ［回复］［删除］［举报］

  月是故乡明！酒不醉人，人自醉!!

- 山之泉 2010-11-17 22:04:32 ［回复］［删除］［举报］

  在紫阳和赤壁没有挑战却留下了难得的欠条，我想那应该是友情的见证，也不知道是谁欠谁的了。

- 吴墉 2010-11-18 04:05:41 ［回复］［删除］［举报］

  这是我第一个从第一篇认真看到最后一篇的博客……
  一路感受温情与冷漠……
  人世间的冰冷唯有温情才能融化……
  诚信是唯一的火种……
  加油！

消息内容
10:03
From: 小李亚州铜
2010-11-16 09:12
刘总:昨晚梦见您到深圳了,看来是太想念您了嘻嘻,您预计啥时候回到深圳呢?要筹划下迎接仪式不?
选项   ?   返回

★　当日细节

- → 早餐／无，中餐／聂哥请，晚餐／叶松请；
- → 1次，同学刘萍加 260 元（179 号欠条）；
- → 余志刚 137 元，（176 号欠条）；
- → **397 元**（欠条 397 元）。

（2010。11。17）

月色长沙

8：30 赤壁出发

岳阳市

临湘市

赤壁市

16：21 到达长沙

长沙市

N

全长251公里

向南

不得不离开赤壁，我需要在路上。

我还是先到乡下去看望了一下老母亲，半个小时的小坐，让我心情不安。生病的母亲多么想我多陪她一会儿，多说几句话，这样小小的要求，做儿子的竟然无法满足。每加一脚油门，跟母亲的距离就远一步，心里说不

↑ 边过早边擦鞋成为赤壁一大特色。

出的难受。

最近的一个收费站，鄂南收费站，由于只有 10 元钱，离家又近，我想该是很好沟通。来到站长室，因为还在赤壁境，我就用赤壁话讲，试探他是否赤壁人，不是。我只好跟他讲普通话，站长根本不听我讲，就是一通质问："谁让

你上来的？谁同意你上来的？你马上给我下去，不然我就叫保安把你赶出去！"一通质问下，我是灰溜溜的。

由于自己的心情还没调整好，我也有点火，我说你要问清楚别人有什么事再发火好不好，他说我不管你什么事，你都给我出

↓ 长沙妹子郑爱军。

↓ 离开湖北，我看到的只是鄂南两个字的背面。

去。我说你是站长,我有事找你,你应该先学会倾听,再做判断吧。他还是坚持说我不管你是什么事情,先给我出去!我欣赏他的坚持,我说我走,你不会叫保安了吧。

下了楼,我去到路政大厅,跟另一个上了年龄的人讲了我的情况,他还是要我找回收费站。这时收费站的一个主任走过来,问我什么事。我跟他讲了一下内容,他问我的车在哪里,我指给了他我车的位置,他说你开过来,我给你交这10块钱,并执意不要我的欠条。我

↓ 在我的"胁迫"下,站长丁红(右)为我加满了油,谢谢了!

就说即便你帮我交了这10元钱,我也会把这10元钱捐出去,他同意了。

我说你们站长为什么那么凶,他说他以为你是搞推销的。事实上很多人都是在不明白什么事情的情况下先拒绝,因为拒绝就可以少掉一件麻烦,又可以规避上当风险,在这种大环境下,就难怪站长的表现了。

湖北渐行渐远,我开始让自己更安静,更理性。中午十二点左右,我休息了一会儿,用来调整情绪。到长沙是中午的一点半,我先是找到了一位收费员,她帮我找到了班长,班长听完我的陈述后,把我带到了副站长室,短短的时间内就得到了美女站长的同意,我们聊天的时间反而多过了沟通时间。

她说很多人在其他地方都非常守规矩，反而是在自己的地盘上很放肆，不珍惜，其内容应该说的是长沙人不好的驾车习惯。事实上，每一个城市都一样，他们知根知底，就变得随意，任性。就像很多人爱说的一句话，到了某某地方，我就给你全包了。这是一种大话，当然这个大话里面不排除中国人的好客和热情的一面。而习惯方面的东西，是一种意识提高中的自律，需要制度的规范，素养的提高以及提高所需要的时间。

进了长沙城，我试着先加油。第一个加油站，就得到了站长的基本认同，首先是同意给我加油。我说我加上140元钱的油可以加满，她说："我给你加70元钱的油吧，你找下一个加油站再加70元。"我说你要是信任我，就给我加满，因为到了下一个加油站需要重新沟通，还不一定能得到同意，你现在给我加70元钱的油，表示对我还有疑虑，我不想这样得到这70元钱的油，要么请你给我加满，要么我就不要。在这种两难下，站长还是同意给我加满，谢谢站长了！

再接下来是去见朋友，在等朋友的过程中，我试着挑战了一家酒店。酒店的员工比较热情，通过层层请示，得到的结果却是否定，但我并不沮丧，因为有抄哥的家做我的后盾。长沙，维护了她在我心中一直以来的美好形象。

晚上与小抄哥、老庄等老友及画家段传新、华声在线副总裁文杰、杨福音艺术馆馆长周永康等新朋小聚，月色正好。

↑ 前坐者为老庄；后排左起：黄帝子、小抄、文杰、一回本人。

(2010-11-17)月色长沙

新浪网友 2010-11-18 09:00:41 [回复][删除][举报]

重返征途别故乡
一路平安到鹏城

新浪网友 2010-11-18 10:07:20 [回复][删除][举报]

回哥，赞美你那种"在路上"的状态。继续
享受和挑战吧，我第支持尼。小抄

新浪网友 2010-11-18 10:21:48 [回复][删除][举报]

不仅是对"我本善良"的挑战，更是对世
态炎凉的扫描。你在创造行为艺术的同时，
创造了历史。 文盲的文

victor 2010-11-18 13:43:24 [回复][删除][举报]

老刘你好：我是陈毅雄，一直关注着你这次
挑战性的远征。
预祝你顺利凯旋！

博主回复 2010-11-22 22:45:29 [删除]

谢毅雄兄……南京问好

daisy0755 2010-11-18 15:14:09 [回复][删除][举报]

越来越近了，似乎已经听到马达的轰鸣……
期待回到深圳的时刻

消息内容 10:02
From: 小抄(长沙)
2010-11-17 1229
回哥,把地方改成顺
天黄金海岸大酒店
吧,在福城路开福区
区政府一带。我家
附近。你下京珠,走
三一大道出口转福

消息内容 10:03
From: 余志刚
2010-11-17 07:44
老刘,对不起,我没有
时间送你,8.30叶松,胖
子,屠夫过来送你,一
路平安。

★ 欠款列表

欠款单编号	姓名	性别	账号		开户行		类别	金额	联系方式	进度	欠条时间	还款时间
180	郑爱军	男	6222××××××4577		工行		路费	75	139×××8822	收到	2010.11.17	2010.11.20
181	丁红	男	9558××××××2168		工行		油费	140	073×××3200	收到	2010.11.17	2010.11.20
								(合峰加油站)				

↑ 抄哥的儿子。

No:180

中国民生银行 网上银行电子回单

欠款地点：湖南省长沙市

No:181

中国民生银行 网上银行电子回单

欠款地点：湖南省长沙合峰加油站

★　　当 日 细 节

 → 251 公里，8：30 出发，16：21 到达；

 → 京珠高速

 → 早餐／面条叶松请，中餐／无，晚餐／诗友小抄请；

 → 全日收费站 2 个，鄂南 10 元（主任出，未要欠条，算免费），
长沙收费站 75 元（180 号欠条）；

 → 长沙合峰加油站，140 元（181 号欠条）；

 → 小抄家；

 → **225 元**（欠条 215 元，免费 10 元）。

沟通时间41分钟

沟通时间21分钟

沟通时间29分钟

5　　20　　60
　10　　30　　~

~477

（2010。11。18）

经过一座叫春的城市

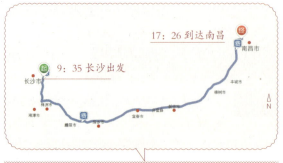

17：26 到达南昌

9：35 长沙出发

全长435公里

向东北

↑ 早起离开小抄家，带上抄哥家的包子上路。

拿着细心的抄哥给我准备的热包子，离开长沙，南昌是我的下一站。过了湖南与江西交汇的金鱼石收费站，我完全可以给湖南以高分，属于此行中"好说话"的省份之一。

虽然我的油足够跑到南昌，但经过"一个叫春的城市"——宜春的时候，我还是按捺不住要去挑战一下加油，在秋天，看她是否可以给我一点春天般的温暖。在我诉说的十几分钟时间里，正在录入数据的站长，始终没有抬头看我一眼，他说这种事情见到的太多了，不相信。我说我是第一人，他说不可能。我试着跟旁边看热

↑ 金鱼石卢波站长。

宜春万载
Yichun Wanzai
出口905
G320
2 km

→ 在山西有一个左云，也有一个右玉；在渝鄂交界，有一个冷水和一个凉雾；在这里有一个生米，但不见熟饭。

↑ 昌西南的何常青站长。

闹的其他员工沟通,他们的态度是不好说,但对于我能走出来,应该是很牛,加油还是有顾虑。

中途在新余又做了一次尝试不成功后,我决定把机会放到南昌市区。过昌西南收费站,是我此行中站长同意最快的一次,当收费站的工作人员找来站长,他几乎没有听我说清缘由,就同意帮我出这110元钱的过路费,我说我要给他打欠条,他说不用了,但我说这样我不会要他的钱时,他才同意我给他打欠条,并让工作人员代为完成。站长因为有事匆匆离开,另外一位姓董的女士帮我到收费站交了过路费。我把欠条留下后还是反复说明,叫站长回来后上我的博客看看,了解事情的真相,虽然出钱无比爽快,不能出得不明不白。

进入南昌城,我再次挑战加油,不成功。此时老德兄的电话到了,在我不知道他住处的情况下,我车的位置竟然离他家只有六百多米。见面后,他怕我累了,问我是否先到家里休息一下,我说还是先把油加满再说。在德哥的陪同下,找了两家油站都不成功。第一家是站长不在,员工做不了主,另一家站长是在,说是太忙,没时间听我讲,也不太相信。就这样,在我的晚餐有着落的情

~479

况下，只有让我的爱车先饿一晚上的肚子。在江西境，我已经挑战了五个加油站，希望明天能有好运。

　　晚上老德叫来水笔夫妇、唐纳、采耳等一聚。之后又到江边漫步，浪漫的水笔跌入江中湿身后还坚持陪我们，直到上车时，我和德哥才知情，水笔的坚持，不该以身体作为代价，爱惜身体，才有未来。回到德哥家，水笔冲了一个热水澡，换了一身干衣服，才算重新找回了先前的温暖，真不希望他因为我的到来而身体有任何的不适。哈，我会内疚的。

↑ 湿身的水笔，和妻子媚。

↑ 德哥和德嫂在他们院子里的合影。德嫂熬的粥可是好喝哈。

★ 欠款列表

欠款单编号	姓名	性别	账号	开户行	类别	金额	联系方式	进度	欠条时间	还款时间
182	卢波	男	6225××××××5086	招商银行	路费	45	136×××4361	收到	2010.11.18	2010.11.24
183	何常青	男	4682××××××7815	招商银行	路费	110	138×××3103	收到	2010.11.18	2010.11.24

伏鸟双尾虎

← 采访水笔的报纸。

• 新浪网友 2010-11-19 10:08:05 [回复] [删除] [举报]

有人冷若冰霜
有人暖如春风
生活就像硬币
两面从不相同

• 唐纳 2010-11-19 18:46:03 [回复] [删除] [举报]

回哥，等着你回深圳的消息呢！一路平安啊！人生路漫长，有机会与你多聚酒听你讲故事啦！

博主回复：2010-11-22 22:44:12 [删除]

谢谢唐纳……调整好状态，未来是未来……

• 新浪网友 2010-11-21 16:49:29 [回复] [删除] [举报]

人老了脊椎也要萎缩，这时人就成了人精。鱼也跟人一样，成了妖精就不足为奇了。

• 新浪网友 2010-11-21 16:59:54 [回复] [删除] [举报]

安全行车，平安到家！重庆 谢青明。

博主回复：2010-11-22 22:40:52 [删除]

谢谢，希望有机会与您同行

★ 当日细节

km → 435 公里，9：35 出发，17：26 到达；

→ S21—G60—沪昆高速—南昌绕城

→ 早餐 / 抄哥家包子两个，中餐 / 冷包子一个（很长时间不舒服，看来什么事都不能蛮干），晚餐 / 老德请；

¥ → 全日收费站 2 个，湖南江西境金鱼石收费站 45 元（182号欠条），昌西南 110 元（183 号欠条）；

→ 5 次，无一成功；

H → 老德家；

口 → 155 元（欠条 155 元）。

消息内容
10:42
From: 文杰 华声在线
2010-11-18   09:58
仁兄本次出发，不仅是对人性我本善良的挑战，更是对世态炎凉一次全景扫描。

沟通时间22分钟

沟通时间3分钟

~481

又坚持了20分钟，她终于点了头，我玩笑说，你现在还可以后悔哟，她说她不后悔。虽然话是这样说，我依然看得出拿着欠条的站长还是不免忐忑，我相信她收到我的汇款后，会是另一种心境。太多的"假"，让我们在"真"面前也无所适从。

（2010。11。19）

九江故事

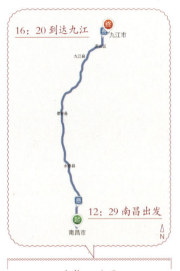

16：20 到达九江

12：29 南昌出发

全长173公里

向北

昨天江西境内五个加油站的挑战不成功，让我今天有了使命感。老德跟随着我，见证了我的挑战。在驶往高速方向的快速道，我找到了一家加油站，怕引起怀疑，在距离油站百余米的地方，老德就先行下了车。

依然是南北分治——公路两

↓ 南昌保养。

边各有一个加油站。我到的这一方没有站长，就找服务员沟通，服务员让我到对面去找站长。钻过桥洞，到了对面的二楼，两条雄壮的大狗让我不敢近前。工作人员说，不碍事，不咬人。在狗面前，我想人人平等，不咬其他人，想必也不会咬我的了。为了加上油，不能畏惧。

女站长，听我慢慢讲。从排斥到犹豫，再把她从此加油站引到彼加油站我的车旁，花了半小时，我想她见到我的车，就不会有问题了。可是见到我的车后，她仍然犹豫不决，但我不想为长时间的沟通轻言放弃，一是为了能在江西加上油，同时也为了给在马路边的树丛中抽烟蹲守的老德一个交待，我必须说服她。

又坚持了20分钟，她终于点了头，我玩笑说，你现在还可以后悔哟，她说她不后悔。虽然话是这样说，我依然看得出拿着欠条的站长还是不免忐忑，我相信她收到我的汇款后，会是另一种心境。太多的"假"，让我们在"真"面前也无所适从。

当我把行程改为由长沙到南昌，又由南昌到合肥，九江就是我绕不去的一个点。绕不过去可以经过，未必要留下，而必须留下，那就一定是因为朋友了，这个朋友就是赵

↑ 站长拿着我的欠条，心中依然忐忑，期待她收到钱时是另一种心境。

刚。

当我在南昌给赵刚去电话时，他说你等
等，我让你听听另一个人的声音。听之前还
要卖一个关子，要我猜，我想到的唯一的一
个人是成都见过面的张进。难道碰巧他又
到了九江？当我听到声音是韩湛宁时，就让
我大大的意外了。早上起来，还是不相信昨
晚的通话，不是不相信他俩在一起，而是不
相信他俩在九江。为了再次证实，我发去一
条短信："你在九江吗？"回答："在呀，和湛
宁一起恭候大驾！"我不能再怀疑了，我相
信这是一次美好的见面。

有时候我们去等一个人，真的是不如去
碰一个人。当我们去约一个人的时候，那个
人可能约了另一个人，或者是他去了 A 城或
者是 B 城。而往往我们因为一个不经意的
小聚会，见到的是意外得不得了的某个人，
所以我还是相信缘份说，在某个时间、某个
地点，我们是必须见面的，就象在九江见到

↑ 南昌收费站原以为只是拿卡，不知道还要交20元出城费。
好在班长爽快地让我通过，不至于给其他人造成麻烦。

★ 欠款列表

485

欠款单编号	姓名	性别	账号	开户行	类别	金额	联系方式	进度	欠条时间	还款时间
184	吴兰	女	雷公坳加油站	江西省南昌市昌九公路	油费	150	189×××2010	收到	2010.11.1	2010.11.24
185	王柳	女	6227××××××5292	建行	油费	100	150×××4086	收到	2010.11.19	2010.11.24
187	赵刚	男	6013××××××5835	中国银行成都	住宿	398	138×××3705	收到	2010.11.19	2010.11.24

No:184

欠款地点：江西省南昌市雷公坳加油站

↑ 班长吴家助，我说你要是认为为难，就带我去找站长，吴班长却是借钱为我交了进入九江的过路费。

湛宁一样。

在此次行动中，湛宁是我要感谢的重要人选之一。他几乎打包了我行程中的全部设计方案，是此行的重要策划者，我的出发时间也因为他去了美国而推迟，事实证明我的等待是值得的，正确的。

下午的见面还有意外惊喜，那就是见到了牛X的摄影师罗凯星，深圳大多数牛X楼盘的外景都由他拍摄，深圳大多数牛X的平面设计师对外的形象照片都是他拍摄的，仅此两点就够牛的了。是朋友终究会见面，曾经在湛宁的公司和他失之交臂，今日异域重逢，却是他的主场。一个地道的九江人罗凯星，加上一个必见的朋友赵刚，再加上一个偶遇而又让人惊喜的老友韩湛宁，还有后生可畏的年轻人黄栋略，今夜九江，不得不美好。

晚上我们去到当地一个特色餐厅，赵刚一再说明是大排档，我就跟他说起晓贤曾经在论坛中说的一段话：朋友相见，是酒重要呢还是酒吧重要？其实都不重要，是朋友重要。摆场合的饭，不是人情饭，就是利益饭；只有在小馆子里吃的饭，才是朋友饭，也是正宗的特色饭，我喜欢。

桂花鱼我们吃了一份又要了一份，板鸭炖莲藕，我吃了一碗，又续上几碗，酒是微醺，肚子有点撑，然后是饮茶，阔论，至晚方休。

No:185

欠款地点：江西省九江木家垄加油站

消息内容
1002
From: 赵刚 九江
2010-11-19 08:41
在呀，和湛宁一起
恭候大驾！

选项   返回

← 美丽姑娘王柳为我九江加油，小姑娘开始让我去找站长，我说我挑战一下你，你相信吗？她说她相信，并同意给我加了100元钱的油。

No:187

欠款地点：江西省九江

<small>(2010-11-19)九江故事</small>

↑ 九江邂逅朋友（左起：韩湛宁、赵刚、本人、罗凯星）。

• 新浪网友 2010-11-20 09:48:12 ［回复］［删除］［举报］

久旱逢甘霖
他乡遇故知
九江明月夜
熏风醉人时

• 水笔 2010-11-20 12:09:18 ［回复］［删除］［举报］

有时候我们去等一个人，真的是不如去碰一个人。南昌给了你温暖，九江给了你惊喜。数次挑战成功，证明江西人民还是很真诚滴。祝愿后半程一路温暖、惊喜连连。

博主回复：2010-11-22 22:43:10 ［删除］

水笔也是，湿身不感冒，表示身体好

★　当日细节

 → 173 公里，12：29 出发，16：20 到达；

 → G70 福银高速

 → 早餐／包子、稀饭（老德家），中餐／无，晚餐／赵刚请；

 → 全日收费站 2 个，南昌北收费站 20 元（免），泊水湖 55 元（186 号欠条）；

 → 挑战 2 次，成功 2 次，南昌雷公坳加油站 150 元（184 号欠条），九江木家垄加油站 100 元（185 号欠条）；

→ 南昌斯巴鲁 384 元（免）；

 → 赵刚安排定 398 元（187 号欠条）

□ → **1107 元**（欠条 703 元，免费 404 元）。

 沟通时间 9 分钟

 沟通时间 50 分钟

沟通时间 11 分钟

<small>~ 487</small>

5　20　60

10　30　~

（2010。11。20）

千万别可怜我

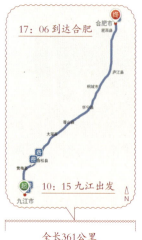

17：06 到达合肥

合肥市

肥西县

庐江县

桐城市

怀宁县

潜山县

太湖县

宿松县

望江县

费

10：15 九江出发

九江市

N

全长361公里

向东北

88天，一路走来，我像极了一条流浪狗，又还要保持非流浪狗的尊严。仿佛我在为寻找拒绝而来，又每每被人接纳，为什么？那是因为有一种道理在支撑。所以我坦然，所以我无惧，所以我坚持。

曾子说吾日三省吾身，大概是每天都要在心中自省一下，学问可否有进步，身体可否有进步，德性上可否有进步之类的，我不作考证。今日我是经过了另三省：江西、湖北和安徽。经过的是省份，而内心是反省。保持更积极、更耐心、更宽容别人的拒绝甚至是冷漠，包括过激的言行。只有内心安静，才不为外物所扰。

第一次进入安徽，计划是早到，可是九江大桥堵车，让我耽误了整整两个小时。同时出发的湛宁在一百多公里外的南昌机场过安检，我只是刚刚跨越九江长江大桥，全程不过几公里。我记不清在不同地点的长江大桥上已有几个来回，跨越还在继续。

过湖北境依然是不顺畅，56分钟。在等待的过程中，我试着询问了一个小孩子。这小孩很可爱，是站长的儿子，我问他：我挑战你妈妈你认为能成功吗？他说不知道。我说要是你是站长的话，你会支持我吗？他说会。这种难度，从站长的一句话可以得知，站长说："你可要知道这是在湖北。"言下之意就是说的"天上九头鸟，地上湖北佬"嘛，可是九江还有一句话是"三个湖北佬，抵不过一个九江佬"。我在九江，却是出奇的顺利，这也

↓ 我问站长的儿子,我挑战你妈妈,你认为能成功吗?他说,不知道。我说要是你是站长会支持我吗?他说会。

不能说湖北佬怎么的,也不能说九江佬怎么的,只是接触的当事人是一个什么样的人,他的态度决定我的快和慢,成和败罢了。

免费通过进入合肥的收费口,也给我挑战酒店多出了时间。我习惯性地把导航定到了如家,合肥城里的如家也相对集中,我完全可以一家一家地找,一家一家地试,此如家不行我就找彼如家。可是在合肥的彼此如家,没有一个能成为我今夜的家。

第一家的服务人员很是热情,主动给店长联系,被店长严辞拒绝,我也就不好勉为其难。第二家我是先要了经理的电话,打过去也很是礼貌,但是他说做不了主,我就请他把我的情况给店长汇报一下,等待了十多分钟,得到的答复亦是否定。第三家的时候,那个经理风风火火地出来后,主动给我递了一张名片,还说知道我的事,而紧接着的一句话却是,我们不可能让你住,就快步走开。我还来不及兴奋,就噎得我不知如何是好。我仍然坐下来,调整了一下情绪,再走过去,他在

~489

接电话,我一直等待他电话接完。我说我在其他很多如家住过,还有如家的卡,他说其他的如家他管不了,这里的如家是不可能让我先住后给钱的,就再也不理我了。

我放弃了如家。旁边的圣大国际酒店看来不错,还是四星级的,我去试试看。接待我的大副年轻,还显得很有涵养,我们的沟通是愉快的,他也积极联系上面的领导,可是后来还是没有得到领导的支持。我不想放弃,就跟他来聊。我说咱们先撇开酒店不谈,我们这么久的沟通,你本人信任我吗?他说信任。我说那么我们如果能交个朋友,由你来支持我住下,

欠款地点: 江西省九江

★ **当日细节**

 → 361 公里,10:15 出发,17:06 到达;

 → G70—G105—G70—G35—G4212

 → 早餐/酒店,中餐/无,晚餐/无;

 → 全日收费站 4 个,泊水湖收费站 5 元,电话沟通,打入昨天欠条中;九江大桥收费站 10 元(免);湖北果子墩收费站 25 元(190 号欠条);安徽金寨路收费站 110 元(免费);

 → 2 次,168 元两笔,朋友韩湛宁(188 号欠条)和罗凯星(189 号欠条);

 → 挑战 4 次,后成功入住合肥圣大国际酒店 268 元(191 号欠条);

 → **754 元**(欠条 634 元,免费 120 元)。

沟通时间12分钟
沟通时间56分钟
沟通时间41分钟
沟通时间38分钟

5 20 60
10 30 ~

★ 欠款列表

欠款单编号	姓名	性别	账号	开户行	类别	金额	联系方式	进度	欠条时间	还款时间
188	韩湛宁	男	6013×××××××7978	中国银行汕头分行	油费	168	138××××1499	汇出	2010.11.19	2010.11.30
189	罗凯星	男	4682×××××××0619	招商银行梅林支行	油费	168	136××××1092	收到	2010.11.20	2010.11.24
190	杨峰	男	6226×××××××1996	招商银行湖北黄石分行	路费	25	138××××4648	收到	2010.11.20	2010.11.24
191	王松	男	6228×××××××8911	农行合肥绿都花园分理处	住宿	268	139××××1992	收到	2010.11.20	2010.11.24

无论房间好坏，房价高低，我把欠条打给你如何？他可能没有想到我提这样的条件，思考了一阵子，他说去看看有没有房，在这种情况下，要是推托是很容易的，就说没有房，我也就没法坚持了。然而他说的是没有现房，正在打扫，要我等二十分钟。我说没问题。只要能住下，等两个小时都是可以的。

整个过程中，他不让照相，甚至不肯要欠条和留电话，看来他是要真心帮我了。可是我有我的规则，在我的说服下，他留下了欠条，也留下了电话。对了，他叫王松。谢谢王松，因为他，今夜，我合肥有家。

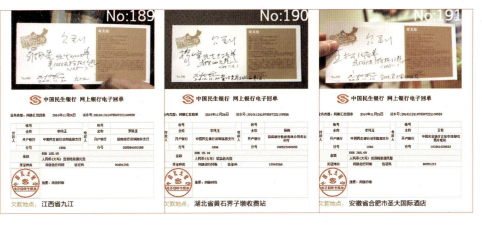

- 新浪网友 2010-11-21 13:06:28 [回复] [删除] [举报]

  趟过八十八道河
  翻过八十八座山
  更积极 更无惧 更坦然
  胜利在望 胜利在望 胜利在望

- 罗胸怀 2010-11-21 15:52:30 [回复] [删除] [举报]

  继续挑战

- 飞上云霄 2010-11-21 19:23:52 [回复] [删除] [举报]

  向前一站离终点深圳越近，挑战还在继续，刘总加油！

- 新浪网友 2010-11-22 10:51:11 [回复] [删除] [举报]

  到了安徽，离深圳就更近一步了，你，坚持就是胜利，为你加油！

  博主回复：2010-11-22 12:00:38 [删除]

  会的，谢谢

No:189　No:190　No:191

中国民生银行 网上银行电子回单

欠款地点：江西省九江
欠款地点：湖北省黄石界子墩收费站
欠款地点：安徽省合肥市圣大国际酒店

他把我带到值班室，首先就严厉地质问："你是哪个单位的，把证件拿出来。"我把我的身份证，驾驶证拿给他看，他说："这算什么证件？"看来他是要我拿出党和国家的什么文件之类的，可惜这种东西我是真没有。

（2010。11。21）

南京，难进！

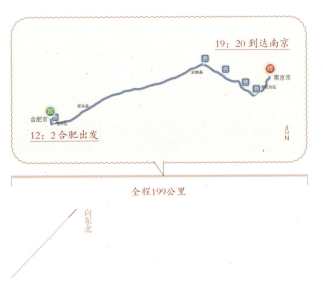

19：20 到达南京

费

全椒县

肥东县

合肥市

12：2 合肥出发

南京市

雨花台区

全程199公里

向东北

N

出合肥花了差不多两个小时，不是因为合肥太大，而是因为修路的地方太多。导航已不管用，也不是导航没用，是祖国变化太快。每当我走的稍稍舒畅一点，突然前面就竖着一块大牌子："道路维修，给您带来不便，敬请谅解。"无奈的情况下，那只能是鼻子下面有条路，用嘴巴问吧。

上了高速后，接到杜绿绿的电话，才知道她在合肥，早知道的话，我一定在合肥多停留一天。之前我也有几个合肥诗友的联系方法，但碍于没见过面，怕给别人添麻烦而没

有联系。绿绿的热情让我深受感染，并一再要求我调头回去，可是我距离江苏境不到五十公里，不想因此改变目标，那么只能是双方的遗憾了。

安徽境内应该是比较顺的一个地方，除了住宿稍显困难一点，过高速、加油都是一次性。特别是苏皖境的吴庄收费口，当班领导听了我的情况后说，他们帮的人也不少，可是回收的钱不到五分之一。当我说我这次的情况应该是不同于其他情况，问他是否还愿意帮助，他的回答依然是肯定的。过收

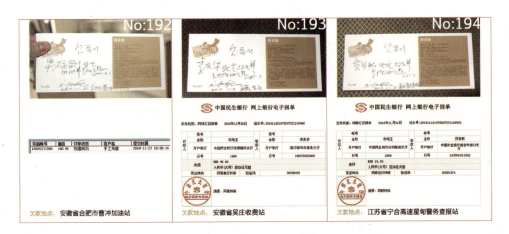

No:192　　欠款地点：安徽省合肥市曹冲加油站

No:193　　欠款地点：安徽省吴庄收费站

No:194　　欠款地点：江苏省宁合高速星甸警务查报站

合肥，吴福刚为我加油。↓

过吴庄，到江苏，两重天。→

费口，打欠条、留账号等一应程序走
完，当我口误说我下次带了钱再过来
玩时，工作人员的回答是："没有钱的
时候也欢迎过来！"我便不由得心生

星甸收费站，好难过。

↑ 55分钟的等待，人民警察贲宗新为我出了15元钱。

↑ 吴庄的工作人员。

~495

感激。

　　到了江苏，那是另一重天地。距安徽境13公里的收费口，当我找到值班的班长时，他正在数钱，只能是我边说，他边数。听到他耳朵里面去的十之有几，我没法判断，但什么没钱要过关他应该是听到的了。数完钱他走出来，说你这个在我们这里一定行不通，作为一个国家工作人员，我不可能放你过去。这句话听起来怎么那么耳熟，对了，是在内蒙境的胜利收费站听到过，我知道我又遇上了一个同样性格的人，把自己当做国家的人。

　　我说我没有挑战制度的意思，而且都出来89天了，麻烦你看看其他地方的一些处理方式。他说我不管你在其他地方用什么方式都与我没有关系，在我这里也没有用。我说我能找一下你们领导吗，他说今天这里就是他说了算，找谁也没有用。好了，看来东方的确是不行了，我去找西方吧。我找到了一个交警的治安岗，里面有四个人，开始他们都觉

欠款地点：**江苏省南京市长江三桥收费站**

↑ 爽快的葛道风队长。

↑ 这二十元钱，我等待了一小时二十分钟。

得我的说法很可笑，说到钱时相互间推让、闪躲，但我坚持把我的话说。这也是填鸭式的，让他们不得不听，这种做法还是有效果，像是我们国家的教育风格。这时候就开始有人站出来帮我出这 15 元钱了，而且不是一人，还是两人，当然我只能取其一。看来不是这些哥们不好，是世风日下，大家都多了那么一点防范之心，真的知道内容，还都是热心肠。谢谢了！

　　更难的还在后面，这是我始料不及的。因为除了这个收费站，还有一个长江三桥的收费站，这个 20 元，我花了一小时二十分钟。我同样是先找到收费口的领导，他的回答比前一个收费站还坚定。在实在无望的情况下，我只好通过地道蹿到他们的办公地点，有两个保安在值班，我试图说服他们。其中一个年纪稍长的几乎被我说动，他对旁边一个年轻一些的说，我们一个人出十块钱怎么样，那个年轻人的果断回绝，让年长的也犹豫不决起来，后来的结果是没有结果。接着我又找了一个下班回来穿便装的工作人员，同样是拒绝，我只好再次另寻门径。

↓ 灯火通明的三桥收费站，我却只能在它的阴影部分中寻找帮助之人。

关键时候，我再一次想到人民警察。我走到距离此地几分钟路程的交警大队，院子里见到一个身材高大而且身子发福的中年人，我猜想他该是领导吧，就走过去找他。他把我带到值班室，首先就严厉地质问："你是哪个单位的，把证件拿出来。"我把我的身份证、驾驶证拿给他看，他说："这算什么证件？"看来他是要我拿出党和国家的什么文件之类的，可惜这种东西我是真没有。于是他把我"教育"了一

↑ 晚餐（两个橘子，一个卤蛋，三块饼干）。

★　当日细节

- km →199 公里，12：23 出发，19：20 到达；

- →G42

- →早餐／无，中餐／湛宁朋友请，晚餐／无；

- 羊 →全日收费站 3 个，吴庄收费站 45 元（193 号欠条），312 国道宁合高速星甸收费站 15 元（194 号欠条），南京三桥收费站 20 元（195 号欠条）；

- →1 次，合肥曹冲加油站 100 元（192 号欠条）；

- H →朋友安排；

- 口 →**180 元（欠条 180 元）**。

沟通时间19分钟
沟通时间80分钟
沟通时间55分钟
沟通时间16分钟

5　20　60
10　30　~

顿,走开了。既然进来,我就不会轻易撤出,我就又找了其他警察,大多不予理睬。等待中,有一个小伙子叫保安去通知队长,看队长怎么说。队长听了我简短的说明后说:"这个钱我出。"这是我进入江苏境见到的第一个爽快人。

进了南京城,天色已晚,好在朋友为我安排好了房间,无论如何,南京有一个我可以做梦的地方。

新浪网友 2010-11-22 12:39:43 [回复][删除][举报]

挺进长三角
南下就是深圳湾
诚信出发走天下
必定凯歌还

博主回复:2010-11-22 22:39:01[删除]

谢谢您

ANDA 2010-11-22 17:12:40 [回复][删除][举报]

哈哈,三桥是老江题字的,你没注意到,所以要你拿证明哈。好在安徽的老乡都还表现的不错。

博主回复:2010-11-22 22:37:54[删除]

是的,我很开心哈

新浪网友 2010-11-22 21:04:47 [回复][删除][举报]

下乡没有电脑,只好回来赶快用眼继续跟着美松的车屁股,从湖北游到江苏。看来在沟通的挑战中,仍然是苦多于乐。不过美松也仍然成功。虽然成功得苦涩和艰难。而且成了沙场老手,相机行事,对女士"胁迫";小孩"诱问";青年"激将"……在中国,诚信的征途难苦交加、欲哭无泪、耗尽心思。好在美松有准备、有定力。部

博主回复:2010-11-22 22:36:13[删除]

今天还想着跟您去电话呢……
心想部老师哪儿去了?美松南京问好哈

daisy0755 2010-11-22 21:13:41 [回复][删除][举报]

由于知道你,知道此行的意义,所以觉得这些不支持的人不……但回头想想,在路边经常被拦下要求……时我们的反应是什么?值得深思

博主回复:2010-11-22 22:34:48[删除]

是,看看别人,反思自己也许更重要。
社会问题是全民问题,每一个人都身在其中……

嗯那 2010-11-26 09:48:35 [回复][删除][举报]

不容易!但或许已经习惯了吧?收费站一过,照样吹着口哨赶路,呵呵～

~499

★ 欠款列表

欠款单编号	姓名	性别	账号	开户行	类别	金额	联系方式	进度	欠条时间	还款时间
192	吴福刚	男	189×××1560	手机充值	油费	100	189×××1560	收到	2010.11.20	2010.11.23
193	李友华	男	4367×××××3282	建行滁州分行	油费	45	138×××6266	汇出	2010.11.21	2010.11.24
194	贲宗新	男	6228×××××0217	农行	路费	15	139×××1918	收到	2010.11.21	2010.11.24
195	蔺道凤	男	1010×××××1076	高速公路第三大队	路费	20	189×××3439	收到	2010.11.21	2010.11.24

（2010。11。22）

我见到的中山陵

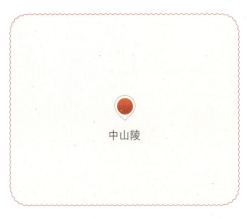

中山陵

涌动，去到核心的位置。与其说是排队，或不如是说哄抢，到哪里都爱看热闹的中国人，瞻仰此等严肃的事，等同于菜市场。我明显看到门口的牌子上写着："排队进入，严禁拍照。"

在南京，我想去的地方还是比较多，必去的应该是中山陵、总统府和夫子庙。苦于没钱啊，不想招摇过市，后来又托朋友打听，中山陵已经不收钱了，所以就把中山陵当做了我的首选，以点代面吧。

逝者已矣。收了多少年钱的中山陵管理处觉醒了，还是政府觉醒了？怎么说，那也是中山先生，我们要有起码的尊重。天气晴好，又不收费，来拜谒的人比较多。我第一次来，我没有钱，只好蹭着讲解的导游同步行动，在这个导游带领的未来导游（旅游学校的学生）的团队里，我不以为耻。

在快抵达灵柩的时候，这拨人鸟兽般散去。我是不达目的不罢休的人，于是随着人流

消息内容 00:08
From: 杨峰
2010-11-22 23:19
希望您的此次诚信之旅能够感染更多人。

可是两个保安人员就像是两具雕塑,木讷,冷漠,任由眼前乱象,熟视而无睹。

进入里间更是惨不忍看,那些干部模样的人,那些带眼镜的学生,那些扎领带的商人,拿着手中的照相机对着灵柩,灯光闪烁,咔嚓声不绝于耳。悲哉!这些人把我们的中山先生当什么了?

这还有一点点起码的尊重吗?是什么让他们变得如此无礼而放肆?

我想起了天安门广场的毛主席纪念堂,再对比一下中山陵,威武的武警战士和邋遢的保安、有序和杂乱、肃穆庄严和乱成一团的对比,这说明了什么?

这不是中山陵的悲哀,而是国人的悲哀。

↑ 左起何太、何同彬、一回、黄梵、邱红根、育邦。

我不知道收费前的中山陵是什么样子,真不希望这一切是因为一个"钱"字而有天壤之别吧。

(2010-11-22)雨无声代有声

新浪网友

钓鱼岛中国领土
日本人怒不接待

王晓鹏

祝好，一路顺利。

新浪网友

这个汉香阁还挺特别的，支持一个！　小莫

pmax

路标真的好多啊——！

- 新浪网友 2010-11-23 09:36:43 ［回复］［删除］［举报］

  钓鱼岛中国领土
  日本人怒不接待

- 王晓鹏 2010-11-23 11:18:24 ［回复］［删除］［举报］

  祝好，一路顺利。

- 新浪网友 2010-11-23 12:56:49 ［回复］［删除］［举报］

  这个汉香阁还挺特别啊，支持一个！　小莫

- pmax 2010-11-23 14:08:36 ［回复］［删除］［举报］

  路标真的好多啊——！

★　当 日 细 节

 → 市区

 → 早餐／无，中餐／酒店，
晚餐／诗友黄梵请；

 → 朋友安排；

 → 无。

实时传真：我住的酒店着火了

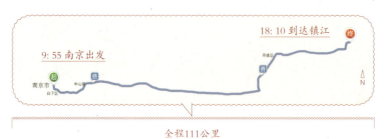

9:55 南京出发

18:10 到达镇江

全程111公里

向东北

我是被吵醒的，越来越大的呼叫声、警车的喇叭声，嘈杂混乱。打开窗帘，外面漆黑一团，我感觉是着火了，但不知道是哪一栋。我袜子也没穿，套上长裤的同时，赤脚放进鞋里，抓住一件上衣就跑。电梯已经关闭，我从楼梯冲到一楼，整个过程都有一股刺鼻的烟味。

在二楼遇上一个用手捂住鼻子的餐厅服务员，说没事了，没事了！但我仍然跑到一楼，看见消防武警正在接水管，再看到餐厅顶楼的浓烟正对着我所住的那一排窗户。看到问题不是很大，我重新返回房间拿相机，拍下这有惊而无险的一幕。

在整个过程中，酒店反应是低能的。没有一个房客接到报警不说，他们自己也不报警，还是309的房客报的110，我拍的第一张照片是6:37，

我醒来应该是在 6:30，309 的报警时间是在 6 点前，也就是说，在这么长的时间里，几乎所有住客都不知情，要是有什么大事，真的是不堪设想。

6:45，我开始看到有客人找前台要说法，前台开始说没通知，看事情敏感就说是通知了，可是我是完全是靠自身反应逃出酒店的。可见我们的消防意识有多差，在责任和人命面前，我们首先考虑的是害怕担负的责任，小我愿意用大我做赌注，可悲！

8:06，当我贴完图片，阳光正从窗棂照进我的房间，这刚刚还笼罩在烟幕中的房间，在阳光的照射下已经是烟消云散。一切可以掩盖的真相在时间面前都会渐次趋于平静，几近于无。

★ 欠款列表

~505

欠款单编号 × 姓名 × 性别 ×	账号	×	开户行	类别 × 金额 × 联系方式 × 进度 × 欠条时间 × 还款时间
196　倪继文　男	6222×××××6077		交通银行镇江	油费　300　138×××5315　收到　2010.11.23　2010.11.30

No:196

中国民生银行 网上银行电子回单

欠款地点：**江苏省镇江仙人山高速加油站**

新浪网友 2010-11-23 09:26:32 [回复][删除][举报]

有惊无险
好人一生平安

博主回复：2010-11-24 11:04:22[删除]

谢谢……

李以亮 2010-11-23 10:09:28 [回复][删除][举报]

如此乱世，我信守待在屋里的原则，这是帕斯卡尔的原则
但屋子里就没事吗？现在我越来越不相信了，呵呵
在外更要保重哦

博主回复：2010-11-24 11:05:09[删除]

会的。谢谢以亮。

新浪网友 2010-11-23 13:06:41 [回复][删除][举报]

安全意识强啊，值钱的东西都没带，就冲下楼了。

博主回复：2010-11-24 11:06:39[删除]

那当然……生命诚可贵呀

唐晋 2010-11-23 15:08:02 [回复][删除][举报]

博主回复：2010-11-24 11:07:48[删除]

唐晋兄浇花的壶灭不了火啊

新浪网友 2010-11-23 18:53:03 [回复][删除][举报]

搞了一次消防实战演习！

博主回复：2010-11-24 11:09:17[删除]

是的

新浪网友 2010-11-23 20:59:03 [回复][删除][举报]

虽是有惊无险，但酒店的做法却惊心蓄险。半个多小
时居然不通知住店的客人。也不知是无心，还是有意。
在外还是凡事小心。部

博主回复：2010-11-24 11:08:51[删除]

不是意识淡薄，而是怕担责任哈

↑ 站长倪继文。

↑ 这个出口是免费的呵！

★　当日细节

 → 111 公里，9：55 出发，18：10 到达；

→ G42 沪蓉高速—S241

→ 早餐 / 无，中餐 / 无，晚餐 / 金东请；

 → 全日收费站 1 个，河阳 30 元（免费）；

→ 1 次，镇江仙人山高速服务区 300 元（196 号欠条）；

 → 金东免费；

 → **330 元**（欠条 300 元，免费 30 元）。

沟通时间24分钟

沟通时间19分钟

5　　20　　60

10　　30　　～

金东，那一片深蓝

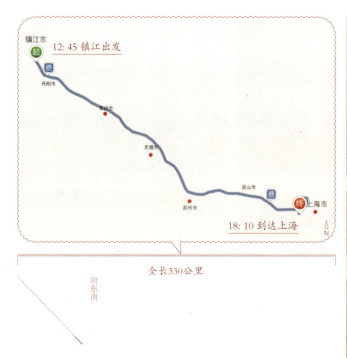

镇江市 起 费 12:45 镇江出发

丹阳市

常州市

无锡市

昆山市 费

苏州市 终 上海市

18:10 到达上海 △N

全长330公里

向东南

所有行程中，我没有去过一家企业，而到镇江，却是奔一个企业而去。去企业的目的，是奔一个人而去，那个人就是庄向群。这个今年愚人节遇见的朋友，在日本的一周行程中的确让我留下了美好的印象——温文尔雅，谦卑得体。作为一个大公司出来的人，表现出来的绝非是一种大，而是一种礼。先有礼，后才得其尊，企业和人是一个道理。

占地8000亩的金东纸业的确是大，当我开着车，走错到了后门再绕到前门就花了十来分钟。在办公楼前迎接我的向群已经是半年后的再见。记得《海边的卡夫卡》里面有这样一句

话:"人与人之间的缘分是衣袖挨衣袖的缘分,一个人上公交车,一个人下公交车,衣袖挨了一下就是很有缘分。"那么我和向群的再见就不叫缘分,而是该叫福分了。

金东给我留下最深刻的印象不是他厂房的大以及机器的大,而是他的环保理念。树的利用和再生循环、水的处理、两个巨大的工作间中的永不冒烟的烟囱,这一切,只有想不到,没有做不到,没有做不到,是看你想做不想做。

一般想象中的污水出口,一定是臭不可闻,惨不忍睹,可是在金东的污水出口却是建成为一个环保公园。污水出口处有快乐的鸭子,有漂亮的游鱼,岸上是林子,林子中有孔雀,有梅花鹿,我甚至开玩笑讲,真是一个谈恋爱的好去处。

向群的无私,让我见到了诸多金东的新朋友,那种轻松、随和让我们像是老朋友一样。可惜的是,没能见到出差在外的黄副总,那本在我案头一直珍藏赏读的《纳墨传文》成为

我对造纸术深度了解的优良宝典。中华文化,源远流长,昔日的造纸术,在金东的土地上,更快速也更理性地成长,确为一大幸事。

当树的挺拔转换成纸的柔软,当纸的柔软又转换成文字的多变和坚强,我们不但是在给纸以生命,也是在给树以生命。我所看到的,绝非一张白纸。

向群还专门安排了一次我与金东的精英们的交流活动。能和世界第一大造纸企业的精英们一同交流分享是一件难得且愉快的事情,我所表现的只是我的真实面。真实平等的对话,让人亲切。

精英们的提问明显不同于大学生,大学生们的问题集中在如何求职、如何生存、怎样规划未来等诸多方面,而精英们的提问则是更深入、更尖锐,也更社会。有个朋友提出假如我裸车出行,没有诚信概念,还有一点好像是没有任何媒体报道可否做成这件事情,我的回答是,否!裸车是可以的,没有报道也是可以的,本来在过程中我就一直在限制和不断谢绝报道,但要是没有一个概念就出行,我做不到。一件明知道不会成功的事,我不做挑战。

还有一位朋友问,如果你不是开斯巴鲁,而是开一辆小破车是否能走完全程?再如果你要是开着一架豪华飞机来,是否很多人都会争着给你加油?对于这个问题,我认为一辆小破车应该比一架飞机更容易加油,我挑战是一个道理,他的确与破车与好车无关,也许更好的车只会更难。至于飞机

嘛，太不切实际，也没有飞机可用的油可加，所以他的成功率几近于零。随后这个朋友还提出了一连串更深度的问题，比如人的本善和本恶、中西方文化的差异等，为了照顾我的面子，没能深入讨论下去，对不起了哈。但这位兄弟可以通过庄副理拿到我的电话，咱们有时间可以做深度交流，很多讨论没有结果，那是每一个人都有自己的立场，有立场的人，都是可爱的人。

↑ 我们在一起（左起孙炳健主席、王磊、王玲、谢晓群、本人、邱坤龙经理、庄向群副理、刘伟）

金东的热情和美好，只能让我记住，而不能让我留下，我依然在路上。如果要走一百步，九十九步也不算成功，况且我才走到九十二步。离开金东，虽然这些人离开了我的视线，可是那一片年轻的深蓝，一直在我的脑海中波涛一般击荡。我知道，距离真正的海近了，家也近了，而金东这一片深蓝将铭刻在我的心里，挥之不去。

- 新浪网友 2010-11-24 12:00:40 ［回复］［删除］［举报］

  金东金东环保出众
  高度负责令人心动

- 新浪网友 2010-11-24 15:06:00 ［回复］［删除］［举报］

  顺便了解下明年的纸价走势吧，呵呵！

- 新浪网友 2010-11-24 19:18:25 ［回复］［删除］［举报］

  造纸厂，它的烟囱不冒烟，它的废水养鸭鱼，这样的企业才让人敬佩。部

- 新浪网友 2010-11-24 20:37:16 ［回复］［删除］［举报］

  向金东人民致敬！

（2010-11-24）那一片深蓝

汪廷珉 2010-11-25 11:49:30 ［回复］［删除］［举报］

一个令人向往的企业
一个令人尊敬的团队

新浪网友 2010-11-25 12:45:37 ［回复］［删除］［举报］

厕所门前摆书摊，精明~~~~ 小莫

新浪网友 2010-11-25 20:47:15 ［回复］［删除］［举报］

对美松的关注热正在兴起，请你讲座也会越来越多。
行程会顺利了，但我还是希望不时看到有难的小插曲。
部

山之泉 2010-11-25 21:24:02 ［回复］［删除］［举报］

金东邀你参观，世界第一的造纸业规模只见一斑
金东精英们听你讲座，一流的企业文化可见一斑

嗯那 2010-11-26 09:14:00 ［回复］［删除］［举报］

小弟小妹们也想去金东啊银东啊转转，有机会不？俺
们想看看造纸车间全程，不知金东的生产区是全开放
的不？

欠款地点：**江苏省花桥收费站**

↑ 副站长孙露右手有伤，用左手留下了联系方式。
她的爽快也让我以南京划界，差异巨大。

欠款地点：**上海市江桥收费站**

↑ 站长也留下签名

欠款地点：**上海市**

★ 欠款列表

欠款单编号	姓名	性别	账号	开户行	类别	金额	联系方式	进度	欠条时间	还款时间
197	孙露	女	6228××××××2818		路费	80	138×××8598	汇出	2010.11.24	2010.11.30
198	周福康	男		中国邮政储蓄	路费	45	131×××2284	收到	2010.11.24	2010.11.29
199	孙铜林	男			住宿	168	189×××6550	汇出	2010.11.24	2010.12.8

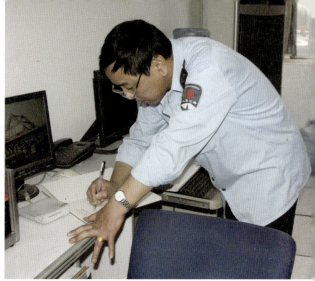

↑ 江桥收费站的周师傅也是一个爽快人，看来上海没有想象中的难。

★ 当日细节

- 🚗 → 330公里，12：45出发，18：10到达；

- 🧭 → S241—G42沪蓉高速

- 🍚 → 早餐/酒店免费早餐，中餐/金东请，晚餐/王颖请；

- ¥ → 全日收费站2个，花桥80元（197号欠条），江桥站45元（198号欠条）；

- H → 莫泰168酒店，住宿费168元（199号欠条）王颖支付；

- 口 → **293元**（欠条293元）。

沟通时间约10分钟

沟通时间约15分钟

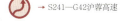

5　　20　　60
10　　30　　～

(2010。11。25)

不再挑战上海

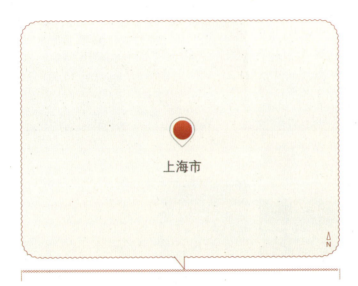

上海市

N

过花桥进入上海辖区，过江桥进入市区。顺利通过这两个收费站，让我对上海刮目相看。也正是这两处的顺利，让我放弃了对上海的再次挑战，住宿和加油，欠条分别打给了朋友，可见我欠条的魅力，不是谁想要就能得到的。哈，纯属开玩笑，只能说是在刻意和随缘上，在上海我选择了随缘罢了。

整个上午我都泡在酒店里面，中午在李翀同学的催促下，我离开闵行，又到了江对岸的闵行，那算得上是闵行在浦东的一块飞地。吃过中饭，我去他的公司转悠了一下，晚餐时见到了与我同年同月同日同时生的老庚方涛，也是李翀这个中间人介绍，在武汉认识的朋友。那次用餐不知怎么就谈到年龄问题上面来的，总之我们把各自的身份证往桌子上一摆，除了名字、身份证的前后数字不同，地址不同，年月日就那么巧合在了一起，应该

→ 这是我侄子的孩子刘烨，也就是说是我的孙子哈。

是我们各自遇到的第一张年龄重合的身份证。

可惜的是，我们不在一个城市，见面的机会有限，但在有限的时间内，我们保持着一种足够的记得，而到了各自城市的一声问候，一次小聚，无疑也是生活美好的瞬间。

晚餐过后，李翀提议去看一下上海的夜景，说实话我没有兴趣。我的拒绝让江庆理解成有成见。没有缘由去恨一个城市和爱一个城市，我们的爱和恨都是缘于某一个点而已，这一个点取决于你的第一印象或者是传闻，这有点象是人与人之间的交往，也是第一印象和他传闻中的口碑对可交不可交提供了一个被迫式的印象和选择。

而我没有去看夜景的

兴趣，一则这个城市我来得多，来得多就没有了新奇，再则，我本人也有一点小感冒，想早点回去休息了，仅此而已。

↑ 会长在夜幕中为我加上第二天所需的油，关怀之情可见一斑。

★　当日细节

 → 早餐/酒店免费早餐，中餐/李翀请，晚餐/李翀再请；

 → 1次，李翀250元（200号欠条）；

 → 李翀家；

 → 250元（欠条293元）。

★ 欠款列表

欠款单编号	姓名	性别	账号		开户行		类别	金额	联系方式	进度	欠条时间	还款时间
200	江庆	女	6226××××××1996		工行上海桃林路支行		油费	470		收到	2010.11.25	2010.11.30

西湖之美

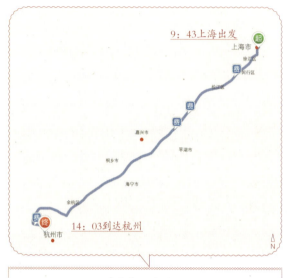

9：43上海出发

14：03到达杭州

全长218公里

向西南

上有天堂，下有苏杭。苏州我去过两次，去过寒山寺，去过留园，都留下了不错的印象。杭州是第一次来，这第一次已经让我震撼，四面环绕的西湖，把她说成是上天所赐丝毫也不过分。

杭州之美，也让本土的杭州人自豪和留恋，很少有杭州人在外面"混"世界，可能是因为他们认为没有比杭州更美的地方，知道美而去享受她，也是一种境界。

陪我游玩的沈月良兄，是我在日本认识的，我去到他的工厂，井然而不忙乱，他所追求的已经是熟人经济价值。他说很多外地人过来发展，由于压力大，比他发展得都快，而他不去追求那种快。

他每天都是早上九点左右起来，吃过早点和太太一起到工厂，

处理一下当天的事务，太太会在午餐后小睡一下回家，那么他会在办公室坐到五点来钟，再回家晚餐。晚餐后和太太散步半小时，再到茶楼和相识的朋友们喝喝茶，打打牌——这就是一天，周而复始。在这个物欲横流的现代社会体系中，这种恬淡不是一般人想做就能做到的。

西湖之美，更有西湖之胸襟，得意而敞怀。月良说，在节假日，杭州本土人都不出门，他们要把这西湖美景让出来，让外来的游客们赏玩，要让西湖成为天下人的西湖。平时他会开着车在周边没有目的地瞎转转，偶尔遇上打不着车的人捎上一程，也不要任何费用，那可是奥迪哦。难得他有如此心境，在社会都充斥着怀疑和不信任的时间点上，有一个坦荡的胸怀。

我看到的西湖，她的波光，她的轻舟一叶，她的群山，都是自然天成。那群山之外的世界，那群山之外的喧嚣都与西湖无关，西湖只属于西湖，西湖只属于杭州。

↑ 已是十多天没洗车，铜林要我洗干净照个相。

↓ 十多年前深圳的老朋友，现在在上海已经是专业的摄影师了。

↑ "孙大师"为我清洗镜头，说还不算太差。

↑ "孙大师"要我上车，我就上车。

↑ 沪昆高速枫泾收费站许平华帮我出了过路费。

↑ 杭州三墩收费站陈健站长。

欠款地点：上海市沪昆高速枫泾收费站

欠款地点：浙江省杭州市三墩收费站

↑ 这家餐厅很

★　　当日细节

 → 218公里，9：43出发，14：03到达；

 → G60沪昆高速

 → 早餐/李翀家，中餐/无，晚餐/沈月良请；

 → 全日收费站2个，G60沪昆高速枫泾收费站30元（201号欠条），
杭州三墩收费站95元（202号欠条）；

 → 沈月良家；

□ → 125元（欠条125元）。

沟通时间约15分钟

沟通时间约11分钟

5　　20　　60
10　　30　　~

↑ 与朋友沈月良把酒言欢。

↑ 老头油爆虾。

（2010-11-26）西湖之美 图(2010-11-27 10:25:48)

标签：杂谈
新浪网友
早起的鸟儿有沙发坐，开心一下！第二张照片中，跟你合影的那个人，怎么看着这么面熟？难道他在蛇口工作过？
新浪网友
这么早也只能搬个板凳看看了。dayong
新浪网友
每到杭州必转西湖，西湖我觉得我有份，经常在梦里。大师让你抚摸你的情人。邵
yong
新浪网友
西湖美景令人神往
主人心境令人钦佩
山之泉
西湖美景多是天然之美，感慨于大自然的神奇；
东阳木雕的美妙难言，更感慨于艺术家的神奇。
谁能
新浪网友
木雕可贵。　　　　十属
无道
除了这撼人心的木雕，我还在想：满塘焦黄的荷叶，换成一塘荷叶荷花，站在塘边，微风习过，阵阵荷香，那感觉，套用邵总的一句话：那可真是上帝让我的情人抚摸我了。

新浪网友 2010-11-27 09:24:16 [回复] [删除] [举报]

早起的鸟儿有沙发坐，开心一下！第二张照片中，跟你合影的那个人，怎么看着这么面熟？难道他在蛇口工作过？

新浪网友 2010-11-27 09:33:44 [回复] [删除] [举报]

这么早也只能搬个板凳看看了。dayong

新浪网友 2010-11-27 10:23:40 [回复] [删除] [举报]

每到杭州必转西湖，西湖我觉得我有份，经常在梦里。大师让你抚摸你的情人。邵

新浪网友 2010-11-27 16:14:05 [回复] [删除] [举报]

西湖美景令人神往
主人心境令人钦佩

山之泉 2010-11-27 18:56:26 [回复] [删除] [举报]

西湖美景多是天然之美，感慨于大自然的神奇；
东阳木雕的美妙难言，更感慨于艺术家的神奇。

无道 2010-11-29 21:37:24 [回复] [删除] [举报]

除了这撼人心的木雕，我还在想：满塘焦黄的荷叶，换成一塘荷叶荷花，站在塘边，微风习过，阵阵荷香，那感觉，套用邵总的一句话：那可真是上帝让我的情人抚摸我了。

★ 欠款列表

欠款单编号	姓名	性别	账号	开户行	类别	金额	联系方式	进度	欠条时间	还款时间
201	许平华	女	（邮局汇款）	上海市金山区枫泾镇枫阳新村	路费	30	136×××4952	收到	2010.11.26	2010.11.29
202	陈健	男	4033××××××3765	中信银行杭州分行	路费	95	138×××9055	收到	2010.11.26	2010.11.30

（2010。11。27）

在温州的三个赤壁人

9：36 杭州出发

15：19 到达温州

全程401公里

向南

在温州驻足是因为罗胸怀，这个在深圳邂逅的赤壁老乡颇有戏剧性。想起来应该是 2007 年的第二期《白诗歌》发布式上，当时在网上有一个活动的留贴，留贴的电话恰巧是本人的，身在龙华的胸怀就顺藤摸瓜，当我们在电话中沟通时，他问我是哪里人，我说我是湖北人，他又问是湖北哪里，我说我是赤壁人，就这样，一个诗人兼老乡的关系从此建立。

人和动物没什么两样，为了觅食不停迁徙。当胸怀离开深圳而转战温州，我还在深圳原地踏步。去年他再次到深圳，我开始变成了主人，今天我到了温州，那么他又变成了主人，原来主人的概念其实也就是一个先来后到的概念。

晚上他约来另外两位老乡算是陪我，诗人间总是爱相互取暖，多一个人，也就多一份温暖。意料之外的是，那位欧阳明老师可谓是我诗歌的发蒙者。当年（应该是 1982

↑这是杭州一个叫留下的地方，而我却只能选择离开。

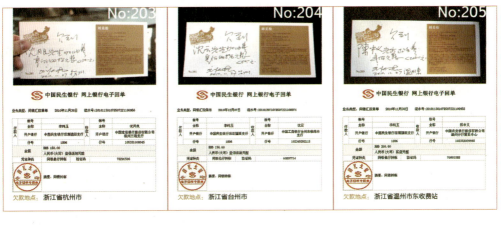

No:203

欠款地点：浙江省杭州市

No:204

欠款地点：浙江省台州市

No:205

欠款地点：浙江省温州市东收费站

★ 欠款列表

~523

欠款单编号	姓名	性别	账号	开户行	类别	金额	联系方式	进度	欠条时间	还款时间
203	沈月良	男	6227××××××7219	建行浙江省杭州分行	油费	150	138×××3979	收到	2010.11.27	2010.11.30
204	沈云	男	6222××××××6871	工行临海支行	油费	150	137×××8923	收到	2010.11.27	2010.12.2
205	陈中义	男	6228××××××7918	农行温洲	路费	200	135×××3403	已汇	2010.11.27	2010.11.30
206	罗胸怀	男	6222××××××1419	交通银行温洲	住宿	188	137×××2752	收到	2010.11.27	2010.11.30

↑ 诗友加乡友罗胸杯。

年），在我们镇上举办过一次诗歌朗诵会，其中朗诵者就有欧阳明老师，正是因为那次朗诵会，在我的脑海里第一次打下了诗歌这个体裁的烙印。而我记忆较深的还有叶向阳，通过聊天，知道还有梁必文和姜洪。时如流水，当时的文青，亦成为生活的走卒（谁又不是？），而当时的仰慕者，却成了不折不扣的老文青。

当我拿着欧阳明老师《远方的回忆》的诗集，都不需要看内容，那种奔波，那种想念，那种不及中的离，那种离中的及，是我们共同的心声。及之不到，离之不得，及离之间，一杯酒下，只喃喃，只忿忿，只伤伤，何处是家？家在赤壁。

还有一个叫任重的小兄弟，

一见面就说认得我。我真的是一脸茫茫然，通过喝酒，通过聊天，通过"诉说"身世，儿时的身影开始显现。当年那个拖着鼻涕的调皮小男孩，现在在我们面前可以有条不紊地讲一些荤段子，熟练地和服务员打情骂俏一番，对于一些世俗的道理，亦是能够把控自如，宠辱不惊。这些，都是岁月之奇效。长江后浪推前浪，前浪死在沙滩上。

如果抬头，我想是可以看到月亮的，而我们只是看着脚下的道路。我们握手，道别，神交中的老师终于晤面，多年不见的小老乡，他乡说故乡，当邂逅成为朋友，我们需要再见和坚持。

↑ 这哥俩各出了75元为我加油。

↑ 为我加油的沈云。

↓ 左至右：欧阳明、罗胸怀、任重。

新浪网友 2010-11-28 09:45:49 [回复][删除][举报]

只要与诗友在一起，美松就有牵魂联魄的诗絮，圈内者互感的绵绵情意，弥漫辐射出来，让圈外者也感动。部

新浪网友 2010-11-28 10:01:18 [回复][删除][举报]

昨日赤壁天上月
今照温州故乡人

山之泉 2010-11-28 10:16:54 [回复][删除][举报]

还真有"留下"这么个地名。和诗友在一起就回想到28年前与诗歌结缘的往事，难怪非得要留下呵！

玉点点 2010-11-28 23:25:37 [回复][删除][举报]

很高兴在福州见到你！希望二回见！

↑ 陈中义（中）为我出了温州的过路费。

★ 当日细节

 → 401 公里，9：36 出发，15：19 到达；

 → G15W—G15

 → 早餐／无，中餐／无，晚餐／罗胸怀请；

 → 全日收费站 1 个，温州东 200 元（205 号欠条）；

 → 2 次：杭州某加油站，150 元，朋友沈月良加（欠条 203 号），台州服务区加油站，油费 150 元（204 号欠条）；

 → 温州拉舍尔酒店，诗友罗胸怀帮忙出钱定。住宿费 188 元（206 号欠条）；

 → **688 元**（欠条 688 元）。

沟通时间11分钟

沟通时间17分钟

(2010。11。28)

96天，
到达内陆最后
一个省

8: 29 温州出发

17: 30 到达福州

全程396公里

向西南

↑ 飞云加油站的王德斌。

96天，我进入到了中国内陆的最后一个省福建。浙江全境的顺利仍然让我打起十足的精神，也仍然告诫自己，革命尚未成功，同志仍需努力。

油箱不到半箱油，我把这个机会留给了福建。入福建的第一个加油站我做了一次挑战，不成功，这浙闽间的细微差异开始显现。但我对福建的纯朴感觉保持有足够的自信，这种自信也让我在第二个油站轻松加上了油。

细细回忆起来，福建并无什么直接的朋友，从相邻广东的角度来讲，不能不说是我的失败。我想到了远在厦门的子梵梅，就给她去了电话，她在电话那头说，你可以找顾北啊，我来给你联系。就这样，她先是把顾北的电话发到了我的手机上，联系过后又发来短信，遗憾地说她在北京，不能一聚。

我由于时间的不确定性，给顾北去了电话后，有意往后延了一些时间，因为进入福州的沟通我不知道会是什么情况。在马尾收费站，我去得不是很巧，站长马上

↑ 虎屿岛加油站吴昌斌为我加油。

↑我一直在飞翔，休息时也要有方向

↑浙不是过去，闽也不是未来，我只过关，从不斩将。　　↑陈若新为我出了通关费。　　↑过浙江，全境通优。

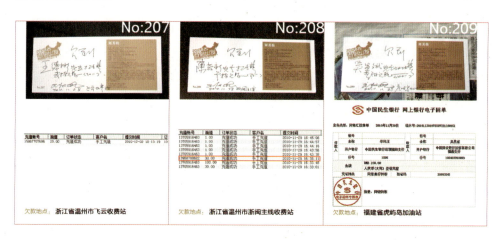

欠款地点：浙江省温州市飞云收费站　　欠款地点：浙江省温州市浙闽主线收费站　　欠款地点：福建省虎屿岛加油站

★ 欠款列表

欠款单编号	姓名	性别	账号	开户行	类别	金额	联系方式	进度	欠条时间	还款时间
207	王德彬	男	158×××7696		手机充值	路费	20	158×××7696	收到	2010.11.28	2010.12.2
208	陈若新	男	139×××8622		手机充值	路费	30	139×××8622	收到	2010.11.28	2010.11.29
209	吴昌斌	男	6227×××××3034	福建省福鼎市建设银行	油费	100	135×××3635	已汇	2010.11.28	2010.11.30
210	陈艳	女	6229×××××1108		手机充值	路费	135	137×××6463	收到	2010.11.28	2010.11.29
211	张榕	女	4367×××××2274	建行福州马尾支行	住宿	188	137×××0187	收到	2010.11.28	2010.11.3

要开会,我只好找到办公室,最后是办公室的主任陈艳帮我解决了问题。135 元的路费,她直接大方地拿出 200 大元给我,当我说我身上不能有多的一分钱后,她又到隔壁去帮忙换零钞。

↑ "索要" 欠条的诗友玉点点。

过了收费站,由于下雨,天有些黑,我试着找了两家酒店去挑战,均不成功。其中有一家酒店恰好是顾北相约晚餐的地方,我只好吃了饭后再行动了。饭桌上玉点点就对我的欠条发生了兴趣,说吃完饭让我再挑战两家,要是不成功,就把欠条打给她。我同意了她的提议。但后来她又把挑战的酒店改成了一家,我在她指点的、新开张的那家酒店做了尝试,从我的直觉来说就不会成功,因为那家酒店太小,又没什么品牌,挑战这种酒店会十分困难。当然,后来的结果也印证了我的直觉。此时开心的是玉点点,从我个人的内心,真的还是想通过判断再挑战两家,紧跟我的点点对欠条的渴望有如我对挑战的渴望,在诗友面前,我选择了放弃。

↑ 玉点点、周闽山、顾北、一回、水为刀、鲁亢

晚上在十八楼喝茶,那是水为刀的工作室,也是诗友们的据点之一。只要说是十八楼,那就是接头暗号。各种茶品繁多,我却是一个外行,由于担心失眠,我一直保持对茶的敬畏,但朋友们的其乐融融,让我不免也多喝了几杯茶。

今夜福州,茶几许,诗友几许,小雨几许,绵绵只是开始,没有尽时。我们都共同期待,再一次的相聚,福州也好,深圳也好。

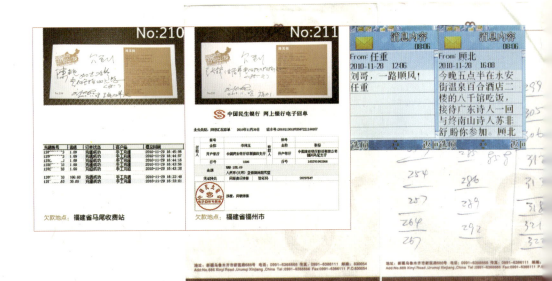

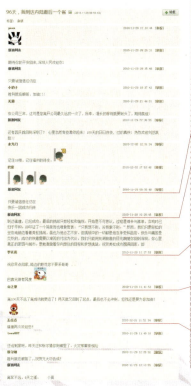

新浪网友 2010-11-29 09:35:48 [回复] [删除] [举报]

只要诚信信任仍在
快乐一回成功归来

新浪网友 2010-11-29 10:28:45 [回复] [删除] [举报]

到达福建，已经成功。最后的挑战只有轻松和愉悦。开始是不可思议，过程是艰辛与孤单，实现时已归于平和。却印证了一个简单而也难做哲言："只有想不到，没有做不到。"然而，我们只是轻松地坐在电脑边看着美松挑战，虽也为他忐忑不安。但挑战中的一切都是他在承受和品尝。快乐与痛苦是交织的，成功的快意需要以艰苦的付出为代价。我们只能用充满敬意的目光跟随你回到深圳，你心里真正的家园与城市。是她激励着你向想往的目标和梦想挑战。祝贺美松成功圆满回家。部

李以亮 2010-11-29 11:17:53 [回复] [删除] [举报]

祝你早点回家，路边的野花你不要采哥哥
巴客兄很有风度

山之泉 2010-11-29 11:41:53 [回复] [删除] [举报]

离 100 天不远了离成功就更近了！两天就又回到了起点，最后也不必冲刺，但我还是要为你加油！

玉点点 2010-12-01 11:51:34 [回复] [删除] [举报]

福建再次欢迎您

★ 当日细节

 → 396 公里，8：29 出发，17：30 到达；

 → G15 沈海高速

 → 早餐 / 酒店免费早餐，中餐 / 无，晚餐 / 顾北请；

 → 全日收费站 3 个，飞云 20 元（207 号欠条）、浙闽站 30 元（208 号欠条），马尾收费站 135 元（210 号欠条）；

 → 挑战 2 次，成功 1 次，虎屿岛加油站，油费 100 元（209 号欠条）；

 → 福州百合温泉大酒店，三家不成功，后来是诗友玉点点帮忙出钱定。住宿费 188 元（211 号欠条）；

🚪 → 473 元（欠条 473 元）。

沟通时间约10分钟

沟通时间约15分钟

沟通时间41分钟

沟通时间约20分钟

5 20 60
10 30 ~

~529

← 左至右（苏非舒、巴客、顾北、鲁充、玉点点、水为刀）

地址：福建省福州市鼓楼区永安街86号
电话：0591-87520888 传真：0591-87662889 邮编：350001

（2010。11。29）

福建留客

10: 20 福州出发

福州市 起

莆田市

泉州市

漳州市

厦门市

终

福阳市

汕头市 20: 10 到达汕头

N

全程520公里

向西南

↑ 1小时32分，是我此行挑战收费站第二长的沟通时间，但我见到的不是冷眼旁观，而是福建的热茶。

↑ 进入广东，那一盏路灯，是照耀，也是指引。

离开福建依然困难，这种困难是我希冀看到的。因为整个行程，即便是到了最后，都在别人不知晓的情况下进行，才能保持它足够的纯粹。对于福建的困难，我更愿意把它理解成为福建的好客。他们想我在福建多呆一会，再来又是何年？

在福州，我找到第五个加油站才加到油。有三个油站都以太忙拒绝听我诉说，还有一个加油站说他做不了主。这四个油站的站长都是年轻人，反倒是第五个油站年龄稍长的站长接纳了我的请求，帮我把油箱加满。临走时我说，您放心吗？他说有什么不放心的，就是一个朋友来了，没有带钱我也会给他加的，况且你做的是一件很有意义的事情。

从上午十点出发到我上高速，五个加油站耗时一个半小时，也就是说出发时间是十一点半。导航显示到汕头507公里，途中还要补一次油，加上两次高速路的沟通，到达汕头的时间不会太早。高速上加油也不怎么顺，三个加油站，成交一个。就是这一个，让我有足够的油跑到汕头。

到了闽粤收费站，又是一次漫长的等待。我找到副站长办公室，人很是热情，泡的是福建茶，聊的是天南海北事。从这个角度讲，想必是接纳了我的概念，可是半小时下来，他却是对我这种行动不敢苟同，因此也就不可能给我费用上的支持。但是他仍然极力留我吃饭，说实话，没有解决问题，我不可能有心情吃饭，他固请，我固辞，他再

↓ 卢书锋站长。

消息内容
10:01
From: 尤莼洁
2010-11-29 17:32
一回老师您好，我是解放日报记者尤莼洁。我们有位领导端木晔波前两天跟您一块吃过饭，觉得您的故事挺有

消息内容
00:03
From: 吴勇
2010-11-29 22:08
美松，到了吧？我手机快没电了，还在长途车上，我还要订房就不给你电话了。祝顺利！

↑ 浙江常山为我加油的沈贵阳。

↑ 福建留客，好茶相待。

↑ 打球归来的站长，出钱送我离开福建。

→ 92分钟，等来了可爱的225元现钞。

↑ 和汕大的师生们欢聚，中间是张宇老师。

请，我也就同意了。我想在吃饭的过程中也许会迎来转机，可饭是吃了，转机并没有出现。

这种情况下，我在外面徘徊了一阵子，再次来到饭厅。这时已经是另外一拨人在进餐，我找到一桌刚刚运动回到饭厅的男生面前说，打搅一下，有件事想请你们帮忙，你们吃你们的饭，我说，你们听。在我

说的过程中，就有一个年轻人说，没问题，这个钱我给你出。后来上了楼才知道，他就是这个收费站的站长，叫黄文全。

汕头外砂收费站，站长正在打乒乓球，我的到来，他放下了球拍，我获得了支持。到达汕头大学，已经是晚上约八点，师生们正在宿舍吃自己做的火锅宴。远在北京的吴勇老师早早跟学校的张宇老师打好招呼，很快，我也就融入到了这种热气腾腾之中。多少天的辗转，重又回到这广东的温暖。

欠款地点：福建省福州市　　　　　欠款地点：浙江省常山　　　　　欠款地点：福建省闽粤边界收费站

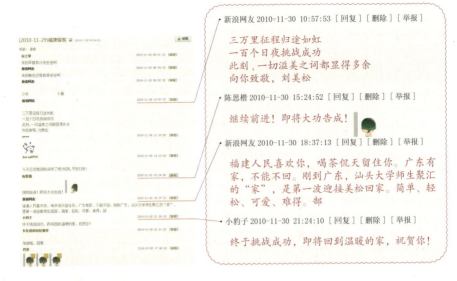

新浪网友 2010-11-30 10:57:53 [回复][删除][举报]

三万里征程归途如虹
一百个日夜挑战成功
此刻，一切溢美之词都显得多余
向你致敬，刘美松

陈思楷 2010-11-30 15:24:52 [回复][删除][举报]

继续前进！即将大功告成！

新浪网友 2010-11-30 18:37:13 [回复][删除][举报]

福建人民喜欢你，喝茶侃天留住你。广东有家，不能不回。刚到广东，汕头大学师生聚汇的"家"，是第一波迎接美松回家。简单、轻松、可爱、难得。部

小豹子 2010-11-30 21:24:10 [回复][删除][举报]

终于挑战成功，即将回到温暖的家，祝贺你！

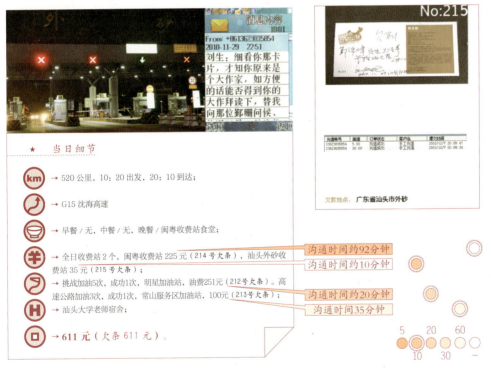

No:215

欠款地点：广东省汕头市外砂

消息内容 10:01
From: +8613××××5854
2010-11-29 22:51
刘生：细看你那卡片，才知你原来是个大作家，如方便的话能否得到你的大作拜读下，替我向那位鄞珊问候、...

★ 当日细节

km → 520公里，10：20出发，20：10到达；

→ G15沈海高速

→ 早餐/无，中餐/无，晚餐/闽粤收费站食堂；

→ 全日收费站2个，闽粤收费站225元（214号欠条），汕头外砂收费站35元（215号欠条）；

→ 挑战加油5次，成功1次，明星加油站，油费251元（212号欠条）。高速公路加油3次，成功1次，常山服务区加油站，100元（213号欠条）；

→ 汕头大学老师宿舍；

→ 611元（欠条611元）。

沟通时间约92分钟
沟通时间约10分钟
沟通时间约20分钟
沟通时间35分钟

5　20　60
10　30　~

★ 欠款列表

欠款单编号	姓名	性别	账号	开户行	类别	金额	联系方式	进度	欠条时间	还款时间
212	江宝华	男	6222×××××7219	工行福州市分行	油费	251	138×××1831	收到	2010.11.29	2010.12.8
213	沈贵阳	男	6013×××××4352	中国银行常山支行	油费	100	139×××7798	收到	2010.11.29	2010.12.7
214	黄文全	男	4367×××××8965	建行漳州支行	路费	225	189×××2222	已汇	2010.11.29	2010.12.8
215	鄞绵烽	男	136×××5854		手机充值	35	136×××5854	充话费	2010.11.29	2010.12.7

这一天，都在我熟悉的领域奔驰，这是多么熟悉，多么熟悉。深圳是那么近，更多深圳牌照的车在我左右穿梭，像是我的家人，相伴左右。我可以看到左边的海和右边的田野。我可以明显感觉到，海风在吹。

（2010。11。30）

海风在吹

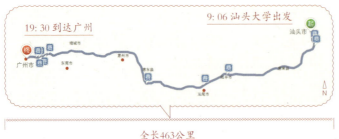

19：30 到达广州

9：06 汕头大学出发

全长463公里

向西

← 碣石大桥收费站庄乐鑫，他不肯要这个钱，只好充到他手机里去了。

这一天都在我熟悉的领域奔驰，这是多么熟悉，多么熟悉。深圳是那么近，更多深圳牌照的车在我左右穿梭，像是我的家人，相伴左右。我可以看到左边的海和右边的田野，我可以明显感觉到，海风在吹。

海风在吹。汕尾诗友杜青的热情，让我又计划外经停汕尾。

↑ 埔边收费站陈理由。

↑ 汕尾为我加油的诗友杜青（吴玉婵）。

← 过凌坑，检查站的领导黄继传帮我出了这站的路费。

← 汕头为我加油的吴创喜。

↑ 曾繁聪成为萝岗站的支持者。

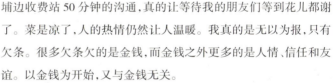

埔边收费站50分钟的沟通，真的让等待我的朋友们等到花儿都谢了。菜是凉了，人的热情仍然让人温暖。我真的是无以为报，只有欠条。很多欠条欠的是金钱，而金钱之外更多的是人情、信任和友谊。以金钱为开始，又与金钱无关。

如果不到广州，我一个小时内准能到家。克制着自己对家的向往，我要到广州去，这是九十九步和一百步的关系，没有折扣可打。

走遍全国，每到一个城市，只要进一个收费站就可以进城，而

→ 汕尾的朋友们（左至右：晋候、杜青、陈思楷、杨碧绿、梁水良、庄汉新）

杨克（刚）

1805.

广东省
广州市天河北龙口西路

↑ 广州的诗友们（左至右：李傻傻、彪哥、南岩、巫小茶、符马活、罗西、宋晓贤、阿斐）

广州不是。广州的收费站实在太多，过了萝岗还有北二环的
火村，过了火村还有广州收费站，如果我要是走错路，可能还
会遭遇其他的收费站。总之过了三关，始进广州城。

　　阿斐的细致安排，除了晚餐之外，还在陈肖的酒吧做了一
个小型的诗歌朗诵会。说实在话，我的诗并不适合朗诵，真难
为了这些朋友们。

　　再美好的夜晚，都会到达明天，再美好的相聚，都是为了
分开。当彪哥打车把我送到作协的招待所，我拿到了在外地
出差的杨克兄专门为我留下的钥匙，我知道，今夜，广州有家。

↓ 阿斐按排的一回诗歌朗诵会花絮。

欠款地点：广东省潮州市

欠款地点：广东省汕头市

欠款地点：广东省汕尾埔边收费站

欠款地点：广东省汕尾

要求我们把钱捐出去

欠款地点：广东省惠东凌坑

欠款地点：广东省广州罗岗

李以亮 2010-12-01 11:12:24 ［回复］［删除］［举报］

离家很近很近了……
现在已经很好说话了吧，对于那些加油站的工作人员？
行百里者半九十，一鼓作气到家就是胜利！

甘剑南 2010-12-01 11:43:37 ［回复］［删除］［举报］

10月13日本人博文：分行的诗歌界也有三两个奇人。
只要有时间，我都会去看看刘美松的博客，这是我们
深圳的一个诗人。8月25日，他开着一辆斯巴鲁从深
圳出发了。"一人一车，身无分文，一百天游遍天下"。
当然是靠赊账。"最大的挑战不是路况，而是从开动
汽车的那一刻起，不带一分钱，通过建立起人与人之
间的诚信，走完全程。"他说。回到深圳后，记录在
案的各项费用将一一奉还。昨天，这个家伙靠一路赊
账已经到了黑龙江的齐齐哈尔。我看过他的诗和洗练
的文字。一个人、一辆车、一次动作、一次毕生难忘
的经历，这些将是超越诗歌文本之外的一笔重要财富。
自此后，他可将视一切为粪土。

博主回复：2010-12-03 01:02:59 ［删除］

谢谢关注哈……"自此后，他可将视一切为粪土。"
我是不会的，还是原来的我。
问好

新浪网友 2010-12-01 12:31:25 ［回复］［删除］［举报］

不到广州不算到广东吗，可能更是因为诗友的朗诵聚
会，特别是女诗友感动的眼泪。（我看到一个女诗友
好像在哭）有家真好。妻子与孩子之家、诗友之家、
亲朋的家、有缘的商圈家……有爱心、有情意、有诚信，
就有家的温暖，家的感觉。郜

博主回复：2010-12-03 01:03:57 ［删除］

因为它是省城，所以必到哈……

新浪网友 2010-12-01 18:47:40 ［回复］［删除］［举报］

民间版：有理走遍天下
　　　　无钱寸步难行
现实版：身无分文不难行
　　　　诚信一回走天下

↑ 作协党组副书记孙丽生（后右二）、著名诗人杨克（后右一）；
前排左起：西篱、红娘子、李国栋。

★ 当日细节

 →463公里，9：06出发，19：30到达；

 →G15沈海高速—S21广惠高速—G35济广高速—广州绕城

 →早餐/苹果1个，中餐/方便面，晚餐/阿斐安排；

 →全日收费站6个，汕头礐石大桥收费站15元（217号欠条），汕
尾埔边收费站75元（218号欠条），凌坑收费站35元（220号欠条），
萝岗收费站85元（221号欠条），火村收费站4元，工作人员代出（无
欠条，已充值手机中），广州收费站5元，工作人员代出（无欠条，
已充值手机中）；

沟通时间27分钟
沟通时间12分钟
沟通时间8分钟
沟通时间6分钟
沟通时间约10分钟

5　20　60
10　30　~

 →2次，汕头鲅建加油站，油费100元（216号欠条），汕尾某加
油站308元（219号欠条），欠条打给了诗友杜青；

 →杨克安排，省作协（免）；

 →**627元**（欠条618元，代付9元，已手机充值）。

★ 欠款列表

欠款单编号	姓名	性别	账号		开户行	类别	金额	联系方式	进度	欠条时间	还款时间
216	吴创喜	男	6222××××××9538		工行潮州市分行	油费	100	134×××5603	收到	2010.11.30	2010.12.7
217	庄乐鑫	男	135××××2801		手机充值	路费	15	135××××2801	收到	2010.11.30	2010.12.7
218	陈理由	男	135××××0688		手机充值	路费	70	135××××0688	已汇	2010.11.30	2010.12.7
219	吴玉婵	女	9559××××××0319		农业银行汕尾分行	油费	308	135×××5369	收到	2010.11.30	2010.12.7
220	黄继传	男				路费	35	139×××3688	捐出	2010.11.30	

（2010。12。1）

99天，在广州等待

↑ 作协邂逅诗友旧海棠。

由于亚运期间单双号限行，我的车又是双号，所以我选择在30号到达，2号离开。到了广州后才知道有5天的解禁期，即便是这样，我还是在广州留了下来，等待100天的到来。

我只是等待。这几十天像是放电影，在我脑海中不停闪现的一个个关口，一个个加油站，所有的冷漠我都愿意把它看做是对我意志的考验，所有的信任都将成为我人生不能忘怀的朋友。

哪怕只剩下一天，我仍然在路上。

★　　当 日 细 节

 →早餐／无，中餐／杨克请，晚餐／罗西请；

 →作协招待所（免费，杨克安排）；

 →**28元**（停车费28元，朋友李国栋出）。

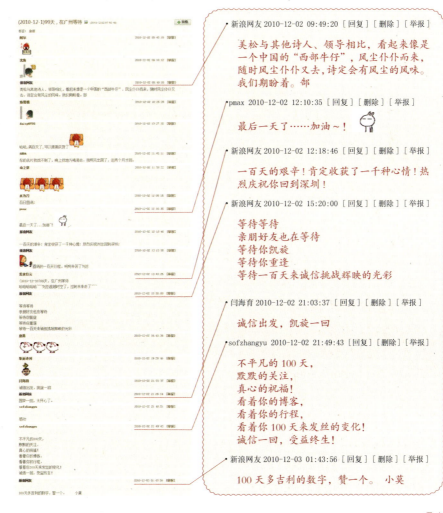

新浪网友 2010-12-02 09:49:20 [回复][删除][举报]

美松与其他诗人、领导相比，看起来像是一个中国的"西部牛仔"，风尘仆仆而来，随时风尘仆仆又去，诗定会有风尘的风味。我们期盼着。部

pmax 2010-12-02 12:10:35 [回复][删除][举报]

最后一天了……加油~！

新浪网友 2010-12-02 12:18:46 [回复][删除][举报]

一百天的艰辛！肯定收获了一千种心情！热烈庆祝你回到深圳！

新浪网友 2010-12-02 15:20:00 [回复][删除][举报]

等待等待
亲朋好友也在等待
等待你凯旋
等待你重逢
等待一百天来诚信挑战辉映的光彩

闫海育 2010-12-02 21:03:37 [回复][删除][举报]

诚信出发，凯旋一回

sofzhangyu 2010-12-02 21:49:43 [回复][删除][举报]

不平凡的 100 天，
默默的关注，
真心的祝福！
看着你的博客，
看着你的行程，
看着你 100 天来发丝的变化！
诚信一回，受益终生！

新浪网友 2010-12-03 01:43:56 [回复][删除][举报]

100 天多吉利的数字，赞一个。 小莫

~543

最后一张欠条，打给了一直关心我支持我的好友韩湛宁。南头关口工作人员并不知晓我的所作所为，这最后的不知情，也是我最后的释怀。

（2010。12。2）

100天，我回来了

8: 10 广州出发

广州市

东莞市

9: 51 到达深圳

深圳市

全程128公里

向东南

离开广州，这一回，家真的近了。无数次行走的广深高速，第一次变得如此亲切，真正变成了一条回家的路。特别是见到"您已进入深圳市，深圳欢迎您！"的牌子时，就觉得整个深圳都在欢迎我的归来，我们彼此张开臂膀拥对方入怀。

湛宁、文子、刘明明还有我的老婆孩子们在同乐关如约等待，不张扬、不隆重、很温馨。最后一张欠条，打给了一直关心我支持我的湛宁。南头关口工作人员并不知晓我的所作所为，这最后的不知情，也是我最后的释怀。

↑ 近家情更怯。

← 最后一关。

↑ 最后的见证人，南头关的张芹，在我的债主本上
写下"南头收费站欢迎你回家"还盖上了一个大红章。

No:222

~547

→ 最后一张欠条打给了一直支
持我的好友、著名设计师韩湛宁。

↑ 见到迎接我的双胞胎女儿。

↓ 100天，我回来了！（左起：王琳、杨晓青、吴碧文、姚芳、李白玉、本人、李纯玉、刘明明、韩湛宁、苏林）。

↑ 见到一直支持我、每博必复的汪廷珉叔叔及阿姨。

↑ 郝纪柳老师为我的归来带来了美酒。

中午的中餐，除了等待中的朋友们，汪叔夫妇是我唯一邀请的客人。我们握手、拥抱，我看得到他眼中激动的泪花。需要美酒，就有郝老师带来的美酒，需要鲜花，就有酒店准备好的鲜花。所有的鲜花美酒，所昭示的不过是"平安"二字。

睡了一整个下午。我醒来的第一反应是在回忆自己睡在哪个酒店。听到小若在外面叫我，才恍然发觉自己是睡在家里。一百天，从出发开始，就四海为家，又不知家在何处？我在寻找，我在面对，每一个未知的明天。只有到了家，我才睡得如此安稳，不再收拾前进的行囊。

老婆大人讲得好啊，她只希望我平安出行又平安归来，而在过程中平安也是我最在意的，听老婆话的人不会吃亏，这是我的真理。出行过程中，小若曾在电话中说，爸爸，我可以抱抱你吗？我可以抱抱真的你吗？电话中的爸爸是抱不到的。中午见到放学的他，他一下子就跳到我的身上，搂着我的脖子，他的小手那么有力量。

↑ 缤纷世纪酒楼的张丽萍副总为我准备了鲜花。

~549

↑ 接受深圳电视台"第一现场"采访。

在经济日渐繁荣
缺失日渐显现
信任也应该
信任的社会
已打造成一个受人
信 亦是尊敬的条件
导 深圳人 都

多少朋友的关注、关心,也是我的动力所在。我的回来,我想他们也很释然。等待我的湛宁和明明、等待我的文子、拿来好酒的郝老师、从不间断一直关注我行程的汪叔,等等,以及更多的在沿途认识的新朋友,我用平安回来去感谢大家对我的信任。

我决定从明天开始关机三天,安静休息,陪陪老婆和孩子。因为爱,我走得更远;因为爱,我已经回来。

★ 欠款列表

欠款单编号	姓名	性别	账号	开户行	类别	金额	联系方式	进度	欠条时间	还款时间
222	韩湛宁	男			路费	60	138×××1499	汇出	2012.12.2	2010.12.

★　当日细节

 → 128 公里，8：10 出发，9：51 到达同乐关；

 → 广深高速；

 → 早餐 / 未吃，中餐 / 缤纷世纪，晚餐 / 家；

→ 全日收费站 1 个，60 元（最后一张欠条 222 号，打给了一直支持我的好朋友韩湛宁，以示感谢和纪念）；

 → 家；

→ 60 元（欠条 60 元）。

(2010-12-2)100天——我回来了！

老六 2010-12-03 00:45:33 [回复] [删除] [举报]

　　睡吧，孩子一回！

　　博主回复：2010-12-03 01:05:14 [删除]

　　谢谢老六……好兄弟！

陈思楷 2010-12-03 00:53:12 [回复] [删除] [举报]

　　安全回家就好。
　　大家都放心了。
　　好好休息。

　　博主回复：2010-12-03 01:05:37 [删除]

　　谢谢，见到你很开心

老德 2010-12-03 00:56:07 [回复] [删除] [举报]

　　诚信一回，终于回家。为你高兴。

　　博主回复：2010-12-03 01:06:13 [删除]

　　德哥的家很温暖……谢谢了！

唐晋 2010-12-03 00:58:48 [回复] [删除] [举报]

　　回家了就好。一百天，慢慢整理，慢慢回味吧

　　博主回复：2010-12-03 01:06:43 [删除]

　　是的，谢谢晋哥！

新浪网友 2010-12-03 01:52:50 [回复] [删除] [举报]

　　人累了，但心不累，好好休息吧。　小莫

最后的野鹤 2010-12-03 06:15:41 [回复] [删除] [举报]

　　外面的世界很精彩，100天，累吗？倦鸟归巢？可是你一脸兴奋的样子，没有丝毫的疲惫…

新浪网友 2010-12-03 07:52:03[回复] [删除] [举报]

　　满分100　江

沈鱼 2010-12-03 08:29:14 [回复] [删除] [举报]

　　诚信一百分，快乐一千回

　　博主回复：2010-12-06 17:12:11 [删除]

　　谢谢……呵

老顾 2010-12-03 08:39:08 [回复] [删除] [举报]

　　回家真好！

竹无俗韵 2010-12-03 08:43:51 [回复] [删除] [举报]

　　好好休息，慢慢回味

山之泉 2010-12-03 08:55:51 ［回复］［删除］［举报］

回到起点回到了家，为你喝彩！为你高兴！

新浪网友 2010-12-03 09:26:48 ［回复］［删除］［举报］

壮士不怕远征难
独驾轻车走四方
自信人间真情在
辙印万里写新章

新浪网友 2010-12-03 09:46:40 ［回复］［删除］［举报］

壮行100、难熬100、悲喜100、感慨100，成功100，都已释然。休息休息，慢慢品味。部

红色梦想 2010-12-03 09:57:06 ［回复］［删除］［举报］

刘总，祝贺你！热烈欢迎回家！辛苦了！到家了，你的心放下了，我们的心也放下了，大家的心都放下了。这就很好。好好休息几天吧，疯跑了一百天，也不着家，回来了就好好地陪陪老婆和孩子，尤其是欠老婆的好好还上，不许偷懒，用点心，使点劲，就不要再保留了吧！徐晓斌

博主回复：2010-12-06 17:11:11 ［删除］

谢谢，我努力！

daisy0755 2010-12-03 09:58:20 ［回复］［删除］［举报］

悄悄漂过，不再打扰，宽心体会儿女情长，家庭温暖，期待有机会听听路上的故事与感慨！

beckham8551 2010-12-03 10:07:04 ［回复］［删除］［举报］

祝贺你一路平安归来～～～～
精科鹏 伍海 李文强

壶朋茶有 2010-12-03 10:11:45 ［回复］［删除］［举报］

圆满了一回

新浪网友 2010-12-03 19:42:01 ［回复］［删除］［举报］

平凡而伟大，非常人所不能也！

博主回复：2010-12-06 17:06:21 ［删除］

平凡而不伟大，有心皆可能及！问好

石文金 2010-12-07 16:46:02 ［回复］［删除］［举报］

玩耍了一圈，游戏了一回。

~553

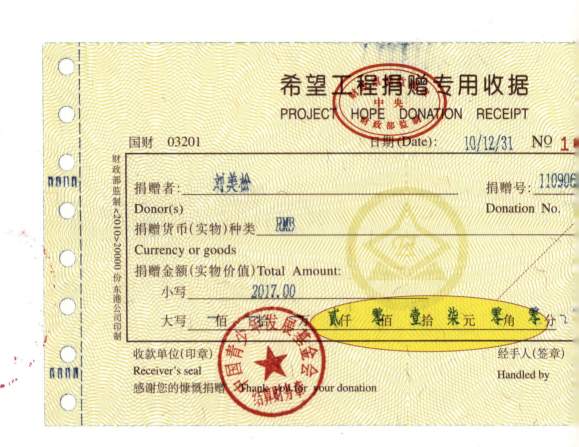

希望工程捐赠专用收据

PROJECT HOPE DONATION RECEIPT

国财　03201　　　　　　　　　日期(Date)：10/12/31　№ 1

捐赠者：刘美松

Donor(s)

捐赠号：110906

Donation No.

捐赠货币(实物)种类　RMB

Currency or goods

捐赠金额(实物价值)Total Amount:

小写　2017.00

大写　壹佰　零拾　零万　贰仟　零佰　壹拾　柒元　零角　零分

收款单位(印章)　　　　　　　　　　　　　　　　　经手人(签章)

Receiver's seal　　　　　　　　　　　　　　　　　Handled by

感谢您的慷慨捐赠　Thank you for your donation

财政部监制《2010》20000 份东港公司印制

100天，行程28510公里，打下欠条共计222张。

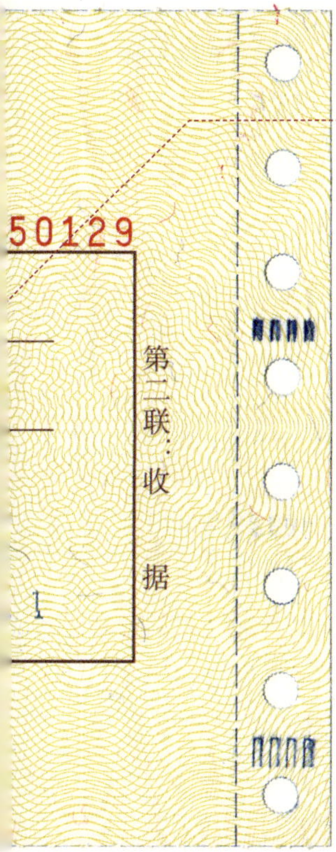

总费用48272.5元，最大笔5742元，最小笔10元，免费2017元。

行程实际时间577小时，沟通占用时间153.7小时，占行程时间的26.63%，平均每天沟通时间约92分钟。

到访191个加油站，挑战加油站156个，成功51个，成功率32.69%。

挑战酒店53次，成功16次，成功率30.19%。

共计经过收费站163个，免费47个，免费费用1090元，占总开支的2.26%；

最长轮渡等待时间为15个小时，海安港；通过高速路口最长时间是1小时50分钟，汉蔡高速琴台收费站，最快是津蓟收费站，约2分钟。

挑战住宿数量最多的是山海关，11家。

挑战加油站最多的地方是齐齐哈尔，7家，无一成功。

最顺利的城市是敦煌，容易沟通的省市有云南、西藏、新疆、北京、上海、浙江、广东；个人认为最难沟通的城市是南京、山海关；比较难沟通的地域是东三省，西北局部，福建。

50129

第二联：收据

~555

有梦想，不孤独（后记）

　　我是一个在迁徙中长大的人，三岁从湖北迁陕西，十三岁从陕西迁湖北，三十岁从湖北南下深圳打工，何处是家？十数年的打拼，终于在深圳安定下来，在这个大移民区，谁又会把自己真正当做深圳人呢？一个迁徙之人，总怀一颗不安分的心。自从有了车，那种渴望在路上的感觉更是与日俱增，虽然参加过各式各样的自驾之旅，仍嫌刺激不够，一个新机会，出自偶然。

　　2010 年的 4 月 28 日，对于我个人来说的确是一个值得记住的日子。深圳的 4 月已经足够燥热，那天我短衣短裤一副休闲的模样去往工厂，上了高速才发觉分文未带。我并未恐慌，反而迸发出一个特别的念头来，我想，是否可以与工作人员沟通一下，回程的时候再付呢？因为只有区区 6 元过路费，说服工作取得了成效，我放下一张名片，半小时内补交了欠款。

　　这样一次"突发事件"让我分外激动。我想到当下社会状态，空前信任危机下人与人之间互不信任。既然有了这次的成功，是否可以不带一分钱走完全国呢？真是一个大胆的想法。出了高速，我把车停在一旁，立马开始构思起行动方案来。

　　当下今日，大多数人在追求金钱，仿佛只为金钱而活。挣钱本无可厚非，可是人与人之间麻木不仁，对任何事情都充满怀疑的现状难以让人接受。譬如说见到乞丐，往往就认为他是假乞丐；遇到摔倒的老人，没有人敢去帮扶；譬如上海世博会，身体健全的人也坐着轮椅进出，为自己一时方便，置社会公德于不顾。因此，我想通过不带一分钱开车走完全国的形式，用自己的诚信来呼吁社会关注诚信，尊重诚信。

　　说起来，觉得自己仿佛是一个有大担当的人，其实心中更多的是一种渴望出行，渴望挑战的心情。之后的一个月，我沉醉于自己的梦境中。直到六月初的一天，我把我的想法第一个告诉了上海的好朋友李翀，电话中的他为此雀跃。得到他的认同，我又给好朋友韩湛宁去电话，他亦是为我的想法兴奋不已。有了支持的声音，我开始进入到了实际的准备工作中。

一百天，一个人，一台车，身无分文。这将是一个怎样的行程？个中滋味，真不是点滴言语所能表达。而且，我的驾车习惯还和大多数人不一样，对抗孤独，很多人喜欢在广播或者是喜爱的音乐中找寻"第三者"，我却是完完全全地期待并守候着一种静。在静的过程中思考、寻找，开心的时候，就会独自高歌一曲。

最接受不了的是怀疑。但谁又不是时时处在怀疑的边缘呢？别人怀疑，我解释；别人不听，我找下一个听众。一百天，像极了股市的动荡，忽高忽低，每一次极度的失望之后是希望的临近；每一次小小得意，就又会是失望的来临。久而久之，形成了规律，就像是我们的人生，不放弃，才有未来。

整个行程 2.8 万余公里，我始终坚持不乞讨、不打工、不要一分钱的赞助，一路上打了 222 张欠条。也就说有得到两百多人的信任，把钱借给了我这个陌生人，总共金额近 5 万元，事后亦是一一到账，其中有 2017 元的免费项目，我把它捐给了中国青少年基金会。公共资源，我不能因为事情的意义而占有。

回来后的很多天，我几乎夜夜辗转难眠，一合上眼，眼前全部是收费站、混乱的人群、编号不一的欠条……如此等等，是我始料未及的。我试着中午喝杯小酒，把下午当晚上用；也尝试去打打牌,熬得晚一点再睡,效果都不大好。看来我还真是一贱命,走着走着,刹不住车,还要继续。

细想起来,也算是我的"敬业精神"吧,每一天的行程,已经是让我高度紧张,每一次的沟通,或惊喜,而心生感激;或不快,又不能发作;或失望,又不能丧失斗志。这种战斗状态,可发,收却是难了。

甚至有朋友建议,把家里重新装修一下,改成收费站的样子。真是一个"好"主意,让我白天见到的都是收费站,晚上梦见的也是收费站,而且这彻头彻尾是一个没有批文的非法组织。

这样的事,当然不可取。

欣喜的是,一件事情终于告一段落,平静、纯粹、安静地落幕。我重又回到生存的常态中来,争取为五斗米而不折腰。当然,做为一个行者,不可能永远安分,也许有一天,我又会重新上路,在地球的某一个角落,让我们不期而遇,或者陌生错过。

这是一本琐碎的书,琐碎的时间,琐碎的沟通,琐碎的无奈和琐碎的等待。正因为这么多琐碎的寂寞,让人变得坚持和安静。谁不是在琐碎中度过一生,只有琐碎中的积累、坚持,才让人变得坚强或者强大。与您分享的,也就仅仅是这抹布一样的碎片,但愿它能擦洗得到我们内心某一个小小角落,对周边的人,发出些许信任的光芒。

同时,我要感谢路上所遇见到的每一位,无论是为难者,或者是帮助者,在我心中同等的重要。因为你们的为难,让我沮丧而不能放弃,因为你们的帮助,让我温暖并确信前途光明。还有我的亲人、朋友们,是你们让我不断走近,并最终抵达出行的原点。

特别感谢

深圳亚洲铜设计顾问有限公司　　　　韩湛宇
《汽车导报》杂志社　　　　　　　　徐　茜
《游遍天下》杂志社　　　　　　　　刘明明
信游网　　　　　　　　　　　　　　江　宇
深圳鹏峰集团有限公司　　　　　　　俞　军

北京吴勇设计工作室　　　　　　　　吴　勇、朱鸿琳、胡冰晶
深圳雅邦文化传播有限公司　　　　　吴碧文、李今平、刘　珣、林　靖
四川外国语学院　　　　　　　　　　谢清明
深圳文博精品印刷包装有限公司　　　闵旭云、聂咏梅、曾　阳

策划编辑 → 张明

责任编辑 → 廖佳平

责任技编 → 王增元

特约监印 → 石岩

美术编辑 → 陆润彪　林宇昕

书籍设计 → 北京吴勇工作室

朱鸿琳　胡冰晶　陈舒君　潘英标　郑捷　王永红

图书在版编目（CIP）数据

欠条／刘美松著. 一桂林：广西师范大学出版社，2013.8（2013.12 重印）

ISBN 978-7-5495-4206-2

Ⅰ．①欠… Ⅱ．①刘… Ⅲ．①纪实文学－中国－当代 Ⅳ．① I25

中国版本图书馆 CIP 数据核字（2013）第 175220 号

广西师范大学出版社出版发行

::::::::::::::::（广西桂林市中华路22号　邮政编码：541001）

::::::::::::::::网址：http://www.bbtpress.com

出版人 → **何林夏**

::::::::::::::::全国新华书店经销

::::::::::::::::深圳文博精品印刷包装有限公司印刷

::::::::::::::::（深圳市宝安区石岩街道塘头经塘路宏发工业园 15 栋　邮政编码：518108）

::::::::::::::::开本：787 mm ×1 092 mm 1/16

::::::::::::::::印张：35.5 ::::::::::::::::字数：500 千字

::::::::::::::::2013 年 8 月第 1 版::::::::::::::::2013 年 12 月第 2 次印刷

定价：**90.00**元

::::::::::::::::::::::::::::::::如发现印装质量问题，影响阅读，请与印刷厂联系调换。

此书采用环保纸印刷